国家社科基金重大项目
"现代斯拉夫文论经典汉译与大家名说研究"（17ZDA282）
阶段性成果

结构·功能·符号

——扬·穆卡若夫斯基文学与美学理论研究

Jan Mukarovsky

朱 涛 著

中国社会科学出版社

图书在版编目（CIP）数据

结构·功能·符号：扬·穆卡若夫斯基文学与美学理论研究/朱涛著.
—北京：中国社会科学出版社，2018.6
ISBN 978 - 7 - 5203 - 2262 - 1

Ⅰ.①结… Ⅱ.①朱… Ⅲ.①扬·穆卡若夫斯基—文学研究 Ⅳ.①I524.065

中国版本图书馆 CIP 数据核字（2018）第 059493 号

出 版 人	赵剑英
责任编辑	刘志兵
特约编辑	张翠萍等
责任校对	杨　林
责任印制	李寡寡

出　　版	中国社会科学出版社
社　　址	北京鼓楼西大街甲 158 号
邮　　编	100720
网　　址	http://www.csspw.cn
发 行 部	010 - 84083685
门 市 部	010 - 84029450
经　　销	新华书店及其他书店

印　　刷	北京明恒达印务有限公司
装　　订	廊坊市广阳区广增装订厂
版　　次	2018 年 6 月第 1 版
印　　次	2018 年 6 月第 1 次印刷

开　　本	710×1000　1/16
印　　张	18.75
插　　页	2
字　　数	295 千字
定　　价	78.00 元

序　言

穆卡若夫斯基（捷克文 Jan Mukařovský，英译 Jan Mukarovsky，俄译 Ян Мукаржовский）这个人物，其实我们并不陌生。

国内一些较为流行的文艺理论教材上，也可以找到这个人："穆卡洛夫斯基"，或"穆卡罗夫斯基"，在论及结构主义文论的那些章节也会提及这位"布拉格学派的首领"。20 世纪世界文论版图上，确乎不能没有结构主义这一流脉。结构主义文论的发育谱系中，确乎不能没有布拉格学派的结构主义。结构主义的布拉格学派之孕生与成长中，确乎不能没有穆卡若夫斯基。

穆卡若夫斯基的文论建树，又是国内学界了解不多尚且若明若暗的。

目前能见到的穆卡若夫斯基著作的中译，仅有《标准语言与诗的语言》《对话与独白》《什克洛夫斯基〈散文论〉捷译本序言》等零星的几篇。这些文章并不具有很高的代表性，而且大多是转译，转译自英文和俄文，有的甚至还是节选。至今也没有一部据捷克文原著翻译成中文的《穆卡若夫斯基文论选》。在对穆卡若夫斯基这位文论家的引介与"拿来"上，我们中国学界是相当滞后的。德国学界则是积极地接受了穆卡若夫斯基的重要学说。德国接受美学的主将之一尧斯曾坦言，穆卡若夫斯基著作曾成为 60 年代末 70 年代初那一时期的显学之一。从 1967 年到 1974 年，他最重要的著作都出现了德译本，并且一跃而为各种角度批评讨论的核心。在德国，那些年里，人们提到接受理论或结构主义理论，几乎言必称穆卡若夫斯基。无独有偶。也是自 1967 年起，穆卡若夫斯基文章的俄译本便开始面世，著名文论家洛特曼开始组织编选翻译两卷本的穆卡若夫斯基文论选；在美国，从 60 年代末到 80 年代中期，也出现了穆卡若夫斯基文论译介热潮，陆续出版了好几种穆卡若夫斯基文选英译本。

当代中国学界在穆卡若夫斯基文论的引介与"拿来"上之所以如此滞后，是与我们对布拉格学派整体面貌的认知长期处于若明若暗的状态密切相关的，这是与我国文论界对结构主义文论总体谱系的认知长期处于若明若暗的状态密切相关的。

可以说，我们相当熟悉法国结构主义。列维—施特劳斯的《神话结构》、格雷马斯的《结构语义学》、布雷蒙的《叙事潜能之逻辑》、热奈特的《叙述话语》、托多罗夫的《诗学》与《文学概念》；巴尔特的《叙事文本结构分析引论》与《符号学要素》；所谓"巴黎符号学派"；还有拉康的精神分析，阿尔都塞、戈德曼的"结构主义马克思主义"：符号学文论、叙事学文论在当代法国的盛行，自然得力于结构主义。

也可以说，我们比较熟悉苏联结构主义。普罗普、洛特曼、乌斯宾斯基、伊万诺夫，所谓"莫斯科—塔尔图学派"：诗文本分析、文学符号学、艺术符号学、文化符号学在苏联的发展，无疑离不开结构主义。

然而，我们不太熟悉捷克结构主义。扬·穆卡若夫斯基、罗曼·雅各布森、尼古拉·特鲁别茨柯依、菲尼克斯·沃迪奇卡，所谓"布拉格学派"。诚如韦勒克早就关注到的：布拉格语言学派包括几位文学方面的学者，他们做过一番颇有抱负的尝试，旨在发展一种他们称为结构主义的文学与美学的连贯性的理论，至少早在 1934 年就进行这种尝试了。

事实上，正是布拉格学派首倡"结构主义"。"结构"正是布拉格学派的得名之缘由。俄罗斯形式论学派提出但未得到解决的可供解释内在系统的规律性与外在动机之文学发展问题，成为布拉格结构主义者关注的焦点。文学作品的符号学概念使得它成为社会事实（也就是说，特定集体成员所理解的符号），从而结构主义者把文学史的发展变化与人类文化所有其他方面联系起来。布拉格学者采用了偏离形式主义的路径，把诗学延伸至美学，从单单关注言语艺术转变为关注所有其他艺术以及艺术美学之外的东西。主体的扩充为普遍美学价值提供动力。在普遍美学价值中，语言的价值（语言—言语的对立）投射到更为庞大的所有艺术符号系统之中。

布拉格确乎是"结构主义"跨文化旅行的第一个驿站。

对结构主义谱系进行深度梳理，就会看到结构主义并非只有一种形态。

有"法国形态"的结构主义。该形态重视费尔迪南·德·索绪尔和克劳德·列维—施特劳斯的著作；通常把20世纪五六十年代的巴黎视为结构主义最为繁荣也最为重要的时期（罗兰·巴尔特、雅克·德里达、茨维坦·托多罗夫等）。在这一形态里，索绪尔通常被奉为结构主义创始人。索绪尔为语言学和符号学开创出崭新的纪元。列维—施特劳斯的关键作用则在于大大拓展了索绪尔关于语言符号的天才见解，将其应用于其他领域，从而开启了20世纪60年代结构主义范式雄霸天下的时代。

也有"中东欧或斯拉夫形态"的结构主义。该形态强调结构主义学派的多样性和复杂性，更喜欢在使用"结构主义"一词时使用其复数形式。其实，结构主义在中东欧或斯拉夫的分支同其西欧或"索绪尔"分支确实不同。该形态聚焦于中东欧或斯拉夫结构主义传统的独立起源和不同的思想倾向，重视中东欧或斯拉夫结构主义传统中不同于西欧传统而具有的独创性成分，关注中东欧结构主义传统与索绪尔式结构主义在旨趣上的差异。布拉格学派不仅以其在音位学取得的成就（雅各布森和特鲁别茨科伊）而称著于世；布拉格学派更是一个意义十分重大的跨学科实践，其研究领域涵盖美学、文学理论、戏剧研究，符号学；布拉格学派的思想来源不仅有索绪尔，还包括波兰语言学家博杜恩·库尔德内，俄罗斯形式论学派（尤里·蒂尼亚诺夫、列夫·雅库宾斯基、叶甫盖尼·波里万诺夫、格里戈利·维诺库尔）。布拉格学派的思想来源也不局限于语言学或语文学，其他来源也起到了关键作用，尤其是现象学（埃德蒙德·胡塞尔，也包括胡塞尔的俄罗斯学生古斯塔夫·什佩特）。

直面结构主义文论的原生态，展开"中东欧或斯拉夫形态的结构主义"之起源与生成发育的梳理，就会使我们不再把结构主义的发生发展局限在"索绪尔—施特劳斯"这样的单一线条上。关注结构主义的生成与发展的多形态，就会使我们认识到：流行于教科书之中甚至"结构主义史"之类的著述中的"结构主义如是观"，其实是简单化的。诸如结构主义始于1945年，繁荣于第二次世界大战之后，布拉格学派不过是结构主义的前奏之类的定论，其实是一种片面的"成见"，是有待修正的。

应该看到，国际学界早就开始关注结构主义发育史上的布拉格学派，关注穆卡若夫斯基这位早期结构主义的重要代表，关注其"功能结构主义"。

在美国，至少有两部著作对布拉格学派文论建树、对穆卡若夫斯基的文论探索有过直接的评述。其一是在耶鲁执教的韦勒克教授早在1969年就发表的《布拉格学派的文学和美学理论》；其二是在哈佛执教的 J. 施特里德教授于1989年出版的专著《文学结构、演变和价值：俄罗斯形式主义与捷克结构主义之反思》。在苏联，至少也有两部书直接探讨穆卡若夫斯基文论。彼得堡国立师范大学教授 A. 格利亚卡洛夫（А. Грякалов）在《美学中的结构主义》（1989）一书里，在"从结构概念到结构主义美学（1930—1940）"这一章里，系统评述了穆卡若夫斯基在结构主义美学方面所取得的成就。后来，俄罗斯科学院斯拉夫学研究所的 A. 秋林娜（А. Тюрина），以"扬·穆卡若夫斯基与捷克结构主义之特征"为题，撰写了副博士学位论文。在当代中国学界，穆卡若夫斯基的文论探索也并没有落在走进改革开放新时期已然睁眼看世界、站在国际文论前沿的那些学者的视野之外。还在20世纪80年代，张隆溪就已看到，"尽管穆卡洛夫斯基曾借鉴现象学和结构主义语言学等多方面理论，但他自己的理论却能把吸取来的成分融会贯通，具有不可磨灭的独创性"。后来，方珊、张德兴、汪正龙、方维规等学者也曾陆续撰文评介穆卡若夫斯基的文论。

朱涛是2006年来到中国社会科学院跟我攻读博士学位的。他的学位论文选题就是围绕着结构、功能、符号这几个轴心范畴来梳理穆卡若夫斯基文论建树的。后来，他有机会到莫斯科大学访学一年，承担国家社会科学基金青年项目"扬·穆卡若夫斯基文学与美学理论研究"。这些年，朱涛在投身教学之余，继续展开穆卡若夫斯基文论研究，陆续撰写了《从"诗性功能"到"审美功能"——扬·穆卡若夫斯基与俄罗斯形式论学派文论比较》《布拉格学派美学与审美价值之论争——以扬·穆卡若夫斯基为例》《艺术的意向性与非意向性——扬·穆卡若夫斯基文艺符号学思想初探》等十几篇论文，并在《外国文学评论》《国外文学》《俄罗斯文艺》《当代外国文学》《中国社会科学院研究生院学报》《外国美学》《跨文化的文学理论研究》陆续发表，有些论文还被中国人民大学书报资料《文艺理论》全文转载，已经取得在其同龄的文学博士中十分突出的学术成就，显示出能独立考察文学理论问题的研究能力，展示出开阔的学术视野与良好的科研潜质。在穆卡若夫斯基文论研究方面，勇于坚持，作出了不少开拓，取得了相当丰硕的成果。正是在博士学位论文的基础上，在博士毕业之后这十几年来对穆卡若夫斯基文论之持续不断的研究之基础上，他完成了现在呈现在读者面前的这部书稿。我高兴地看到，书稿中还展开了穆卡若夫斯基与俄罗斯形式论学派，与巴赫金，与洛特曼的比较研究，还有对穆卡若夫斯基文学研究方法论、穆卡若夫斯基与电影符号学等论题的思索，将穆卡若夫斯基文论与符号学与美学关联起来。这些比较，尽管还显得有些稚嫩，但毕竟开启新的空间；这份走进穆卡若夫斯基理论探索原生态的努力，尽管尚属起步，却已是合乎逻辑的拓展：穆卡若夫斯基原本就既是文论家，也是符号学家，更是美学家。

终于付梓的这部书稿，其实两年前就已完成。要是在 2016 年面世，那将是对布拉格学派、对穆卡若夫斯基一份很好的纪念。布拉格学派，正是在 1926 年 10 月成立的。终于面世的这部书稿，也可算作是一份姗姗来迟的追念吧，还是可喜可贺的！也就在我向他的第一部专著表示祝贺之时，恰逢国家社科基金重大项目"现代斯拉夫文论经典汉译与大家名说研究"开题。穆卡若夫斯基文论已成为这一国家重大项目要翻译要研究的五位大家之一，而这也从一个维度上肯定了研究穆卡若夫斯基文论的价值与意义。

毕竟，如果我们不再把世界文论简化为欧美文论，简化为美英文论，那么就应该看到：

20 世纪世界文论版图上，确乎不能没有现代斯拉夫文论这一板块。

毕竟，如果我们不再把结构主义文论简化为一种形态，简化为巴黎结构主义，那么就应该看到：

结构主义文论流脉的发育谱系中，确乎不能没有其"中东欧或斯拉夫形态"，不能没有布拉格学派。

布拉格学派的孕生与成长进程中，确乎不能没有穆卡若夫斯基。

是为序。

周启超

2018 年 3 月 18 日

浙江大学·港湾家园

目　　录

上　篇

下　篇

布拉格学派与扬·穆卡若夫斯基

第一节　作为文论学派的布拉格学派

布拉格学派（The Prague School），原称布拉格语言学小组（The Prague Linguistic Circle），又称捷克结构主义，是 20 世纪语言学发展史中的一个重要流派。该派成立于 1926 年 10 月，主要活跃于 20 世纪 30—40 年代，其主要成员有威廉·马泰休斯（Vilém Mathesius）、罗曼·雅各布森（Roman Jakobson）、尼古拉·特鲁别茨柯伊（N. Trubetzkoy）等。

布拉格学派之所以享誉世界，与其作为一个语言学流派，对现代结构主义语言学的发展所做出的重要贡献是分不开的。该派制定了研究语言学的一种方法，该方法旨在从共时角度来对语言及其使用进行描写、解释。他们把语言作为一个系统来加以描述，并发展出与传统语音学相对的音位学，注重运用"结构—功能"的方法来对语言进行研究。布拉格学派对 20 世纪语言学的发展所做出的贡献是巨大的：

> 今天，我们或许可以补充说，不仅是欧洲新近的语言学主要理论，尤其是现今仍在发展的乔姆斯基语言学理论，都可以看作是索绪尔这位伟大先驱的方案的逐步发展，他们也都在布拉格学派的著作中找到了灵感的源泉。[①]

然而，鲜为人知的是，布拉格学派，除作为一个语言学流派外，还

---

① 钱军：《结构功能语言学——布拉格学派》，吉林教育出版社 1998 年版，第 10 页。

是 20 世纪文学批评史上的一个重要流派。该派在文学和美学研究上超越了形式主义文论，进而对结构主义文论做出了重要贡献。据著名学者雷纳·韦勒克①（René Wellek）考证，该派确实有过一批从事文学与美学研究的学者：

> 然而，比较鲜为人知的是，布拉格语言学派包括几位文学方面的学者，他们做过一番颇有抱负的尝试，旨在发展一种他们称为结构主义的文学与美学的连贯性的理论，至少早在 1934 年就进行这种尝试了。目前结构主义风行一时，而在很久以前布拉格语言学派就逐步形成这一学说，而且具体加以运用。②

布拉格学派从事文学与美学研究的学者主要包括扬·穆卡若夫斯基（Jan Mukařovský）③、罗曼·雅各布森，以及菲尼克斯·沃迪奇卡④等。在这些学者中，韦勒克最为推崇穆卡若夫斯基，认为他是该派致力于文学与美学理论研究当之无愧的领军人物。在评价穆卡若夫斯基对捷克文学批评发展所做的贡献时，韦勒克毫不吝惜赞美之词：

> 他毫无疑问是捷克语言学派的参与者中最为多产的一位学者。他的思想的成长、扩展和多种方向也是文学、诸门艺术、学术研究，以及笼统说来，历史方面当时各种倾向的一个如实反映。因此穆卡若夫斯基变成了反映这五十年期间捷克斯洛伐克学术生活的一位尤具代表性的人物。⑤

---

① 韦勒克本人在移居美国前曾是布拉格学派从事文学与美学研究的一员。

② ［美］雷纳·韦勒克：《近代文学批评史》第 7 卷，杨自伍译，上海译文出版社 2006 年版，第 677 页。

③ Jan Mukařovský 的中文译名有不少版本，如穆卡洛夫斯基、穆卡罗夫斯基等不一而足。根据其英译 Jan Mukarovsky，俄译 Ян Мукаржовский 来看，这些译法不甚准确，因此本书统一译为扬·穆卡若夫斯基。

④ 菲尼克斯·沃迪奇卡（Felix Vodička, 1909—1974），捷克文学史家和文学理论家。

⑤ ［美］雷纳·韦勒克：《近代文学批评史》第 7 卷，杨自伍译，上海译文出版社 2006 年版，第 677 页。

在韦勒克眼里，甚至正是穆卡若夫斯基个人的努力，决定着布拉格学派文学与美学研究所达到的高度："妄称布拉格语言学派的文学理论是一个集体成就，犹如表面看来这些语言学家的基本学说是集体提出的一样，这种说法在我看来不够中肯。"①

诚然，布拉格学派不仅对 20 世纪语言学的发展有着很大影响，而且在文学与美学研究上也同样取得了不俗的成就。在某种意义上，我们甚至可以说，该派对 20 世纪文学批评发展所做出的贡献，是丝毫不亚于其之于语言学的。然而，长久以来，该派在这方面的成就常常被轻视，甚至被忽视。著名斯拉夫学学者彼得·斯坦纳曾指出这种不公正的状况：

撇开布拉格语言学小组对于现代学术界的显著的价值不论，它在英语国家中的接受是非常奇怪的。在 50 年代和 60 年代早期，它的形象被两种误解所占据：布拉格结构主义几乎仅被等同于语言学，甚至被更为狭隘地等同于雅各布森和特鲁别茨柯伊的音位学。只是在 60 年代中期，当结构主义逐渐在人文和社会科学中获得尊重时，学者们才发现对艺术和民间故事的研究是布拉格学派一个不可分割的部分，但它在这些领域所取得的成就被视为过时的，并且对许多人来说，小组只是"纯"形式主义和"当代"结构主义这两种更高的理论立场之间的一座桥梁。布拉格学派似乎是在学术探索中的一种过渡性角色。②

巴利·P. 舍尔也曾写道：

一如其原初的名称所暗示——布拉格学派，在许多年里更多的是由于其成员在语言学领域的建树而称著于世，尽管从一开始，它的某些成员就已对文学研究、民间文学、戏剧以及一般艺术作出了

① ［美］雷纳·韦勒克：《近代文学批评史》第 7 卷，杨自伍译，上海译文出版社 2006 年版，第 677 页。

② Peter Steiner, "To Enter the Circle", in Peter Steiner, ed., *The Prague School: Selected Writings* (1929–1946), University of Texas Press, 1982, pp. 9–10.

重要的贡献，然而，只是自60年代以降，在学者们开始意识到布拉格学派作为法国的与英美的结构主义之先行者这一重要性之时，这一学派才因其对文学理论和美学的贡献，而获得了至少也是同等的声誉。①

布拉格学派在文学与美学研究上所取得的成就之所以被忽视，恐怕与它在20世纪文学批评发展史上，主要在结构主义运动史上所扮演的过渡性角色不无关系。诚然，从20世纪结构主义运动发展的线索来看，布拉格学派位于俄罗斯形式论学派与法国结构主义之间。众所周知，前者代表着形式主义文论的顶峰，后者为结构主义文论的集大成者，相形之下，处于中间的布拉格学派的光芒似乎被这两者所遮蔽了，因此，人们往往容易忽视它似乎就不足为奇了。这种过渡性角色也给学者们在对布拉格学派的文论进行定性时带来了不小的困扰，在究竟是把它定性为形式主义文论，还是结构主义文论的问题上，一直存在着不小的争议。总之，该派文论思想的原创性在很大程度上受到了忽视。然而，若撇开这种理论究竟具有多少原创性不论，单就它衔接俄罗斯形式论学派与法国结构主义的这种过渡性角色本身进行考察，我们也并不难发现其价值与意义。比利时著名学者布洛克曼在其《结构主义：莫斯科—布拉格—巴黎》一书中，曾就捷克结构主义对整个20世纪结构主义运动发展所做的贡献，予以很高的评价：

> 捷克结构主义使结构思想盛放异彩。我们可以从它懂得怎样摆脱教条式形式主义的情况中清楚地看到这一点。此外我们还看到，它离开了仅仅限于语言和文学的理论的观点，但并未因此损害语言模式的功能。接着我们看到这一模式怎样被应用于美学，后来又怎样被应用于有关社会现实的更复杂的问题。②

---

① ［美］巴利·P. 舍尔：《布拉格学派的美学》，周启超译，载汝信主编《外国美学》第19辑，江苏教育出版社2009年版，第166页。

② ［比］J. M. 布洛克曼：《结构主义：莫斯科—布拉格—巴黎》，李幼蒸译，中国人民大学出版社2003年版，第71页。

诚然，布拉格学派的文学与美学理论为结构主义奠定了重要的方法论基础：

今日流行的巴黎结构主义，只不过是这里所谈的一切的重演。惟有在这个意义上我们才能说，它是结构主义思想的进一步发展。同样一些主题和方法被重新加以讨论。作为最新样式（dernier cri）提供给我们的，至多只是这些主题的演变或扩展，或者说，是在新的科学见解影响下对这些主题所进行的修正。①

布洛克曼的看法或许有些夸大，但这似乎也从另一个侧面说明了布拉格学派文学和美学理论的辐射力与包容力。布拉格学派文论的影响力不仅体现在结构主义运动中，它还深刻影响了 20 世纪文论史上的一些其他重要流派，如 20 世纪 70 年代的德国接受美学，尤其是沃尔夫冈·伊瑟尔的阅读现象学，以及 80 年代以尤里·洛特曼为首的苏联塔尔图—莫斯科符号学派等。

那么，布拉格学派在文学与美学研究方面到底有着怎样的建树呢？它对 20 世纪结构主义的发展究竟做出了哪些贡献呢？它在 20 世纪文论发展史中的地位又是怎样的呢？本书以布拉格学派从事文学与美学研究的集大成者——扬·穆卡若夫斯基为研究对象，尝试揭示布拉格学派在文学和美学研究上的一些基本特征和风貌。

在着手对穆卡若夫斯基的文学与美学理论进行检阅之前，让我们先来了解一下国内外学界对穆卡若夫斯基的研究历史和现状。

第二节　国内外学界布拉格学派文论研究的历史及现状

首先，让我们把目光聚焦于俄苏学界。许是因为捷克与俄罗斯同属斯拉夫民族，且两者之间有着较深的学术渊源，俄苏学界对布拉格

---

① ［比］J. M. 布洛克曼：《结构主义：莫斯科—布拉格—巴黎》，李幼蒸译，中国人民大学出版社 2003 年版，第 73 页。

学派的文学与美学理论非常重视。总体来看，截至目前，俄苏学界对布拉格学派文论的译介与研究大致经历了这样几个阶段：

译介之初（1960—1970）。这一时期开始出现一些单篇译文。从笔者所收集到的相关材料来看，最早一篇穆卡若夫斯基文章的俄文译文刊于《布拉格语言学小组文选》（1967）。该文选首次注意到穆卡若夫斯基，并收录了其《标准语与诗歌语》一文，但遗憾的是，它仅收录了穆氏的一篇文章，且此文偏重于语言学研究，并不具有代表性，后来穆卡若夫斯基本人在亲自编订文选时也没有收录此文。① 该文属于他早期的文章，当时他受俄罗斯形式论学派影响很大，在研究方法上还有较明显的模仿前者的痕迹。同时期，穆卡若夫斯基文章的译文还可参见另外一部文选：《结构主义："赞成"与"反对"》②（1975）。该文收录了穆卡若夫斯基的两篇文章《什克洛夫斯基〈散文论〉捷译本序言》与《艺术的意向性和非意向性》。这两篇穆卡若夫斯基的文章较具有代表性，前者系统论述了其结构主义研究理念，后者则阐述了其文艺符号学思想。此外，该文选的一大亮点在于其注释部分还收录了一篇由学者伊利英（И. Ильин）撰写的一篇题为"关于扬·穆卡若夫斯基的著作"的论文。该文详细介绍了穆卡若夫斯基的生平及研究，从宏观角度对其理论探索进行分期，并对每一阶段的基本概念、主要观点、核心旨趣进行了介绍，此文无疑为苏联学界进一步清理、发掘穆卡若夫斯基文论遗产提供了重要参考。

深化阶段（1980—1990）。在这一时期，苏联学界对以穆卡若夫斯基为代表的布拉格学派文论的译介与研究进入了一个新阶段，其标志为一套两卷本俄文版穆卡若夫斯基文选的问世：第一卷：《扬·穆卡若夫斯基——美学与艺术理论研究》（1994）；第二卷：《扬·穆卡若夫斯基——结构诗学》（1996）。这套文选由著名学者洛特曼和马列

---

① 学者 J. 韦尔特鲁斯基曾指出："穆卡若夫斯基本人对前推概念逐渐感到不满。1940 年，当他着手出版自己的文学研究论文集时，决定不收录他八年前所写的那篇关于标准语言和诗歌语言的重要论文。"参见 J. 韦尔特鲁斯基《扬·穆卡若夫斯基的结构诗学与美学》，《今日诗学》1980—1981 年第 2 期，第 117—157 页。

② 此书已有中译版，改名为《结构—符号学文艺学——方法论体系和论争》，佟景韩译，文化艺术出版社 1994 年版。

维奇（О. Малевич）编选、注释，由卡缅斯基（В. Каменский）翻译，它是迄今为止俄苏学界第一部，也是唯一一部系统的穆卡若夫斯基文选，它的问世极大地推动了苏联学界对布拉格学派文论的兴趣。同时期，值得我们关注的，还有学者格利亚卡洛夫（А. Грякалов）的一部述评性著作：《美学中的结构主义》（1989）。这是俄苏学界最早一部系统论述结构主义美学的专著。作者立意高远、视野开阔，聚焦于美学中的结构主义，追溯了其从俄国形式主义到捷克结构主义，再到法国结构主义、后结构主义乃至解构主义的整个发展历程。格利亚卡洛夫在该书中专辟一章，冠以"从结构概念到结构主义美学（1930—1940）"的标题，系统介绍并评述了穆卡若夫斯基在结构主义美学方面所取得的成就，他的研究为我们揭示了穆卡若夫斯基作为美学家的一面。

新时期（2000年至今）。解体后的新一代俄罗斯学者继承了前辈们在布拉格学派文论研究上的优良传统，并继续推进深化这方面的研究。曾就读于俄罗斯科学院斯拉夫研究所的秋林娜（А. Тюрина），以"扬·穆卡若夫斯基与捷克结构主义之特征"为题，撰写了副博士学位论文。这是新时期以来涌现的有关穆卡若夫斯基研究的一篇力作，也是俄罗斯国内截至目前第一篇以穆卡若夫斯基文论为题撰写的学位论文，它将布拉格学派文论研究推至一个新的高度。

以上这些研究是俄苏学界在穆卡若夫斯基研究上颇具代表性的成果，但并不是全部，此外还有一些单篇研究论文。如布达科娃（Л. Будагова）曾在专著《维杰斯拉夫·奈兹瓦尔——生活与创作一瞥》中阐释了穆卡若夫斯基的奈兹瓦尔超现实主义作品研究意义；伊万诺夫（В. Иванов）在《斯拉夫国家人文科学中结构方法的形成及至1939年的发展》一文中也曾提及穆卡若夫斯基，称其不仅将结构方法应用于艺术文本，也应用于整体艺术；以及秋林娜的论文《捷克文艺学结构主义与扬·穆卡若夫斯基的美学观》等。

接下来，让我们把目光投向欧美学界。西欧及美国在这方面的研究起步很早，这主要得益于起初韦勒克、雅各布森以及后来穆卡若夫斯基的学生 F. 沃迪奇卡、L. 多莱泽尔①等的大力推介。到目前为止，英语国家对该派文论思想的译介与研究已经颇具规模，他们大致走过以下几个阶段：

引进阶段（大致从 20 世纪 30 年代末到 50 年代初）。在该阶段，韦勒克是把布拉格学派以及扬·穆卡若夫斯基的文论思想介绍到英语世界的第一人。最早的文章可见韦勒克于 1936 年发表在《布拉格语言学小组论文集》第 6 卷中的《文学史的理论》一文。在文中，他第一次提到了穆卡若夫斯基的"结构主义"这一术语（穆氏从 1934 年已经开始使用这一术语）以及他的文学演化观，从而使得英语国家的读者第一次接触到穆卡若夫斯基其人及其基本思想。韦勒克 1946 年于耶鲁大学所作的一次题为"新近欧洲文学研究中的反实证主义"讲座中，进一步对布拉格学派进行了介绍，尤其对穆卡若夫斯基予以特别的关注和赞扬。韦勒克曾这样讲道：

> 这个学派最多产的一位成员为扬·穆卡若夫斯基，他不仅对单部的诗歌作品、捷克诗律的历史以及诗歌词汇有着相当精深的研究，而且饶有兴趣地思考了把形式主义理论改造成一种整体的符号形式哲学，并把它与一种社会学的方法相结合，这种社会学把社会与文学演变之间的关系视为一种辩证的张力。以我在布拉格小组这么多年的资格，如果我表示深信现代语言学和现代哲学的紧密协作是未来文学研究得以繁荣的基础的话，我相信我的看法是不会错的。②

---

①　L. 多莱泽尔（Lubomír Doležel, 1922—　），捷克文学理论家，曾就读于布拉格的查理大学，并在捷克科学院获得斯拉夫语文学专业博士学位。他的许多老师和导师曾是布拉格学派的代表人物，该派的精神对他有很大影响，这集中反映在他的博士毕业论文《论现代捷克散文小说的风格》（1960 年在捷克出版）。20 世纪 60 年代，他同时就职于捷克斯洛伐克科学院捷克语研究所和查理大学哲学系。1968 年秋天，应加拿大多伦多大学斯拉夫语言与文学系之邀，他离开自己的祖国，成为一名访问学者，后成为该校的全职教授。他的主要学术兴趣是文学理论和叙事学。

②　参见 John Burbank and Peter Steiner, eds. and trans. , *The Word and Verbal Art*：*Selected Essays by Jan Mukarovsky*, Yale University Press, 1977 一书韦勒克所作之序。

随后，韦勒克在与奥斯汀·沃伦于 1944—1946 年合著的《文学理论》（1949 年出版）中，多次提及穆卡若夫斯基的名字，并非常欣赏他在《作为社会事实的美学功能、规范和价值》一文中的睿智、辩证的方案。

深化阶段（大致从 20 世纪 50 年代中期到 60 年代末）。在该阶段开始出现一些评述和译文集，评述主要有维克多·厄里希的《俄国形式主义》（1955 年，由韦勒克作序）。该书辟有专章介绍捷克结构主义的活动，尤其关注穆卡若夫斯基。厄里希虽把捷克结构主义视为俄国形式主义的回响，但同时也指出穆卡若夫斯基通过使用"结构主义"这一术语，并通过把"诗学视为符号学不可分割的一部分，而不是语言学的一个分支"，从而超越了形式主义。译文集主要有 P. L. 卡尔文的《布拉格学派读本：美学、文学结构和风格》（1955），该读本为英语国家第一次编选和翻译穆卡若夫斯基文选的尝试，可以说，它为西方读者第一次近距离地了解穆卡若夫斯基本人的思想提供了很好的契机。不过，该读本的局限性也是相当明显的。正如韦勒克在 1955 年第 31 期的《语言》中所指出的那样：

> 该书在文章的选择上有时是欠考虑的。《诗歌语和标准语》一文的写作服务于一个地方性的论战：为了对抗一家捷克纯语杂志，捍卫诗歌语言是对当前的标准语的一种背离。"语言美学"则是一篇啰嗦的和重复的论文：从细小的关于捷克词汇的"美"的问题到诸如，在诗歌史中对标准语规范的接受与违反之间摇摆的问题（如布瓦洛和马拉美两个极端）。第三篇和第四篇是穆卡若夫斯基研究诗体和风格的典范，但其局限于对捷克文本的分析。①

依韦勒克本人对穆卡若夫斯基文论之定位：

> 他超越了最初语言学和文学理论之间紧密的合作，而走向了一

---

①　参见 John Burbank and Peter Steiner, eds. and trans. , *The Word and Verbal Art*: *Selected Essays by Jan Mukarovsky*, Yale University Press, 1977 一书韦勒克所作之序。

种美学的一般理论，在其中诸如功能、结构、规范和价值的核心范畴指向了符号学理论、社会和历史语境中意义理论的一个总的目标。①

客观地说，卡尔文所编选和翻译的篇章，与穆卡若夫斯基文论所达到的客观高度是难相适应的。

全面译介阶段（大致从 20 世纪 60 年代末到 80 年代中期）。该阶段出现了对布拉格学派和穆卡若夫斯基文论进行译介的热潮，涌现了不少穆卡若夫斯基作品的英文版文选。韦勒克的《布拉格学派的文学和美学理论》（1969）的问世，可谓拉开了这一阶段的序幕。该书对布拉格学派的文论思想，尤其是穆卡若夫斯基的结构主义文论思想作了一次基本的、全面的介绍。在这之后又出版了一系列的译文集。② 此外，穆卡若夫斯基的一些虽未被收入上述译文集，但同样具有很高学术价值的文章，还可散见于 L. 马特伊卡与 I. 提图尼克编选和翻译的《艺术符号学：布拉格学派的贡献》③（1976），以及彼得·斯坦纳编选和翻译的《布拉格学派作品选：1929—1946》④（1982）等。

反思阶段（大致从 20 世纪 80 年代中期至今）。随着越来越多有关布拉格学派和穆卡若夫斯基作品译文集的出现，对该学派文论

---

① 参见 John Burbank and Peter Steiner, eds. and trans. , *The Word and Verbal Art*: *Selected Essays by Jan Mukarovsky*, Yale University Press, 1977 一书韦勒克所作之序。

② 这些译文集主要包括：Mark E. Suino 译穆氏的《作为社会事实的美学功能、规范和价值》(1970)（该书为斯拉夫语言和文学系出版的密歇根斯拉夫论文集系列的一部分，它起初的影响有限，但这种状况随着该书 1979 年第二版的出现得到了改观）；J. Burbank 与 P. Steiner 编选和翻译，韦勒克作序的一套两卷本的英文版穆卡若夫斯基文选：《词和语言艺术：扬·穆卡若夫斯基文选》(New Haven, Conn. , 1977)；《结构、记号和功能：扬·穆卡若夫斯基文选》(New Haven, Conn. , 1978)。

③ 该译文集收录了一些珍贵的资料，其中包括穆卡若夫斯基有重大影响的一次讲座"作为符号学事实的艺术"（该文起初是递交给在海牙举办的第八届国际哲学大学的论文，1934，1936 年以法文出版），以及《诗歌称名和语言的美学功能》(1938) 和《视觉艺术的本质》（写于 1944 年，但 1966 年第一次出版）两篇论文。

④ 该译文集收录了《布拉格语言学小组论纲》(1929) 和穆卡若夫斯基的《美学与文学研究中的结构主义》(1940)。

思想的研究也在悄然进行。除了译介者往往在译文集的序和跋中撰写了不少颇具分量的研究文章外，也出现了就某个主题展开深入探讨的研究专著。这些专著包括 F. 加兰著《历史结构：布拉格学派的计划（1928—1946）》（1984）、J. 韦尔特鲁斯基著《扬·穆卡若夫斯基的结构诗学和美学》（1980—1981）、J. 施特里德著《文学结构、演变和价值：俄罗斯形式主义与捷克结构主义之反思》（1989）等。

　　除了俄罗斯、英美对以穆卡若夫斯基为首的布拉格学派的文论思想表现出浓厚的兴趣之外，值得一提的，还有他在德国的接受。德国接受美学的主将之一姚斯曾指出：

　　　　相形之下，穆卡洛夫斯基著作的境遇在德国就迥然相异了。它成为 60 年代末 70 年代初那一时期的显学之一。从 1967 年到 1974 年，他的许多最重要的著作都出现了德文译本，并且一跃而为各种角度批评讨论的核心。在德国，这些年来，人们提到接受理论或结构主义理论，几乎言必称穆卡洛夫斯基。①

　　最后，再让我们把目光转回国内学界。与国外对布拉格学派穆卡若夫斯基文论思想研究已经日臻成熟的状况相比，我国对穆卡若夫斯基的文论思想总体上仍比较陌生。有学者曾不无遗憾地指出："作为俄国形式主义的创始人之一，雅克布森曾受到过我国学者的注意。但我国学界至今对穆卡洛夫斯基这一有影响的美学家以及布拉格学派这一重要美学派别几乎没有什么研究。"②

　　到目前为止，就笔者所收集到的相关资料来看，在我国学界仅存在为数不多的几篇穆卡若夫斯基文章的译文，以及有关穆卡若夫斯基文论

---

① ［联邦德国］H. R. 姚斯、［美］R. C. 霍拉勃：《接受美学与接受理论》，周宁、金元浦译，辽宁人民出版社 1987 年版，第 308 页。
② 汪正龙：《穆卡洛夫斯基的美学思想——兼论布拉格学派的美学贡献》，《广州大学学报》（社会科学版）2006 年第 6 期。

思想的研究文章。① 此外，对以穆卡若夫斯基为首的布拉格学派文论思想的介绍，还散见于一些介绍 20 世纪西方文论和美学的书籍中。② 以上材料反映出我国在布拉格学派文论译介与研究上的落后，这种落后主要表现在以下几个方面：

　　首先，至今仍没有一部中文版的穆卡若夫斯基文选问世，已选译的穆卡若夫斯基的文章也并不具有很高的价值和代表性，很难体现穆卡若夫斯基文论思想的总体面貌。以国内翻译最多的穆卡若夫斯基所写的《标准语言与诗歌语言》一文为例，该文发表于 1932 年，乃是他早期的作品。在文中，穆卡若夫斯基还囿于俄罗斯形式论学派的框架和方法，他为了研究诗性功能，而将诗歌语言视为与标准语言相对的一种语言样

<hr>

　　① 单篇译文主要包括：

　　佟景韩译：《什克洛夫斯基〈散文论〉捷译本序言》，载《马克思主义文艺理论研究》编辑部编《美学文艺学方法论》（下），文化艺术出版社 1985 年版。

　　佟景韩译：《艺术的意向性和非意向性》，载［俄］波利亚科夫编《结构—符号学文艺学——方法论体系和论争》，文化艺术出版社 1994 年版。

　　庄继禹译：《现代艺术中的辩证矛盾》和《对话与独白》，载《布拉格学派及其他》（《世界文论》第 7 期），社会科学文献出版社 1995 年版。

　　竺稼译：《标准语言与诗歌语言》，载赵毅衡编《符号学文学论文集》，百花文艺出版社 2004 年版。

　　邓鹏译：《标准语言与诗的语言》，载程正民、曹卫东主编《20 世纪外国文论经典》，北京师范大学出版社 2004 年版。

　　丁兆国译：《标准语言与诗歌语言》，载朱刚编《二十世纪西方文论》，北京大学出版社 2006 年版。

　　杜常婧译：《美学与文学学科中的结构主义》，载高建平编《外国美学》第 21 辑，江苏教育出版社 2013 年版。

　　研究论文主要包括：

　　方珊：《穆卡洛夫斯基美学思想的历史地位》，载《外国美学》编委会编《外国美学》第 12 辑，商务印书馆 1995 年版。

　　方维规：《文学解释学是一门复杂的艺术——接受美学原理及其来龙去脉》，《社会科学研究》2012 年第 2 期。

　　汪正龙：《穆卡洛夫斯基的美学思想——兼论布拉格学派的美学贡献》，《广州大学学报》（社会科学版）2006 年第 6 期。

　　王锺陵：《布拉格学派研究》，《上海大学学报》2008 年第 5 期。

　　② 参见陈国球《文学结构与文学演化过程——布拉格学派的文学史理论》，载陈平原、陈国球主编《文学史》第 1 辑，北京大学出版社 1993 年版；朱立元、张德兴《莫卡洛夫斯基的艺术符号学理论》，载蒋孔阳、朱立元主编《西方美学通史》第 6 卷，上海文艺出版社 1999 年版。

式。到了后期，随着穆卡若夫斯基思想的不断发展，他提出用审美功能来取代诗性功能，把语言当作一个系统、整体进行研究。他认为不是存在形式各异的语言样式，而是存在不同的语言功能，并进一步把功能建立在人的主体性之上，对审美功能的特征，审美功能与其他功能之间的关系以及审美功能在艺术领域内和艺术领域外的不同表现进行了深入探讨。

其次，研究缺乏深度和体系，至今仍没有专著出现。从笔者收集的为数不多的几篇国内学者研究穆卡若夫斯基文论思想的文章来看，这些文章大都从穆卡若夫斯基文论的某一个方面切入，虽然对穆卡若夫斯基文论的介绍起到了一定的作用，但对于全面、客观地了解穆卡若夫斯基文论思想，其总体面貌、方法论特征、理论旨趣还是远远不够的。

然而，可喜的是，近年来这一落后的状况正在得到显著改善。国内已有学者对包括布拉格学派文论在内的"现代斯拉夫文论"的系统梳理上，做了一些开创性和奠基性的工作。如周启超先生已撰写了多篇文章，① 系统地阐释了现代斯拉夫文论在 20 世纪世界文论中的价值和意义，并对包括穆卡若夫斯基在内的现代斯拉夫文论名家的理论进行了评述。他撰写的《现代斯拉夫文论导引》（2011）为目前国内第一部系统研究现代斯拉夫文论的论著，在该书中他专辟两节"穆卡若夫斯基的对接与超越"与"穆卡若夫斯基与'文学性'：'语义化'视界"来讨论穆卡若夫斯基的理论。据笔者所知，在周启超先生所主编的《现代斯拉夫文论大家丛书》中穆卡若夫斯基的名字也赫然在列，计划出版名为"扬·穆卡若夫斯基论文学"的译文集。相信，这些成果的陆续面世，一定会极大地促进我国的斯拉夫文论研究。

---

① 参见周启超《理念上的"对接"与视界上的"超越"——什克洛夫斯基与穆卡若夫斯基文论之比较》，《外国文学评论》2005 年第 4 期；《"形式化"·"语义化"·"意向化"——现代斯拉夫文论中"文学性"追问的不同路径之比较》，《新疆大学学报》（哲学·人文·社会科学版）2006 年第 3 期；《现代斯拉夫文论——文学理论跨文化的一个案例》，《中国社会科学院研究生院学报》2008 年第 3 期；《当代外国文论：在跨学科中发育，在跨文化中旅行——以罗曼·雅各布森文论思想为中心》，《学习与探索》2012 年第 3 期。

第三节 研究布拉格学派文学与
美学理论的价值和意义

比利时著名学者布洛克曼曾在《结构主义：莫斯科—布拉格—巴黎》一书中，将俄罗斯形式论学派、布拉格学派以及法国结构主义形象地比喻为20世纪结构主义运动的三个驿站。从我国目前对这三个驿站的译介与研究现状来看，我们对俄罗斯形式论学派和法国结构主义都有了比较全面、系统和深入的了解，而唯独对以穆卡若夫斯基为首的布拉格学派的文学、美学理论的介绍和研究还几乎是一片空白。众所周知，布拉格学派主要活跃于20世纪三四十年代，而目前国内学界对这一时间段文论的介绍，主要以英美新批评为对象。布拉格学派的文论思想在我国备受冷落，是一个非常值得我们深思的现象。该派在文论史中的这种过渡性角色，是否就意味着其思想不具有原创性呢？事实上，我们不能，也不应该把该派的文论思想简单地贴上形式主义文论或结构主义文论的标签，它的过渡性角色并不意味着就不具有原创性。恰恰相反，该派的文论思想具有很高的原创性，这主要体现在以下几方面：

从对布拉格学派产生影响的思想来源来看。该派的文论思想是在与20世纪头几十年间东欧与西欧众多的哲学与美学流派进行深入的对话和互动的基础上发展起来的，这当中不仅包括索绪尔的结构主义语言学、俄罗斯形式论学派，也包括胡塞尔的现象学、卡西尔的符号形式哲学等。从这些众多的思想来源的角度来看，布拉格学派的文论更多的是以上诸种思想观念合力的产物。事实上，在早期，布拉格学派深受俄罗斯形式论学派的影响，中后期由于系统地接受了索绪尔结构主义语言学，它开始自觉地克服和超越俄罗斯形式论学派，形成了颇具特色的捷克结构主义理念。值得指出的是，在这一过程中，德国哲学，尤其是胡塞尔的现象学以及卡西尔的符号形式哲学，对该派结构主义理念的塑造有着很大的影响。如从穆卡若夫斯基本人所提出的艺术的意向性与非意向性，审美符号的三层次说等理论学说上，我们就可以清楚地发现这种影响。

从布拉格学派文论思想的具体内容来看。一方面，布拉格学派虽然深受俄罗斯形式论学派的影响，但它绝不是后者在捷克语境中简单的翻版和延伸，而更多的是从对后者进行自觉批判的过程中发展和成熟起来的；另一方面，布拉格学派虽与法国结构主义同属于20世纪结构主义运动，但这并不意味着它比后者在价值上要逊色，在方法和观念上要落后。总体来看，捷克结构主义与法国结构主义相比，主要呈现出以下几方面的异同：首先，从学术渊源上来看，不可否认，捷克结构主义与法国结构主义有着一些共同的渊源，它们都得益于索绪尔的结构主义语言学和符号学思想，都同样得益于雅各布森的衔接。但两者之间的不同也很明显：捷克结构主义更多地得益于雅各布森和特鲁别茨柯伊的音位学思想，以及俄国形式论学派什克洛夫斯基和蒂尼亚诺夫的思想，法国结构主义则更多地得益于索绪尔的结构主义语言学、列维－斯特劳斯的结构主义人类学和普罗普的民间故事形态学。可以说，它们是沿着两条不同的学术传统而达致结构主义的：如果说法国结构主义的发展是从"语言学"经由"人类学"，再到"文论"的路径的话，那么捷克结构主义的发展选择的是从"文论"到"美学"，再到"符号学"的路径。其次，从研究领域上来看，法国结构主义文论最大的贡献在于"叙事学"和"符号学"研究，而捷克结构主义侧重于"诗学"和"美学"。最后，从方法论角度来看，法国结构主义把索绪尔研究语言学的共时性方法发挥到了极致，但也正是这种方法先天之不足导致了它后来的解体。捷克结构主义则始终把共时性与历时性研究方法紧密结合，这使得它在一定程度上避免了法国结构主义方法之不足。总的来说，布拉格学派文论思想为结构主义方法论所做出的贡献，集中体现在"结构""功能"与"符号"这三个最为核心的范畴上，其中又以"功能"最具特色。

从布拉格学派文论在文论史上的地位来看。可以说，布拉格学派文论思想发展的历程真实地体现了20世纪文学研究重心从"作家"到"作品"，再从"作品"到"读者"的转移，文学研究观念从"形式"到"结构"，从"功能"到"符号"的转变历程。因此，该派在20世纪文论发展中所处的地位不可谓不重要，除直接对后来60年代的法国结构主义产生重大影响外，它还影响了其他一些重要文论流派，如70年代的德国接受美学，80年代的苏联塔尔图—莫斯科符号学。德国接受美学的主将姚斯和伊瑟尔把布拉格学派的穆卡若夫斯基和沃迪奇卡，奉为接受美学的直接先驱。穆卡若夫斯基对伊瑟尔的影响尤其大，前者的由意向性与非意向性构成的作品观直接启发了后者的由"召唤结构"与"隐含的读者"构成的文本观。苏联塔尔图—莫斯科符号学派的领军人尤里·洛特曼也高度重视布拉格学派的文论思想。穆卡若夫斯基将艺术作品视为审美符号的思想，以及他对审美符号的结构、功能（自主功能与交流功能）及其表意方式的研究等，对洛特曼后来发展出的文学、文化符号学的一些基本概念，如"文本""派生模拟系统""文化的多语性"等都有很大影响。

通过以上介绍，我们不难看出，作为一个文论流派的布拉格学派在20世纪文论发展史上所扮演的角色不可谓不重要。然而，遗憾的是，到目前为止，该派在文学与美学研究上的成就仍未引起国内学界足够的重视。可以说，这一现象的产生绝不是偶然的，它折射出我国在外国文论译介与研究中的一些深层次问题。

首先，学术视野上的"偏食"。这种"偏食"主要体现为，我们在选择外国文论的译介对象时，经常戴着"有色眼镜"，即我们主要把目光聚焦于大国的文论，而忽略小国的文论，从先前的"苏联热"，到后来的"英美热"。不可否认的是，我们在对大国文论的译介和研究上取得了一定的成就，可以说，对它们的引进符合那个文论资源极度匮乏的时代的需要，拓宽了国人的视野。然而，不可忽视的是，我们也因此付出了不小的代价。不少质量并不高的，甚至是思想垃圾的文论被大量地译介到我国，这在一定程度上造成了学界思想和认识上的混乱，而许多真正有价值的文论没有被译介过来。殊不知，所谓经济上的大国、强国的文论在价值上未必就高于那些小国和弱国的文论。经济上的强势与理论的强势虽然有一定的联系，但并不是绝对，文化与经济发展不对称的现象比比皆是。捷克、波兰（等西斯拉夫国家）这些小国同样贡献出如扬·穆卡若夫斯基、罗曼·英加登等享有世界声誉的文论大家。因此，时代发展的需求要求我们不能再像过去那样以国家经济实力的强弱为标准，而应以文论价值的高低为首要标准来选择译介的对象。

其次，文论译介的"双重标准"。其实，国内不少学者对布拉格学派与穆卡若夫斯基并不陌生，甚至不少学者也都认可该派文论思想的价值，那么为什么至今仍没有出现对该派文论思想比较系统的研究呢？笔者以为，这与不少学者对布拉格学派文论思想缺乏系统的认识，以及由此导致的对其定位之偏颇不无关系。目前，国内学者对布拉格学派文论的定性主要存在以下两种看法：一种看法认为该派的文论思想在性质上属于形式主义文论；另一种看法则认为该派的文论思想属于结构主义文论。细加思辨，这两种观点背后的潜台词其实是：了解形式主义，我们可以研究俄罗斯形式论学派；而了解结构主义，我们可以研究法国结构主义。因此，在不知不觉中，布拉格学派的文论思想陷入了一种尴尬境地：它既是形式主义的，又是结构主义的，说白了，就是什么都不是。这样一种现状体现着我们对于文论译介的两种心态——唯思潮唯主义心态和唯科学主义心态。前者体现为，我们选择译介对象时，往往选择那些按某一思潮标准看来具有代表性的理论家，而不注重那些其影响力超越诸思潮之外的理论家；后者表现为，我们时常按照自然科学的标准来对待人文科学。在这种标准看来，越新的理论就越有价值，相反，越旧的理论在价值上就要打折扣。殊不知，人文科学与自然科学从研究主题、方法、视角上都有着很大的差别。人文科学并不像自然科学那样，新的未必就有价值，旧的未必就没有价值。只有认识到人文科学的这种特点，我们才能避免"拿来"时的唯"新"主义，而吸收古今中外一切的优秀文论成果，真正做到为我所用。

以上这些存在于我国当前文论译介与研究中的问题，提醒我们要在以下几方面做出改进：首先，选择译介对象时要避免把目光只局限于所谓大国、强国的文论，而要努力拓展我们的视野，真正做到以文论价值的高低为最高标准。其次，要尽可能地摆脱传统的"唯思潮"（与"主义"）式思维，而应积极尝试从"范式"（与"范型"的视角）出发，尽可能多地采集一些跨文化运行的文论个案与标本，挖掘隐藏在流派、思潮更迭表层下的学理深层的传承与变迁。只有这样，我们才能真正做到有学者所提出的"多方位地吸纳，有深度地开采"。[①]

布拉格学派与扬·穆卡若夫斯基的文学与美学理论，正是这样一个有待开采的个案。基于以上旨趣，布拉格学派与扬·穆卡若夫斯基的文学与美学理论进入了我们的视野。

---

① 参见周启超《反思中整合，梳理中建构——国外文学理论现状的一份检阅报告》，《文学评论》2006 年第 4 期。

上　篇

第 一 章

扬·穆卡若夫斯基思想渊源
及学术探索

扬·穆卡若夫斯基[①]（1891—1975）——捷克著名文艺理论家、美学家、语言学家，布拉格学派的创始人之一，与罗曼·雅各布森并称为捷克结构主义之父。1891 年 11 月，穆卡若夫斯基出生于捷克南部城市皮塞克，并在那里度过了自己的青年时代。他成长在一个非常尊重科学知识的家庭，父亲为数学教授。家庭的熏陶，加上在大学所接受的系统的语言学教育（曾师从约瑟夫·祖巴蒂[②]），使他日后选择了从事文艺学、美学研究的道路。1911 年，穆卡若夫斯基考入布拉格大学，学习比较语言学与捷克语文学。从 1929 年起，他开始担任布拉格卡尔罗夫大学的美学教授，随后兼任布拉迪斯拉法大学的美学教授。第二次世界大战后，他担任布拉格卡尔罗夫大学校长，并于 1952 年当选新组建的捷克斯洛伐克科学院院士。1951—1962 年，穆卡若夫斯基出任捷克科学院文学研究所所长，培养了一大批研究人员，为捷克文艺学学科的建设与发展做出了杰出贡献。综观穆卡若夫斯基的一生，他治学严谨、成果丰硕，研究遍及文学、绘画、建筑、电影、美学、符号学、哲学等多个领域。他的许多研究主题，如诗歌语言、审美功能、规范及价值、对话、电影中的时空、艺术与社会之间的关系，以及个性在文学发展中的地位等问题，在今天仍具有十分重要的现实意义。

---

① 扬·穆卡若夫斯基（Jan Mukařovský）俄译：Ян Мукаржовский，英译：Jan Mukarovsky。
② 约瑟夫·祖巴蒂（Josef Zubatý，1855—1931），捷克语言学家，语文学家。

第一节　思想来源

穆卡若夫斯基的主要学术探索是在布拉格语言学小组中成长、成熟起来的。该小组成立于 1926 年，主要活动于 20 世纪三四十年代。当时的捷克学术界、思想界异常繁荣，东西欧的各种哲学、美学思潮在这里交汇，有学者曾这样描述当时的捷克：

> 从 20 世纪 20 年代到 30 年代末这短短的 10 年中，布拉格成为欧洲人文荟萃之地，流亡中的和本土的学者们，一时形成了一个包括哲学、文学、语言学、美学、社会学、史学的综合学术环境。布拉格这个美丽非凡的中欧古都，为极富创造力的俄国流亡知识分子和西北欧学术深厚的人文学者，提供了精神交流的机会。①

回溯穆卡若夫斯基一生的学术轨迹，我们不难发现其思想发展主要得益于两大源头：一是整个欧洲哲学与艺术学思想成果，二是捷克斯洛伐克本国的科学研究传统。首先，让我们来关注前者，这一源头又可进一步分为以下三个分支。

一是德国古典与现代哲学。德国古典哲学对穆卡若夫斯基的影响非常大，尤以黑格尔的辩证法最为明显。穆卡若夫斯基从中学时代就痴迷黑格尔，开始仿效其辩证法来揭示活生生的互相转变，尝试在对立中看到统一，在统一中看到不同趋势和倾向的斗争。这从他本人对"结构"所下的定义就可见一斑。他把结构界定为这样一个整体，在其中各种关系之间相互竞争和共存，并形成等级。这些关系不仅包括和谐的方面，更包括斗争和矛盾的方面，正是这种矛盾与斗争构成了结构持久的张力和不断变化的动力。此外，穆卡若夫斯基对辩证法的推崇还体现为：他不仅关注艺术的内部，也关注艺术的外部；不仅关注美学领域，也关注美学外领域；不仅关注艺术的自律，也关注艺术的他律。除德国古典哲学外，现代德国哲学也对穆卡若夫斯基产生过重大影响。这主要包括布

---

① 李幼蒸：《理论符号学导论》第 3 版，中国人民大学出版社 2007 年版，第 628 页。

罗德·克里斯蒂安森的艺术哲学、埃德蒙德·胡塞尔的现象学哲学以及恩斯特·卡西尔的符号形式哲学等。

二是以索绪尔为首的日内瓦语言学派。众所周知，日内瓦语言学派的领军人物费迪南·德·索绪尔的结构主义语言学思想，对 20 世纪整个结构主义的发展产生了巨大的影响。他对语言和言语、能指和所指、共时和历时的区分以及对一般符号系统理论的展望（他称这种未来的科学为符号学），直接为结构主义奠定了坚实的方法论基础。与此同时，索绪尔的结构主义理念远远超出语言学的范围，它对文艺理论、美学中结构主义思想的发展也同样产生了深远的影响。俄罗斯形式论学派、捷克结构主义以及法国结构主义都从中汲取了灵感和养分。

三是俄罗斯形式论学派。活跃于 20 世纪前 20 年的俄罗斯形式论学派对布拉格学派的影响是毋庸置疑的，这不仅体现在它为后者的建立提供了人员上的支持（雅各布森、特鲁别茨柯伊、鲍加蒂廖夫、卡尔采夫斯基后来都是布拉格语言学小组的成员），而且也体现在它对布拉格学派方法论的形成所提供的智力支持上。对布拉格学派影响最大的俄罗斯形式论学派学者当属罗曼·雅各布森。他曾是俄罗斯形式论学派分支之一——莫斯科语言学小组的领袖人物，雅各布森于 20 世纪 20 年代初移居到捷克首都布拉格。正是他把俄罗斯形式论学派许多优秀的理论成果介绍到捷克，在他和马泰修斯的直接倡议下，布拉格语言学小组于 1926 年得以成立。除雅各布森外，还有一些俄罗斯形式论学派学者也为布拉格语言学小组的发展做出了间接的贡献，如蒂尼亚诺夫、艾亨鲍姆、托马舍夫斯基等都曾到小组做过讲座。穆卡若夫斯基本人受雅各布森、特鲁别茨柯伊的音位学思想、什克洛夫斯基的"奇特化"① 理论，以及蒂尼亚诺夫的文学演化观的影响最大。

在受到来自西欧与东欧的诸种哲学、美学思潮的影响的同时，不可忽视的是，穆卡若夫斯基还与捷克本国历史悠久且颇具特色的科学研究传统有着密切的关系，后者大致也可分为以下几个支脉。

———

① "奇特化"一词的俄语原文为 остранение，我国学界有多种译法，如"陌生化""奇异化""奇特化"等。为避免与布莱希特的"陌生化效果"（очуждение）一说相混淆，笔者采用"奇特化"这一译法。

一是布拉格语言学小组。作为小组的一员，穆卡若夫斯基的学术探索是在整个布拉格语言学小组统一的研究框架中展开的。布拉格语言学小组最大的贡献在于建构了音位学，雅各布森于1928年首次提出结构主义音位观念，后来特鲁别茨柯伊加以系统的发展。我国学者李幼蒸指出，所谓音位学，与传统语音学有着本质的差别，它们代表着两种截然不同的哲学认识论态度：

> 按照布拉格学派的音位观念，音位即一语言系统中意义切分的最小单元，这个单元是由一组声音对立关系体现的，因而是相对性的而非绝对性的。声音只是形成这类对立的物质材料，起意义区分功能作用的却是此声音对立关系本身。同时，各种语言系统各有在声音中不同的切分意义载体的方式，因此各有不同的音位系统。音位学家的任务是描述和分析各种音位系统。另外，尽管一语言社会中每一成员的语言声音特性不同，却都体现了共同的声音对立系统。因而音位原则即表现有关语言全部对立关系的声音区分原则。①

这种源于"结构—功能"理念的音位学，对后来布拉格学派文学、美学的研究产生了深远的影响："布拉格学派的这种音位学功能主义在人文科学一般认识论中的理论贡献是极为突出的，其基本立场与英美以自然科学为模型的物理实证主义立场的区别，具有重要的认识论意涵。"②

二是捷克本土赫尔巴特形式美学。据彼得·斯坦纳考察，与强调艺术作品内容的浪漫主义美学形成对照，赫尔巴特③学说宣称形式（成分的关系）是所有美的来源。赫尔巴特形式主义传统在布拉格的查理大学尤其强大，在那里，罗伯特·齐默尔曼把赫尔巴特关于美学的零散的发现阐释为一个连贯的体系。此后捷克人约瑟夫·杜尔迪克和奥托卡尔·霍

---

① 李幼蒸：《理论符号学导论》第3版，中国人民大学出版社2007年版，第179页。

② 同上书，第185页。

③ 赫尔巴特（Johann Friedrich Herbart，1776—1841），德国哲学家、心理学者，教育学的创始人。他被公认为是后康德主义哲学家中与黑格尔对比最为鲜明的一位哲学家，尤其是在美学领域。

斯汀斯基①进一步拓展了它的基本原则。到了 20 世纪初，赫尔巴特形式主义虽然已经丧失了其生命力，变得陈旧，但是我们仍能在其后的美学理论中发现它的回应。比如，捷克心理学、美学的代表人物奥托卡尔·齐切②密切关注作为审美感知基础的艺术的物质实体。在他著名的《论诗歌类型》（1917）研究中，齐切对语言艺术的音响构成的分析与俄国形式主义同时期的发现是并行不悖的。③ 这种本土的形式传统，一方面使得穆卡若夫斯基善于接受来自俄国的理论，另一方面也使得他在一个更广的语境中对俄罗斯形式论学派的得失进行评价。俄国形式论学派学者只对诗学感兴趣，并在纲领上拒绝越过文学的边界。对于穆卡若夫斯基而言，诗学则是范围更广的美学中的一部分，这样的美学不仅包括所有艺术，而且也包括所有美学外现象，甚至艺术外现象。不得不承认，捷克本土的形式美学传统对促成这种转变起到了重要作用。

三是捷克本国先锋派艺术。与俄罗斯形式论学派相似，先锋派艺术也对穆卡若夫斯基思想的发展产生了很大影响。据韦勒克考察，穆卡若夫斯基与 20 世纪 30 年代捷克先锋派艺术家建立了良好的关系，特别是与维特兹斯拉夫·奈兹瓦尔④和弗拉迪斯拉夫·万楚拉⑤过从甚密。穆卡若夫斯基对奈兹瓦尔的诗歌和万楚拉的小说所作的一些分析，旨在为这类"现代主义"艺术辩护。然而，与积极投身先锋派艺术发展，甚至为其充当理论代言人的俄罗斯形式论学派不同，穆卡若夫斯基从未参与起草不同派系的宣言，而是始终保持着一名观察者的角色，或至多是一个学术上的同盟，他只是把自己的声望授予那些好战的艺术家。⑥

---

① 奥托卡尔·霍斯汀斯基（Otakar Hostinský, 1847—1910），捷克历史学家、音乐学家，音乐美学教授。

② 奥托卡尔·齐切（Otakar Zich, 1879—1934），捷克著名的作曲家、美学家。

③ 参见 Peter Steiner, "Jan Mukarovsky's Structural Aesthetics", in John Burbank and Peter Steiner, eds. and trans., *Structure, Sign, and Function: Selected Essays by Jan Mukarovsky*, Yale University Press, 1978, pp. XII – XIII。

④ 维特兹斯拉夫·奈兹瓦尔（Vítězslav Nezval, 1900—1958），20 世纪上半叶捷克最为多产的先锋派作家之一，捷克超现实主义运动的创始人之一。

⑤ 弗拉迪斯拉夫·万楚拉（Vladislav Vančura, 1891—1942），20 世纪最杰出的捷克作家之一。

⑥ 参见［美］雷纳·韦勒克《近代文学批评史》第 7 卷，杨自伍译，上海译文出版社 2006 年版，第 685—686 页。

第二节   学术分期

总的来说，穆卡若夫斯基思想发展中的结构主义阶段持续了近 20 年（大致从 1928 年到 1948 年），这一时期也正好是布拉格学派发展的经典阶段，其中又可分为三个阶段。以下让我们分别来对穆卡若夫斯基理论发展的这三个不同阶段的基本旨趣做一番考察。

一   诗学探索阶段（1928—1934）

该阶段为穆卡若夫斯基的早期学术探索阶段。众所周知，布拉格学派早期受到来自俄罗斯形式论学派的影响颇深，这恐怕是不少学者把布拉格学派的文论等同于形式主义文论的原因之一。在小组建立初期这样一种活跃的学术氛围之下，穆卡若夫斯基开始了自己的理论探索。穆卡若夫斯基这一时期比较具有代表性的论文有《马哈的〈五月〉：美学研究》（1928）、《标准语和诗歌语》（1932）、《论波拉克的〈自然的崇高〉》（1934）等。其中，受俄罗斯形式论学派影响最明显的当属《马哈的〈五月〉：美学研究》，该文明显地受早期"奥波亚兹"（ОПОЯЗ）成员 B. 什克洛夫斯基和 O. 勃里克的影响。当时，穆卡若夫斯基主要研究诗歌文本的语音、节律、句法特征。在该文中，穆卡若夫斯基认为，如果作品被分解为不同的层次，并且这些层次在等级上是相互从属的话，那么作品内部的每一个成分在结构上都是平等的。从 1931 年开始，随着探索的进一步深入，穆卡若夫斯基逐渐形成了"结构—主导"的观念。与把艺术理解为手法之机械的总的观念相比，穆卡若夫斯基倾心于辩证统一的结构观念的思考。

在这一阶段，穆卡若夫斯基的理论建构中比较具有代表性的概念是所谓的"前推"[①]，这一概念很容易让我们想起什克洛夫斯基的"奇特化"。诚然，这两个概念之间的相似之处在于它们都同样针对"自动化"，

[①] "前推"（捷克文：aktualisace，英译：foregrounding），这一概念的中文译法目前有不少版本，如"凸显""突出""前景化"等不一而足。本书采用"前推"这一译法，具体理由在第四章中有专门论述。

穆卡若夫斯基曾明确将前推定义为"非自动化"（去自动化）。然而，我们不可因此忽视它们之间的差别。事实上，这两个概念代表着两种本质上不同的理念：首先，"奇特化"是从作为物的艺术作品的角度出发来界定艺术的，把作品视为一种语言和手法的编织物；而"前推"则已从"审美客体"的角度出发来看待艺术，将作品视为一种审美的对象。其次，"奇特化"对于如何实现"去自动化"鲜有论述，它强调的是其结果，而不是过程；"前推"则不同，它是从系统性高度来描述作品中所有成分如何在文本系统的层级中实现地位的转换，所以它强调的是"非自动化"如何得以实现的过程。因此，"前推"比"奇特化"更为系统和辩证，"前推"一方面可以被视为对"奇特化"的补充，另一方面又可被视为"奇特化"在一种更高层次上的发展。这两个概念之间的联系与差别，深刻地反映出处于转型期的布拉格学派对俄罗斯形式论学派在学理上的继承与超越。

总体来看，穆卡若夫斯基在该阶段把俄罗斯形式论学派的优秀成果引入捷克批评界，为捷克本土文学批评的发展做出了一定的贡献。但在该阶段，他还未能对俄罗斯形式论学派方法的局限有着自觉的认识，还未形成有自己特色的方法论。如果从他后来所发展起来的艺术符号学的视角来反观他这一时期的研究的话，那么，可以说，他在该阶段还主要囿于对审美符号的能指层面的研究，确切地说，对作为物的艺术作品——艺术成品的结构进行研究。虽然，比起早期俄罗斯形式论学派来，穆卡若夫斯基已经开始把艺术作品当作一个有机的系统，在原则上承认该系统中的一切成分地位上的平等性，并为这种系统添加了秩序和等级。但他在该阶段的研究终究存在明显的不足，这反映出他早期思想的局限性。如彼得·斯坦纳所评价的那样：

只关注艺术的物质媒介必然会使研究成果大打折扣，因为没有艺术作品可化简为它的知觉可感层，甚至还有那些其材料不能以这种方式化简的艺术，比如文学。文学的材料——语言，被结构语言学家定义为一个符号系统。符号的范畴以及与它相连的物质和非物质纽带，为穆卡若夫斯基克服单方面地偏执于艺术的物质层面开辟了道路。把艺术作品视为一个符号，并不否认研究它的媒介结构的必要性，但描述这种结构不再是最终目的。①

二　美学探索阶段（1934—1938）

1934 年对于穆卡若夫斯基以及整个布拉格学派的发展是具有里程碑意义的一年。巴利·P. 舍尔曾指出：

> 就文学理论与美学理论而言，布拉格学派的一个重大的转折发生于 1934 年。在这一年里，扬·穆卡若夫斯基发表了好几篇极为关键的文章，澄清了布拉格学派与俄罗斯形式学派的不同特点，有助于布拉格学派的结构主义取向的界定，并为其后来在符号理论与接受理论上的那些建树奠定了基础。在随后的几年里，穆卡若夫斯基和另外几位学者确立了捷克结构主义所特有的核心旨趣，考察出文学发展的一些根本原理，并将他们的兴趣焦点从文学作品扩展到所有的艺术，将对作品本身的关注拓展到作品的创作问题与接受问题上。②

正是在该年，穆卡若夫斯基发表了《什克洛夫斯基的〈散文理论〉捷译序》（以下简称《捷译序》），该文对结构主义文艺理论的发展具有纲领性意义。在文中，穆卡若夫斯基一方面把俄罗斯形式论学派的优秀理论成果介绍到捷克批评界，另一方面对该派的失误也进行了客观、冷静的反思。与那些完全否定形式主义之功绩的批评家不同，穆卡若夫斯基首先肯定了俄国形式论学派对文学科学发展所做出的重要贡献：

> 什克洛夫斯基有意识地把自己的视野局限在文学结构的范围以内，绝对不让自己稍越雷池一步。在当时，这是完全自然的和必要的；一开始，有必要把全部注意力集中于既往文学史所最不关心的一点上，

---

① Peter Steiner, "Jan Mukarovsky's Structural Aesthetics", in John Burbank and Peter Steiner, eds. and trans. , *Structure*, *Sign*, *and Function*: *Selected Essays by Jan Mukarovsky*, Yale University Press, 1978, p. XV.

② ［美］巴利·P. 舍尔:《布拉格学派的美学》，周启超译，载汝信主编《外国美学》第19 辑，江苏教育出版社 2009 年版，第 169—170 页。

也就是集中于诗歌作品的内部构成和特殊功能上，因为只有在这种限制中，从这个角度上，才能使整个科学概念系统开动起来。①

形式主义的立场尽管有很大的片面性，但却是一个重大的成果，因为它发现了文学演变的特性，把文学史从对一般文化史乃至对意识形态史或社会史的寄生关系中解放出来。②

然而，俄罗斯形式论学派也不可避免地有其历史局限性，它的那种"大破大立"的方式过于极端，有着明显的弊端：他们在研究文学作品结构时，重形式而轻内容；在研究诗歌语言时，把它与日常语言截然对立；在研究文学史时，强调文学的自律，而忽视文学的他律。穆卡若夫斯基对俄罗斯形式论学派的这些不足进行了批判，进而提出了自己对结构主义的构想：

每一个文学事实都是两种力量——结构的内部运动和外部干涉的合力。旧文学史的错误在于，它注意了外部干涉，而否定了文学的自主发展。而形式主义的片面性则在于，它把文学过程置于真空之中……结构主义，作为上述两个对立面的综合，虽然也保留了自主发展的公设，但并未抽空文学，没有取消文学同外部世界的联系。因此，它能使人充分把握文学的广度和规律性。③

在穆卡若夫斯基看来，未来的文学结构主义应该是这样一种研究：

总之，结构主义不主张文学史只分析"形式"，它同文学的社会学研究也毫无矛盾；它并不缩小材料的外延和问题的丰富性，但它坚持要求，科学研究不要把自己的材料视为静止的和一片稀松混乱的现象，而要把每一个现象理解为合力和活跃的脉冲源，把整体理

①　[捷] 扬·穆卡若夫斯基：《什克洛夫斯基〈散文论〉捷译本序言》，载 [俄] 波利亚科夫编《结构—符号学文艺学——方法论体系和论争》，佟景韩译，文化艺术出版社 1994 年版，第 30 页。

②　同上书，第 28 页。

③　同上书，第 28—29 页。

解为各种力量的复杂交互作用。①

可以说，《捷译序》一文的发表，第一次比较系统地阐释了穆卡若夫斯基的结构主义思想。此后，他一直致力于对它进行修正、完善和发展。值得注意的是，穆卡若夫斯基在该阶段最有特色的研究，当属他有关美学的一系列论著。正是在这一点上，穆卡若夫斯基与俄罗斯形式论学派相比已有了很大的不同：如果说，俄罗斯形式论学派有意识地把研究领域局限于诗学、文学，而不越雷池半步的话，那么，穆卡若夫斯基则高度重视包括文学在内的一切艺术样式，甚至作为艺术哲学的美学。在他看来，诗学只是美学的一部分。可以说，美学是他对俄罗斯形式论学派进行超越的一个重要维度。彼得·斯坦纳曾敏锐地察觉到这一点：

> 布拉格学派还采取了另一个步骤来摆脱形式主义：它从诗学延伸到美学，从只关注语词的艺术转变到关注所有艺术以及艺术外美学。这种主题上的扩大，促进了一种广泛的关于审美价值论的思考，研究语言的原则（比如，语言—言语的对立）被纳入所有艺术的符号体系的框架之中。②

从 20 世纪 30 年代中期开始到 40 年代中期，穆卡若夫斯基陆续撰写了一些系统论述美学的文章。在这些文章中，写于 1936 年的《作为社会事实的审美功能、规范和价值》一文堪称结构主义美学的经典。诚如该文标题所示，"审美功能""审美规范"与"审美价值"是穆卡若夫斯基结构主义美学与审美价值论的三个核心范畴，准确地把握这三个范畴，乃是理解其结构主义美学的基础。那么，这三个概念各自的内涵，以及它们之间的相互关系是怎样的呢？

穆卡若夫斯基本人曾在一场题为"审美价值问题"（1935—1936）的

---

① ［捷］扬·穆卡若夫斯基：《什克洛夫斯基〈散文论〉捷译本序言》，载［俄］波利亚科夫编《结构—符号学文艺学——方法论体系和论争》，佟景韩译，文化艺术出版社 1994 年版，第 30 页。

② Peter Steiner, "The Roots of Structuralist Esthetics", in Peter Steiner, ed., *The Prague School*: *Selected Writings* (*1929 – 1946*), University of Texas Press, 1982, p. 177.

大学讲座中，明确阐释了这三者之间的内在逻辑："通过功能我们可以理解一客体与该客体被使用的目的之间的积极联系。价值是该客体为了这样一个目的的功用。规范则是调节一种特殊种类或类型价值的规则或一套规则。"① 在穆卡若夫斯基看来，审美功能与其他功能相比，其特性在于它把接受者的注意力引向客体本身、它的形式、它所产生的印象。由于自身没有内容，审美功能很容易与其他功能和睦共处，使得同一事物或行为成为多功能的，并更新接受者的感受。审美规范的特点在于，在艺术中重要的不是对规范的遵守，而是对它的破坏，这正是优秀的艺术作品的目的和长处。长期遵守美学领域中的规范会导致接受者意识的自动化，而艺术的总体目标则是不断更新接受者的意识。穆卡若夫斯基认为，总体的审美价值不能也不应该是绝对的和不变的，正是因为它的动态品质，不断的发展以及与周围现实的相互影响保证了艺术的发展。

在该阶段，除有关美学的论著外，穆卡若夫斯基的艺术符号学思想也开始萌芽，这在他写于 1934 年的《作为符号学事实的艺术》一文中得到了集中体现。在该文中，他旗帜鲜明地提出把艺术作品视为一种审美符号的观念，并对审美符号的结构进行了描述。总的来说，穆卡若夫斯基早期的文艺符号学思想虽然还只是提纲挈领式的，但实则已经勾勒出了未来符号学发展的几个方面：句法学、语义学、语用学。此外，他还研究了审美符号的双重功能（自主功能与交流功能）以及审美符号独特的意指方式，正是在这一点上它与交际符号有着显著的差别。可以说，文艺符号学思想的萌芽使得穆卡若夫斯基的思想发展进入了一个新的阶段，使得美学融入更为一般的符号学之中成为可能："总之，在结构美学看来，艺术作品中的一切以及它与周围环境的关系都是一个符号和意义。在这层意义上，结构美学能够被视为关于符号的一般科学或者符号学的一部分。"②

① 参见 Peter Steiner, "Jan Mukarovsky's Structural Aesthetics", in John Burbank and Peter Steiner, eds. and trans. , *Structure*, *Sign*, *and Function*: *Selected Essays by Jan Mukarovsky*, Yale University Press, 1978, p. XXII。

② Ян Мукаржовский, Структурализм в эстетике и в науке о литературе, Ю. М. Лотман и О. М. Малевич, ред. , *Ян Мукаржовский*: *Исследование по эстетике и теории искусства*, Москва: Искусство, 1994, c. 267.

三 文艺符号学探索阶段（1938—1948）

穆卡若夫斯基在该阶段对在前两个阶段中存在的一些问题进行修正，致力于对更为一般的艺术与哲学命题进行研究。也正是在这一阶段，他最终超越了俄罗斯形式论学派。有学者曾这样描述布拉格学派这一阶段的理论旨趣：

> 布拉格结构主义的第三阶段已经离俄国形式主义非常远了，它甚至超越了第二阶段对社会学的关注，转向了普遍的问题以及在艺术中主体的角色问题。结构主义者现在寻求审美过程的人类学基础，并努力构思一种本体论的审美价值论。①

在该阶段，穆卡若夫斯基关注的一些主要问题包括：艺术的意向性与非意向性、艺术中的个性、个性与文学发展的关系等。之所以对这些问题重视，与他前两个阶段方法论上存在的一些失误不无关系。在前面，我们提及过穆卡若夫斯基早期的文艺符号学思想。它虽然产生很早，但存在一些明显的不足，如在对审美客体的界定以及审美符号意指方式问题上有着不小的争议。穆卡若夫斯基把审美客体定义为："在某个集体的成员间由物的作品所引起的在意识的主观状态之共通物。"② 韦勒克则批评了这种定义："不同精神状态的公分母必须一定要小，共通物的概念是贫瘠的和空洞的，艺术作品必须被简化为一套可探知的，不受争议的事实。"③

事实上，穆卡若夫斯基对审美客体社会本质的强调是有着不足的。彼得·斯坦纳公正地指出了这种不足：

---

① Peter Steiner, "The Roots of Structuralist Esthetics", in Peter Steiner, ed., *The Prague School: Selected Writings 1929 – 1946*, University of Texas Press, 1982, p. 178.

② Ян Мукаржовский, Искусство как семиологический факт, Ю. М. Лотман, О. М. Малевич, ред., *Ян Мукаржовский: Исследование по эстетике и теории искусства*, Москва: Искусство, 1994, с. 191.

③ 参见 Peter Steiner, "Jan Mukarovsky's Structural Aesthetics", in John Burbank and Peter Steiner, eds. and trans., *Structure, Sign, and Function: Selected Essays by Jan Mukarovsky*, Yale University Press, 1978, p. XXII。

在结构主义的早期阶段，对审美客体社会本质的强调，阻碍了结构主义者们更全面地思考主体在艺术作品意义创造中的角色。主体要素实际上只扮演着一种意义（位于社会意识之中）内核的伴随性"联想要素"角色。只是在布拉格结构主义后来的发展中，个人才在艺术作品意义的构成中获得了一种更为坚实的份额。①

可以说，穆卡若夫斯基在早期阶段对审美客体社会本质的强调，在纲领上忽视了主体在审美过程中的角色，所谓"结构主义的非人化"正在于此。在该阶段，穆卡若夫斯基视主体——无论是作者还是接受者——为一特定集体中的一员，其意识框架甚至在它最内在的层次，都是由属于社会意识的内容所决定的。以这种方式定义的主体，只是审美交互的一个外部要素：作者只是源自先前的艺术传统和艺术外语境的非个人性的动力的一个载体；接受者则通过他的主体的、不相关的、私人的联系，仅仅对作品意义的社会内核进行补充：

> 这种方法的谬误是明显的。美学——一种经验之上的人文主义研究——正把人留在了它的外围。人与超个人结构的关系是在一种不平衡的方式上被理解的，人成了这些结构的产品。发端是属于结构的，人作为一个被动的参与者来填充，他的角色是不以自己的意志为转移的。这种不足，只是在穆卡若夫斯基结构主义的最终阶段才被纠正过来，他把关注点从非个人的和自我调节的文化代码，转到人——每个审美交互行为的主体和最终来源。②

穆卡若夫斯基后期借助艺术的"意向性"与"非意向性"这对概念，

----

① Peter Steiner, "The Conceptual Basis of Prague Structuralism", in Ladislav Matejka, ed., *Sound, Sign and Meaning: Quinquagenary of the Prague Linguistic Circle*, The University of Michigan, 1978, p. 370.

② Peter Steiner, "Jan Mukarovsky's Structural Aesthetics", in John Burbank and Peter Steiner, eds. and trans., *Structure, Sign, and Function: Selected Essays by Jan Mukarovsky*, Yale University Press, 1978, p. XXVI.

来对自己早期文艺符号学思想进行修正。那么，什么是艺术的意向性与非意向性呢？简而言之，所谓艺术的意向性，乃是艺术语义上的一种统一性，而这种统一性是由它的符号属性所决定的；非意向性则显示为对这种统一性的一种抵制，它是由艺术的"物"的属性所赋予的。无论是艺术的意向性，还是非意向性，都与欣赏者有着密切的关系。甚至在一定程度上，比起由作品的客观结构所预先规定的意向性来，非意向性更需要欣赏者发挥积极的主观能动性。艺术的非意向性概念的提出，超越了他早期的那种把艺术视为一种纯然的符号的观念，而这种观念是不能解释艺术的全部魅力的。作为符号的艺术，充其量只能形成一种符号的世界，而艺术作品之所以能够打动人，是因为它能唤起每位欣赏者的生活体验和感受，进而引起欣赏者的共鸣，而这恰恰是由艺术的非意向性在读者身上所引发的。因此，艺术的魅力在于它既是符号，又是"物"，两者缺一不可。穆卡若夫斯基还进一步指出，同作为艺术作品的两种基本属性，艺术的意向性是最为根本的属性，它是非意向性产生的背景。在这里，我们可以发现，穆卡若夫斯基摒弃了先前那种过分强调结构，因而在一定程度上忽视人的极端做法，开始注意"结构与人"这两者之间的平衡：艺术的意向性的提出，基于"艺术是一种符号学的事实"的观念，这在一定程度上强化了审美客体意义的社会本质；非意向性的提出，又在一定程度上承认了个人在审美客体意义建构上的能动性。

对早期文艺符号学思想的修正，还体现在穆卡若夫斯基对艺术中的个性以及个性与文学发展之间关系问题的考察上。他早期在定义审美客体时，过于强调审美客体超个人的社会本质，而忽视了作为个体的人及其在审美客体意义建构上的能动性。穆卡若夫斯基坦言纯符号学的观念解释不了艺术中的个性问题。因此，他在后期高度关注艺术中的个性这一问题，希望通过对它的考察来恢复作为个体的人的主观能动性。

传统的心理学与传记学批评把文学中的个性问题简化和等同为创作者的个性，这种个性观进而导致了把文学史等同于创作者个性的历史观。俄罗斯形式论学派则认为不能把文本个性与创作者个性混为一谈，认为文学发展有其自身的、内在的、独立于其外部环境的发展规律。与传统的观念相比，俄罗斯形式论学派的文学个性观和文学史观已然有了很大的进步，但不足也是明显的：它忽视了创作者个性对文学发展进程的真实影响。可以说，这两种观念都把个性与文学发展相割裂了：前者看不到文本的个性，后者看不到创作者的个性；前者看不到文学发展的自身规律，后者看不到创作者个性对文学发展的真实影响。穆卡若夫斯基察觉到它们的局限，提出一种比较全面地把握个性与文学发展之间关系的新方式。穆卡若夫斯基吸收了俄罗斯形式论学派在个性问题考察上的共时性方法的合理内核，承认了"文本个性"有其不依赖于创作者的独立品质。由于符号学方法和接受者之维的引入，穆卡若夫斯基比俄罗斯形式论学派更深刻地揭示了所谓文本个性的本质。同时，在这一过程中，他并没有像俄罗斯形式论学派那样忽视创作者真实的个性问题，而是考察了这两者之间的关系。穆卡若夫斯基对艺术个性这一问题探索的一大特色还在于，他把个性问题与文学发展问题紧密结合起来进行研究，考察了个性在文学系统之中与文学系统之外的不同表现。在穆卡若夫斯基看来，个性并不是外在于文学发展的一种要素，而毋宁说是内在于其中的。个性是联系文学与文学系统外部的一个重要因素，任何外部影响要想进入文本系统之中来都必须通过它的中介。从这种视角来看，个性与文学发展的内在规律就是不矛盾的。

第三节 结语

纵观穆卡若夫斯基思想发展的三个阶段，我们可以清楚地发现，他在每一阶段都有侧重的研究领域和优先的方法论原则。前期，受俄罗斯形式论学派影响颇深，他主要聚焦于诗学、文学方面的研究。而在中期，他不再满足于像俄罗斯形式论学派那样把研究领域局限于文学，开始有意识地向其他艺术门类、美学领域拓展。与此同时，也正是在该阶段，他的文艺符号学思想开始萌芽，这使得他将文学和美学纳入更大的艺术符号学框架下成为可能。后期，随着穆卡若夫斯基艺术符号学思想进一步成熟，他又从美学领域进军到更广阔的整个文化、社会领域，开始关注更为一般的文艺符号学的探索。总体来说，穆卡若夫斯基的结构主义思想正是沿着从诗学到美学，再到文艺符号学的轨迹逐渐形成和发展起来的。

值得注意的是，虽然穆卡若夫斯基思想发展的每一阶段似乎都涉及一个新的研究领域，但他的后一阶段并不是对前一阶段成果的否定，而更显得是一种继承与拓展，并且这些阶段被一条根本的认识论原则串联成一个有机的整体。彼得·斯坦纳曾对穆卡若夫斯基理论发展的三个阶段做出这样的描述：

> 他美学理论发展三阶段中的每一阶段都反映出对审美交互行为的三个基本组成中的一个的强调。在第一阶段中，穆卡若夫斯基把注意力集中在对客体本身——艺术作品的内在结构的考察上；然而，到了1934年，他发现这种方法是不够的，于是，开始研究被他称之为社会知觉或社会意识的概念——每部艺术作品所提供的一套适用于一特定集体的规范；大致随着第二次世界大战的开始，第三阶段从先前对超个体代码的强调，转向对主体在审美过程中所扮演的角色的强调。主体不再被视为只是超个体结构的一个被动媒介，而是被视为与这些结构相交互的一种积极力量，并且在交互过程中改变它们。①

穆卡若夫斯基本人也曾谈及他所关注的理论核心问题的先后顺序："（1）作为一个客体的艺术作品；（2）艺术中的发展；（3）符号与意义；（4）创作个体与其作品之间的关系。"②

可见，穆卡若夫斯基在自己理论发展的过程中一方面不断向新的研究领域拓展，另一方面又高度重视这种理论发展的连续性。可以说，这种理论研究上的连续性对他而言是首要的关切。大多数成为他后来结构主义美学阶段的主要论题，都同样能在他早期阶段中以一定的形式被发现。因此，我们不应当把穆卡若夫斯基的结构主义文论视为一个封闭的体系，而应该把它视为一个不断提出问题、分析问题和解决问题的过程。

---

① Peter Steiner, "Jan Mukarovsky's Structural Aesthetics", in John Burbank and Peter Steiner, eds. and trans. , *Structure, Sign, and Function: Selected Essays by Jan Mukarovsky*, Yale University Press, 1978, pp. Ⅺ - Ⅻ.

② Ibid. , p. Ⅹ.

第 二 章

扬·穆卡若夫斯基与
文学结构主义

什么是结构主义？什么又是结构和文学结构？这三者之间存在怎样的关联？捷克结构主义诞生于何种背景？它对结构主义、结构、文学结构的理解与传统结构主义有何共性及差异？相信，对于不少研究者而言，这些问题并不陌生，却很难回答清楚，然而它们又非常重要，因为正是对它们的不同理解在很大程度上促成了结构主义阵营内部和而不同的局面。因此，若要正确把握捷克结构主义的独特品格，对这些问题的探讨就显得至关重要。事实上，包括穆卡若夫斯基在内的布拉格学派学者对结构主义、结构、文学结构有着自己独特的理解，明显有别于俄罗斯形式论学派和法国结构主义。

第一节　结构主义的兴起

作为哲学范畴的"结构主义"（structuralism，структурализм）最早可见于 1929 年，这一年在捷克首都布拉格举办了第一届国际斯拉夫学者大会，雅各布森为这次会议作了一次题为《浪漫的泛斯拉夫主义——新斯拉夫研究》的报告，在该报告中首次提出这一概念：

> 如果我们要概括地论述以多样性表现出来的当代科学的指导思想的基本特征的话，那么，"结构主义"就是最清楚不过的概念。当代科学所论述的各种现象总体，都被看作是一种结构单位，一个系

统，而不是一种机械的堆积物。而科学的基本任务是从静态和动态的角度去发现其内在的规律。①

从雅各布森的论述中，我们不难看出，所谓"结构主义"其实是从当时各种科学思想中归纳和总结出来的一种共同倾向，它实际上已经成为当时一股名副其实的思潮。那么，"结构主义"这一思潮具有怎样的专属特征？它与以往的哲学思潮有着怎样的区别呢？雅各布森接着指出：

> 浪漫主义时代，欧洲的科学试图建立一种普遍的、总体的世界观念。实证主义的反论则牺牲了统一体概念，以期最大可能地汇集参考资料，并达到最复杂多样的部分真理。我们的时代则寻求一种综合：它并不期望从它的视界——事件的一种受规律支配的结构中取消一般的意义，而是，与此同时，把以前时代所搜集到的丰富的事实储藏纳入思考。②

随着雅各布森"结构主义"的提出，布拉格学派的扬·穆卡若夫斯基也于1934年正式使用这一概念。就结构主义与以往哲学思潮的区别，穆卡若夫斯基也有着与雅各布森颇为类似的见解：

> 当这一看法还整个地保持了自己的生命力时，它曾是对先前存在的浪漫主义时期将科学从属于哲学观念的有力反击：浪漫主义哲学不止一次地希望从所有独立于经验材料基础之外的先验前提中，以演绎的方式得出新的科学发现。但实证主义刚把科学从隶属于哲学的状态下解放出来，且这种浪漫主义单面性的危险才刚刚消失，客观主义者的立场的单面性又开始出现了：不能将科学隶属于哲学，

---

① 参见高宣扬《利科的反思诠释学》，同济大学出版社2004年版，第60页。
② 参见 Peter Steiner, ed., *The Prague School: Selected Writing* (*1929 – 1946*), University of Texas Press, 1982, p. 65。

也不能把它作为哲学的基础——它们的关系是相互的。①

与浪漫主义时代将科学隶属于哲学的做法不同，实证主义把科学提升到一种优先地位，而这一点似乎与结构主义的追求是相一致的。然而，随着实证主义的不断发展，它逐渐走向了另一个极端，即全然忽视和拒斥哲学对具体科学的指导作用。从这一角度看，它与结构主义又是不同的。穆卡若夫斯基这里所批判的"客观主义者"，其实指的是俄罗斯形式论学派，该派代表人之一的艾亨鲍姆，曾这样总结他们所谓的"形式方法"：

> 所谓"形式方法"，并不是形成某种特殊的"方法论的"系统的结果，而是为建立独立和具体的科学而努力的结果。一般说来，过去"方法"这个概念的范围太广了，因此，现在它的含义很广。对于"形式主义者"来说，在文学研究中，主要的不是方法问题，而是作为研究对象的文学问题。②

由于受实证主义影响颇深，俄罗斯形式论学派注重的是所谓"事实本身"，注重材料的可感性和可证实性，并希望借此来建立一门具体的文学科学。因此，他们有意识地不把自己囿于任何哲学和美学的前提。用他们的话来说，他们有的只是一种科学上的假设，并且这种假设是非常灵活的，如果在具体的研究过程中遇到与假设不符的情况，可以不断对其进行调整。这样一种观念，在他们对待"理论"的态度上得到了明确的反映：

> 在我们的科学研究中，我们只把理论看作是一种工作假设，借助这种假设来指明和理解某些现象，例如我们发现了体系的特点，

---

① Ян Мукаржовский, Структурализм в эстетике и в науке о литературе, Ю. М. Лотман, О. М. Малевич, ред., Ян Мукаржовский: Исследование по эстетике и теории искусства, Москва: Искусство, 1994, с. 254.

② ［法］茨维坦·托多罗夫编：《俄苏形式主义文论选》，蔡鸿滨译，中国社会科学出版社1989年版，第19页。

并借助这些特点使现象变为研究的内容。因此，我们不关心那些模仿者所热衷的定义，也不建立那些折衷主义者感兴趣的普通理论。我们在制订一些具体原则，因为这些原则可以应用于某种内容，并且我们坚持这些原则。如果内容要求我们的原则更加深化或有所修改，我们就会马上着手去做。从这种意义来说，我们在对待自己的原则上是相当自由的；并且我们认为一切科学都应如此，因为理论和信念是有区别的。没有什么完全现成的科学，科学是在克服错误的过程中存在的，而不是在建立真理时存在的。①

值得指出的是，比起严格意义上的西欧实证主义，俄罗斯形式论学派的实证主义已经有了很大的不同，这主要反映在他们不承认"外部研究"的科学性，主张以文学作品本身为研究对象，强调"内部研究"的理念上。因此，也有学者称他们的方法为"新实证主义"。与俄罗斯形式论学派相同，布拉格学派也强调相对于方法论上的前提而言，具体的研究结果具有更大的灵活性，但它并不因此像俄罗斯形式论学派那样，忽视方法论的前提，而是明确意识到放弃这种前提对于研究结果的可靠性的危险，在这一点上结构主义是反实证主义的。然而，布拉格学派对"理论""方法"之类的词是高度警惕的。确切地说，对于穆卡若夫斯基而言，结构主义既不是一种"理论"，也不是一种"方法"，而毋宁说是一种认识论"立场"：

　　结构主义是一种科学立场，它源于科学和哲学这种不断的相互依存，并在这一基础上发展起来。我们之所以使用"立场"一词，是为了避免"理论"或者"方法"之类的术语，前者意味着一种稳固的知识体系，后者则意味着一套已完成的、不变的工作原则。结构主义既不是前者，也不是后者，它是一种认识论立场，当然，从这一立场出发会得出一定的工作原则和知识，但它的发展独立于这

---

① ［法］茨维坦·托多罗夫编：《俄苏形式主义文论选》，蔡鸿滨译，中国社会科学出版社1989年版，第20页。

两者之外,因而能够同时在两者制定的计划中发展。①

穆卡若夫斯基认为,最能反映作为一种认识论立场的结构主义,莫过于其对待"概念"的态度:

> 结构主义意识到这个或那个科学领域中整个概念体系原则上的、内在的相互联系:每一概念都是由所有其他概念规定,并且自身也规定其他概念。这样一来,它能够由自身在该概念体系中所处的位置来更明确地界定,而不是列举直到这个概念被规定之前的,处于不断变化之中的内容。只有全面的相互联系赋予了个别的概念以"意义",这种意义是超出它的内容简单界限范围之外的。②

总之,结构主义者的工作有意识地为两方面所限:

> 一方面是哲学的前提,另一方面是材料。这两者与科学有着类似的关系。材料既不是被动的研究对象,也不像实证主义者所认为的是一种完全决定性的,而是这两者共同决定的。新材料通常把变化引入对它进行阐释的科学方法中。这也有助于解释科学概念和研究方法从一门学科转移到另一门学科的有益性。另一方面,为了使这些或那些事实能够成为科学的材料,它们必须在一种对该研究所期待的结果的假定的预期中与一特殊学科的概念系统有关。从科学的视角来看,事实本身远不是单义的:同一个事实能够成为几门不同学科的材料,这取决于学者从哪种意图着手。因此,材料正如哲学前提一样,同时内在和外在于一门科学。③

值得补充的是,对当时的布拉格语言学小组的成员来说,结构主义

---

① Ян Мукаржовский, Структурализм в эстетике и в науке о литературе, Ю. М. Лотман, О. М. Малевич, ред., *Ян Мукаржовский: Исследование по эстетике и теории искусства*, Москва: Искусство, 1994, с. 254 – 255.

② Тau me, с. 255.

③ Тau me.

这一概念的出现，还有着另一层现实意义。穆卡若夫斯基曾在一次访谈中指出，"结构主义"当时在布拉格语言学小组中的出现，乃是一种"战斗召唤"："针对科学中的折衷主义，针对不愿意思考以及甚至不愿意合乎情理地纠正自己思想中的错误，它是一种真正的召唤。"①

第二节　结构主义之结构

准确地理解作为文艺学范畴的"结构"，对于把握布拉格学派的结构主义是至关重要的。然而，它自身是相当多义与含混的，若要正确理解它，绝非易事。韦勒克曾指出，"如果有谁想从当代批评家和美学家那里收集上百个有关'形式'（Form）和'结构'（Structure）的定义……这并不是难事。"② 诚然，"结构"这一范畴的运用远远超出了某一学科的范围，也不是某几个流派或理论家们特有的专利。事实上，不同学科、流派、理论家对它的理解是有很大差别的。然而，我们可以说，也正是基于对它的不同理解才使得结构主义运动存在多种分支，才使得它丰富多彩。

"结构"的范畴由来已久，其历史远远早于现代结构主义的出现，然而，结构主义却赋予其独特的内涵。就什么是结构主义所理解的结构问题，皮亚杰在其著名的《结构主义》一书中曾做过界定，他认为"结构"这一范畴大体上具有"整体性""转换性"和"自身调整性"这三种基本特征。③ 在皮亚杰看来，结构就是由具有整体性的若干转换规律组成的一个有自身调整性质的图式体系。布拉格学派，包括穆卡若夫斯基在内，对结构的特征以及什么是结构问题的理解与皮亚杰有着相似之处，但也有明显的不同。以下让我们从几方面来描述布拉格学派对"结构"的理解。

"结构"范畴最易与"整体"范畴相混淆。可以说，结构主义所理解

---

① Ян Мукаржовский, О диалектическом подходе к искусству и действительности, Ю. М. Лотман, О. М. Малевич, ред. , *Ян Мукаржовский：Исследование по эстетике и теории искусства*, Москва：Искусство, 1994, c. 308.

② ［美］雷纳·韦勒克：《批评的诸种概念》，四川文艺出版社 1988 年版，第 60 页。

③ 参见［瑞士］皮亚杰《结构主义》，倪连生、王琳译，商务印书馆 1984 年版，第 3 页。

的结构与我们通常所说的整体既有相似之处，又有明显的不同。如若把结构等同于对整体与部分之间关系的那种常识性的理解，势必会简化结构主义者所赋予它的专有特征：

> 结构通常被定义为一个整体，其中的部分一旦进入整体之后便获得了一种特殊的品质。这就是通常所说的整体大于其组成部分之和。然而，从结构的观念来看，这个定义过于宽泛，因为它不仅包括了结构一词狭义的含义，还包括了诸如格式塔心理学研究的"完形"（Gestalten）①。因此，在艺术结构的概念中，我们强调更为专有的特征，而不是简单的整体与部分之间的相互关系。②

穆卡若夫斯基曾在多篇文章中批判过整体论。③ 事实上，他对结构范畴的阐释，正是建立在将其与生物学上的整体及格式塔心理学上的"完形"整体相区分的基础上的，结构与这些整体相比主要有以下几处差别：

首先，在组成项方面。一般的整体中的组成项乃是一种物质实体，具有物质性，如生物学中的有机体概念。结构之组成项则是一种关系，

---

① "格式塔"由埃伦菲尔斯首先提出，它起初被格式塔心理学家应用于那些不能被归为是其部分的、机械的总和的心理事件中去。在理解一段旋律或一个几何图形时，人所意识到的要大于它的个别组成。一种特殊的品质使得我们能够把这些部分理解为部分，即从属于一个整体，这种品质就是格式塔。这种观念后来被韦特墨（Max Wertheimer）和柯勒（Wolfgang Köhler）加以阐释，并超越心理现实的范围。正如考夫卡（Kurt Koffka）所总结的那样："产生功能整体的自发的自我分配过程使用了一个概念……每个现代心理学家所使用的……格式塔的概念……它是在空间上或时间上延展的整体的特性……格式塔范畴的范围……远远超出了格式塔的界限，因为具有这些品质的整体自身以及构成这些整体的领域的构成都变成同一个问题的方面。"

② Ян Мукаржовский, О структурализме, Ю. М. Лотман, О. М. Малевич, ред., *Ян Мукаржовский: Исследование по эстетике и теории искусства*, Москва: Искусство, 1994, с. 275 – 276.

③ 穆卡若夫斯基这里竭力批判的整体论，主要是指由 J. C. 斯穆茨发展起来的反机械论生物整体观。这种整体论在当时的捷克生物学家中得到广泛的传播，其最有力的支持者为 Jan Belehradek 教授。此君曾在布拉格语言学小组举行过两次讲座：一次是在 1945 年 10 月 9 日，题为"结构主义与整体论"；另一次是 10 月 15 日，题为"整体论与语言学"。斯穆茨的生物整体观和布拉格学派的结构观念有非常多的相似处，最重要的一点在于强调整体的非总和状态："整体不是一个纯机械的系统。它确是由部分组成的，但它大于它的部分之和，一个纯机械的系统必然是这种总和……大于它的部分之和的整体具有某种内在的，某种结构和功能的内在性……"

是非物质性的。穆卡若夫斯基指出："我们认为在艺术中结构专有的本质是它的成分间的相互关系，其本身存在的动态相互关系。"①

其次，在动力性方面。生物整体论强调一种和谐的品质：

> 整体论……已经使我们意识到普适的创造性统一，这种统一使得形形色色的存在要素成为一个在本质上和谐的宇宙中合作的成员和居民。作为事物中心的内部创造要素，它已经导致了宇宙的演化，所有的要素和产品在其间……不是彼此疏远和彼此威胁的，而是能够相互适应和调整的……②

穆卡若夫斯基则不仅重视整体中和谐的方面，更重视不和谐的、矛盾的方面：

> 结构概念，与此相反，乃是基于其组成部分之间的相互关系而达到整个内部的联合，这些关系不仅仅是肯定的关系（相似和一致的方面），而且也是否定的关系（矛盾和对立的方面）；因此，结构概念与思维辩证法密不可分。成分间的联系，正是由于自己的辩证，因而不能从整体概念中被演绎出来。整体对于成分的关系不是先在的，而是后在的，因此，发现这些联系并不能依靠抽象思辨，而要运用经验主义式的思维。③

正是整体中的不和谐的方面引起了结构的运动："由于维持着结构统一的那些关系在根本上是辩证的，结构在本质上总是运动和变化着的：内部成分的平衡不断地被破坏和重新形成，并且结构的统一对我们来说

---

① Ян Мукаржовский, О структурализме, Ю. М. Лотман, О. М. Малевич, ред., *Ян Мукаржовский*：*Исследование по эстетике и теории искусства*, Москва：Искусство, 1994, с. 276.

② 参见 Peter Steiner, "The Conceptual Basis of Prague Structuralism", in Ladislav Matejka, ed., *Sound, Sign and Meaning*：*Quinquagenary of the Prague Linguistic Circle*, The University of Michigan, 1978, p. 355。

③ Ян Мукаржовский, К терминологии чехословацкой теории искусства, Ю. М. Лотман, О. М. Малевич, ред., *Ян Мукаржовский*：*Исследование по эстетике и теории искусства*, Москва：Искусство, 1994, с. 291 – 292.

是能量的相互平衡。"① 结构这一整体中不和谐的方面虽会引起结构的运动，但不会对结构的统一造成破坏，这一点与那些叠加而成的整体是不同的：

> 结构的能量性在于，它的每一要素都具有一种特殊的功能，这些功能的统一体把它们结合成一种结构的整体。结构整体的动力由这些各别的功能及其相互关系的能量性所创造，它很容易改变。因此，作为整体的结构处于持续的运动中，而叠加的整体通过变化消融了。②

最后，在界限性方面。一般整体论强调整体对于局部的优越性，局部的意义受制于整体。这样一来，局部一旦联合为一个整体后，其自身的价值势必受到整体的严格限定。因此，这样一种整体是有界限性的和封闭的："整体论首要地强调整体性，并把界限看作整体最为重要的特征。整体内部的差别对它来说是它的界限性，它的'整体性'的产物。"③

在穆卡若夫斯基看来，结构与其说是一个封闭的整体，不如说是一个过程。相反，另外两种类型的整体则倾向于封闭。根据格式塔理论一个最基本的法则——趋完形律，每一格式塔都最大可能地追求平衡，它的实际构成同时既要考虑特殊整体的封闭、连接、连贯的条件，又要考虑总体。格式塔的本质在艺术的整体中决定它的功能。组成一部作品的各别的格式塔为它划界，把它描述为一个整体，并因此参与它的结构，但并不赋予它一个结构。此外，对完整性、封闭的要求在生物学的整体

---

① Ян Мукаржовский, К терминологии чехословацкой теории искусства, Ю. М. Лотман, О. М. Малевич, ред., *Ян Мукаржовский: Исследование по эстетике и теории искусства*, Москва: Искусство, 1994, с. 292.

② Ян Мукаржовский, Структурализм в эстетике и в науке о литературе, Ю. М. Лотман, О. М. Малевич, ред., *Ян Мукаржовский: Исследование по эстетике и теории искусства*, Москва: Искусство, 1994, с. 257.

③ Ян Мукаржовский, К терминологии чехословацкой теории искусства, Ю. М. Лотман, О. М. Малевич, ред., *Ян Мукаржовский: Исследование по эстетике и теории искусства*, Москва: Искусство, 1994, с. 291.

中尤其明显。当一个生物体被损害，而超过恢复点的时候，它就会消亡，不再作为一个整体而存在。

综上所述，穆卡若夫斯基所理解的"结构"乃是这样一种整体，其组成项不是一般整体之中的那种实在性的东西所组成，而是由关系所组成。穆卡若夫斯基不仅强调这种组成项之间的和谐的、肯定的关系，更强调其不和谐的、否定的关系。正是这样一种不和谐的、否定的关系造成了结构之间永恒的张力与运动。因此，结构之整体不是封闭的，而是开放的；不是静止的，而是运动的。穆卡若夫斯基最终给"结构"下了这样的定义：

> 结构可以被认为只是那样一个成分的综合体，其内部平衡不断被打破并重新形成，因此，这种整体对我们来说是辩证的矛盾的综合体。在时间中被保存的只是结构的恒等，而它的内部组成，成分的相互联系不断地改变。成分在自身的相互关系中不断努力彼此从属，它们中的每一个成分都显示出为了其他成分而发展的趋势；换句话说，成分的相互从属，它们的等级（它不是别的，而是作品内部统一的显现）处于不断的重组之中。那些在这种情况下暂时处于主导位置的成分，对于艺术结构的总体意义具有决定性价值，艺术结构由于它们重组的结果而不断变化。[①]

第三节　文学结构

众所周知，"结构"是一个跨学科的概念，许多学科中都有各自的结构概念，如生物学的生物体结构，心理学的心理、认知结构等。顾名思义，文学结构则是结构概念在文学研究领域中的具体化。那么，究竟什么是布拉格学派的文学结构呢？彼得·斯坦纳认为，在穆卡若夫斯基的理论体系中，这一概念至少包括三层含义：

---

① Ян Мукаржовский, О структурализме, Ю. М. Лотман, О. М. Малевич, ред., Ян *Мукаржовский: Исследование по эстетике и теории искусства*, Москва: Искусство, 1994, с. 276.

它不仅指示具体艺术制品的整体的结构，而且也指示在当前术语学中被称为代码的概念——全社会所分享的位于这些艺术制品的创造与接受之下的一套规范；此外，它还涉及组成一个特定集体的文化（"结构之结构"）的不同代码的全部整体。①

概而言之，在穆卡若夫斯基那里，"文学结构"主要指单部作品的结构、文学规范（传统）的结构，以及包括文学在内的整体文化的结构。以下，我们将从这三个层面逐一进行考察。

首先，单部作品的结构。这一层面的结构似乎最容易理解。将单部作品视为结构并非始于布拉格学派，这至少可追溯到俄罗斯形式论学派，虽然他们的作品结构观还非常朴素，充其量只是一种"形式"的结构。不难发现，不同的文学理论流派对作品的结构都有各自不同的理解，因此问题在此已经不在于单部作品是否可以被视为结构，而在于如何理解这一结构。那么，究竟什么是作品的结构？它是作品的形式要素，还是内容要素，抑或是两者的总和或综合？布拉格学派与俄罗斯形式论学派对作品结构的理解究竟有何不同？

俄罗斯形式论学派之前的传统文论流派，往往持"形式—内容"二元论的看法，认为作品由形式和内容所组成，重内容而轻形式。俄罗斯形式论学派学者则对这种形式与内容二分进行了批判，在他们看来，作品并不存在所谓的"内容"成分，因为一切材料在进入作品之后，经过"手法"的加工都获得了形式上的意味。因此，他们提倡用改造过了的，放大了的"形式"一元论来取代传统的"形式—内容"二元论。穆卡若夫斯基继续探讨了形式与内容之间的关系问题。在他看来，无论是传统的"形式—内容"二元论，还是"形式"一元论都只看到了形式与内容之间的对立，而没有看到它们之间的辩证联系。那么，穆卡若夫斯基对形式与内容之间的关系持怎样的看法呢？他对形式与内容之间关系的思考与他对单部作品结构的思考有着怎样的联系呢？总体来说，穆卡若夫

---

① Peter Steiner, "The Roots of Structuralist Esthetics", in Peter Steiner, ed., *The Prague School*: *Selected Writings* (*1929 – 1946*), University of Texas Press, 1982, p. 209.

斯基主要从美学与符号学这两个维度来对形式与内容的问题进行了思考。

　　从美学的维度来考察内容与形式，集中反映在穆卡若夫斯基的"前推"与"主导"这对范畴上。穆卡若夫斯基认为，艺术作品乃是一种美学的、审美的事实，从这一视角出发，艺术作品会显示为在美学上得到凸显的部分（被"前推"了的部分）和未得到凸显的部分（被"后推"了的部分）。在这里，我们已经可以发现，这种区分作品成分的方式比起那种把作品分为形式与内容的方式有着明显的长处。把艺术作品简单地分为形式与内容，其实存在很大的问题：首先，这一区分是基于把艺术作品视为一种艺术成品的观念，因而，所区分出来的形式、内容与作品审美价值之间并没有建立有效的联系。其次，区分作品中哪些部分是形式，哪些部分是内容的标准也一直存在着很大的争议。取而代之，穆卡若夫斯基把艺术作品视为一种审美对象，并从这一视角来出发对艺术作品的成分进行区分，这就有效地避免了对作品做形式与内容之分的弊端。穆卡若夫斯基以是否被"前推"为标准来区分作品中的成分，这种区分方式提醒我们不能把作品简单地分为形式与内容，而要注意这两者之间的辩证关系："前推"与"后推"之间是非常辩证的，后者是前者的规范，前者是对后者的背离。文学中"前推"的实现是以一种系统的方式进行的："一部诗歌作品中各成分的系统前推，存在于这些成分间相互关系的不同层次之中，也就是说，存在于它们之间的相互依附与被依附关系之中。"①

　　总之，"前推"这一范畴从一种动态的视角出发，描述了作品中所有成分、要素原则上的平等性。因此，"结构"既不是一种形式要素，也不是一种内容要素，而是作品中所有成分之间的关系构成。"结构"中的内部成分虽然总是在不断变化的，但同时它也是守恒的，那么，是什么保证了"结构"的守恒呢？在这里，"主导"的范畴应运而生。穆卡若夫斯基把"主导"界定为："作品中驱动并引导其他成分间相互关系的成分。"②"处于这些层次最高点的成分便是主导。所有其他成分及其相互关

---

　　① ［捷］扬·穆卡若夫斯基：《标准语言和诗歌语言》，竺稼译，载赵毅衡编《符号学文学论文集》，百花文艺出版社 2004 年版，第 20 页。

　　② 同上。

系，不论前推与否，都依照主导成分的观点来评价。"① 可以说，"主导"既是引发作品中各成分运动的一个核心成分，同时又是各成分运动最终得以评价的归宿。"主导"这一范畴为我们展现了结构内部各成分关系的一种等级。由于"前推"和"主导"这对范畴的出现，"结构"成了一个既蕴含着动力，也不乏秩序；既运动，又守恒的整体。

除从美学的视角，穆卡若夫斯基还从语义学、符号学的视角出发，对形式与内容的关系进行了考察。从这一视角出发，每件艺术作品在接受者面前呈现为一种语义整体、编织物。接受者在感知过程中所理解的每个新的、局部的符号，不仅与那些先行渗入进接受者的意识之中的局部符号相联合，而且也会或多或少改变所有先于它的意义。并且，所有先前的符号也反过来对每个新近被理解的局部符号施加影响。因此，形式与内容之分最终失去了意义。作品的意义并不像传统观念所认为的那样由内容来承载，或像俄罗斯形式论学派所认为的那样由形式来承载。事实上，作品中的任何成分都可以成为意义的载体：

> 传统观念认为，所谓与"形式"不同的"内容"成分才是一部艺术作品唯一的意义载体。但事实上，所有成分无一例外都是意义之载体（正如我们从一开始就假设的篇章语义研究），因而也是共同参与一部作品总体意义创造的要素。所有成分都参与那个被我们称为语义编织的过程。比如，在诗歌作品中，单个的词汇、声音成分、语法形式、语义成分（句子结构）、成语以及主题成分在程度上是平等的。在绘画作品中线条、色彩、轮廓、画面的构成以及题材对于语义编织的构成在程度上是平等的。②

穆卡若夫斯基认为应当这样来理解形式与内容之间的关系："内容与形式之间的关系，如同艺术理论中的其他内容一样，必须被辨证地来理

---

① ［捷］扬·穆卡若夫斯基：《标准语言和诗歌语言》，竺稼译，载赵毅衡编《符号学文学论文集》，百花文艺出版社 2004 年版，第 20 页。

② Ян Мукаржовский, О структурализме, Ю. М. Лотман, О. М. Малевич, ред., Ян Мукаржовский: Исследование по эстетике и теории искусства, Москва: Искусство, 1994, с. 282.

解，即被理解为两股力量之间的一种矛盾，'形式'和'内容'都可以在艺术作品中的所有成分中找到支点。"① 在实际的文本分析中，把形式与内容这两者截然区分开来其实是很困难的。穆卡若夫斯基举例来论证这一点：如在捷克著名的浪漫主义作家马哈②的《五月》中，爱情是一个基本的情节，当"爱情"一词一遍遍响起的时候，它既通过自己的内容方面，也通过自己的形式方面，甚至是音响的形式方面，从而在马哈诗歌的艺术结构和音乐效果中占据了关键的位置。除诗歌外，穆卡若夫斯基还经常援引绘画为例来论证自己的这一观点。在绘画中，色彩似乎毫无疑问属于绘画的形式方面，然而，即便在自身纯光学的品质中，它也同时是内容方面。如果我们在完全抽象的、无对象的绘画中看到蓝色的斑点出现在画面的上方，那么，我们将会自然地联想起天空；如果它出现在画面的下方，我们则会联想起水面。因此，所谓"形式"成分同样也是"内容"的载体，它有能力成为不仅是美学的，而且也是包含在作品中的美学外价值的载体。

其次，文学传统（规范）之结构。这一层次的结构较为抽象，但对它的研究恰恰是结构主义区别于以往文学批评的一大特色。张隆溪先生曾在《二十世纪西方文论述评》中指出这一点：

> 新批评以作品为中心，强调单部作品语言技巧的分析，就难免忽略作品之间的关系和体裁类型的研究。结构主义超越新批评也正在这些方面，新批评似乎见木不见林，失于琐细，结构主义则把每部作品看成文学总体的一个局部，透过各作品之间的关系去探索文学的结构。③

---

① Ян Мукаржовский, К терминологии чехословацкой теории искусства, Ю. М. Лотман, О. М. Малевич, ред., *Ян Мукаржовский: Исследование по эстетике и теории искусства*, Москва: Искусство, 1994, с. 295－296.

② 卡·希·马哈（1810—1836），捷克著名浪漫主义诗人。抒情叙事长诗《五月》是马哈艺术创作的顶峰。这部长诗的发表使他成为"捷克使馆的施洗者和培育了整个现代诗歌的精神之父"。

③ 张隆溪：《二十世纪西方文论述评》，三联书店1986年版，第9—10页。

随着对俄罗斯形式论学派方法局限的认识，以及对索绪尔结构主义思想了解的加深，布拉格学派结构主义者们越来越不满足于对单部作品的结构研究，他们开始关注对更高层次的结构，即一部作品与其他作品之间关系层面上的结构。与单部作品中的结构的可感的、物质性相比，作品间的结构则显得较为抽象。那么，我们应当如何来理解这种结构呢？

众所周知，索绪尔对语言（系统）（langue）和言语（parole）的区分对结构主义产生了重大影响。前者是一种抽象的规则，后者则是这种抽象规则具体的实现。前者究其本质是社会性的，后者则是个人性的。这一区分无疑对文艺作品的研究极富启发性。如果把单部的作品比作具体的"言语"的话，那么，在背后决定着这些"言语"的所谓的"语言"又是什么呢？穆卡若夫斯基这样说道：

> 结构首先是每个单部的作品本身。为了使单部的作品能够被理解为结构，它必须在艺术传统（存在于艺术家和接受者潜意识中）所提供的一定的艺术典范（公式）的背景下来理解和创作，否则它就不会被理解为艺术作品。[1]

可见，单部作品可以被理解为结构的基础就是所谓的艺术规范的总和——艺术传统。正是由于它的存在，不同的艺术作品才能够被视为一种结构：

> 正是在这种与先前已成为一种公认财富的，因而也是一种凝固的、不变的艺术成就不由自主的对照中，与它相对立的艺术作品，才能够在我们面前呈现为一种持续变化的力量的不稳定的平衡，也就是结构。[2]

---

① Ян Мукаржовский, О структурализме, Ю. М. Лотман, О. М. Малевич, ред., *Ян Мукаржовский: Исследование по эстетике и теории искусства*, Москва: Искусство, 1994, с. 276.

② Tau me.

穆卡若夫斯基曾打过一个比方来描述艺术传统的结构，当村妇在田间用沙子作画，这些图案很快会消失，使她们感兴趣的并不是作品能存活多久，而在于她本人基于传统进行创作的能力。因此，艺术结构之本质并不是那些单部的作品，而是艺术传统与规范之总和。在这层意义上，结构具有超个人的特征，类似于语言的功能系统性。

以这种艺术传统规范为参照，单部的、具体的作品就呈现为这种艺术规范的一种实现。由于这些单部的作品总是部分地与艺术规范相符，部分地与它背离，这种实现呈现为一种运动。艺术规范从一部作品到另一部作品之间的联系，带来了一种恒久的张力。通过这种张力，作品与作品产生了联系。然而，与单部的作品相比，艺术规范是超个人的、社会性的，它是一种寄居于集体意识之中的存在物，各别的作品则是受制于它的。这与索绪尔对语言的社会性本质的强调是一致的。艺术规范实质上不仅已经规定了先在于一部部具体作品的东西，而且也规定了后在于作品的东西。法国学者让·贝西埃也发现了捷克结构主义者在这方面的努力：

> 我们可以把结构观念的参照对象视作两个区别明显的实体。一方面，它表示一部独立作品的总体组织——"holistique"——而作品是由主导成分和被主导成分组成的等级体系。然而，另一方面，正如索绪尔承认只有相对于社团固有的语言规约（自然语言）任何具体陈述行为（话语）才有意义一样，捷克人视个人作品为一定美学规约的实现：艺术规范之整体也被命名为结构。①

然而，作为结构的"艺术规范"与同样作为结构的"语言规范"相比，虽然有着许多相似之处，也有着显著的不同。语言规范比艺术规范要稳定，并且对它的破坏会使得信息交流受阻，艺术规范则是最不稳定的一种规范。在艺术中对它的违反和背离是颇为常见的现象，这种对规范的违反不仅不会阻碍信息的交流，反而会造成文学文本的多义性和意

---

① ［法］让·贝西埃主编：《诗学史》（下），史忠义译，百花文艺出版社 2002 年版，第750 页。

义的增殖：

> 部分地与先前的艺术典范相符，部分地与它们相背离，作品的结构帮助艺术家避免与活生生的现实、社会的现状以及他自己的意识之间的分歧。作品与先前的艺术典范的联系预防公众对它的不解。与传统相抵触，作品内部成分间的辩证关系以及它们的相互平衡开始被感受到。[①]

与语言规范相比，艺术规范与其说是一种强制性的力量，不如说是一种"动力调节机制"。与单部作品"实在性"的结构相比，作品间的结构则具有"抽象性"。因此，不是一部具体作品中的那些知觉可感的形式与内容，而是功能，使得一整群的作品能够被视为一种结构。正是这种功能性的抽象结构，比较符合穆卡若夫斯基所理解的严格意义上的艺术结构：

> 这样一来，构成艺术基础的绝不是单部的艺术作品，而是一整套的艺术习惯和规范，具有超个人的和社会特征的艺术结构。单部的艺术作品对于这种超个人的结构的关系，类似于个人的言语之于语言系统的关系，语言系统同样是所有人的财产，并超越当下使用这种语言的每个人。[②]

对这种作品间抽象结构的研究，是结构主义的一大特色。伊格尔顿曾指出：

> 对作品间层次抽象关系的研究是结构主义对形式主义的一大超

---

① Ян Мукаржовский, О структурализме, Ю. М. Лотман, О. М. Малевич, ред., *Ян Мукаржовский*: *Исследование по эстетике и теории искусства*, Москва: Искусство, 1994, с. 276 – 277.

② Ян Мукаржовский, К терминологии чехословацкой теории искусства, Ю. М. Лотман, О. М. Малевич, ред., *Ян Мукаржовский*: *Исследование по эстетике и теории искусства*, Москва: Искусство, 1994, с. 295.

越之处：形式主义"结构地"看待文学文本，悬置起对所指物的注意而考察符号自身，但是它并没有特别关心由于区别而存在的意义，而且，在其主要研究工作中，它也没有特别关心潜在于文学文本的种种"深层"规则和结构。①

正是作品间层面的结构使得作品融入一种更高层次的结构成为可能。比如，一位作家的所有作品，一种艺术流派的所有作品，各艺术流派的所有作品，再到不同国别的文学作品，都可以被纳入结构的框架中进行研究。同时，作品间层面上的结构显然论证了比较文学研究的合法性，并为这种研究的开展提供了理论上的依据。

最后，文化整体之结构。这一层次的结构是布拉格学派最终的目标。将文学与文学外的社会、政治、经济、宗教诸系列共同纳入结构之中来进行研究，乃是布拉格结构主义的一大特色。这与之前将文学置于真空，将其与生活割裂开来的俄罗斯形式论学派相比，无疑显得是一种反拨。俄罗斯形式论学派学者大都聚焦于作品本身，忽视与作品相关的作者、读者以及社会语境。他们只把作品本身当作结构研究的唯一对象，他们的目标是发掘所谓的"文学性"，即使得一部文本成为文学作品的东西。在他们看来，这种"文学性"与文学之外的其他要素无关。因此，他们把这些其他因素"悬置"起来，只从文学自身内部来寻找，用什克洛夫斯基本人的话来说："在文学理论中我从事的是其内部规律的研究。如以工厂生产来类比的话，则我感兴趣的并不是世界棉纺市场的状况，并不是各托拉斯的政策，而只是棉纱的标号及其纺织方式。"② 而穆卡若夫斯基对早期俄罗斯形式论学派的这种弊端有着清醒的认识。他曾这样指出：

虽然"纺织方法"现在仍是注意的中心，但却已经弄得不能完全脱离"世界棉纱市场的行情"，因为纺织业的发展（也在直接的意

① ［英］特雷·伊格尔顿：《二十世纪西方文学理论》，伍晓明译，北京大学出版社2007年版，第94页。

② ［苏］维克多·什克洛夫斯基：《散文理论》，刘宗次译，百花洲文艺出版社1994年版，第3页。

义上）不仅服从棉纱生产技术的发展（这一发展系列的内部规律性），同时也服从市场需要，即供求关系。①

当然，俄国形式论学派把文学从生活、社会中离析出来的做法也不是全然没有意义的，它在一定程度上迎合了那一时代倡导文学研究科学化的需求。在俄罗斯形式论学派之前，文学研究显然沦为一片"公海"，心理学、传记学、社会学的方法都可以应用于这种研究。针对这种状况，俄罗斯形式论学派以文学研究的科学化为目标，提出文学学的研究对象乃是"文学性"，倾心于文学内部的研究。然而，到了 20 世纪 30 年代，这种方法的弊端也日益彰显。那么，结构主义应当何为呢？结构主义认为研究文学的自身规律与研究文学之外社会其他系列的规律并不是矛盾的。文学发展的动力和演变都是在一定的社会语境下展开的，若忽视了它，文学研究就是不完整的：

> 文学也是社会现象领域的一部分，社会现象领域由许多系列（结构）构成，每一系列都有自己的自主发展，例如科学、政治、经济、社会阶层、语言、道德和宗教等等都是。但是，各个系列尽管都有自主性，它们又是相互影响的。如果我们以其中任何一个系列为出发点，研究一下它的各种功能，亦即它对其他系列的影响，那就可以看出，这些功能也是结构，它们也是经常改组并彼此平衡的。②

值得注意的是，穆卡若夫斯基在这里提出要研究"功能"。事实上，正是"功能"这一范畴使得结构研究的范围从文学自身拓展至社会的其他系列。功能的维度，对于分析文学与社会之间的关系是非常重要的。穆卡若夫斯基在一次讲座中曾提到这一点：

---

① ［捷］扬·穆卡若夫斯基：《什克洛夫斯基〈散文论〉捷译本序言》，载［俄］波利亚科夫编《结构—符号学文艺学——方法论体系和论争》，佟景韩译，文化艺术出版社 1994 年版，第 28 页。

② 同上书，第 29 页。

如果说，功能的观念被运用于艺术与社会之间的关系，或者确切些说，被运用于艺术与社会对艺术提出的目标、要求之间的关系时，它会变得至关重要。一方面，功能影响一部艺术作品的构成，因而在它的结构中发现这一构成的客观化；另一方面，功能使得艺术扎根于社会生活中。①

将"功能"作为一种方法论范畴引入文学研究，其实并不是布拉格学派的独创，这至少可以追溯到俄罗斯形式论学派那里。然而，布拉格学派对功能的理解与俄罗斯形式论学派相比有着本质的差别。总的来说，布拉格学派秉持的是一种从主体出发的、多功能的功能观。在穆卡若夫斯基看来，包括文学在内的任何一种文化现象都不是单功能的产物，而是多功能的，这些功能在地位上都是平等的，没有一种功能绝对地优于其他功能：

　　因此，其中任何一种功能都不能先验地被认为优于其他功能，因为它们的相互关系在发展过程中不断发生各种变化；但也不能忽视某个系列特有的功能（在诗歌艺术中就是同诗歌作品作为审美客体相关联的审美功能）的奠基作用和特殊性质，因为，如果完全无视问题的这一方面，这个系列即不再成其为自身（例如，诗歌艺术就不再是艺术了）。②

对一种文化现象的考察，不能只局限于该现象自主的功能，也要考察其他功能，以及它们之间的关系，这样才会避免偏执。因此，穆卡若夫斯基不仅详细考察了审美功能，也考察了各种非审美功能。俄罗斯形式论学派早期的谬误在于把审美功能当作文学作品唯一的功能，而忽视

---

① Jan Mukarovsky, "The Concept of the Whole in the Theory of Art", in John Burbank, Peter Steiner eds. and trans. , *Structure, Sign, and Function: Selected Essays by Jan Mukarovsky*, Yale University Press, 1978, p. 80.

② ［捷］扬·穆卡若夫斯基：《什克洛夫斯基〈散文论〉捷译本序言》，载［俄］波利亚科夫编《结构—符号学文艺学——方法论体系和论争》，佟景韩译，文化艺术出版社 1994 年版，第 29 页。

了其他功能的存在，因此，他们看不到文学与社会联系的可能性。穆卡若夫斯基则指出，除具有审美功能外，文学也不排斥其他功能，相反，审美功能也不仅仅存在于文学中，还广泛存在于人类一切活动之中。因此，区分艺术与非艺术不应当以是否具备审美功能为标准，而应当以审美功能在该领域中是否占据主导为标准："各种信文之间的区别不在某一种功能的单独表现，而在各种功能的不同等级地位。"①

在艺术中，审美功能占据主导地位，统摄其他功能；在艺术外，审美功能则从属于其他功能。文学的发展除了有自身的规律以外，也必然与社会密切相关。文学史中审美评价的实践告诉我们，一部作品、一位作家在不同的时代和语境中得到的评价时常会大相径庭。之所以会出现这种现象，原因在于评价的标准和审美趣味的不同。在某些时代中，政治功能得到突出，在另一些时代中，宗教功能或审美功能得到突出。正是存在于文学作品中的这种审美功能与其他功能的互动，使得文学不能独立于社会其他系列而存在。结果，文本变成了各种功能进行角力的战场，它们也形成了一个结构：

> 每一个文学事实都是两种力量——结构的内部运动和外部干涉的合力。旧文学史的错误在于，它注意了外部干涉，而否定了文学的自主发展。形式主义的片面性则在于，它把文学过程置于真空之中。形式主义的立场尽管有很大的片面性，但却是一个重大的成果，因为它发现了文学演变的特性，把文学史从对一般文化史乃至对意识形态史或社会史的寄生关系中解放出来。结构主义，作为上述两个对立面的综合，虽然也保留着自主发展的公设，但并未抽空文学，没有取消文学同外部世界的联系。因此，它能使人充分把握文学的广度和规律性。②

---

① ［俄］罗曼·雅各布森：《语言学与诗学》，载［俄］波利亚科夫编《结构—符号学文艺学——方法论体系和论争》，佟景韩译，文化艺术出版社1994年版，第177页。

② ［捷］扬·穆卡若夫斯基：《什克洛夫斯基〈散文论〉捷译本序言》，载［俄］波利亚科夫编《结构—符号学文艺学——方法论体系和论争》，佟景韩译，文化艺术出版社1994年版，第28—29页。

第四节　结语

　　布拉格学派对"结构"有着自己独特的理解，既不同于之前的俄罗斯形式论学派，也有别于之后的法国结构主义。虽然在俄罗斯形式论学派那里，结构概念已然萌生，但总的来说，他们的结构观较为狭隘，结构在很大程度上被等同于形式。与该派不同，布拉格学派极大地拓展了结构的范围，在他们那里，结构不仅涵盖单部的作品，也包括一位作家所有的作品，甚至一个流派，乃至整个文学、文化系统。因此，布拉格学派所秉持的显然是一种"大结构"的结构观，即无论作品本身还是其作者、接受者都可以视为结构，此外，也无论文学还是艺术、文化、社会，均可被纳入大结构之中。这种"大结构"观也与法国结构主义的结构观形成鲜明对比。众所周知，法国结构主义者隔绝于审美和社会历史的语境来研究文学文本，摒弃心理、社会、文化以及现实的其他因素，潜心于文本的内部结构的研究。因此，在法国结构主义者那里，"结构"乃是一种静态的、不变的实体，其存在独立于个体意识之外，任何文本都是这一结构的具体化。在这层意义上，法国结构主义者的旨趣显然在于揭示艺术文本结构的一般规律，找到适用于任何文本的通用模型。相反，穆卡若夫斯基则把"结构"阐释为一种动态的整体，其不断地处于发展之中，在他看来，结构的演化一方面由其内在法则（新旧成分之间的一种动态的张力）所保障，另一方面也承受来自外部要素的影响。"结构"的特征在于其整体在结构内部成分的重组中得到了保存，它并不隔绝于周围的现实而存在，具有自己的内在发展逻辑，对所有外部影响进行"加工"，从而与自己的内在语义张力相适应。

第 三 章

从"诗性功能"到"审美功能"

——扬·穆卡若夫斯基论审美功能

通过"诗性功能"这一概念，俄罗斯形式论学派首次将"功能"这一方法论范畴从语言学成功地引入文学学。受其启发，布拉格学派的扬·穆卡若夫斯基提出了"审美功能"的概念，从而进一步将文学的功能研究从语言层拓展至审美层。比较"诗性功能"与"审美功能"这对概念，我们不难发现它们之间存在诸多差别，这些差别归根结底根源于两派文学功能观的不同。

第一节　诗性功能

作为 20 世纪语言学与文学学中出现频率最高，最为关键的概念之一，"诗性功能"（поэтическая функция）已广为我国学者所熟知和接受。众所周知，"诗性功能"这一概念最早出现于俄罗斯形式论学派，它在该派的出现绝非偶然，因该派一向以探索文学学的自主性、科学性为己任，以追问"文学性"为终极目标。"诗性功能"与"文学性"在学理上有着密不可分的联系。所谓"文学性"乃是使一部作品成为文学作品的那种东西。在俄罗斯形式论学派看来，不同门类的艺术之所以相区别，源于其使用的材料的不同，文学的材料乃是语言——文学语言，尤其是诗歌语言。因而，对"文学性"的研究就顺理成章地过渡到对诗歌语言的研究。那么，应当如何来研究诗歌语言呢？该派主将之一的维克多·什克洛夫斯基曾这样说道："建立科学的诗学要求我们从一开始便承认存在着诗歌语言和散文语言，两者的规律各不相同，这种看法是经过许多事实证明了的。我们应从分析这些区别开始。"①

　　将诗歌语言与日常语言（散文语）区分开来，在这里，俄罗斯形式论学派学者实则已经开始在不自觉地运用"功能"的研究方法。沿着什克洛夫斯基所立定的方向，该派不少学者也都积极参与到这一研究中来。如列夫·雅库宾斯基从语言使用的角度，对诗歌语言与日常语言进行区分：

　　　　语言现象应根据讲话的人在某一具体情况下所针对的目标加以分类。如果他们为了纯属实际交流的目的利用语言现象，那就属于日常语言的系统（即口头思想的系统）。在实际交流中，语言学的各种构词因素（语音、形态因素等）没有独立的价值，而只是一种交流手段。但是，我们可以想象还有其它的语言系统（实际上也是存在的），在这些系统中，实际的目的退居第二位（虽然没有完全消失），而语言学的构词因素获得独立的价值。②

　　此外，鲍里斯·托马舍夫斯基也深刻论述过诗歌语言与日常语言之间的功能差别：

　　　　在日常生活中，词语通常是传递消息的手段，即具有交际功能。说话的目的是向对方表达我们的思想。因为通常我们能够检验对方对我们的话语到底理解了多少，所以我们不甚计较句子结构的选择，只要能表达明白，我们乐于采用任何一种表达形式。表达本身是暂时的、偶然的，全部注意力集中于交流……文学作品则不然，它们全然由固定的表达方式来构成。作品具有独特的表达艺术，特别注重词语的选择和配置。比起日常实用语言来，它更加重视表现本身。表达是交流的外壳，同时又是交流不可分割的部分。这种对表达的

---

　　①　［法］茨维坦·托多罗夫编：《俄苏形式主义文论选》，蔡鸿滨译，中国社会科学出版社1989年版，第31页。

　　②　同上书，第25页。

高度重视被称为表达意向。当我们在听这类话语时，会不由自主地感觉到表达，即注意到表达所使用的词及其搭配。表达在一定程度上具有本体价值。①

从以上几位俄罗斯形式论学派学者对诗歌语言的认识来看，我们不难发现，他们都把诗歌语言视作与日常语言不同的一种语言，并在与后者进行对比的基础上来研究前者的特性。该派主将之一的维克多·什克洛夫斯基，很早就为这种把诗歌语言与日常语言相对立的做法提供了理论上的依据："建立科学的诗学要求我们从一开始便承认存在着诗歌语言和散文语言，两者的规律各不相同，这种看法是经过许多事实证明了的。我们应从分析这些区别开始。"②

对于俄罗斯形式论学派所理解的诗歌语言与日常语言之差别，法国人茨维坦·托多罗夫曾做过精当的总结：

> 实用语言在自身之外、在思想传达和人际交流中找到它的价值，它是手段不是目的；用一个学术性强一点的词来说，实用语言是外在目的（hétérotélique）的。相反，诗的语言在自身找到证明（及其所有价值）；它本身就是它的目的而不再是一个手段，它是自主的或者说是自在目的（autotélique）的。③

按照俄罗斯形式论派学者的理解，诗歌语言是一种以自我表达为目的的语言，虽然它缺乏日常语言的那种交流特性，但这并不影响它本身的价值。那么，它的价值体现在哪里呢？什克洛夫斯基给出了自己的答案。他在批判传统的"艺术即形象思维"观念时提出了"奇特化"这一概念，对文学作品的本体进行一种新的诠释。在他看来，艺术的目的不在于提供认识，而在于提供感知，艺术所谓的"奇特化"正为恢复

---

① ［俄］维克多·什克洛夫斯基等：《俄国形式主义文论选》，方珊等译，三联书店1989年版，第83页。

② ［法］茨维坦·托多罗夫编：《俄苏形式主义文论选》，蔡鸿滨译，中国社会科学出版社1989年版，第31页。

③ 同上书，第3页。

人们被"自动化"所遮蔽的感知提供了可能。从这一角度来看，诗歌语言正是这样一种能够引起"奇特化"效果的语言："诗的语言以其构词的显著特点而与散文语言相异。我们可以感觉到其听觉、语音、语义诸方面。有时，可感的并不是词的结构而是词的组合、搭配。"①日常语言由于服务于传达和交流，要求对语法规则的绝对遵守，已经让人感觉不到其自身的存在，所以它是一种名副其实的"自动化"了的语言。"奇特化"理论为以自我表达为目的的诗歌语言提供了价值方面的保障。

从功能的视角出发对诗歌语言进行研究，俄罗斯形式论学派在这方面无疑是具有开拓性的。我国学者方珊曾指出：

> 俄国形式派对诗性语的重视，以及关注诗性语与实用语的区别是其文学理论研究的重要出发点，由这一对范畴的研究开辟了本世纪文学研究的一个新领域，即从语言学角度切入文艺研究，从而把语言学与文学联姻，使当代西方文艺研究产生划时代的变化。②

可以说，自俄罗斯形式论学派始，语言学的方法以及功能的理念已逐渐被运用于文学研究，诗学与语言学也变得密不可分。

第二节　审美功能

20世纪20年代末30年代初，随着俄罗斯形式论学派日渐式微，该派的许多理念传到了其邻国捷克，在捷克布拉格成立了一个类似于莫斯科语言学小组和彼得堡诗语研究会的团体——布拉格语言学小组，史称布拉格学派。该派从事文学与美学研究的领军人物扬·穆卡若夫斯基秉承了俄罗斯形式论学派从功能角度研究诗歌语言的传统。

在将"功能"作为一种方法论范畴引入文学和美学研究之前，它其

---

① ［法］茨维坦·托多罗夫编：《俄苏形式主义文论选》，蔡鸿滨译，中国社会科学出版社1989年版，第4页。

② 方珊：《形式主义文论》，山东教育出版社1999年版，第79页。

实已经在社会学、语言学、建筑学等学科中得到了比较普遍的应用。然而，在把这一范畴引入文学与美学研究中去的时候，穆卡若夫斯基并不是简单地移植和照搬其他学科中的功能观念，而是对这些功能观的优缺点进行了深入、细致的考察，进而在此基础上提出了自己的功能观。在穆卡若夫斯基看来，当时功能意识体现得最为明显的是建筑学。建筑学的功能观认为，建筑往往具有唯一的、严格限定的功能，确定一个它之所以被建筑的目标。也正是在这层意义上，勒·柯布西耶①把建筑同机器这种在功能上属于典型的单一的制品相类比。对功能的这种理解，作为建筑学的一个发展阶段，曾是富有成效的，它是对以前折中主义的一种挑战。在折中主义时期，在建筑中倾向于模仿与它之所以被建筑的目的完全不同的另一个目的，这在理论上是有根据的。但很快这一不足就显现了出来：建筑尤其是住宅，不可能限于唯一的功能，因为它是人类生活展开的地方，而人类生活无疑是多面的。住宅及其每个房间同时具备许多功能，这不是因为建筑能够服务于许多不同的目的，而是因为即使服务于一个目的，它们也应该为了满足人类的多方面的需求而被建造。这些需求虽然没有直接包含在建筑或房间的用途中，但对于作为丰富多彩的、多面的人类个体的使用者而言却是必需的。因此，建筑学家开始意识到，对建筑的功能理解不能简单地从它的用途中演绎出，而应该对该建筑内居民的具体的、不同的需求进行归纳式的思考。

可以说，将功能定位于客体，进而对其进行探讨有着明显的不足，这种功能观必然导致对作为主体的人及其需求的忽视；同样，若把功能理解为是单一的，必然会导致对人类需求的丰富性和多样性的忽视。这两者之间往往有着因果联系，从客体出发势必会导致单功能主义的出现。穆卡若夫斯基曾这样说道：

> 只要我们把它们（这里指功能，笔者注）投射进客体中，我们就总会受到这样一种诱惑：由于客体——人造物总是明显地带有去适应那种它之所以被创造的唯一目的的痕迹，因而我们倾向于认为

----

① 勒·柯布西耶（1887—1965）是20世纪最重要的建筑师之一，是现代建筑运动的激进分子和主将，被称为"现代建筑的旗手"。

客体只具有一种唯一的功能。①

事实告诉我们，一客体不可能只具有一种单一的、唯一的功能：

　　一事物并不是不可避免地与某一种功能相联系。诚然，几乎没
有哪些事物不服务于一整套功能。一事物每一次的被使用都能够同
时获得不止一种目的。也可能会出现这样的情形：事物的使用是为
了另一目的和具有另一种功能，这种功能与它通常的功能，或甚至
与它的创造者所赋予它的功能不同。最后，随着时间的推移，事物
能够改变自己惯有的功能。所有这些，一方面取决于习惯上把一定
的功能赋予一特定事物的集体，另一方面，取决于出于个人目的而
使用事物，并在很大程度上决定其用法的个人。②

可以说，传统的从客体出发的单功能主义遮蔽了客体的多功能性。
穆卡若夫斯基清楚地认识到它的局限性，他提出的解决办法是把主体当
作功能的源头：

　　一旦我们从主体的视角来看待功能，我们立即就会发现，人类
为了以这种或那种方式去影响现实的每一行为，总是同时地，并且
不可分地符合一些目的，有时即便完成该行为的个体想要把它们彼
此区分开都是不可能的。于是，从这里产生出对行为动机的怀疑。
当然，社会存在不停地迫使人们限制功能的多面性，但永远不可能
成功地使人变成像蜜蜂和蚂蚁那样的生物学上的单功能生物。只要
人还是人，各种不同的功能就会必然地产生相互的张力，形成等级，

---

　　① Ян Мукаржовский, Место эстетический функции среди прочих функций,
Ю. М. Лотман, О. М. Малевич, ред., *Ян Мукаржовский: Исследование по эстетике и теории
искусства*, Москва: Искусство, 1994, с. 150.
　　② Ян Мукаржовский, К проблеме функций в архитектуре, Ю. М. Лотман, О. М.
Малевич, ред., *Ян Мукаржовский: Исследование по эстетике и теории искусства*, Москва:
Искусство, 1994, с. 469 – 470.

相互交叉和相互交织。①

从主体的视角出发，客体必然呈现为一种多功能的交织。以往定位于客体来对功能进行分类的模式，必然只重视那些对客体进行认识、改造的功能，而忽视在这方面比较薄弱的审美功能。一旦从主体出发来看待功能，审美功能的地位明显得到了提升。穆卡若夫斯基在多篇文章中甚至认为，审美功能与实用功能、理论功能具有同等重要性，是人类三种最基本的功能之一。从主体的视角出发来看待审美功能：

> 审美功能对于我们而言已经不是某种偶然的，从外部附加的东西，如它对于那些从客体的视角来研究功能的人那样（如果这一客体不正是艺术作品的话）。从一个主体以及该主体对待外部世界的总体态度的视角出发，显然毫无任何疑问的是：审美功能像其他功能一样是主体对外部世界总体反应的必要组成部分。从主体的视角出发，审美功能的必要性并不取决于它朝向一定目的的倾向性或无倾向性，这种目的比该行为或其结果要大，而是取决于它按照某种方式（晚些我们将尝试更加细致地描述它）补充行为个体的功能的多面性。②

在这种新的、定位于主体的功能观影响下，对审美功能问题的研究也随之焕然一新：

> 一旦我们把功能与主体联系起来，并看到它们的联系，我们所努力解决的问题，即审美功能在其他功能中的地位，审美功能与其他功能的关系问题，对我们来说，就不仅仅是有关审美功能的问题，而且也是有关一般功能，这些功能基本的相互关系问题。毫无疑问，

---

① Ян Мукаржовский, Место эстетический функции среди прочих функций, Ю. М. Лотман, О. М. Малевич, ред., *Ян Мукаржовский*: *Исследование по эстетике и теории искусства*, Москва: Искусство, 1994, c. 150.

② Tau me, c. 150 – 151.

我们不能把这些关系呈现为等级，也就是说，不能使一定的功能在原则上主导其他功能，其他功能则从属于它们。功能的从属和主导只有在具体的情形中，在各别的行为、创作中才有位置。当然，存在更为稳定的功能等级，它们在特定的时代保存着力量，但它们也容易改变，因而不是一种本质的现象。正是依据所有的功能都以一种潜在的方式无所不在，每个行为都伴随着一整组的功能这一事实，我们可以得出这样的结论：功能的原则上的相互关系问题不是它们的等级问题，而是它们的类型问题，这种类型为每一功能指定了一种既不高于也不低于其他功能的位置，一种功能总是与其他功能处于一定的关系中。①

各种各样的功能不能独立存在，而是组成一个系统。因而，对某一具体功能的研究就不可能离开对其他功能的研究，对审美功能的研究也不例外。这样一来，穆卡若夫斯基把对审美功能的研究自然过渡到关于一般功能类型的研究，以及审美功能与其他非审美功能之间关系的研究。只有弄清楚一般功能的分类，我们才有可能探讨审美功能的特征。

第三节　功能之谱系

穆卡若夫斯基对传统的功能观进行了批判，揭示了定位于客体的单功能主义的种种弊端，看出这种功能观是与事物的多功能性常识不符的。在此基础上，他提醒人们关注主体在认识和把握功能方面的重要性。唯有从主体出发，众多的功能才会并行不悖，才会实现一种真正的统一。那么，从主体出发，一客体的众多功能之间的关系又是怎样的呢？它们之间又有哪些联系与区别呢？这就涉及对功能进行界定的问题。

从主体出发，穆卡若夫斯基明确地把功能定义为："主体相对于外部世

---

① Ян Мукаржовский, Место эстетический функции среди прочих функций, Ю. М. Лотман, О. М. Малевич, ред., *Ян Мукаржовский*：*Исследование по эстетике и теории искусства*，Москва：Искусство，1994，c. 151.

界的自我实现方式。"① 首先，按照是否直接作用于现实的标准，穆卡若夫斯基把功能分为两大类：直接功能与间接功能（符号功能）。其次，他还按照定向于客体还是主体的标准，进一步把直接功能分为两个亚组：实用功能和理论功能，把符号功能分为象征功能和审美功能两个亚组。

我们先来关注实用功能。在该功能中占据首要位置的是客体，因为在该功能中主体倾向于直接作用于现实，并希望改变现实，切实地对现实产生影响。而在理论功能中，主体占据首要位置："因为它总的和最终的目的是把现实投射进主体意识中，在这一过程中形象的统一基于主体的统一（指个体的，全人类的主体）和人的注意力有能力汇聚于一点的基本属性。"②

再让我们把目光转向符号功能。客体在其中占据首要位置的功能是象征功能：

> 在这里，注意力被聚焦于被象征物与象征符号之间关系的有效性上。不是现实被符号影响，就是现实借助符号施加影响。符号和它所象征的现实这两者都是客体的本质。这种符号与它所象征的事物之间关系的有效性，是象征符号基本的和不可分割的特征：哪里若没有这种有效性，象征就会变成一种讽喻。让我们举一个符号（国徽等）为例。在这样一种符号和事物之间存在真实的相互联系——比如，对这一符号的侮辱就是对国家的侮辱，因此这一符号就是象征；如果这种属性消失了，符号就会变成一种讽喻，类似于所谓的老生常谈的象征（心象征爱情，锚象征希望）。总之，象征功能把客体置于第一位。③

相反，把主体置于首要位置的符号功能则是审美功能。与以"客观性"见长的象征功能不同，审美符号以"主观性"见长：

---

① Ян Мукаржовский, Место эстетический функций среди прочих функций, Ю. М. Лотман, О. М. Малевич, ред., *Ян Мукаржовский: Исследование по эстетике и теории искусства*, Москва：Искусство, 1994, с. 152.

② Там же, с. 153.

③ Там же, с. 154.

　　审美符号不像象征符号那样，它并不作用于任何特定的现实，而是作为一个整体自身反映现实（从这里产生了艺术作品中所谓的典型性，这个概念不是指别的，而是指艺术作品——最纯粹的审美符号——在各别现象中展示出所有其他各别现象及其综合体——现实）。在审美符号中作为一个整体得到反映的现实，其自身也联合了基于主体的统一。审美功能以这种现实的联合，使我们想起了理论功能。当然，它与理论功能的不同之处在于：理论功能努力构建现实的总的、统一的形象时，审美功能则构建对现实的统一态度。对于理论功能，正如对于实用功能一样，直接客体是被认识的现实本身，而符号只是它的工具（对实用功能而言，更为有益的工具是那些功能上尽可能单义的工具，实用功能也努力使用单义的符号）。对于审美功能而言，现实不是直接的，而是间接的客体；它的直接客体（因此，也绝不是工具）是审美符号，审美符号把在符号构成中实现的主体态度投射进作为总体的现实，并且在这一过程中并不丧失自身的独立性。审美功能总是通过指涉作为整体的现实，而不是其个别的部分来显示自身的独立性。因此，它的有效性不被其他符号所限制，它只能够作为一个整体被采纳或被排斥。相反，履行理论功能的符号（概念）总是意指现实的某个确定部分或局部方面。此外，总存在着其他符号（概念）限制它的有效性。让我们总结一下：审美符号——类似于象征符号——是一种符号—客体，但与象征符号不同，它并不影响现实，而是投射于其中。①

　　从以上一般功能分类中，我们不难看出审美功能在一般功能类型中的位置。首先，它是一种符号功能，这使得它区别于实用功能和理论功能。其次，它是一种从主体出发的功能，这使得它与实用功能和象征功能相区别。在众多的功能中，我们可以发现，审美功能是最为特殊的一种功能，之所以特殊，是因为审美功能之外的其他功能都具有一定的"目的"：

---

　　① Ян Мукаржовский, Место эстетический функции среди прочих функций, Ю. М. Лотман, О. М. Малевич, ред., *Ян Мукаржовский*：*Исследование по эстетике и теории искусства*, Москва：Искусство, 1994, с. 155－156.

目的是任何功能的"内容",规定它的品质,并常常赋予它称谓:经济功能、政治功能、认识功能等。审美功能则没有那样的内容,在这层意思上它是无内容的、形式的,它是对那种功能性的辩证的否定。①

由于不具备这种"目的",在这层意义上,审美功能是一种无"内容"的功能,它的特性在于把人们的注意力引向符号自身。如果说,其他功能是一种"外在目的"的功能,那么审美功能则是一种"自在目的"② 的功能。

穆卡若夫斯基对具体功能的分类,可参见下表:

功能		直接功能	符号功能
	客体	实用功能	象征功能
	主体	理论功能	审美功能

在对一般的功能进行分类时,穆卡若夫斯基曾指出,这种分类是按照现象学的方式进行的,与起源问题无关。值得指出的是,穆卡若夫斯基的功能分类是在卡尔·比勒的功能三分法③基础上发展起来的,后

---

① Ян Мукаржовский, К терминологии чехословацкой теории искусства, Ю. М. Лотман, О. М. Малевич, ред., *Ян Мукаржовский*: *Исследования по эстетике и теории искусства*, Москва: Искусство, 1994, c. 305.

② 这里的"外在目的"(hétérotélique)与"自在目的"(autotélique)的提法,是笔者借用自法国人茨维坦·托多罗夫的说法。参见 [法] 茨维坦·托多罗夫《批评的批评——教育小说》,王东亮、王晨阳译,三联书店 2002 年版,第 3 页。

③ 卡尔·比勒(Karl Buhler, 1879—1963),德国心理学家、语言学家。他的功能三分法对布拉格学派的功能理念影响颇深。他识别出每个言语事件中的三个基础要素:发出者、接受者和指示物。比勒从这种模式中发现语言的三种基本功能:情感功能(ausdruck)使得言语事件定向于发出者,意动功能(appell)朝向接受者,指称功能(darstellung)指向指示物。每个言语事件都包含所有这三种功能,它们作为一个等级而运作,主导功能决定言语事件的特征。后来,是为了满足阐释文学(诗歌)交流的需要,穆氏对比勒的分类进行了修正。穆氏注意到,诗歌语言的本质需要人类交流的第四种要素——被比勒所忽视的语言(语言记号)本身的激活。从而,审美功能被发现了,并且被放置到与所有其他功能相对的位置上。这被视为布拉格学派对比勒功能分类的第一次修正。

来，雅各布森又进一步完善了这种功能分类，提出了著名的功能六分法。① 从比勒的三功能说，到穆卡若夫斯基的四功能说，再到雅各布森的六功能说，我们不难看到，一方面，对功能类型的区分在不断地细化：从一开始诗性功能的缺失到后来越来越受重视；另一方面，诗性功能被置于不同的研究框架之下，对它的界定也越来越辩证和精密。诚如L. 多莱泽尔所言："穆卡若夫斯基从关注'符号'（语言、'代码'）到关注'信息'（文本）的转变，预示着战后把文学视为与其是语言的，不如说是文本的观念。"② 当然，穆卡若夫斯基的功能分类也并不是没有瑕疵的。彼得·斯坦纳曾指出：

> 穆卡若夫斯基试图为功能类型提供一种非暂时的和自明的基础，当然这一尝试不是毫无瑕疵的。比如，或许会产生这样一个问题：既然穆卡若夫斯基总是坚持符号的社会本质，那么我们能否说符号功能与个体的人有关呢？然而，穆卡若夫斯基的著作为布拉格结构主义者研究存在于社会意识之中的特殊的功能结构提供了一种可行的基础。③

洛特曼也曾公允地指出："穆卡若夫斯基所提供的这种分类不是没有争议的。然而，他所研究的功能问题的基本价值不在于这种或那种具体的分类，而在于他切入问题的原则方面。"④

---

① 雅各布森在 1958 年美国印第安纳大学一次语言学学术会议上做了题为"语言学与诗学"的总结性发言，这被视为布拉格学派对比勒的功能三分法进行了第二次重要的修正，他把语言交流的要素扩充到六个：发送者、接受者、信息、语境、接触、信码，并相应区分出六种语言功能：情绪的、意动的、诗歌的、指称的、交际的和元语言的功能。

② Lubomir Dolezel, "Structuralism of the Prague School", in Raman Selden, ed., *The Cambridge History of Literary Criticism Volume 8: From Formalism to Poststructuralism*, Cambridge University Press, 2005, p. 41.

③ Peter Steiner, "The Conceptual Basis of Prague Structuralism", in Ladislav Matejka, ed., *Sound, Sign and Meaning: Quinquagenary of the Prague Linguistic Circle*, The University of Michigan, 1978, p. 363.

④ Ю. М. Лотман, Ян Мукаржовский—теоретик искусства, Ю. М. Лотман, О. М. Малевич, ред., *Ян Мукаржовский: Структуральная поэтика*, Москва: Язык Русской Культуры, 1996, c. 16.

第四节 审美功能在艺术中与
艺术外的地位

在了解了穆卡若夫斯基的功能分类以及审美功能的特征之后，让我们回顾一下在第二节中所得出的一个结论：穆卡若夫斯基认为任何事物、行为都是多功能的。从这一结论出发，艺术当然也不例外，它不仅包含审美功能，也包含非审美功能；艺术之外不仅包含非审美功能，也包含审美功能。这里似乎引起了一种相对性的危险，我们不禁会发出这样的疑问：既然艺术与非艺术都包含审美功能与非审美功能，那么它们之间还有差别吗？如果答案是肯定的话，那么它们的界限又何在呢？将审美功能的存在与否视为区分艺术与非艺术的标志，是否还合适呢？让我们带着这些问题，进一步了解穆卡若夫斯基有关审美功能在艺术中与艺术外地位问题的论述。

首先，穆卡若夫斯基指出，虽然艺术也包含非审美功能，但对于艺术而言，审美功能则是一种最基本的功能。可以说，它是使得艺术成为可能的必要条件："但其中的一种功能对于艺术是特殊的，若不具备这种功能，艺术作品就不能存在，这便是审美功能。"[1] 相反，艺术外的广大领域也包含审美功能，但它却不是一种必要条件，取而代之的则是非审美功能。

其次，在穆卡若夫斯基看来，审美功能的独特之处在于，它是一种无"内容"的功能，它具有一种把人的注意力引向符号自身的能力，在此意义上，审美功能是一种"自在目的"的功能。这里产生了一个问题：既然审美功能是一种无内容的、无目的的，在原则上与其他功能相对立的功能，那么，它在艺术中与那些目的性明确的非审美功能之间的关系如何呢？审美功能究竟是如何来实现自己的主导作用的呢？穆卡若夫斯基指出：

---

① Ян Мукаржовский, О структурализме, Ю. М. Лотман, О. М. Малевич, ред., *Ян Мукаржовский*: *Исследования по эстетике и теории искусства*, Москва: Искусство, 1994, с. 285.

首先，我们必须意识到，与其他功能不同（比如，认知的、政治的、教育的功能等），审美功能不具有任何具体的目的，不解决任何实际的任务。审美功能与其说参与其中，不如说取消事物或行为的实用的相互联系，这对艺术尤其正确。①

审美功能在艺术中的存在并不挤压或压制其他非审美功能，它只是使得事物或行为摆脱了实用性。在这层意义上，它的这种无目的性在艺术中就不是一种缺点，反而显得是一种优点了：

所有这些没有阻止审美功能与其他的功能产生辩证的联系，与之形成综合。正是由于这一原因，审美功能没有自己独特的品质，它很容易吸收与它相伴的其他功能的品质。在艺术和艺术外的情形都是如此。然而，在艺术中，审美功能是二律背反的、基本的、"无记号的"极，是本质的和基础的功能，在艺术外则是某种审美外功能。②

由于具有这样一种特性，在艺术中，审美功能与非审美功能就不是彼此矛盾、水火不容的。相反，审美功能积极对非审美功能进行"渲染"，努力把它们置于自己的影响之下，来为艺术的总体目标服务：

正是由于缺乏单义的"内容"，审美功能变得"透明"，它并不仇视其他功能，而是帮助它们。如果其他"实用"功能，当它们相互为邻并处于相互竞争之中时，它们会努力占据主导，从而流露出一种功能的专门化趋势（单功能趋势，这种趋势最纯粹地体现在机器中）的话。那么，正处于审美功能影响之下的艺术，具有最丰富、

---

① Ян Мукаржовский, О структурализме, Ю. М. Лотман, О. М. Малевич, ред., Ян Мукаржовский: Исследования по эстетике и теории искусства, Москва: Искусство, 1994, с. 285.

② Tau мe, с. 305.

最多面的多功能性的趋势，与此同时，并不阻碍艺术作品的社会影响力。在艺术中显现为一种特殊功能的审美功能，帮助人们克服专门化的单向性，而这种单向性不仅使得人们对于现实的态度，而且也使得人们对于现实的行为的可能性变得贫乏。审美功能不仅并不阻碍人类的艺术首创性，反而帮助其发展。①

行文至此，我们可以发现，早期俄国形式论学派学者以诗性功能的存在与否作为区分艺术与非艺术的标准，就显得不太科学了。雅各布森后来在对俄罗斯形式论学派的理论活动进行总结时，也曾明确批判这一点：

就我们处理语言材料来说，把一部诗作等同于一种美学功能，或说确切些，等同于一种诗的功能，这是宣扬自足的纯艺术、为艺术而艺术的那些时代的特征。在形式主义学派的早期阶段，尚可以看到这样一种等同的明显痕迹。可是，这种等同是绝对错误的：一部诗作不单限于美学功能，另外还具有许多其他的功能。实际上，与一部诗作不是它的美学功能所能穷尽一样，美学功能也不局限于诗作。演说家的演讲、日常交谈、新闻、广告、科学论文——全都可以具体运用各种美学设想，表达出美学功能，同时经常运用各种词语来表现自身、肯定自身，而不仅仅作为一种指称手段。②

文学不仅包含审美功能，也包含非审美功能。然而，在文学中审美功能占据主导，其他功能从属于它，服务于它的安排。因此，区分艺术与非艺术的标志就不是简单地以审美功能是否存在为标志，而应从它在一系统的功能等级中所占据的地位为标志。换句话说，如果审美功能在一系统中占据主导的话，那么该系统就是艺术；反之，则是

---

① Ян Мукаржовский, О структурализме, Ю. М. Лотман, О. М. Малевич, ред., *Ян Мукаржовский*: *Исследования по эстетике и теории искусства*, Москва: Искусство, 1994, с. 286.

② ［俄］罗曼·雅各布森：《主导》，任生名译，载赵毅衡编《符号学文学论文集》，百花文艺出版社2004年版，第10页。

非艺术。

在了解了审美功能在艺术中的表现后，让我们再来看看它在艺术外的表现。在艺术外，虽然也存在审美功能，但它始终不能占据主导地位，否则非艺术就会变成艺术。但这并不意味着审美功能在艺术外就是毫无作为的。举例为证，比如不同款式的筷子，其实用功能都是相同的，同为人们进食的工具，但顾客往往倾向于购买那些做工精美、饰有图案的筷子，这时审美功能就起着至关重要的作用，它有助于事物的实用功能得以实现。然而，话又说回来，在艺术中某种非审美功能占据主导的情形也时有发生。那么，我们该如何来看待这种现象呢？穆卡若夫斯基指出：

> 一旦艺术作品恰好被理解为艺术创作，功能最终的综合会被审美功能浸染至那样的程度：居于主导的审美外功能呈现为一种美学事实，呈现为作品艺术构成的一个要素。相反，在艺术外领域中某种审美外功能是"无标记的"，并且审美功能不可避免地具有"实用的"色调，直接服务于事物或行为的主导功能所指向的那个目的。①

以绘画为例，一幅作为艺术品的绘画（该绘画含有描绘、交际功能），它自身显现的方法和程度在相当大的程度上，规定了画面的艺术结构。而绘画中的描绘（交际）功能一旦进入艺术作品中，就成为它的存在的组成部分，即使它不能施加实际影响的话（一幅完全陌生的风景画等），也不会丧失自身的意义。相反，以交际为目的的绘画（交际画）的功用则是艺术外的，比如在科学指南的插画中，即使审美功能得到运用，也仅能够作为补充画面所包含信息的一种手段。如果审美功能在这里占据主导的话，它就会把交际画变成艺术作品。

---

① Ян Мукаржовский, К терминологии чехословацкой теории искусства, Ю. М. Лотман, О. М. Малевич, ред., Ян Мукаржовский: Исследования по эстетике и теории искусства, Москва：Искусство, 1994, с. 305.

第五节　结语

洛特曼曾指出："布拉格学派的一个根本的特征是重视功能这一范畴。"① 诚然，功能无论是对穆卡若夫斯基，还是对整个布拉格学派而言都是一种核心的范畴。总的来说，穆卡若夫斯基将功能这一范畴从语言学引入文学和美学研究中的探索，具有以下几点特色：

第一，将"功能"这一范畴引入文学和美学研究，这在当时迎合了文艺学研究发展的需要，特别是美学。在未引入"功能"之前，美学的状况是令人担忧的。这主要体现在艺术美与自然美的分裂上。众所周知，人类对于自然美的研究要远远早于对于艺术美的研究。这至少可以追溯到柏拉图时代。柏拉图认为自然美是要高于艺术美的，这源于他的"模仿论"。艺术被视为与"理型"隔了两层，艺术是对"理型"的一种模仿。最高等级的美是一种理型，其次才是自然美，最后是艺术美。这种观念与哲学上的形而上思维是一致的，那时候的"美"被视为一种抽象的、形而上的理念。而随着本体论哲学的不断衰落，"美"作为一种形而上学的理念的思想也随之衰落了，取而代之的是"审美"，美不再被视为客体的一种属性，而被认为是存在于人对客体的感受与认识之中的，即存在于"审美"之中的，离开了人，美便不存在。抽象的、形而上的美被经验的、具体的审美所取代。因而，艺术美的位置被提升于自然美之上。纵观对美的认识的这两种观念，它们都各执一端，不是认为美存在于客观之中，就是认定美存在于主观之中。前者看不到人在审美上的主观能动性，后者看不到客体的美的属性；前者重视自然美，后者重视艺术美，因而都是失之偏颇的，美学的领域被无情地割裂了。穆卡若夫斯基总结认为，传统对待艺术美与自然美之间的关系有三种基本态度，一种是把艺术隶属于自然（如柏拉图），一种是把自然隶属于艺术（从新柏拉图主义中已经初见端倪），第三种是把艺术与

---

① Ю. М. Лотман, Ян Мукаржовский—теоретик искусства, Ю. М. Лотман, О. М. Малевич, ред., Ян Мукаржовский: *Структуральная поэтика*, Москва: Школа 《Язык Русской Культуры》, 1996, с. 11.

自然视为互不从属、互不相关的领域。这三种态度都把艺术与自然相割裂了，美学领域的分裂状态急需一种新的视角来进行弥合，"功能"的范畴正好迎合了这种需求：

> 如果我们从功能的视角来观察艺术外的美，一切将会显得完全不同。如果说，在上述情形中的两个领域（即艺术外的美和艺术中的美）显得是截然分离的，只有通过某座桥梁才能把它们连接在一起的话，那么，现在，艺术外的美和艺术中的美则显得如此密切地联系着，以至于天衣无缝，并且困难与其说在于找出它们之间的联系，不如说把它们区分开来。要知道，如今在我们眼前的不是自然与艺术之间的关系，而是不同类型之间的关系，有时只是行为的一方面和另一方面。①

第二，将"功能"范畴引入文学与美学研究中，穆卡若夫斯基并未照搬传统的功能观，而是对其加以积极的改造。穆卡若夫斯基的功能观一大创新在于，将功能的源头定位于主体，在此基础上发展出多功能的功能观，这是对传统的功能观的一大革新。传统的功能观把功能定位于客体，结果只能发现客体的单功能性。俄罗斯形式论学派就是这种功能观的代表，在该派不少学者看来，诗性功能为诗歌语言这种语言样式所独有，这实际上把审美功能仅局限于艺术领域之中。这在穆卡若夫斯基的多功能观看来，显然是不够准确的。审美功能不只是存在于艺术领域之中，也广泛地存在于艺术之外的人的一切行为和活动之中，它与实用功能、理论功能等同样是人类行为最基本的要素之一，同样是人与现实关系的一个基本维度。反之，艺术也并不是只包含审美功能，它也广泛涵纳各种各样的非审美功能。因此，以是否具有审美功能作为区分艺术与非艺术的标准就是不科学的，而应该以它在一领域中是否占据主导地位为标准。在艺术中，审美功能占据主

---

① Ян Мукаржовский, Место эстетической функции среди прочих функций, Ю. М. Лотман, О. М. Малевич, ред., *Ян Мукаржовский*：*Исследования по эстетике и теории искусства*，Москва：Искусство，1994，с. 145 – 146.

导地位，统摄其他功能，把其他功能吸纳到自身，对它们进行改造；在艺术之外则是某种审美外功能占据主导。那么，审美功能是如何实现对其他功能的主导、统摄、吸纳和改造的呢？这就必须对审美功能的特质进行分析。对这一功能的分析又必然要与审美外功能进行对比，也就是对审美功能在总体的功能系统中所占据的地位进行分析。与其他功能相比，审美功能的最大特色在于，它是一种符号功能，是一种"自在目的"的功能。它并不追求任何外在的目的，而是把注意力转向自身。在这一点上，它是与其他审美外功能相对立的。由于审美功能具有这样一种特性，它具有很强的开放性，使得它在艺术之中能够对其他审美外功能进行改造，把它们置于自己的影响之下。穆卡若夫斯基对审美功能问题的分析，克服了俄罗斯形式论学派那种偏激，更深刻地揭示了艺术发展的动力问题。

　　第三，在穆卡若夫斯基那里，"功能"与"结构"是一对紧密联系在一起的范畴，前者是对后者的重要补充，将这两者严格区分开来是很困难的，功能乃是结构之功能，结构乃是功能之结构。学者布洛克曼曾这样描述两者之间的关系："功能主义和结构主义就像是两种互补的理论：功能主义理论从经验上研究有关的系统，而结构主义理论则研究各种功能系统之间的种种一致和背离关系。"① 我国学者方珊也有类似的见解："对于穆卡洛夫斯基来说，功能与结构是紧密相联，不可分离的：功能构成结构，结构具有功能；功能影响结构，并体现于其中，结构借助功能表现自己并与其它结构结成一定关系。"② 事实上，"结构"与"功能"两者是相辅相成、互为补充的。研究"结构"之所以不能离开"功能"，是因为布拉格结构主义所理解的严格意义上的"结构"正是一种由关系、功能所组成的系统和整体。此外，更深层次的原因还在于："结构论本身并不一定区分文学文本与一般的交际行为，因为后者也同样具有结构。布拉格学派利用形式主义的功能概念来解释文学

---

① ［比］J. M. 布洛克曼：《结构主义：莫斯科—布拉格—巴黎》，李幼蒸译，中国人民大学出版社 2003 年版，第 69 页。

② 方珊：《穆卡洛夫斯基美学思想的历史地位》，载《外国美学》第 12 辑，商务印书馆 1995 年版，第 94 页。

（即诗）与非文学结构的差异。"① 研究"功能"同样也离不开"结构"
的原因在于，各式各样的功能自身也构成一个系统、结构。因此，对每
一各别功能的研究必须对这一功能与功能系统中其他功能之间的关系进
行考察。

---

① ［英］安纳·杰弗森、戴维·罗比：《西方现代文学理论概述与比较》，陈昭全译，湖南
文艺出版社 1986 年版，第 39 页。

第 四 章

从"背离"到"规范"

——扬·穆卡若夫斯基论审美规范

　　将"规范—背离"作为一种理论建构模式始于俄罗斯形式论学派，在这一模式指导下，俄罗斯形式论学派对"文学性"进行了一系列卓有成效的探索，但是由于极端重视"背离"，而在很大程度上轻视甚至忽视了"规范"，又极大限制了俄罗斯形式论学派在文学性探索上所达到的高度；俄罗斯形式论学派解体后，布拉格学派的扬·穆卡若夫斯基一方面继承了俄罗斯形式论学派的优秀成果，另一方面对其不足进行了批判：早期，他引入"前推"这一概念来对"背离"之方式进行系统描述；后期，他对文学、艺术中的规范类型进行系统研究，将"审美规范"问题提升至本体论高度，论证了这一概念在美学中的必要性和合法性，从而更加辩证、深刻地揭示了审美价值的生成机制。

第一节　"奇特化"及其遗产

　　俄罗斯形式论学派主将之一的什克洛夫斯基，在批判 A. A. 波捷勃尼亚的"艺术即形象思维"① 这一论点时，曾这样界定艺术的功能：

> 正是为了恢复对生活的体验，感觉到事物的存在，为了使石头成其为石头，才存在所谓的艺术。艺术的目的是为了把事物提供为一种可观之物，而不是可认知之物。艺术的手法是将事物"奇异化"的手法，是把形式艰深化，从而增加感受的难度和时间的手法，因为在艺术中感受过程本身就是目的，应该使之延长。艺术是对事物的制作进行体验的一种方式，而已制成之物在艺术之中并不重要。②

什克洛夫斯基在这里提出的"奇特化"，为俄罗斯形式论学派日后的发展奠定了重要的方法论基础。詹姆逊在其著作《语言的牢笼》中曾对这一概念的意义做过考察：

> 首先，奇特化起到了把文学（即纯文学系统）与任何其他的语言使用形式区别开来的作用。在这层意思上，它是使文学理论得以建立起来的先决条件。其次，它也使文学作品内部得以建立起一种等级。由于艺术作品的最终目的现在已经事先确定，即更新感知，突然间以一种新的眼光、一种新的未曾有过的方式去观察世界，所以作品的各个成分及技法或手法现在都以此为目的分为等级。再次，"奇特化"这个概念在理论上还有第三个长处，即它提示了一种新的文学史观：这并不是唯心主义历史观所特有的那种根深蒂固的传统无限延续的观念，而是将历史视为一系列的突变，即与过去的一系

---

① 值得指出的是，"形象思维"最初是由俄国著名文学批评家别林斯基提出，这个术语在别林斯基那里，采用的是"寓于形象的思维"的提法，后在俄国的马克思主义美学和文学家们那里得到了继承。参见高建平《"形象思维"的发展、终结与变容》，《中国社会科学院研究生院学报》2009年第5期。笔者这里之所以提波捷勃尼亚的"艺术即形象思维"，是因为什克洛夫斯基所直接针对的批评对象为俄国学院派的代表人物波捷勃尼亚。什克洛夫斯基认为波捷勃尼亚也是"艺术即形象思维"这一思想的创立者之一，因为波捷勃尼亚确曾表达过这一思想，如"没有形象就没有艺术，包括诗歌"。"诗歌和散文一样，首先并且主要是思维和认识的一定方式。"参见什克洛夫斯基等《俄国形式主义文论选》，方珊等译，三联书店1989年版，第1页。

② ［苏］维克多·什克洛夫斯基：《散文理论》，刘宗次译，百花洲文艺出版社1994年版，第10页。

列断裂，其中每一种新的文学现实都被看成是与上一代占主导地位的艺术准则的决裂。①

詹姆逊对"奇特化"理论所产生的影响的认识是非常深刻的。然而，笔者以为除以上三点外，"奇特化"理论最大的价值在于提供了一种行之有效的"规范—背离"式的二元对立分析模式。我们姑且不论，作为一种审美效果的"奇特化"所包含的"新奇"与"新颖"，是否如俄罗斯形式论学派所认为的那样，乃是一种最基本的审美价值。这种"规范—背离"的分析模式比起"奇特化"本身，似乎更经得起时间的检验。该派后来的发展，如他们对诗歌语与实用语之区分，对情节与本事之区分等大都得益于这一模式。

一方面，我们必须承认这一模式本身是极富启发性的；另一方面，该派在对它进行阐发时侧重于"背离"一端，缺乏对"规范"本身系统和深入的研究，缺乏对它们两者之间辩证关系的思考，这是有着明显不足的。荷兰学者佛克马曾指出这一点："对俄国形式主义者来说，偏离既定规范这一概念非常重要；但究竟是日常语言，还是通行的文学惯例，或二者都是新的文学作品据说要与之偏离的规范，并不总是很清楚的。"②佛克马的意见很值得我们深究。众所周知，什克洛夫斯基本人在阐释作为一种手法的"奇特化"时，只简单提及使形式变得艰深化。然而，使形式变得艰深这一说法是含糊不清的，从该派学者后来的一系列实践来看，诗歌中的奇特化大致是通过对日常语言规范的违反来实现的，而散文中的奇特化则是通过对本事的违反来实现的。然而，艺术中除了语言规范、技术规范等显然还有许多其他规范。那么，一部作品若想获得审美价值，究竟是只对其中一些规范进行违反即可，还是要对所有规范都进行违反呢？此外，对规范进行违反的方式是如何展开的呢？若想解答这些问题，不仅要对背离的方式进行系统论述，更要对规范本身进行全

---

① ［美］弗雷德里克·詹姆逊：《语言的牢笼——结构主义及俄国形式主义述评》，钱佼汝译，百花洲文艺出版社 1995 年版，第 42—43 页。

② ［荷］佛克马、易布斯：《二十世纪文学理论》，林书武等译，三联书店 1988 年版，第52—53 页。

面的考察。遗憾的是，包括什克洛夫斯基在内的俄罗斯形式论学派学者在这方面的论述相当少。

第二节　前推

与高度重视诗歌语言研究的俄罗斯形式论学派相同，穆卡若夫斯基的"前推"① 也是在研究诗歌语言的基础上发展起来的。俄罗斯形式论学派对诗歌语言与日常语言进行了区分，认为后者的目的在于传达，前者的目的则在于表达自身。这种区分虽有一定的合理性，但不足之处也很明显，这主要体现在：他们把这两种语言完全对立起来，看不到它们之间的辩证关系，既看不到诗歌语中的非审美因素，也看不到日常语中的诗性因素。殊不知，日常语言并不是一种稳定的、静态的语言样式，其存在只是消极地等待被诗歌语言背离和违反，它自身也是不断变化和发展的。若忽视了这一点，对诗性功能所得的认识就是不全面的、欠科学的。究其本质，这些不足乃与俄罗斯形式论学派学者们对"规范—背离"模式的阐发上的不足不无关系：他们轻"规范"而重"背离"，并且侧重"背离"的目的，而不是其过程，因此，他们对"文学性"生成机制的探讨是欠深入的。穆卡若夫斯基深知俄罗斯形式论学派在这方面的不足，从而开始了自己对诗性语言问题的研究。

与早期的俄罗斯形式论派学者相似，穆卡若夫斯基也是通过把诗歌语言和标准语言相区分来考察诗歌语言的。然而，由于系统地了解了索绪尔结构语言学思想，以及本学派雅各布森和特鲁别茨柯伊的音位学思

---

① "前推"这一概念的捷克语原文为"aktualisace"，英译为"foregrounding"。这一概念的中文译法目前有不少版本：如凸显、突出、前景化等。值得指出的是，这一概念大致具有两层含义：第一层含义，与什克洛夫斯基的"奇特化"类似，同是指针对"自动化"的一种违反和背离，穆氏本人曾明确把它定义为："前推是与自动化相对的，也就是非自动化。"此外，它还有第二层含义，也是往往被忽视的一层含义，它被用来描述艺术结构中的成分之间的关系。在这层意思上，那些被突出的或主导的成分被认为是前推了的，而其余的则不是。学者韦尔特鲁斯基曾指出这一概念在英译中的困难：如把穆氏作品翻译成英文的两位作者就分别使用了两个不同的词：Garvin 使用"前景化"（foregrounding）取消了第一层含义，然而 Burbank 和 Steiner 偏爱的"去自动化"（deautomatization）则取消了第二层含义。综上所述，笔者以为竺稼先生的"前推"译法较为准确和传神。

想，穆卡若夫斯基对这一问题的研究比起俄罗斯形式论学派要更为系统，因而也更加辩证与深刻。把诗歌语言和日常语言相对立，俄罗斯形式论派学者们更多地关注这两种语言之间的差异，而忽视了它们之间的联系。穆卡若夫斯基虽然也曾明确指出："诗歌语言不是一种标准语言"①，但他并不否认这两者之间的联系：

> 这种联系表现如下：对诗歌而言，标准语言是一种背景，用以反映因审美原因对作品语言成分的有意扭曲，也就是对标准语言规范的有意违反……正是这种对标准语言准则的违反，这种系统的违反，使诗歌式地使用语言成为可能；没有这种可能性也就没有诗歌可言。②

由于诗歌语言和标准语言之间存在着联系，它们的差异就不是绝对的，而是相对的。虽然，前者是对后者的一种违反和背离，但这种违反与后者的背景密切相关：

> 在一个特定的语言中，标准规范越固定，对它的违反形式就越复杂，因而该语言中诗歌的可能性也就越多。反之，这个规范的意识越弱，违反的可能性就越少，诗歌的可能性也就越少。故此，在捷克现代诗歌刚刚发源、标准规范意识还很弱的时候，以违反标准规范为目的而入诗的新用法，与为了获取普遍接受并成为标准规范一部分的新用法，二者无甚区别以至可以混同起来。③

只有明白了这一点，我们才能更深刻地理解诗歌语言和标准语言之间复杂的辩证关系。诗歌语言与标准语言除了有着密切的联系之外，它们之间的差异也是显而易见的，穆卡若夫斯基是这样来阐述诗歌语言的

---

① ［捷］扬·穆卡若夫斯基：《标准语言和诗歌语言》，竺稼译，载赵毅衡编《符号学文学论文集》，百花文艺出版社2004年版，第17页。
② 同上。
③ 同上。

特点的："诗歌语言的作用就在于为话语提供最大限度的前推。"① "在诗歌语言中，前推的强度达到了这样的程度：传达作为表达目的的交流被后推，而前推则似乎以它本身为目的；它不服务于传达，而是为了把表达和语言行为本身置于前景。"②

在这里，穆卡若夫斯基对诗歌语言特性的理解与形式论学派学者既有相似之处，也有着本质上的不同。相似之处在于两者都认为诗歌语言的目的不在于传达，而在于突出表达和语言行为本身；不同之处在于，早期俄国形式论派学者认为交流、传达在诗歌语言中是不存在的，而是只存在于日常语言中；相反，穆卡若夫斯基则认可它们在诗歌语言中的存在，只是这种特性被压制到诗歌的背景层次中，得到突出的是表达和语言行为本身。他进一步揭示出在诗歌语言中这种突出表达和语言行为本身效果的机制在于"前推"。那么，什么是"前推"呢？穆卡若夫斯基这样来界定它：

> 前推是与自动化相对的，也就是非自动化。一个行为的自动化程度越高，有意识的处理就越少，而其前推程度越高，就越成为完全有意识的行为，客观地说，自动化是对事件的程式化，前推意味着违反这个程式。③

那么，诗歌语言中这种最大限度的前推是如何获得的呢？它显然不是一种量的效果，不是把尽可能多的，甚至是所有的成分置于前景的问题。在创作实践中，这种所有成分的全部前推是不可能的，也是没有意义的。事实上，任何一个成分的前推，必然伴随着一个或更多部分的自动化。同时，前推一部诗歌作品的所有成分也是不可思议的，这是因为一个成分的前推明确地意味着将其置于前景。然而，这一成分占据前景，是与另一个或一些仍然留在背景的成分相比较所导致的。同时前推所有

---

① ［捷］扬·穆卡若夫斯基：《标准语言和诗歌语言》，竺稼译，载赵毅衡编《符号学文学论文集》，百花文艺出版社 2004 年版，第 18 页。

② 同上书，第 19 页。

③ 同上书，第 18 页。

成分会把它们置于同一地位，从而形成新的自动化。

因此，穆卡若夫斯基认为，诗歌语言获得最大限度前推的方式，就不能从前推成分数量的角度来寻找，而要从前推的连贯性与系统性方面来寻找：

> 它的连贯性表现为：一部特定作品中，前推成分的重新定型总是稳定地趋向同一方向；于是，在一部作品中意义的非自动化始终由词汇选择来实现（指一些形成鲜明对照的不同领域的词汇的混合使用）。在另一部作品中，则同样始终如一地由上下文紧密相连的词语的异常语义关系来实现。两种方式都导致意义的前推，但又各不相同。①

穆卡若夫斯基所说的两种前推类型，其实指的是诗歌与散文之间的差别：由于诗歌篇幅短小精悍，因此主要是靠词汇的选择，吸收各种各样的外来词，运用俚语、方言词汇来实现前推的；小说则不同，它往往篇幅较长，而这决定了它不可能像诗歌那样靠词汇的选择来实现前推，因为那样的话，它就会变成诗，而不是小说了。小说主要不是依靠对词的选择，而是通过语境来产生前推的。总而言之："一部诗歌作品中各成分的系统前推存在于这些成分间相互关系的不同层次之中，也就是说存在于它们之间的相互依附与被依附关系之中。"②

在这里，穆卡若夫斯基告诉我们，考察诗歌作品中某一成分是否被前推，必须先对该成分与系统中其他成分之间的关系进行考察，然后来判定。这实际上承认了系统中各成分和要素之间原则上的平等性。然而，这里产生了一个问题：众所周知，作为一个整体的结构并不是由这些成分和要素简单的叠加而成。那么，究竟是什么把这些成分和要素整合为一个整体的结构的呢？即赋予结构以统一性的东西是什么呢？在这里，仅从"前推"这一范畴来对结构进行描述显然是不够的，"前推"只是从

---

① ［捷］扬·穆卡若夫斯基：《标准语言和诗歌语言》，竺稼译，载赵毅衡编《符号学文学论文集》，百花文艺出版社 2004 年版，第 19—20 页。

② 同上书，第 20 页。

动态、张力的角度来对结构进行描述，而这种动态性、张力性并不能使结构成为一个整体，还需要对保障结构整体性的东西进行描述。因此，"主导"的范畴应运而生。

穆卡若夫斯基把"主导"明确定义为："作品中驱动并引导其他成分相互关系的成分。"[①] 它是作品中其他成分及其相互关系被评价的基础，作品中的所有成分和关系都必须以与主导之间的关系而得到评价。主导成分使得诗歌作品成为一个整体，一种多样统一的整体，在这个整体中同时可以观察到和谐与不和谐、集中与分散。集中体现为趋向主导成分的倾向，分散则表现为静止不动地停留在背景上的非前推成分对这个倾向的抵抗：

> 存在于诗歌作品背后的由抵制前推的非前推成分组成的背景由两种东西组成：标准语言的规范和传统的审美原则。两种背景都潜在地存在着，但在具体事例中二者之一会占据主导地位。在语言成分前推较强的时期，标准规范的背景占主导地位，而且前推较弱时占主导地位的则是传统原则。如果传统原则强烈地扭曲了标准规范，那么有节制的扭曲会反过来促成标准规范的复原，而这又恰恰是由于扭曲的节制性。诗歌作品中前推与未前推的成分的相互关系构成了它的包含了聚合与分散的动力性结构。这种结构构成了一个不可分割的艺术整体，因为每一个成分的价值都取决于它与总体的关系。[②]

佛克马就俄罗斯形式论学派在"背离"问题上没有解释清楚的指责，即究竟是对日常语言规范的违反，还是对通行的文学惯例违反的问题，在这里被穆卡若夫斯基解释清楚了。穆卡若夫斯基明确指出，作为后推背景的标准语言的规范和传统的审美原则并不是同时出现的，而是在具体的情况中二者必居其一的。语言成分前推较强的时候，标准规范的背

---

① ［捷］扬·穆卡若夫斯基：《标准语言和诗歌语言》，竺稼译，载赵毅衡编《符号学文学论文集》，百花文艺出版社 2004 年版，第 20 页。

② 同上书，第 21—22 页。

景占据主导，而较弱的时候则是传统的审美原则占据主导。然而，穆卡若夫斯基认为在这两者中标准规范的背景又是最基本的，它是诗歌得以存在的必要条件：

> 如果我们只考虑前推的规范背景的话，扭曲标准规范的可能性对诗歌来讲是必不可少的。没有这种可能性也就没有诗歌可言。把背离标准规范视为谬误就意味着否定诗歌，在当今这样强烈倾向于前推语言成分的时代尤其如此。①

可以说，对标准规范的违反是诗歌的必要条件。也许有人会辩驳说在某些诗歌作品中前推的只是内容（题材），所以这种标准也许是不适合任何体裁的诗歌的。穆卡若夫斯基认为：

> 需要指出的是，任何体裁的诗歌作品都没有固定的界限，从某种意义上说语言和题材之间也没有本质的区别。一部诗歌作品的题材不能用它与进入作品的语言以外的现实的关系来鉴定。相反，它是作品语义方面的一个部分（我们当然不想断言它与现实的关系就不能成为作品结构的一个因素，如同在现实主义文学中那样）。②

与此同时，穆卡若夫斯基也指出审美评价对这种标准规范形成的重要影响，而这一点是俄罗斯形式论学派所忽略的：俄罗斯形式论学派把艺术作品当作一种物的艺术成品，因而他们所理解的规范只是一些创作技术上的规范和语言的规范。一部作品之所以被视为艺术作品和审美的对象，与审美评价是分不开的。审美评价对标准规范的影响主要体现在两方面："一方面，没有它就不能有意识地美化语言，另一方面则因为它有时决定着标准规范的发展。"③

---

① ［捷］扬·穆卡若夫斯基：《标准语言和诗歌语言》，竺稼译，见赵毅衡编《符号学文学论文集》，百花文艺出版社 2004 年版，第 22 页。
② 同上。
③ 同上书，第 23 页。

第一点很容易理解。让我们来看看第二点，即审美评价在标准规范的发展过程中所起的作用：

> 在标准语中存在着一些审美规范，其中每一条都独立地适用于某个组成部分。这一套规范或标准，只在某个时期某种语言环境下是经常不变的，因而标准语言的审美标准及这个标准在过去的发展过程进行描述并指出其特点。首先，这个发展过程显然是与诗歌艺术不断变换的结构有联系的。对某种标准语言所接受的审美标准的发展与研究，不仅作为历史的一部分而具有理论意义，而且如上所述，在培养审美标准上具有实际重要性。①

总而言之，穆卡若夫斯基的"前推"理论是对俄罗斯形式论学派"奇特化"理论的重要补充与在更高层次上的一种发展。其补充之处在于，"前推"理论详细阐发了"奇特化"理论中未被明确阐明的"背离"的实现方式，所谓"背离"是以系统的方式展开的，不是把作品中所有成分都置于前景，不是以牺牲传达特性为代价的，而是作品中各成分之间关系在总体结构中呈现出的一种运动态势。而发展之处在于，"前推"理论把"奇特化"理论拓展到作品的审美层面，它代表着作品的组成部分与审美之间的关系。

第三节　审美规范

穆卡若夫斯基不仅通过"前推"这一范畴来补充"奇特化"理论中未被明确阐释的"背离"的实现方式，后来还对"规范"在文学中的存在问题展开了深入的探讨。正如佛克马、易布思在《二十世纪文学理论》中所提及的那样："穆卡若夫斯基详细论述了偏离和规范之间的对立，然

---

① ［捷］扬·穆卡若夫斯基：《标准语言和诗歌语言》，竺稼译，见赵毅衡编《符号学文学论文集》，百花文艺出版社 2004 年版，第 26 页。

而对于规范的地位渐渐产生了怀疑。"① 那么，这究竟是怎样的一种怀疑？在我们看来，这是对"规范"这一概念本身在文学中存在之合法性的怀疑。"规范"在文学中的存在是否具有"规则"般的有效性呢？众所周知，对规则的违反意味着相应的价值得不到实现。如果说，在文学中规范不具有规则那样的有效性，对它的违反也可以实现审美价值，那么，我们应该如何来看待规范在文学中的地位？对它进行研究是否还有必要？让我们带着这些问题来考察穆卡若夫斯基的审美规范说。

穆卡若夫斯基明确指出，规范与规则（规律）是不同的，后者是一种强制性力量，其存在是独立于主体之外的，规则要求人对它的绝对遵守，对规则的违反必将受到它的惩罚，而规范则不同："虽然规范努力获得普遍有效性，但它永远达不到一种自然规律的力量。否则，它就会变成规律，而不再是一种规范。"② 规范不是独立于主体之外的，而是与主体密切相关的，它虽然也会对主体产生一定的压力，指导其进行价值评判，但主体有权选择是否屈从于这种压力，屈从于规范不一定会产生价值，相反，对规范的违反或背离也不必然就会导致价值得不到实现。可以说，规范的存在本身显示了一种深刻的二律背反：

> 虽然规范试图获得普遍有效性，但也因这种尝试而限制了自己。一种规范不仅可以被违反，而且也是有可能，并且在实践中经常会出现：当被应用于一个单一、具体的情形时，有平行的两种或更多的规范衡量同样的价值，并且它们处于相互的竞争中。因此，规范基于一个在普遍合法性和纯调节性的、或甚至暗示对它的可以想象得到的违反的定向潜力之间的辩证的二律背反。每种规范有自己的双重的、矛盾的推动力，它的发展产生于这种推动力的极之间。③

---

① ［荷］佛克马、易布思：《二十世纪文学理论》，林书武等译，三联书店 1988 年版，第 52 页。

② Jan Mukarovsky, *Aesthetic Function, Norm and Value as Social Facts*, Mark E. Suino trans., Ann Arbor, 1979, p. 26.

③ Ibid.

　　因此，在穆卡若夫斯基看来，"无论规范是有意识地还是无意识地被运用，它在本质上与其说是一种规则，不如说是一种能量"。① 于是，他把规范定义为："一种动力性调节机制"。② 在描述了规范的一般特征之后，穆卡若夫斯基接着对"审美规范"这样一种最特殊的规范类型进行了研究。在研究的过程中，他把审美规范与语言规范、法律规范并置，主要从"法典编纂度"（кодификация）、"排他性""稳定性"三个方面对它们进行了比较：

　　首先，在法典编纂度上。法律规范趋向于尽可能清楚地作为一种法典编纂，而在语言中法典编纂度则没有那么广泛。穆卡若夫斯基指出："语言学家不会忽视这一事实：如大多数的方言这样的语言系统，从来不陷入到语法法典编纂之中，它们都具有自发地被语言集体遵守的规范。"③ 法典编纂程度最低的是审美规范，它只经受着偶然的法典编纂化的尝试（比如，在古典主义时期）。然而，这样的尝试从来没有持续超过一段有限的时间。

　　其次，在排他性上。法律规范是最为排他的，它总是尽可能地擢升一种法律系统，而尽可能打压其他所有可能的法律系统："法律规范总是要求正面的和直接的运用，原则上避免同时把数种互不调和的规范运用到同一案例中去，即使会对该案例所涉及的人带来损害。"④

　　在语言中规范的排他性则没有法律规范那么强烈，不可能出现一种规范系统处于绝对垄断的状况。在一个语言社区内，会出现数种语言系统共存，并为该社区所掌握（比如，在英语中的书面语与口语）的情况。但与此同时，人们通常不愿意看到这些语言规范的混合，因为这常常会造成说话者的错误。在艺术中，规范的排他性程度是最低的，它总是存在数种规范，于是一种规范系统的垄断是不可能的。穆卡若夫斯基认为，艺术是多种规范复杂的交织物，这些规范在艺术中相互合作与并存。他

---

　　① Ян Мукаржовский, Эстетическая норма, Ю. М. Лотман, О. М. Малевич, ред., *Ян Мукаржовский: Исследование по эстетике и теории искусства*, Москва: Искусство, 1994, с. 163.

　　② Таи же.

　　③ Таи же, с. 162.

　　④ Таи же, с. 165.

认为艺术中主要存在以下几种规范：

1. 材料规范。这是由特定的艺术材料所带来的规范。这些规范在文学中尤其显著，文学的材料是语言，并且语言究其本质是一种规范系统。语言规范本身与审美规范并没有任何共同之处，但在艺术中对它加以开采的方式赋予它们审美规范的价值。然而，在那些其材料是物质的，因而完全缺乏规范性的艺术样式中（如建筑、雕塑），这些材料的自然属性在它们被使用的方式影响下，同样也获得审美规范的价值。

2. 技术规范。这是指那些经过艺术长期的演化而沉淀下来的、已经丧失了活的审美规范的直接效用的习惯。这些习惯（如诗歌中的诗律、传统的音乐形式等）被认为是进行艺术教育的必需品，遵守它们的必要性似乎是显然的。然而，这些规则自身也在发展，因为它们在不同的使用中容易变形，结果，它们总是一次次地获得活的审美规范的特征。体裁（文学的、建筑的）和风格属于这些习惯之列。

3. 实用规范。这主要指伦理规范、政治规范、宗教规范、社会规范等，它们通过主题进入作品。这些规范在本质上与美学领域不同，但由于在艺术作品的结构中所扮演的角色，它们也或多或少获得了审美规范的效果。比如，一出悲剧的结构能够建立在两种伦理规范的冲突上，或建立在一种道德法则与它的破坏者之间。

4. 审美规范。这是指那些起源先于艺术作品，但被艺术家作为结构的成分而采纳的规范，或者，确切地说，是指审美规范系统。这些规范成为"艺术手法"的工具，由于对它们的遵守和破坏都能够成为艺术作品所实现的意图的一部分。这些规范与前面那些规范的不同之处只在于，它们在本质上属于审美领域。时常会出现这样一种现象：一些源于不同时期、艺术阶层或社会环境的审美传统，在一部特定的艺术作品中相遇，并且该作品所构思的效果正是基于它们彼此间的矛盾。

最后，在稳定性上。法律规范再次显示出最大的稳定性，它们一般是为了最长的持久性而设定的，唯有外部状况的变化，比如，立法或作为一个整体的法律系统崩溃才能改变它们。语言规范的演化则更为平稳，外部要素扮演着相当小的角色。最不稳定的是审美规范，它们似乎是为了被违反而存在：

> 总而言之，我们能够说审美规范的特征在于这样一个事实，与
> 其说它倾向于被遵守，不如说更倾向于被违反。与其他任何一种规
> 范相比，它在最小的程度上具有不被违反的特征。更确切些说，它
> 的定位点在于使得艺术传统被新的趋势所变形的程度被感受到。否
> 定性的运用，在其他种类的规范中仅作为它的肯定性运用的一种伴
> 随的、常常是不受欢迎的现象，而在审美规范中则是常有的情形。
> 如果我们从这种视角出发来看待一部艺术作品，那么，艺术作品将
> 会在我们面前呈现为规范的复杂的交织，充斥着内部的和谐与分歧，
> 它是部分被肯定地运用，部分被否定地运用的异质规范的动态的平
> 衡。这种平衡，在它的唯一性上是无法模仿的，即使在另一方面，
> 它正是由于自己的易变性，从而参与一种特定的艺术的持续的内在
> 的发展。①

通过以上与语言规范、法律规范的对比，我们可以发现，审美规范
是所有规范中最不稳定的一种，它的这种不稳定性甚至会给人产生这样
一种印象，即审美规范的存在似乎就是为了被不断地违反。那么，有鉴
于审美规范的这种悖论性，我们似乎完全有理由提出这样一个问题：既
然审美规范的存在就是为了被违反，那么它是否还有存在的必要？全然
否定它的存在是否合适？韦勒克就曾对穆卡若夫斯基的审美规范这一概
念的合法性提出了质疑，在他看来：“并不存在审美规范……因为审美规
范的本质就是被破坏。”②

穆卡若夫斯基本人则积极捍卫审美规范概念的合法性，努力为其
辩护，他的理由主要如下：首先，“任何规范，甚至是法律规范，正

---

① Ян Мукаржовский, Эстетическая норма, Ю. М. Лотман, О. М. Малевич, ред., *Ян
Мукаржовский: Исследование по эстетике и теории искусства*, Москва: Искусство, 1994,
c. 166.

② 参见 Peter Steiner, "The Conceptual Basis of Prague Structuralism", in Ladislav Matejka,
ed., *Sound, Sign and Meaning: Quinquagenary of the Prague Linguistic Circle*, The University of Mich-
igan, 1978, p. 366.

是在被违反的时候，它们自身的有效性，因而也是其存在才会被感受到。"①

其次，审美规范被不断违反和破坏的现象，只是这种规范在艺术领域中的一种表现，只有在这一领域中，它才具有最小的权威性和稳定性。然而，在广阔的艺术外领域，它的表现则完全不同：

> 此外，我们必须提及更广阔的领域，审美功能在其中只扮演着一种伴随的角色并且处于艺术界限之外。这个领域与人类行为的总和以及整个事物世界有关：任何行为和任何客体由于受社会惯约或个人意志的影响，都能成为审美功能永久的或者暂时的载体。虽然与主导的实用功能相比是次要的，审美功能或多或少是有积极作用的。并且正是在这里，审美规范获得了法则般的有效性。审美规范系统——所谓的品味在这里具有如此巨大的权威性，以至于那些破坏这些规范的人会受到来自个人、甚至社会的蔑视。但品味与艺术规范密切相联：实际生活不断地为艺术创作提供它的审美原则，艺术创作把这些原则再生地回馈给它。因此，审美规范在实际生活中获得了它在艺术中总是被剥夺的权威。我们还要补充的是，存在整个巨大的艺术领域，在其中审美规范的权威在很大程度上得到承认。比如，民间艺术就是这样一个领域，由于它缺乏对功能明确的区分，审美功能对其他功能的主导则是不完全清楚的。②

基于上述两点理由，穆卡若夫斯基认为审美规范这一概念完全有存在的价值和必要。苏联结构主义符号学家尤里·洛特曼高度赞赏穆卡若夫斯基的审美规范说，在他看来：

> 规范概念的引入，为"语言"系统以及它的"言语"（索绪尔

---

① Ян Мукаржовский, Эстетическая норма, Ю. М. Лотман, О. М. Малевич, ред., *Ян Мукаржовский：Исследование по эстетике и теории искусства*, Москва: Искусство, 1994, с. 168.

② Там же, с. 168 – 169.

的术语）提供了第三种要素，带来了重大的革新……这一美学范畴的引入，使得对艺术运作的机制本身的认识向前跨越了一大步。①

众所周知，在语言学与美学中规范的本质有着深刻的差异。一方面，对普遍遵守的语言规范的破坏会使语言文本变得无意义，并造成对它的破坏。在艺术文本中，对规范的破坏则是形成新的意义和增强文本意义饱和度的一种非常普遍的情形。另一方面，从语言学的视角来看，我们是第一次听说，还是早就熟悉一部文本，并没有多大差别。因为，文本的语言编织物对于掌握了语言的人来说，并没有带来什么新的东西。艺术文本则是另外一回事，它自身的系统应该不断在听众的意识中更新。语言文本并不知道模仿这一概念，对于艺术而言，产生绝对"符合规范的"，但绝对僵死的作品是一种在实践中既常见，在理论中又非常神秘的现象。洛特曼认为：

> 规范概念的引入，使这个复杂的和纷乱的问题变得非常明朗。它在艺术结构中发现必然的矛盾，对这种矛盾的克服需要创造性的、天才性的力量。对结构张力概念的研究成为捷克结构主义最大的成就之一。这为对结构的理解增添了动力的要素。②

第四节 结语

沿着"规范—背离"一线来考察布拉格学派与俄罗斯形式论学派理念上的异同，乃是卓有成效的。俄罗斯形式论学派的"奇特化"理论，为该派引入了研究文学的一种"规范—背离"模式。值得指出的是，这一模式本身是极富启发性的。然而，该派在阐发它的时候侧重于"背离"

---

① Ю. М. Лотман，Ян Мукаржовский——теоретик искусства，Ю. М. Лотман，О. М. Малевич，ред．，Ян Мукаржовский：Структуральная поэтика，Москва：Школа 《Язык Русской Культуры》，1996，с. 18.

② Tau me.

这一端，而对"规范"本身以及与"背离"之间辩证关系重视不够。这反映在他们把诗歌语与实用语完全对立起来，看不到两者之间的辩证联系，看不到诗歌语中的非审美因素和日常语中的审美因素。

布拉格学派的穆卡若夫斯基对俄罗斯形式论学派的这些不足有着非常清醒的认识。早期，他提出"前推"这一概念，来对"背离"的方式本身进行深入的研究，希望借此来弥补"奇特化"理论在这方面的阐释之不足。正是在这一过程中，他初步展现了其结构主义的方法和理念。后来，他又进一步提出"审美规范说"，对在俄罗斯形式论学派那里被忽视的"规范"，尤其是"审美规范"问题进行了系统的研究，就它在文学研究中的合法性进行了论证。与俄罗斯形式论学派相比，穆卡若夫斯基基本认同了"规范—背离"模式的合理内核，但在具体阐发这一模式时，他不再侧重于"背离"一端，而是对背离的实现过程及其方式进行了深入和系统的研究，同时他也没有忽视"规范"问题。在他看来，规范并不是一种僵化的、静态的概念，而是不断变化和发展的。俄罗斯形式论学派对"规范"的理解是不够深入的，这源于他们把文本视为一种物的艺术成品，把它视为纯语言的编织物的理念。基于这种理念，他们所理解的"规范"只是文本中的语言规范、技术规范之类的"形式"层面的规范。穆卡若夫斯基则已然开始从文本的审美层出发，对规范在文学和艺术中的存在，进行了系统的考察和论证。他把文本作为一种审美的对象、审美客体来进行研究，一旦这样做，其规范的内涵必然要大大地扩展，除语言规范、技术规范外，文学至少还包括实用规范、严格意义上的审美规范——审美传统等。审美规范对于文学性的最终生成可谓是至关重要的，因为，任何作品最终是否可以被视为一部艺术作品，都必须在审美规范的背景上进行评价。俄罗斯形式论学派是明显忽视这一点的。

第 五 章

从"文学性"到"审美价值"

——扬·穆卡若夫斯基论审美价值

众所周知，审美价值历来是美学中最核心，同时也是最为棘手的问题之一。传统美学多从形而上、目的论的视角来研究审美价值，而俄罗斯形式论学派囿于自身方法论的局限，对该问题的研究非常有限，他们并未明确触及这一问题，充其量只是关注与之相关的"文学性"问题。布拉格学派的扬·穆卡若夫斯基于20世纪30—40年代首次将结构主义理念融入审美价值问题研究。与传统美学多从本体论这一静态视角来研究审美价值不同，穆卡若夫斯基始终坚持从动态的视角出发，他不再追问审美价值一劳永逸的定义，而是将其视为一种过程，不仅关注审美价值自身演变的规律，也重视社会对审美价值演变产生的影响，从而有效地将共时与历时、主体与客体结合起来，最终在审美评价的易变性与普遍审美价值的客观性之间达成较好的平衡，将审美价值研究推向深入。

第一节　文学性的提出

众所周知，"文学性"概念最早由俄罗斯形式论学派主将之一的罗曼·雅各布森提出，他在《最新俄罗斯诗歌》中曾这样定义文学性："文学学的对象不是文学，而是文学性，亦即能使该作品成为文学作品的那种东西。"① 究竟什么是文学性？仅从雅氏的这一似有循环论证之嫌的定义，我们很难准确把握其内涵，为此，需要回到雅氏当初提出它时的背景。他曾这样描述过当时的文学研究，特别是文学史研究现状：

> 然而，到目前为止，文学史家大多像警察一样，而警察的目的则是抓人，把宅子里所有的人和所有东西，甚至连同街上偶然路过的人都扣起来，以防万一。同样，文学史家把什么都用上了——日常生活方式、心理学、政治、哲学等。建立了一大堆土规则来代替文学学。好像是忘记了这些条文应当归属于有关学科——哲学史、文化史、心理学等等，自然，这些学科也可以把古代文学作品作为有缺陷的次等的文献来利用。②

通过雅氏的论述，我们不难看出，在俄罗斯形式论学派之前，传统的文学传记学、心理学研究大都持一种"工具论"文学观，即他们主要将文学作品视为各种各样的"工具"，凭借它们来揭示作家的心理，了解民俗风情。总而言之，他们试图通过对文学作品的研究来揭示其背后蕴含的思想、文化内涵，而忽视了文学作品自身的美学价值。在这层意义上，"文学性"的出现可谓彻底颠覆了传统的文学研究，为之立定了新的对象，此后，文学研究的对象不再是文学，而是"文学性"，文学研究也从文学的外围回归到文学作品本身，特别是回归其语言、形式、结构，总之，回归到文学自身所蕴含的那些区别于非文学的特征上来。雅氏的"文学性"与后来什克洛夫斯基提出的"奇特化"一道，成为早期俄罗斯形式论学派的两大理论支柱，为该派日后在诗歌语言理论研究、作品理论研究、文学史等领域的研究设定了方向。

不过，随着文艺学研究的不断发展，以及俄罗斯形式论学派自身的演变，"文学性"的不足也逐渐开始显露出来。该不足的本质在于过度依赖文学作品本身，而忽视了与之相关的其他因素，如作者、接受者、社

---

① Р. Якобсон，*Работы по поэтике：Переводы*，М. Л. Гаспаров сост. и ред.，Москва：Прогресс，1987，с. 275.

② Там же.

会语境等。殊不知,"文学性"的产生乃是一项复杂而系统的过程,它显然不只与文学作品的语言、形式、手法等内在要素有关,也与其创作者、接受者及社会语境等外部要素相关。

第二节　审美价值的提出

早期,由于受俄罗斯形式论学派影响颇深,穆卡若夫斯基也一度高度重视"文学性"这一理念,并按照形式主义的方法来探索"文学性"。但随着研究范围的不断扩大,思考的不断深入,他逐渐意识到"文学性"的局限性,以《什克洛夫斯基〈散文论〉捷译序》为标志,穆氏正式掀开了超越俄罗斯形式论学派的大幕。由于"文学性"极端重视文学的特质本身,而撇开作者、读者、社会等,专注于作品自身,特别是其形式方面。殊不知,所谓文学区别于非文学的独有特征只不过是一个相对的、虚构的概念,文学研究是离不开非文学的,文学的审美价值也是与非文学的审美外价值分不开的。随着他这一时期"结构—主导"理念的形成,穆氏开始逐渐抛弃"文学性"而开始使用"审美价值"这一概念,逐渐抛弃狭隘的诗学研究而开始进行广义的美学研究。

穆氏最早一篇讨论审美价值的文章为《作为价值综合体的诗歌》(1932)。在该文初始,他就开宗明义地指出:

> 诗歌中包含大量不同的价值,但除审美价值外,没有其他任何一种价值能被视为艺术言语的诗歌所固有和不可分割的。当然,所有其他类型的价值能够被涵纳于诗歌作品中,一如它们同样能够被涵纳于任何其他语言现象之中,这些价值包括:存在价值(事实的真或假)、认识价值(符合事实的或不符合事实的,思想的原创性或非原创性)、伦理价值、社会价值、宗教价值等。①

---

① Ян Мукаржовский, Поэтическое произведение как комплекс ценностей, Ю. М. Лотман, О. М. Малевич, ред. , *Ян Мукаржовский*: *Структуральная поэтика*, Москва: Школа 《Языки русской культуры》, 1996, с. 282.

从他的这一论断中，我们不难看出穆卡若夫斯基与俄罗斯形式论学派之间的相似及不同：一方面，与俄罗斯形式论学派一样，穆氏也凸显了审美价值在艺术中的重要性，指出它是诗歌所固有的、不可分割的一种价值；另一方面，与俄罗斯形式论学派，特别是其早期不同的是，穆氏也肯定了审美外价值在艺术作品中的存在。不难发现，穆氏的这一思路与先前自己对审美功能及规范的研究如出一辙。与艺术中不仅存在审美功能和审美规范，也存在非审美功能和非审美规范一样，艺术中既存在审美价值，也存在非审美价值，艺术与非艺术的区别仅在于审美价值是否在其中占据主导。那么，审美价值在艺术中究竟是如何实现自身的主导的呢？是依靠打压非审美价值来实现的吗？此外，应当如何看待非审美价值在艺术文本中的功能和作用？

在穆氏看来，审美外价值在艺术作品中的作用不可小觑。他指出，虽然在艺术作品中审美价值主导其他价值，但并不意味着这些其他价值对艺术作品的评价就完全不施加影响。恰恰相反，穆氏认为非审美价值实际上参与任何艺术作品的评价，只是它的参与"不是自主的，不是作为对理解者对作品的情感的和意志的态度施加影响的要素，而是作为美学构成的要素"。比如，在史诗中，道德及社会价值乃是一种规定人物与其价值等级直接关系的手段（正反英雄人物之间的对立）；在抒情诗中，审美外价值与其他手段一道规定着作品的情感基调。总之，在穆氏看来，若要科学地研究艺术的审美价值问题就绝不能忽视其中的非审美价值，它们是辩证地联系在一起的动态整体：

> 为了研究文学发展，首先是研究作品的艺术结构，绝不能否定研究作品内和作品外审美外价值的必要性，而是必然与它相关。从反面说，为了对诗歌作品的构成进行结构分析，必须重视审美外价值如同重视这一构成要素一样，并且为了社会学研究，必须首先探索诗歌艺术中艺术构成的发展，包括审美外价值和支配生活实践的价值的发展之间的相互关系；唯有如此，包含在作品中的审美外价值无须自动地与在作品之外具有效用的相似的价

值等同起来。①

第三节　演化审美价值

如果说，在早期，穆卡若夫斯基已经敏锐意识到审美价值的研究离不开对审美外价值的研究，且审美价值在艺术中的主导乃是文本系统凸显之结果的话，那么，在中期他对审美价值问题的重视程度越来越高，超越了早期狭隘的诗学框架，开始从普通美学的视角对其进行系统研究。

众所周知，穆卡若夫斯基的美学体系主要由"审美功能""审美规范"以及"审美价值"这三个核心概念构成。因此，若要对其审美价值进行系统考察，有必要先来了解下另外两个概念。在穆氏看来，所谓审美功能乃是产生审美价值之基础，因为只有具备了审美功能，我们才有可能进一步讨论审美价值；审美规范则是衡量审美价值的标准。众所周知，规范深刻影响着价值的评判，是否符合规范，往往意味着是否具有价值。从以上穆氏对审美功能和审美规范的界定来看，我们不难看出它们似乎已经或直接或间接地涉及审美价值问题。那么，是否还有必要对审美价值问题专门进行探讨呢？在穆卡若夫斯基看来，将审美价值单独列出，予以专门研究，不仅是必要，也是必需的，这主要基于以下两点理由：首先，审美功能的问题域远大于审美价值。因为审美功能不仅存在于艺术中，也存在于艺术外领域，虽然它在后者中并不占据主导，只是作为一种次要的、伴随的功能而存在。因此有必要将讨论的范围缩小，专注于艺术领域。其次，穆氏通过研究发现，审美规范在艺术中并不是产生审美价值的必要条件，在艺术中审美规范的被违反比起被遵守是更常见的情形，并且这种被违反往往能生成审美价值。艺术中规范与价值之间的这一悖论现象引起了穆卡若夫斯基的注意。综合这两点理

---

① Ян Мукаржовский, Поэтическое произведение как комплекс ценностей, Ю. М. Лотман, О. М. Малевич, ред., *Ян Мукаржовский: Структуральная поэтика*, Москва: Школа 《Языки русской культуры》, 1996, c. 288.

由，穆氏认为应当对审美价值问题进行专门研究。那么，穆氏究竟从事了哪些与审美价值相关的研究？审美价值独特的问题域何在呢？穆氏这样写道：

> 审美价值问题应特别予以研究，其主要关注审美评价的有效性及范围。如果我们从这点出发，那么在我们面前会同等地开辟两个不同方向：一为研究具体评价行为的易变性，另一为寻找审美判断客观（即独立于接受者）有效性的认识论前提。①

下面，让我们沿着穆氏所指明的方向，先来关注审美价值问题的第一个方面——具体审美评价的多样性问题。一旦触及审美评价，我们不难发现它是异常复杂的，受到来自时间、环境、种族、阶层等因素的影响，此外，它也不仅与审美对象有关，也与审美主体有密切关联。与之对应，一些作品在创作时受到正面的评价，但随着时间的推移，逐渐转向反面，反之亦然；另一些作品则自始至终都受到正面的评价。根据作品被评价的不同模式，穆氏认为有必要区分三种不同类型的审美价值：实际审美价值、一般审美价值，以及演化审美价值。

首先，实际审美价值（the actual or immediate aesthetic value），指的是读者结合自身所处的文化语境中的有效规范将作品具体化，这一语境可以是作品被写就的语境，也可能是之后某个时期或一种不同的文化。这种具体化每次都会产生一个具有不同实际审美价值的审美客体。因此，时常会出现这样的现象：一部作品在某一语境中具有很高的实际审美价值，而在其他语境中则不具有同样高的价值。

其次，一般审美价值（the general or universal aesthetic value），指的是某些作品具备在任何文化语境下都能成为有效审美客体的潜力，比如莎士比亚的戏剧、拉斐尔的绘画、罗丹的雕塑等，穆氏将这种品质称为一般的或普遍的审美价值。与此同时，穆氏提醒我们，不能将一般审美

---

① Ян Мукаржовский, Эстетическая функция, норма и ценность как социальные факты, Ю. М. Лотман, О. М. Малевич, ред., *Ян Мукаржовский*: *Исследования По Эстетике И Теории Искусства*, Москва：Искусство，1994，c. 89.

价值与一部作品在历史上不变的、永恒的价值相混淆，相反，他坚持认为一般审美价值是基于一部艺术成品在不断变化的条件下产生不同审美客体和价值的能力。

最后，演化审美价值（the evolutionary aesthetic value），则衡量作品结构与其产生之时文学系统环境结构之间的不同，或在更为一般的水平上衡量一部作品与先前作品，以及与主导其的当前语境的习惯相比所体现的创新式背离。在穆氏看来，正是这种审美价值应当是文学史家重建和评价文学所主要研究的价值。

在这三种审美价值中，前两种我们已较为熟悉，第三种——"演化审美价值"则为穆氏本人的独创，它自诞生之日起，便引起了不小的争议。比如韦勒克曾对这一提法表示怀疑，他指出，"诸如此类的背离和新奇既不是价值，也不必然具有演化的重要性。在他看来，无论背离是否暗示着演化的趋向，只能从对历史距离的回溯中获得结果"①。总之，韦勒克认为，这一类型的价值与其说是审美的，不如说是历史的，并且它在性质上不属于审美价值。与韦勒克的意见相反，德国接受美学的代表汉斯·罗伯特·姚斯则认为穆卡若夫斯基还不够历史。他在其纲领式的讲座"文学史作为对文学理论的挑战"（1967）中曾提及穆卡若夫斯基，并在《审美经验与文学解释学》（1977，1982）一书中对他进行更加详细的讨论。在赞赏穆卡若夫斯基重视读者（接受者）和历史变化之后，姚斯接下来批评他："坚持将内在的历史辩证的审美功能、审美规范与作为一种客观的独立于接受者的第三种类型的审美价值对立起来。"在援引穆卡若夫斯基的话时，姚斯宣称他一边证明"审美价值的易变性"，一边声称一种"审美判断的客观有效性（独立于接受者）"，这显然是自相矛盾的。②

撇开演化审美价值是否能称为审美价值，以及这一概念所包含的历史因素是否要多于审美不论，我们不难看出它体现出一种与传统不同的动态审美价值观。传统美学多从目的论这种静态的角度出发来考察审美

---

① 参见 Jurij Striedter, *Literary Structure*, *Evolution*, *and Value*: *Russian Formalism and Czech Structuralism Reconsidered*, Harvard University Press, 1989, p. 161。

② Ibid., p. 163.

价值，比如实际审美价值主要从语境来考察价值，一般审美价值虽然重点有所转移落在了作品上，但归根结底也是从语境入手来考察审美价值，演化审美价值则不同，它的目标并不在于得出一种终极的、一劳永逸的审美价值定义，而是注意到审美价值乃是一种变量，它是文学结构与语境结构之间互动的结果，这明显体现出穆氏的结构主义理念的影响，从本质主义思维转向关系思维。在穆氏看来，审美价值并不是一成不变的，而是处于不断变化之中的：

> 审美价值在所有级别上都是可改变的，并且被动的惯性是不可能的："永恒的"价值也改变和互换，然而，比起次高级的价值只是更缓慢和更难以察觉。但即使是理想的独立于外部影响之外的审美价值，也并不总是在任何时候或在环境下都是最高的或唯一值得向往的可能①

因此，易变性乃是审美价值的本质特征，是其基础，若是忽略了它，是不可能得出对其比较准的界定的。在这层意义上，穆氏认为：

> 审美价值的易变性不只是源于艺术创作或感知中的一种"不完美"，即源于人类为达到理想的一种无力状态的伴随现象，而正是属于审美价值的基础，它是一种过程，而不是一种状态，是一种能量释放，而不是尔刚。②

有鉴于此，穆氏认为应当改变传统那种静态的研究审美价值的思路，应当将审美价值视为一种过程："结果审美价值变成了一个过程，其运动既受艺术结构本身的内在发展之影响（参见与每个作品被评价的当前的传统），也受社会生活结构的运动和转变之影响。"③

---

① Ян Мукаржовский, Эстетическая функция, норма и ценность как социальные факты, Ю. М. Лотман, О. М. Малевич, ред., *Ян Мукаржовский: Исследования По Эстетике И Теории Искусства*, Москва: Искусство, 1994, с. 90 – 91.

② Там же, с. 92.

③ Там же, с. 95.

第四节 普遍审美价值的标准

以上我们论述了穆氏论审美价值问题的第一个方面，即具体审美评价的易变性问题，通过研究，我们发现审美评价是易变的，相应地审美价值在各个等级上也是易变的。那么，既然如此，是否所谓的普遍（客观）审美价值①只是一种幻象呢？认可相对的审美价值是否更合理呢？以下，我们接着考察穆氏论审美价值的第二个方面——审美判断的客观有效性。

在穆氏看来，坚持普遍审美价值这一假设非常必要，否则便无法解释为什么一批源于同一艺术传统和社会阶层的作品，其中的一些未得到高的评价，而另一些则不证自明地得到很高的评价。此外，我们也无法解释为什么一部艺术作品，尽管它饱受批评家们的批评，但最终仍被视为具有正面的审美价值。这些都不得不将我们的目光转向判断普遍审美价值的标准上来。究竟符合怎样的标准，我们才能认为一部作品具有普遍审美价值呢？

在传统美学中，一般认为符合以下几个标准之一的艺术作品就获得了普遍审美价值：（1）在空间中获得最大延伸，包括穿越不同社会环境；（2）成功地抵制住时间；（3）自明的价值。② 穆卡若夫斯基对这三条标准的有效性逐一进行了考察。

首先，在空间中获得最大延伸。在穆氏看来，这条标准似乎最难令人信服。因为常识告诉我们，在一部业已获得了广泛反响的作品很快失去了它的情形中，我们倾向于信任时间，而不是空间。当然，这并不意味着在物质的和社会的空间中的延伸对艺术史毫无益处。相

---

① 值得指出的是，虽然"客观审美价值"与"普遍审美价值"含义接近，但在穆卡若夫斯基的话语体系中实为两个不同的概念。在早期由于深受俄国形式主义理念影响，穆氏倾向于使用客观审美价值，而后期随着其符号学思想的成熟，他开始使用普遍审美价值，下文还会详细论述这一转变的背景。

② Ян Мукаржовский, Может ли эстетическая ценность в искусстве иметь всеобщее значение?, Ю. М. Лотман, О. М. Малевич, ред., Ян Мукаржовский: Исследования По Эстетике И Теории Искусства, Москва: Искусство, 1994, с. 176.

反，该学科的本质任务之一不仅是研究每个单个的艺术作品的共时的延伸，同时也研究涉及特定的艺术作品相对的环境的每个时期的总的态度。

其次，成功地抵制住时间的标准。如上所述，抵制时间的能力比起在空间中的单纯延伸似乎是审美价值普遍性的一种更为重要的标准。那么，我们这种对时间标准本能的偏爱是否可以经得住批判的检验呢？在穆氏看来，是可以的，唯有借助这一标准，我们才能阐述一部作品的真正价值。

最后，自明性标准。所谓自明性标准指的是个人在对艺术作品进行评价时会相信其判断具有比个人更为普遍和广泛的意义，并且努力将这种信念作为一个公设加给其他人。正是在这层意义上，康德认为审美判断乃是先验的。但在穆卡若夫斯基看来，审美判断是否具有先验性是值得怀疑的，理由如下：第一，穆氏认为先验判断应当是独立于经验的，而审美判断常常是基于以往经验的，如学校里的审美鉴赏类课程的开设便是明证；第二，如果审美判断是先验的话，它必须始终是独立的，并且独立于做出判断的个人之性情。但实际情况常常是，同一个人的所有判断，无论它们是多么与众不同，都在很大程度上受制于自己的性情。因此，在穆卡若夫斯基看来，审美判断的自明性只是主观的，它对无条件有效性的渴望只是个人希望融入集体之中的一种假设。①

综上所述，穆氏认为："审美价值普遍性的所有这三条标准都根植于发展中，因而是易变的，它们之中没有一条能独立于品味的历史变化之外。"②

> 时间的标准与空间的标准一样，与艺术发展之间仅存在一种间接的关系，它们只是提供了一些需要被遵循的样品，与此同时，自明性标准相反是创作行为的一组成部分，并在这一行为中规定着艺

---

① Ян Мукаржовский, Может ли эстетическая ценность в искусстве иметь всеобщее значение?, Ю. М. Лотман, О. М. Малевич, ред., Ян Мукаржовский: Исследования По Эстетике И Теории Искусства, Москва: Искусство, 1994, с. 176.

② Таи ме, с. 180.

术家的审美立场。在艺术创作中以这种方式被运用，这种标准使得艺术家主观相信他已经找到了唯一客观的合适的解决方案。这正是为什么这种标准扮演着艺术家的主观意图与艺术的客观发展趋势之间的中介角色的原因，其通过作品显示自身，并与此同时被作品在它的整个发展期间所影响。①

有鉴于此，穆氏认为传统那种静态的普遍审美价值观已然过时，尽管它保留了所有其真实的易变性，以及在时间中理想的同一性，应当从动态的视角来看待普遍审美价值：

> 普遍价值是存在的，并施加了非常明显的影响，但它既不与在空间、时间中最大的反响联系在一起，也不坚定不移地与某些特定的作品相联。相反，普遍价值具有活能量的特征，为了保存自己的生命力，它就无法避免自我更新。通过一种灵活的和移动的光束，它烛照艺术的过去，并因此总是重新发现它以前未被发现的方面。这样一来，在艺术的过去与未来之间就产生了一种富有成效的张力，这一张力影响着现代的艺术活动。艺术同等需要遵守传统和推动现状的发展。普遍价值以自身的活能量特征使得这两种对立的必要性之综合成为可能：由于自身的易变性，普遍价值将艺术家的注意力引向那些其作品与现代趋势相一致的前辈身上，普遍审美价值对于艺术发展的意义和重要性正体现在这之上。为了使这一点能够信服，我们只需抛弃对普遍审美价值的静态理解，并意识到它具有永久的活能量特征。②

第五节　普遍审美价值的基础

以上穆氏逐一论证了传统检验普遍审美价值的三条标准。既然这三

---

①　Ян Мукаржовский, *Может ли эстетическая ценность в искусстве иметь всеобщее значение?*, Ю. М. Лотман, О. М. Малевич, ред., *Ян Мукаржовский: Исследования По Эстетике И Теории Искусства*, Москва: Искусство, 1994, с. 176.

②　Таи же, с. 175.

个标准都是有问题的，那么普遍审美价值的基础何在呢？对于这个问题，传统的美学理论大致存在两种不同看法：一派认为审美价值的基础在客体之中，认为是客体的某种属性保障了审美价值的存在。实验美学、形式美学为这派的代表；另一派则认为审美价值源于主体，是主体决定了一事物是否具有审美价值。心理学美学、直觉美学持这种观点。那么，穆卡若夫斯基的看法如何？

总的来说，由于早期受俄国形式主义影响颇深，穆氏当时的观点较接近审美价值客观论学说，他曾明确指出："如果一种客观的（独立和持久的）审美价值存在的话，那么必须在经受了孤独和不变的物质的艺术成品中寻找。"① 但是，在中期随着穆氏本人艺术符号学思想的萌芽，他在方法论上开始越来越轻视艺术符号的能指层面（艺术成品），而重视其所指层面（审美客体）："人们在进行审美评价时关注的并不是物质作品，而是审美客体，后者源于物质作品与某种艺术的活的审美传统的推动力的相互渗透，这种相互渗透是在评价个体的意识中进行的。"② 穆氏提醒我们，这里的人并不是指个体的人，而是分享着同一种文化代码的集体，在这层意义上，艺术作品本质上乃是一种符号，一种沟通人与人之间交流的媒介。艺术作为符号具有涵纳不同意义的可能，"作品显示出越大的语义能力，它就越能够抵制在空间、社会环境和时间中的变化，其价值也就越具有普遍意义。"③ 那么，在什么情况下，艺术作品的这种审美价值潜能会达到最大呢？穆氏指出：

> 人作为社会的一员，处于社会与世界之间关系的影响之下。因此，极有可能，作者和作品的读者同属一个真实的社会，这时作品无须展示其所有的语义潜能，因为那些所有与它接触的人都大概持

① Ян Мукаржовский, Эстетическая функция, норма и ценность как социальные факты, Ю. М. Лотман, О. М. Малевич, ред., *Ян Мукаржовский: Исследования По Эстетике И Теории Искусства*, Москва: Искусство, 1994, с. 115.

② Ян Мукаржовский, Может ли эстетическая ценность в искусстве иметь всеобщее значение?, Ю. М. Лотман, О. М. Малевич, ред., *Ян Мукаржовский: Исследования По Эстетике И Теории Искусства*, Москва: Искусство, 1994, с. 180.

③ Tau me, с. 182.

相同的态度。然而，让我们假定，理解作品的社会随着时间的推移
而完全改变。比如，以文学作品为例，在其产生之后到在一个完全
陌生的国度中被阅读可能相隔数千年。如果在这些情况下，作品保
存了自己的语义和美学效力的话，那么我们将有权认为，它们不仅
只为了这一社会暂时状态中的个人而创作，也是为整个人类而创作。
这类作品证明了其自身与人的人类学本质相关，并且正是在此我们
发现了艺术作品的普遍价值——由作品的形式能力形成的在最不同
的社会环境中成为美学上有价值的客体。①

不难发现，穆氏此处基于符号学得出的关于普遍审美价值的认识，
与后来苏联塔尔图—莫斯科符号学派领军人尤里·洛特曼基于信息论得
出的所谓"美就是信息"的结论不谋而合。易言之，如果一部作品涵纳
的信息越多，那么它在不同时代的生存能力，以及供不同环境下读者解
读的可能性也就越大，这样的艺术作品才具有普遍审美价值。反之，则
不具有普遍审美价值。值得注意的是，此处的信息本身并不包含质的优
劣，仅存在量上的差别，用穆卡若夫斯基的话说，如果一部艺术成品可
以引发越多的审美客体，那么它就是一部具有普遍审美价值的艺术作品。
洛特曼本人也高度评价穆氏这一研究结论的超前性，他指出：

> 测量艺术信息的问题是当今文艺学中最复杂的问题之一。对众
> 多规范的分析将每个具体的艺术现象揭示为从众多可能性中的选择，
> 直到等值的一刻。这种选择的无法预料度将是文本中所包含的信息
> 数量的度量标准。虽然穆卡若夫斯基早在信息论产生之前就进行了
> 这一使我们感兴趣的研究，但其思想显然是超前的。②

---

① Ян Мукаржовский, Может ли эстетическая ценность в искусстве иметь всеобщее
значение?, Ю. М. Лотман, О. М. Малевич, ред., *Ян Мукаржовский: Исследования По
Эстетике И Теории Искусства*, Москва: Искусство, 1994, c. 182.

② Ю. М. Лотман, Ян Мукаржовский—теоретик искусства, Ю. М. Лотман и О. М.
Малевич, ред., *Ян Мукаржовский: Исследование по эстетике и теории искусства*, Москва:
Искусство, 1994, c. 21.

然而，穆氏并不满足于仅从艺术符号学的视角来阐述普遍审美价值的基础，这是因为其早年的符号学思想并不完善，当时他认为审美符号是由三部分构成的：一是作为可感的能指而产生功能的艺术成品；二是寓于集体意识之中的"审美客体"，其作为"意义"而产生功能；三是与被意指物的关系。① 从穆氏对审美符号的第二构成项——审美客体的界定来看，符号的意义完全由寄居在集体意识之中私有意义的共同社会内核所决定，不难看出，主体的重要性在此被严重忽视了，主体及其能动性被从审美价值产生过程中完全排除了，而众所周知，任何价值，包括审美价值在内，都不能独立于人而存在。彼得·斯坦纳曾深刻论述过穆氏这一错误的根源：

> 将审美符号的意义单独视为社会意识的一个成分是错误的。此处，这种混乱的源头似乎是太过于密切地依附语言学模式，尤其是依附词汇意义的观念。一个诸如单词那样的简单符号与一个复杂的符号——一部艺术作品运作起来完全不同。一个复杂符号的意义既不作为代码的一个单元而预先存在，也不是立即就呈现的。取而代之，它产生于一个过程，在这个过程中接受主体将作品中所有部分的意义整合在一起。此外，在艺术中重要的不是结果，而是过程。②

那么，主体在符号的意义及价值生产过程中究竟扮演怎样的角色？后期穆氏有意识地修正自己的符号学思想，尝试将主体纳入符号学框架之中来。在这一背景下，他认为：

> 艺术作品不仅仅是符号，它也是作用于人的精神生活，引起直接和自发的利害观念，对欣赏者的影响可以深入其人格深层的物。

---

① Ян Мукаржовский, Искусство как семиологический факт, Ю. М. Лотман и О. М. Малевич, ред., *Ян Мукаржовский*: *Исследование по эстетике и теории искусства*, Москва: Искусство, 1994, с. 197.

② Peter Steiner, "Jan Mukarovsky's Structural Aesthetics", in John Burbank and Peter Steiner, eds. and trans., *Structure*, *Sign*, *and Function*: *Selected Essays by Jan Mukarovsky*, Yale University Press, 1978, p. 32.

正是作为物，作品能够对人的人类共性发生作用，而从符号这个侧面来说，则作品归根到底总是诉诸人的受社会因素和时代制约的方面。①

值得指出的是，这里的"物"不是所谓的物质性，而是指："在观赏者的心目中，由于作品含有的一切非意向性的东西、一切没有含义统一关系的东西，作品与自然物相近似，也就是像自然物的构造那样，不回答'为什么'这个问题，而全凭人来解决它的功能利用问题。"② 穆氏明确指出，"艺术作品之引人注意，正因为它既是物，又是符号。"③ 如果说艺术作为符号在一定程度上还取决于作品客观的语义结构的话，那么艺术作为"物"则完全需要主体能动的参与，这也就从侧面论证了主体在普遍审美价值生成中的地位。

第六节　结语

综观穆卡若夫斯基在 20 世纪 30—40 年代围绕审美价值问题所进行的一系列论述，我们不难发现，他大胆地将结构主义理念引入审美价值研究，从而为这一问题的研究打开了新局面。与传统美学多从本体论这种静态角度研究审美价值不同的是，穆氏始终坚持从动态的视角入思，将审美价值视为一个过程，并将主体与客体、共时与历时相结合，进而在具体的审美评价易变性与普遍审美价值的客观性之间达成一定的平衡。穆氏始终将克服传统形而上、本体论的审美价值观视为目标，至于他是否出色地完成了这一任务，还有待历史的检验，但我们不可忽视其尝试的积极意义。总的来说，与传统的审美价值研究相比，穆氏对这一问题的探索呈现出以下几点特色：

首先，用动态的审美价值观来取代静态的审美价值观。彼得·斯坦

---

① ［捷］扬·穆卡若夫斯基：《艺术的意向性与非意向性》，载［俄］波利亚科夫编《结构—符号学文艺学——方法论体系和论争》，佟景韩译，文化艺术出版社 1994 年版，第 171 页。

② 同上书，第 155—156 页。

③ 同上书，第 156 页。

纳曾指出："穆卡若夫斯基乃是将艺术作品的过程本质与审美价值结合起来讨论的第一人。"① 诚然，传统美学多从本体论这种静态的角度来研究审美价值，希望可以归纳出何谓审美价值的一劳永逸的定义。以费希纳为代表的实验美学便是一个典型，他希望通过一系列的实验得出构成审美价值一劳永逸的配方。在穆氏看来，这种将审美价值视为静态的、僵死的观念是与审美价值的特点不符的，这是因为审美价值有其自身的特殊性：它一方面是"静止"的（源于艺术创作总是不断地追求完善）；另一方面又是"运动"的（受时间、环境、阶层等因素的影响），呈现出明显差异。

其次，较有效地走出了审美价值非客观即主观的困境。传统美学不是将审美价值依附于客体就是主体，穆氏则较为有效地避免了这一非客即主的困境。他不仅分别对主、客体在审美评价中的作用进行了深刻阐释，更重要的是论述了两者之间的辩证关系：一方面，他肯定了艺术成品为审美价值的生成提供了物质基础；另一方面，他也高度重视主体，特别是读者主体在审美评价中的积极作用。之所以会得出这样的结论，是因为在穆氏看来，艺术不仅是符号，同时也是"物"。艺术的符号属性使我们与生活拉开一定距离，从而体验艺术符号形式自身提供给我们的美感；而艺术的"物"的属性则把我们拉入生活之中，引发我们对它的鲜活体验与共鸣，当然，这两者都需要以主体充分发挥自身的能动性为前提。

最后，共时与历时相结合的审美价值研究。与以索绪尔为代表的结构主义语言学在价值研究上重视共时性，轻视历时性不同，穆氏在坚持审美价值有其内在发展规律的同时，也高度重视其历时方面，我们从他提出演化审美价值的概念，论证审美价值的易变性，以及坚持从动态的视角来观察普遍审美价值等方面便不难发现。

在阐述了穆氏在审美价值研究上的贡献后，我们也不可忽视其局限性。诚如学者维尔特鲁斯基所言：

---

① Peter Steiner, "Jan Mukarovsky's Structural Aesthetics", in John Burbank and Peter Steiner, eds. and trans. , *Structure, Sign, and Function: Selected Essays by Jan Mukarovsky*, Yale University Press, 1978, p. 32.

穆卡若夫斯基并未打算解决艺术中的普遍审美价值问题，其目标在于展示这一现象的不同方面，并在美学和艺术理论的界面，而不是在形而上学的界面上界定这种解答的某些条件，他感到在由相对论的观念所带来的解放之风掠过之后，重新提出普遍审美价值问题是很重要的，即使当时还无法制定出一套新的、连贯的理论。①

或许，彼得·斯坦纳的评价最为公允："虽然穆卡若夫斯基并没有解决或甚至触及困扰美学 2500 多年的所有问题，但毫无疑问，他的工作给这些问题打开了新的局面，并且暗示了解决它们的新方法。"②

---

① Jiri Veltrusky, "Jan Mukarovsky's Structual Poetics and Esthetics", *Poetics Today*, Vol. 2, No. 1b. （Winter, 1980 – 1981）, p. 154.

② Peter Steiner, "Jan Mukarovsky's Structural Aesthetics", in John Burbank and Peter Steiner, eds. and trans. , *Structure*, *Sign*, *and Function*: *Selected Essays by Jan Mukarovsky*, Yale University Press, 1978, pp. 38 – 39.

第 六 章

艺术的意向性与非意向性

——扬·穆卡若夫斯基文艺符号学思想初探

艺术的意向性与非意向性是穆卡若夫斯基思想发展后期的一对核心概念，前者直接源于现象学哲学，后者则是穆氏在前者基础上发展出的一个新概念。通过创造性地赋予这对概念以新的内涵，穆氏对艺术作品本体进行了全新阐释。概而言之，艺术的意向性是艺术作品语义上的一种动态的统一性，而非意向性则是对这种统一性的一种抵制。前者根源于艺术作品的符号属性，后者则由艺术作品的"物"的属性所赋予。艺术作品之所以具有魅力，在于它既是符号，又是"物"。

第一节　艺术的意向性

概而言之，穆氏的意向性是指艺术作品语义上的一种统一性。艺术作品这种语义上的统一性与它的符号属性密切相连。艺术的意向性正是它的符号属性所赋予的。穆氏很早就提出了自己的艺术符号学理论框架：早在1934年的《作为符号事实的艺术》一文（该文为他递交给同年在布拉格举办的第八届国际哲学大学的论文）中，穆氏就把艺术作品视为一种自主的审美符号。他的这种艺术符号学理论的提出是直接针对以往把艺术作品等同于其创作者之心理的心理学美学的。在该文中穆氏明确指出："一部艺术作品是不能像心理学美学理所当然地认为，等同于其创作者心理之状态或等同于它在接受者中所引起的任何可能的心理之状态。"①

在穆氏看来，艺术作品既不是其创作者心理之产物，也更不是反映现实的一面镜子，以往的这些理论都是一种"艺术工具论"，把艺术简化为一种外部的能指（艺术成品）。殊不知，艺术是一种存在于社会集体意识之中的事实（审美客体），它是一种沟通创作者与接受者主体的审美符号，其不仅具有自主功能，也具有交流功能。他的这种符号学思想在后来写于1943年的《艺术的意向性与非意向性》一文中得到了更充分的阐发。穆氏认为艺术作品是一种符号，而且是一种自主的符号，与现实没有直接的关系：

> 艺术作品不是以其各个部分同它通过题材所描绘（所传达）的现实构成一种必然关系，而只能作为整体在欣赏者②意识中引起他对作品的某一种体验或种种体现的关系（所以艺术作品也就"意味着"欣赏者的生活经验、欣赏者的内心世界）。③

而这与交流符号的意指方式有很大的差别："在交流符号中，每一个部分、每一个最小的含义单位都可以被它所指示的现实事实所证实（例如科学论证）。"④ 与通过其每个部分来意指现实的交流符号不同，艺术的意指对象具有不可验证性，它只能以其整体来意指一个社会现象的总体

---

① Ян Мукаржовский, Искусство как семиологический факт, Ю. М. Лотман, О. М. Малевич, ред., *Ян Мукаржовский: Исследование по эстетике и теории искусства*, Москва: Искусство, 1994, с. 191.

② 佟景韩先生在所译的《艺术的意向性与非意向性》一文中将俄文的"воспринимающий"（英文为 perceiver）译为"欣赏者"，而不是"接受者"，笔者以为是十分妥帖的。因为，此处的欣赏者显然不同于具体的接受者这样一种具有身心实在性的主体，而是穆卡若夫斯基按照现象学方式所建立的一种新的主体概念。穆氏本人在该文中也明确指出："我们是用欣赏者一词来表示与作品的一种关系，来表示作者把自己的作品当作符号、亦即当作艺术作品来看待，而不只是把它当作一件制品看待的那种立场。"后面，我们还要继续来对这一概念详加考察。

③ ［捷］扬·穆卡若夫斯基：《艺术的意向性与非意向性》，载［俄］波利亚科夫编《结构—符号学文艺学——方法论体系和论争》，佟景韩译，文化艺术出版社1994年版，第150页。

④ 同上。

语境。因此，艺术作品的统一性问题就凸显了出来："在艺术作品中，涵义统一性极其重要，而意向性就是把各个部分联合为一体并赋予作品以涵义的一种力量。"①

诚然，艺术的意向性是艺术作品的一种统一性，但它绝非一种简单的统一。众所周知，艺术作品的统一性并不是个新鲜的话题，以往文论家们曾从不同的角度来把握这种统一性。20世纪以前的文论家们主要把创作者的个性、心理等方面当作这种统一性的源头。而自俄罗斯形式论学派始，对艺术作品统一性的理解比过去有了长足的进步。他们开始聚焦于作品本身，认为艺术作品是一种"手法"的总和。然而，他们的不足也是明显的，他们把作品中的一切要素都理解为"形式"，因此他们所理解的艺术作品的统一性充其量只是"形式"上的一种统一。而艺术的意向性统一与对它传统的理解相比有着本质的区别。随着结构主义以及符号学理论的出现，传统对艺术的形式与内容之分最终失去了意义，艺术显然是作为一个整体来实现传达的。在穆氏看来，艺术作品的交流功能显然不只是由其内容、主题要素来承担的，它的形式方面也同样实现着一种传达：

> 事实上，所有要素无一例外都是意义的载体（正如我们从一开始就假设的篇章语义研究），并因此也是共同参与一部作品总体意义创建的要素。所有要素都参与那个被我们称为语义编织的过程。比如在诗歌中，单个的词汇、音响要素、语法形式、语义要素（句子结构）、成语以及主题要素在程度上是等同的。在绘画作品中，线条、色彩、轮廓、画面的构成以及题材对于语义编织的构成在程度上也是等同的。②

在穆氏看来，对艺术统一性问题的那些传统的理解都是一种静态的

---

① ［捷］扬·穆卡若夫斯基：《艺术的意向性与非意向性》，载［俄］波利亚科夫编《结构—符号学文艺学——方法论体系和论争》，佟景韩译，文化艺术出版社1994年版，第150—151页。

② Ян Мукаржовский, О структурализме, Ю. М. Лотман, О. М. Малевич, ред., *Ян Мукаржовский: Исследование по эстетике и теории искусства*, Москва: Искусство, 1994, с. 282.

理解，而艺术意向性上的统一则是一种动态的统一。只有从意向性角度来把握艺术作品的统一性才是一种最为妥当的理解：

> 实际上，这种统一性只可能是意向性——它是在作品内部执行功能的力量，它力求克服作品各个部分和要素之间的矛盾和紧张关系，并从而赋予作品各个部分和要素的复合以统一的含义，把每一个要素纳入与其他要素的一定关系。因此，在艺术中，意向性就是语义能。①

第二节　艺术的非意向性

在对艺术的意向性问题进行了初步分析之后，让我们再来关注非意向性的问题。如果说意向性指艺术作品语义上的一种统一性的话，那么非意向性则是对这种语义统一性的抵制和破坏。然而，艺术作品中究竟哪些要素可以被视为是非意向性的呢？穆氏认为，由于自身的动态性，意向性已经能够把作品中的一些要素独立转化到结构内部的统一性之中，然而始终存在那些不能和作品中的任何其他要素相统一的要素。这类要素就是作品中的非意向性要素。

遗憾的是，艺术中的非意向性问题历来常常被忽视或未得到应有的重视。之所以出现这种状况，主要是因为它往往被视为一种消极的要素。一般来说，传统的美学观念倾向于认为作品语义上的统一性可以引起审美快感，而认为对语义统一性的破坏则会引起审美上的不快，自然地，非意向性就被视为对艺术作品美感的一种破坏因素。在传统的艺术理论中不乏那些试图用意向性来抵制非意向性，甚至把它完全排除在艺术之外的流派，这主要指那些强调欣赏者之角色的各个流派，当中也包括各种形式主义流派。形式主义艺术观念经过长期发展逐渐形成了两个把艺术作品归结为纯意向性的概念，即"风格化"和"变形"：

---

① ［捷］扬·穆卡若夫斯基：《艺术的意向性与非意向性》，载［俄］波利亚科夫编《结构—符号学文艺学——方法论体系和论争》，佟景韩译，文化艺术出版社 1994 年版，第 154—155 页。

前者产生于造型艺术领域，它试图把艺术解释为完全是用形式的统一性来克服、融解现实……另一个概念——"变形"继"风格化"这一概念之后而成为占统治地位的概念，其原因也是由于这个时期的艺术本身的发展，人们为了强调形式而强行违反和打破形式构成规范，通过新旧形式构成方式的紧张对立来造成形式的动感。①

穆氏认为这两个概念实际上都试图冲淡艺术作品借以影响我们的一种感染因素——非意向性的必然存在：

"风格化"这个概念悄悄地、但也非常明显地把非意向性推出了艺术作品本身之外，把它推到了艺术作品的前项、即作品所描绘的现实对象或作品所使用的现实材料中去，这种"现实"在创作过程中被克服、被"融解"了；而"变形"这个概念则力求把非意向性归结为两种意向性——被克服的意向性与实现的意向性之间的较量。②

诚然，这两个概念的提出在当时是有很重要意义的，但它们最终都失败了：

因为意向性必然使欣赏者产生人造物的印象，亦即使欣赏者感到与"自然"现实本身直接对立，而一件作品如果是生动的、使欣赏者不能无动于衷的，则除了意向性的印象以外（更确切些说是与这种印象不可分割地和同时地），还会唤起现实的直接印象，或者更确切说是仿佛得自现实的印象。③

---

① ［捷］扬·穆卡若夫斯基：《艺术的意向性与非意向性》，载［俄］波利亚科夫编《结构—符号学文艺学——方法论体系和论争》，佟景韩译，文化艺术出版社 1994 年版，第 154—155 页。
② 同上。
③ 同上。

实际上，每次欣赏行为都包含两个方面，一方面是着眼于作品中具有符号属性的东西，另一方面就是把作品当作现实中的事实来直接体验。让我们以戏剧欣赏为例，人们在欣赏戏剧时，常常存在两种普遍心理：一类人沉醉于戏剧所提供的情节之中，忘记戏剧与真实生活之间的界限；另一类人则始终保持清醒，时刻意识到戏剧与生活之间的距离。前一类人侧重的是艺术作品的"物"的属性，后一类人侧重的是艺术作品的符号属性。然而，除了在极端的情形中，这两种属性在艺术中不是二者必居其一的，它们在更多的时候是共存的："艺术作品之引人注意，正因为它既是物，又是符号。"① 值得注意的是，这里穆氏所说的艺术的"物"的属性不是指它的物质性、实在性，而是指：

> 在观赏者的心目中，由于作品中含有的一切非意向性的东西、一切没有涵义统一关系的东西，作品与自然物相近似，也就是像自然物的构造那样，不回答"为什么"这个问题，而全凭人来解决它的功能利用问题。②

艺术的符号属性让我们与生活拉开一定的距离，更好地体验艺术符号形式自身提供给我们的美感；而艺术的"物"的属性则把我们拉入生活之中，引起我们对它的鲜活的体验和共鸣：

> 由意向性所规定的内在统一性使对象产生一定的关系，形成一个使各种联想和感情围绕它集结的牢固核心。但另一方面，作为没有涵义目的性的物（艺术作品具有非意向性的一方面），艺术作品又能唤起可能与它本身涵义内容毫无共同性的各种观念和感情；所以，艺术作品能够同任何一个欣赏者的纯个人体验、观念和感情发生直

---

① ［捷］扬·穆卡若夫斯基：《艺术的意向性与非意向性》，载［俄］波利亚科夫编《结构—符号学文艺学——方法论体系和论争》，佟景韩译，文化艺术出版社1994年版，第156页。

② 同上书，第155—156页。

接联系，不仅影响他的自觉精神生活，而且启发支配其下意识的各种力量。①

　　因此，非意向性绝不是艺术可有可无的一种属性，而是本质属性之一。它也不是一种消极的属性，而是一种积极的属性。那么，既然与意向性一样，非意向性也是艺术的一种本质属性，那么我们应该如何看待这两者之间的关系呢？穆氏指出，如果我们认为艺术作品之所以历久弥新，并不断对欣赏者产生影响的原因正在于非意向性；如果我们认为在艺术中非意向性效果是比含义统一性效果更为重要，并进而得出在艺术中非意向性比意向性更为本质的结论，那么这种结论是错误的。之所以错误，是因为：

　　　　艺术作品就其实质本身而言是符号，而且是独立的符号，因此人们的注意也集中在艺术作品的内在组织上。这种组织无论从作者的角度或欣赏者的角度来说当然都是意向性的，所以意向性也是艺术作品给人以印象的基本的、亦可谓不言自明的因素。②

　　因此，在艺术中意向性是比非意向性更为本质的一种属性，前者是后者产生的背景："只有以意向性为背景，才能够感觉到非意向性：只有当欣赏者追求艺术作品含义统一性的努力受到什么东西的阻碍时，欣赏者才会产生非意向感。"③ 而非意向性随着时代的发展也是可以不断向意向性转化的，因此："意向性与非意向性虽然经常处于辩证的紧张关系之中，本质上却是一回事。"④

---

　　① ［捷］扬·穆卡若夫斯基：《艺术的意向性与非意向性》，载［俄］波利亚科夫编《结构—符号学文艺学——方法论体系和论争》，佟景韩译，文化艺术出版社1994年版，第156页。
　　② 同上书，第168页。
　　③ 同上。
　　④ 同上书，第169页。

第三节 艺术的意向性、非意向性与读者

综观穆氏对艺术的意向性与非意向性问题的论述，我们可以从中发现一个很重要的特色，即他把这对概念与欣赏者紧密结合在了一起。诚然，穆氏高度重视欣赏者在把握艺术的意向性与非意向性上的重要性。他曾明确指出："只有从欣赏者的立场出发，追求含义统一性的倾向才会不折不扣地、鲜明强烈地表现出来。"①

欣赏者与作品的关系并不是像传统理解所认为的那样是纯然消极的。诚然，在欣赏中产生的含义统一性，或多或少是由作品的内在组织所预先规定的，但不能把这种领会归结为仅仅是印象，它具有一种努力的性质，只有经过努力，人才能够看到所欣赏的作品的各个要素之间的关系。穆氏高度重视欣赏者对于艺术作品统一性的作用，他认为欣赏者的努力：

> 这甚至是一种创造性的努力，因为经过这种努力，不仅可以看出作为某种统一体的作品各个要素和部分之间的复杂关系，而且可以由此看出其中任何一个要素和部分都不可能单独含有、乃至从它们的简单结合中所不可能得出的意义。②

即使，再退一步讲，这种统一性在一定程度上，甚至在很大程度上是由艺术作品的客观结构所决定的：

> 但它终归有一部分还要取决于欣赏者，要由欣赏者决定（不管是自觉地还是下意识地）把作品的什么要素当作含义统一性的基础，由欣赏者决定从什么角度去把握所有要素的相互关系。③

---

① ［捷］扬·穆卡若夫斯基：《艺术的意向性与非意向性》，载［俄］波利亚科夫编《结构—符号学文艺学——方法论体系和论争》，佟景韩译，文化艺术出版社1994年版，第152页。

② 同上。

③ 同上书，第152—153页。

因此，艺术作品意向性上的统一与欣赏者是密切相关的，欣赏者积极参与意向性的形成，正是他赋予意向性以一种动态的品质。如果说意向性在一定程度上还是由艺术作品语义的客观结构所决定的话，那么非意向性则更多地取决于欣赏者。与意向性相比，非意向性对欣赏者主动和创造性的参与要求更高：

> 只有非意向性才能够使作品在欣赏者心目中成为耐人寻味的东西，就像一个他不了解有什么用处的物件那样耐人猜测；只有非意向性才能够以其对含义统一性的反作用唤起欣赏者的积极性；非意向性正是由于没有严格的目的性才能够为极其各不相同的联想开辟道路，只有它才能够在欣赏者接触作品时启动欣赏者的全部生活经验，启动其整个人的全部自觉倾向和下意识倾向。①

因此，欣赏者在审美欣赏中的地位绝不是被动的，他是积极参与艺术意向性与非意向性构成的。值得注意的是，穆氏所谓的欣赏者之概念是非常独特的，他既不是传统意义上接受者，也不是传统意义上的创作者：

> "我"——在每种艺术和每部作品中以不同的方式显示自身的主体，不能等同于任何具体的心身的个人，甚至也不能等同于作者。它是作品的整个艺术结构相汇的点，并且作品根据它被组成。任何个性都能够被投射到它之中——无论是接受者（接受者的阅读"经历"）的个性还是作者的个性。②

如果说传统意义上的主体是一种具有身心"实在性"的主体，那么

---

① ［捷］扬·穆卡若夫斯基：《艺术的意向性与非意向性》，载［俄］波利亚科夫编《结构—符号学文艺学——方法论体系和论争》，佟景韩译，文化艺术出版社 1994 年版，第165 页。

② Ян Мукаржовский, Структурализм в эстетике и в науке о литературе, Ю. М. Лотман, О. М. Малевич, ред., Ян Мукаржовский: Исследование по эстетике и теории искусства, Москва: Искусство, 1994, с. 261.

穆氏的欣赏者主体则是一种抽象的"虚拟性"主体，更确切地说，它是传统意义上的"实在性"主体之能量在作品语义层面上的一种投射。这与伊瑟尔提出的"隐含的读者"概念颇为相似。此外，传统意义上的主体还是一种"外位于"艺术作品之结构以及审美交互行为的主体，而穆氏的"欣赏者"主体则是"内涵于"艺术作品结构和审美交互行为之中的。可以说，他是一种名副其实的现象学式的主体。

穆氏对待欣赏者主体之态度很容易引起一种误解，即认为他是用接受者之权威来取代创作者之权威。事实上，穆氏对欣赏者问题的重视也是在对创作者之权威进行激烈批判的基础上展开的。在这点上，他与后来法国结构主义文论家罗兰·巴特的策略颇为相似，只不过巴特比他更为旗帜鲜明地提出"作者之死"的口号。然而，他与巴特也有着本质的不同。巴特在解构创作主体权威的同时，在无形中也解构了文本的统一性，结果文本成了一种无主之物，读者可以对其进行任意解读。可以说在他那里作者与读者是势不两立的，读者的崛起必须以作者的死亡为代价。与巴特"大破大立"的极端方式相比，穆氏则显得相对保守。他显然不想建立读者之权威来取代创作者之权威，这在以下的观念中可以反映出来，比如，他强调读者对作品的"具体化"要以作品本身的客观结构为依据；强调非意向性虽然也作为艺术的一种本质属性，但在艺术中，意向性才是更为基本的，非意向性的产生必须以意向性的背景为基础。因此，他一方面高度重视欣赏者的能动性，另一方面也指出这种能动性必须基于作品本身。

总之，穆氏是按照一种现象学的方式来思考欣赏者的，他借助欣赏者这样一种"姿态"来对艺术作品之结构进行反思，因此他的重心其实还是落在作为沟通创作者和欣赏者之中介的作品的结构上。他以艺术的意向性与非意向性结构来涵纳传统意义上的创作者和接受者双方个性之投射。

第四节　结语

总结一下穆氏的文本观，穆氏认为艺术乃是由意向性与非意向性两者所合成，前者由艺术作品的符号属性所赋予，后者由它的"物"的属性所决定。这两者在文本中既对立，又共存。他的这种作品理论是颇具特色的，它的提出在当时也是具有重大意义与价值的。

首先，它是一种基于结构—符号学理念发展起来的文本观。符号学方法的引入意义是重大的，它是对结构方法的重要补充：

> 只有艺术的符号特征被充分地阐明了，否则对它结构的研究仍将是不完整的。缺少了符号的定位，艺术理论家将总会倾向于把艺术作品视为纯形式的建构或把它视为它的创作者的心理或生理气质的一种直接反映或是由作品所表达的清楚的现实的直接反映或者正被讨论的周围环境的意识形态的、经济的、社会的或者文化状况的直接反映。①

穆氏基于符号学理念发展起来的文本观与以往的"工具论"文本观，以及俄罗斯形式论学派"作为手法的总和"的文本观有着本质的不同。传统的"工具论"文本观由于视艺术为一种工具，不是把艺术依附于它所描绘的现实，就是把它等同于创作者的心理，而看不到艺术自身的特点和价值。与"工具论"文本观相比，俄罗斯形式论学派的文本观已然有了很大的进步：他们提倡研究文学的"自律性"和"文学性"，使文学研究科学化的进程得以开展。但由于偏重"形式"，他们那种"作为艺术手法总和"的文本观终究也是偏激的。而穆氏的文本观则是基于结构主义及符号学的理念发展起来的，他把艺术作品视为沟通创作者和接受者的一种具有自主功能的符号。与交流符号不同，这种审美符号是通过其整体来意指总体的社会现象。艺术所谓的意向性统一就是艺术作品符号、语义层面上的一种统一。

其次，穆氏文本理论的一大特色还在于把主体纳入结构之中。正是在这一点上，他避免了后来法国文学结构主义之缺陷，"主体移心"理念使法国结构主义者视文本为一种自给自足的、封闭的语义结构，而忽视

---

① Ян Мукаржовский, Искусство как семиологический факт, Ю. М. Лотман, О. М. Малевич, ред., *Ян Мукаржовский*: *Исследование по эстетике и теории искусства*, Москва: Искусство, 1994, с. 196.

了对主体能动性的考察。对主体问题之重视是布拉格学派文学结构主义理念区别于法国文学结构主义理念的一个重要方面。穆氏之所以对主体问题高度重视与他早期符号学理论上的不完善有关。穆氏虽然很早就提出了自己的符号学构想：他早在 1934 年的《作为符号事实的艺术》一文中就提出了审美符号的三层次说：（1）一个由艺术家创造的可感的能指。（2）一个寄居在集体意识之中的"意义"（＝审美客体）。（3）一种与被意指物的关系——意指社会现象的总体语境。① 但他早期的艺术符号学思想是不成熟的，尤其体现在对审美客体之界定上。穆氏的审美客体定义是颇受争议的，他把审美客体定义为："由物的作品在某个集体的成员中引起的意识的主观状态的共同物所组成。"② 雷纳·韦勒克也对这种定义表示不满："不同精神状态的公分母必须一定要小，共同物的概念是贫瘠的和空洞的，艺术作品必须被简化为一套可探知的，无可争议的事实。"③ 这样一种对审美客体的社会本质的强调，必然导致在很大程度上对主体及其能动性的忽视。结构正在取代人，结构正在变成第一性的，主体相对于结构而言只处于一种从属和次要的地位。

事实上，穆氏在当时已经敏锐意识到结构主义"主体移心"的危机。因此，他在自己思想发展的后期有意识地调整自己的结构主义方法论，对主体之能动性，主体与结构之间的关系进行了更深层的思考。他认为仅从符号角度来理解艺术作品的结构是不全面的，应该把主体的维度也纳入进来：

> 我们如果认为艺术作品仅仅是符号，我们就会使艺术作品贫乏化，把它逐出现实的实际系列。艺术作品不仅仅是符号，它也是作用于人的精神生活，引起直接和自发的利害观念，对欣赏者的影响

---

①　Ян Мукаржовский, Искусство как семиологический факт, Ю. М. Лотман, О. М. Малевич, ред., *Ян Мукаржовский: Исследование по эстетике и теории искусства*, Москва: Искусство, 1994, с. 194.

②　参见 Peter Steiner, "The Conceptual Basis of Prague Structuralism", in Ladislav Matejka, ed., *Sound, Sign and Meaning: Quinquagenary of the Prague Linguistic Circle*, The University of Michigan, 1978, p. 370。

③　Ibid.

可以深入其人格深层的物。正是作为物，作品能够对人的人类共性发生作用，而从符号这个侧面来说，则作品归根到底总是诉诸人的受社会因素和时代制约的方面。①

正是把接受者之维度纳入文本结构之中，使得穆氏的文本不是一种封闭的文本，而是向主体开放的一种文本。也正是在这层意义上，他的文本观直接影响了后来德国的接受美学，尤其是伊瑟尔文本理论的发展。

① ［捷］扬·穆卡若夫斯基：《艺术的意向性与非意向性》，载［俄］波利亚科夫编《结构—符号学文艺学——方法论体系和论争》，佟景韩译，文化艺术出版社1994年版，第171页。

第 七 章

个性与文学结构

——扬·穆卡若夫斯基文学史观初探

20 世纪30—40 年代，布拉格学派文艺理论家扬·穆卡若夫斯基首次将结构主义方法引入文学史研究。他在考察文学史时始终坚持从文学结构自身出发，这使其文学史观具有鲜明的形式主义印记，但与俄国形式主义明显不同的是，穆氏并未忽视文学外部因素对文学演化的真实影响，在他看来，"个性"乃是一座有效沟通文学系统内外的桥梁，他创造性地赋予这一概念新的内涵，努力将其纳入结构主义框架下，尝试在文学发展中论证其与文学结构之间的深层互动，从而提出了一种较为辩证的新文学史观。

第一节　符号学视域中的个性

穆卡若夫斯基对文学史问题的思考最初得益于俄罗斯形式论学派。20 世纪20 年代末，随着俄国形式论学派的解体，该派的许多优秀成果，如文学研究应当以作品为本位，重视共时性研究等理念，经由罗曼·雅各布森等传到了捷克，它们对穆卡若夫斯基产生了直接的影响。但是，需要指出的是，在对俄罗斯形式论学派理念的接受上，穆卡若夫斯基既没有简单模仿，也没有全盘照搬，而是从一开始就自觉对其加以改造、发展，我们从他高度重视接受者在审美活动中的地位这一点上，便不难发现。穆卡若夫斯基指出了文学创作中这样一个最基本，却时常被忽视的事实：

在创作作品时，艺术家会考虑为谁而创作。否则，他正在创作的就不会是我们所称之为一部艺术作品的东西，而是某个别的东西……艺术是为他人——为听众和观众而创作的，概而言之，为了接受者。[1]

如果说在俄罗斯形式论学派的"奇特化"理论中，对接受者地位的重视已经初现端倪的话，那么到了穆卡若夫斯基这里，接受者的地位开始真正得到提升。在穆卡若夫斯基看来，接受者的角色至关重要，他不仅是文学交流能否顺利实现的一个关键因素，甚至是一部作品能否被视为艺术的决定性因素。在这一点上，穆卡若夫斯基与传统文论流派有很大的不同，后者往往重视创作者，而贬低接受者，认为前者是第一性的、主动的，后者是第二性的、被动的。穆卡若夫斯基指出，创作者与接受者在艺术中并不是截然对立、泾渭分明的，而是常常可以互换的，特别是在民间艺术中，在那里，艺术家与接受者之间的界限经常是模糊不清的，台上的演员和台下的观众常常变换角色，共同参与演出。因此，在穆卡若夫斯基看来，传统的创作者与接受者这对概念已然过时，他提出用"发信人"（信息发出者）与"收信人"（信息接受者）取而代之。如此一来，审美活动的两大主体之间的关系就不是被独白式地分为积极的一方和消极的一方，他们的地位应当像对话一样，是平等的。在穆卡若夫斯基看来，艺术作品在本质上跟言语一样，也是一种符号。从这一理念出发，在传统文论中占据主导地位的创作者便岌岌可危了：

我们不再将作者视为在我们面前和一部作品不可分割地相联系，而将观众视为与作品没有任何本质联系的纯偶然性。取而代之，我们意识到作者对待作品的态度与观众对待作品的态度并没有本质上的不同。他们只不过是作品作为其中媒介的两个方面。并且，由于

---

[1] Ян Мукаржовский, Личность в искусстве, Ю. М. Лотман, О. М. Малевич, ред., *Ян Мукаржовски: Исследование по эстетике и теории искусства*, Москва: Искусство, 1994, с. 512.

这种调节能力，作品是一个符号，而不是一种表达。①

　　随着将艺术视为符号理念的确立，创作者地位必然会随之降格，与此同时，一个新的问题也随之产生：如果说创作者已不再适合充当艺术作品主体性之基础的话，那么艺术作品的主体性又当依附于何处呢？穆卡若夫斯基认为，应当这样来理解艺术作品的主体性：

　　　　"我"——在每种艺术及每部作品中以不同的方式显示自身的主体，不能等同于任何具体的心身的个人，甚至也不能等同于作者。它是作品整个艺术结构的交汇点，作品据其得以构建，任何个性都能够被投射到其上——无论是接受者（接受者的阅读"经历"）的个性，还是作者的个性。②

　　以上这段文字，堪称结构主义对何谓"主体移心"颇为经典的一段阐释。从中我们不难发现，穆卡若夫斯基对艺术作品主体性的理解已与传统的理解大相径庭：如果说后者具有一种身心"实在性"的话，那么前者则具有一种"虚拟性"，更确切地说，它是传统意义上的"实在性"主体能量在作品语义层面上的一种投射：

　　　　本质上并没有两个主体，仅有一个。只是这一主体之载体时而被我们称为作者，时而又被称为接受者，这初听起来似乎有些自相矛盾，然而让我们注意到这样一个事实，即作者和接受者常常被结合成一个人，并且他们最频繁、也最常见地被结合为艺术家。当艺术家评估自己的作品将如何影响接受者时，当他确将作品视为一个艺术符号，而不是一种简单制品时，他正是从接受者立场来看待作品的。正如在这些时刻，我们无法将作者与接受者区分开来一样，

---

　　①　Ян Мукаржовский，Личность в искусстве，Ю. М. Лотман，О. М. Малевич，ред.，*Ян Мукаржовски: Исследование по эстетике и теории искусства*，Москва：Искусство，1994，с. 515.

　　②　Тащ же.

在一部艺术作品中，我们也无法将其相区分。作品中仅包含一个主体，而这一主体由它的意向性所规定。①

穆卡若夫斯基所理解的艺术作品主体与传统的理解相比还有一处显著的不同，即后者是一种"外位于"艺术作品结构的主体，而前者则是"内涵于"艺术作品结构之中的。在穆卡若夫斯基看来，"主体乃是一部艺术作品统一的内在原则。"②

　　我们将艺术作品视为"制成的"，视为意向性的，而意向性需要一个它从中出发的主体作为其来源；因此，艺术作品预设一个人。所以主体不是由外在于艺术作品的东西所给定的，而是作品自身所给定的。主体是艺术作品的一个成分，它无所不在，不仅存在于那些直接公开呈现出主观性的作品中，甚至在造型艺术作品中也是明显的：主题以及观念的选择，色彩的选择与分配，作画的特征（绘画手法）以及从一个视点所展现的远景，在这种视点下我们预设了主体的位置——在绘画中一切都指向一个主体。③

综上所述，从对接受者的重视到将艺术视为符号，从艺术的主体性再到艺术的意向性，穆卡若夫斯基逐步排除了任何将创作者个性与其作品个性等同起来的可能性，这无疑是对当时流行的以克罗齐为代表的表现美学的一次巨大冲击，后者认为艺术乃是作家精神的表现、再现。

第二节　作品个性与作家个性

符号学视角的引入，在对传统的艺术个性观念带来巨大冲击的同时，也为这一问题的重新思考提供了难得的契机。穆卡若夫斯基这样高度评

---

① Ян Мукаржовский, Личность в искусстве, Ю. М. Лотман, О. М. Малевич, ред., *Ян Мукаржовски：Исследование по эстетике и теории искусства*, Москва：Искусство, 1994, с. 516.

② Таи же.

③ Таи же, с. 515 –516.

价符号学理念的重要意义："视艺术作品为符号的观念，将作品从单方面地取决于作家的个性中摆脱出来，因而为美学研究艺术的个性问题开创了广阔视野。"①

其实，穆卡若夫斯基本人很早就萌生了艺术符号学的思想。早在写于 1934 年的《作为符号事实的艺术》一文中，他就指出："符号及其意义问题正变得日益关键，任何超越个体意识范围的精神内容通过其可交流性这一事实获得了符号的特性。"② 在穆卡若夫斯基看来，艺术在本质上是存在于社会集体意识之中的事实，是用来沟通创作者与接受者的审美符号。在这一理念的指引下，他开始有意识地将结构研究的对象从艺术成品（审美符号的能指层面）转移到审美客体（审美符号的所指层面）。但是，随着探索的不断深入，穆卡若夫斯基后期开始意识到纯符号学方法的局限与不足。诚如苏联著名符号学家尤里·洛特曼所指出的那样："将符号学方法运用到艺术中来，并不能涵盖个性独特的文本，因为艺术的独特性正基于这些个性。"③ 那么，符号学方法究竟隐含着怎样的危机？为什么它无法适用于艺术个性的研究呢？

众所周知，结构主义符号学的长处在于整体性、系统性，但这却是以牺牲单部作品的具体性、可感性为代价。联系到艺术个性问题，它的缺陷主要体现为作品个性（文学系统中的个性）与创作者个性（文学系统外的个性）之间的分裂与分离。在觉察到这一不足之后，穆卡若夫斯基后期逐渐将研究重心从审美客体转向审美主体，在这一背景下，他对艺术个性的认识产生了一系列变化。穆卡若夫斯基指出，虽不可将作品个性与创作者个性混为一谈，但这并不意味着两者就是截然分离的，实际上，对作品个性的研究无法脱离对创作者个性的研究。在穆卡若夫斯

① Ян Мукаржовский, Структурализм в эстетике и в науке о литературе, Ю. М. Лотман, О. М. Малевич, ред., Ян Мукаржовски: Исследование по эстетике и теории искусства, Москва: Искусство, 1994, с. 263.

② Ян Мукаржовский, Искусство как семиологический факт, Ю. М. Лотман, О. М. Малевич, ред., Ян Мукаржовский: Исследование по эстетике и теории искусства, Москва: Искусство, 1994, с. 190.

③ Ю. М. Лотман, Ян Мукаржовский—теоретик искусства, Ю. М. Лотман, О. М. Малевич, ред., Ян Мукаржовский: Структуральная поэтика, Москва: Школа 《Язык Русской Культуры》, 1996, с. 21.

基看来：

> 作者个性①只是作品结构作用于接受者心灵的一个影子和映像，它自身并没有任何理论利害，因为它并不包含任何不能由对作品本身的一种客观描述和分析所准确表达的东西。作者个性只有在与艺术家实际的身心个性相会时，才会引起我们的兴趣。②

穆卡若夫斯基的这段文字含义极为深刻。在他看来，从纯符号学视界来观察艺术个性是远远不够的，它会将我们局限于文本，将其视为一个与审美主体无关的自足整体，从文本内部各层次之间的关系中来寻找和把握其个性化要素，殊不知，以这种方式得出的艺术个性是抽象和空洞的，并不与审美价值有任何利害。穆卡若夫斯基指出艺术个性问题有其自身的特殊性，艺术作品之所以能在深层次上打动人、感染人，很重要的原因正在于其中存在一些与众不同的个性化要素，即穆卡若夫斯基所谓的非意向性要素。在写于 1943 年的《艺术的意向性与非意向性》一文中，穆卡若夫斯基提出艺术的"意向性"（英译：intentionality；俄译 преднамеренное）与"非意向性"（英译：unintentionality；俄译 непреднамеренное）这对概念，进一步修正和发展自己的符号学思想，他曾这样写道：

> 我们如果认为艺术作品仅仅是符号，就会使艺术作品贫乏化，把它逐出现实的实际系列。艺术作品不仅仅是符号，它也是作用于人的精神生活，引起直接和自发的利害观念，对欣赏者的影响可以

---

① 需要指出的是，此处穆氏的"作者个性"并不指作者真实的心身个性（реальная психофизическая личность художника），而是后者在具体文学作品中的显现，类似于俄罗斯文学理论中"作者形象"这一术语。它与笔者使用的"作品个性"概念含义接近，这从穆氏本人的界定可以发现。至于一向推崇结构主义研究理念的穆氏为什么没有使用作品个性这一概念，笔者以为，若结合他后期研究重心从审美客体到审美主体的转变，便不难发觉此处他颇具自觉克服和超越结构主义话语体系的意味。

② Ян Мукаржовский, Индивидуум и литературное развитие, Ю. М. Лотман, О. М. Малевич, ред., Ян Мукаржовский: Структуральная поэтика, Москва: Школа《Язык Русской Культуры》, 1996, с. 380.

深入其人格深层的物。正是作为物，作品能够对人的人类共性发生作用，而从符号这个侧面来说，则作品归根到底总是诉诸人的受社会因素和时代制约的方面。①

在穆卡若夫斯基的理论中，所谓艺术的意向性，指的是艺术作品语义层面上的一种统一性，而非意向性则是对这种统一性的抵制；前者根源于艺术作品的符号属性，后者则源于艺术作品作为"物"的属性。穆卡若夫斯基认为艺术作品的符号属性固然重要，但它作为"物"的属性也同样不可小觑：

> 只有非意向性才能够使作品在欣赏者心目中成为耐人寻味的东西，就像一个他不了解有什么用处的物件那样耐人猜测；只有非意向性才能够以其对涵义统一性的反作用唤起欣赏者的积极性；非意向性正是由于没有严格的目的性才能够为极其各不相同的联想开辟道路，只有它才能够在欣赏者接触作品时启动欣赏者的全部生活经验，启动其整个人的全部自觉倾向和下意识倾向。由于这一切，非意向性使艺术作品进入欣赏者生活兴趣的圈子，使艺术作品对欣赏者具有不可摆脱的吸引力，这种吸引力是纯符号所不可能有的，因为纯符号的每一条线都会使欣赏者感觉到某个别人的意向，而不是他自己的意向。如果说艺术总是使人感到常看常新的话，那么促成这一点的主要就是在作品中被感觉到的非意向性。②

正如艺术的意向性需要非意向性来补充一样，穆卡若夫斯基认为作品个性也需要创作者的个性来进行补充，必须在结构主义的框架下重新建立两者之间的联系，唯其如此，讨论艺术个性问题才变得有意义。苏联著名文艺理论家米哈伊尔·巴赫金也曾阐述过类似的观点：

---

① ［捷］扬·穆卡若夫斯基：《艺术的意向性与非意向性》，载［俄］波利亚科夫编《结构—符号学文艺学——方法论体系和论争》，佟景韩译，文化艺术出版社1994年版，第171页。
② 同上书，第165页。

　　小说为了完成自我并成为最终完成的作品，需要利用创造个性即小说作者的审美过程，需要在自身中反映他所创造的已完成事件的形象；因为小说如果单从自己纯粹的涵义内部出发，从脱离了作者的涵义内部出发，是找不到任何最终完成作品的、起建构调整作用的因素的。无须特别解释，充塞着作品时空序列，充塞着本事的内在事件和外在布局的那些感性材料，亦即内在和外在的节奏，内在和外在的形式，也只能是围绕着人的价值重心来调整，包装着这个中心和中心的世界。①

第三节　个性与文学发展

　　如果说，穆卡若夫斯基从理论上阐释了将作者个性与作品个性结合起来的必要性的话，那么究竟怎样才能将这两者有机地统一起来呢？这就涉及文学史理论中的另一个重要概念——文学发展。

　　众所周知，文学发展与个性息息相关，对个性的不同理解往往决定着不同的文学发展观。传统传记学、心理学批评由于高度重视作者，因而将文学史视为作家个人、个性的历史；而形式主义者则认为文学发展有其自身规律可循，与作者无关，乃是文学手法不断更迭的过程。穆卡若夫斯基对这两种文学史观的局限有着深刻洞察，在他看来，前一种文学史观的不足在于忽视了文学发展自身的规律，而后者则忽视了个人对文学进程真实的、历史的影响，结果都将个性与文学发展割裂开来。针对这些不足，他指出，若要改变个性与文学发展之间的这种对立局面，必须从两方面入手：

　　首先，要改变对"个性"自身的认识。穆卡若夫斯基指出："如果我们认为个性的基本特征是独特性、不确定性和恒定性的话，那么个性对我们而言必然呈现为它干预其中的每一文化系列（此处，我们关注的是

---

　　① ［苏］巴赫金：《巴赫金全集》第 1 卷，钱中文主编，白春仁、晓河译，河北教育出版社 2009 年版，第 78—79 页。

文学）内在发展的一种对立物。"① 穆卡若夫斯基在此所反对的，乃是那种按"静态"方式来理解个性的做法，即将个性视为一种外在于、外位于文学发展的要素。静态地理解创作者个性，会将其碎化为一系列与生俱来的性情及后天习得的性情，而静态地理解作品个性又会陷入作品、文本语义圈的藩篱，如此一来，个性与文学依旧是两个互相隔绝的系列。穆卡若夫斯基提出应当从"动态"视角来理解个性："对于个性问题，我们能够，甚至必须从发展的观念来看待，也就是说，从一开始就将个性视为一种历史的和动态的事实。"②

其次，应当对文学的"发展"进行重新思考，为之奠定一种新的认识论基础。穆卡若夫斯基这样展望了心目中理想的文学发展观：

> 我们必须在一方面是发展，并且是某一系列的内在发展，另一方面是个性之间寻找这样一种关系，其将使我们既不会忽略这两者之间的对立，也不会威胁发展的基本前提，也就是正在发展系列的连续性。发展作为一事物在时间中规则的变化，乃是两种相反趋势互相作用的结果。一方面，正在发展的系列保持自身，因为若没有了对自己同一性的保存，它就不能被理解为一种在时间中连续的系列；另一方面它又不断破坏自身的同一性，否则就不会有变化。对同一性的破坏维持着发展的运动；它的保存则为这种运动添加了规律性。③

那么，应当怎样来实践这一理想的文学发展观呢？当个性与文学结构产生冲突时，它究竟是阻碍还是促进了文学的发展？个性自身的偶然性与文学发展的规律性终究是无法调和的吗？

总的来说，在尝试解决个性与文学发展的矛盾时，穆卡若夫斯基坚持了自己一贯的结构主义研究立场，这主要体现在他创造性地将作者的

---

① Ян Мукаржовский, Индивидуум и литературное развитие, Ю. М. Лотман, О. М. Малевич, ред., Ян Мукаржовский: Структуральная поэтика, Москва: Школа 《Язык Русской Культуры》, 1996, c. 382.

② Там же.

③ Там же, c. 383.

个性视为一种结构，并认为这一结构与其创造的艺术结构之间存在积极的互动。与任何结构一样，作者个性之结构一方面具有一系列独一无二的特点，这些特点由作家的生平经历、教育水平、心理状况等决定；另一方面它也是一种社会因素，隶属于总体的历史、文化，因而具有鲜明的时代印记。与此同时，虽然作品是由作家创作出来的，但我们不可将作品视为作者意志的偶然产物，因为作品还处于艺术结构内在发展的运动之中，它在很大程度上受制于这一发展逻辑。因此，从某种意义上说，任何作家的创作都或多或少被预先规定，这是因为"个性的偶然性与不确定性强烈地为这一事实所限：个人乃是社会整体中的一员，他分享着其发展"①。穆卡若夫斯基极力反对那种认为艺术史是由那些强大、独一无二的个性所创造的观点。

在穆卡若夫斯基看来，任何一种结构都与其他结构处于恒久的张力之中，个性结构与文学结构之间的关系也是如此，但是他没有将这种张力视为一种破坏，没有将其视为对文学发展规律性的一种否定，相反，认为正是它推动着文学不断地发展。那么，创作者与其作品之间的张力究竟体现于何处呢？众所周知，艺术作品由作家所创作，并且"所有外部影响都是经由其个性得以进入作品之中的"。② 在这层意义上，作家有理由也应当被视为那些进入艺术系统中使结构产生变异的新要素的源头。穆卡若夫斯基认为，在与作品的关系中，创作者是积极的，是他保障着艺术结构的动态性，因而"应当被视为一股不断抵抗文学发展的内在惯性的恒久力量"。③ 由此，便产生出"文学"与"个性"之间的二律背反，它被穆卡若夫斯基看作"文学发展中所有可能的二律背反中最基本的一个，同时也是最复杂的一个，因为它暗示着所有其他的二律背反"。④

那么，创作者究竟是如何动态地融入艺术发展之中的呢？穆卡若夫

---

① Ян Мукаржовский, Индивидуум и литературное развитие, Ю. М. Лотман, О. М. Малевич, ред., Ян Мукаржовский：*Структуральная поэтика*, Москва：Школа《Язык Русской Культуры》, 1996, c. 384.

② Tau me.

③ Tau me.

④ Tau me, c. 385.

斯基认为，不能从整体的艺术发展外部来看待创作者，相反，创作者乃是艺术发展的一个重要组成部分，他一方面影响着演化的性质，另一方面自身也由艺术发展特定阶段的内在特点所规定。于是，穆卡若夫斯基得出结论认为："一种强大个性出现的那些条件，不仅已经在某些时期的社会和文化氛围中准备好，而且甚至就在文学自身的内在发展中准备好。"① 这一结论初看起来似乎有些悖论，但实际指的是，艺术在自身演化的需求中已为天才作家的出现奠定了基础，而这些天才只是将实现这种艺术需求的职责揽于自身，因此"个性的内容，其性情（品质和等级）也绝不是与文学的内在发展无关的，对这种演化来说是偶然的"②。

至此，穆卡若夫斯基有力地论证了个性相对于文学内在发展而言既是偶然的，同时又是必然的。众所周知，文学的发展从来不是一帆风顺的，而是时刻充满着斗争与矛盾，它不是静态、单线的，而是动态、多线的，因此不能将其解释为一种机械的过程，应当摒弃用简单的因果论来替代复杂的发展：

> 唯有将个人作为一种发展要素纳入文学理论研究中去，才在事实上意味着对发展的因果观的彻底清算。只要我们仅看到内在发展以及干预这种发展的其它系列正处在当这种发展需要它们的干预的方式时，那么，即使学者本人在目的论上来理解规律性，规律性一词就总是有危险，将包含某些潜在的机械的因果论，将倾向于因果的方案，必然地和明确地遵循它们。但一旦我们考虑到由个人（作为种的个人）所代表的偶然在这种规律性后作为它的潜在方面持续地和连续地运作的话，规律性的观念就被剥去了偶然性的最后的痕迹。偶然和规律不再彼此排斥，而是结合成一个真正的，总是动态的和充满活力的辩证的对立。③

---

① Ян Мукаржовский, Индивидуум и литературное развитие, Ю. М. Лотман, О. М. Малевич, ред., Ян Мукаржовский: Структуральная поэтика, Москва: Школа《Язык Русской Культуры》, 1996, с. 385 – 386.

② Там же, с. 389.

③ Там же, с. 392 – 393.

第四节　结语

回顾穆卡若夫斯基在 20 世纪 30—40 年代对文学史问题的一系列论述，我们不难发现他在研究理念上历经了一个明显的转变过程：从早期侧重"结构"到后期转向"个性"，从早期侧重于结构主义符号学理念到后期自觉对其进行超越。在这一过程中，穆卡若夫斯基行之有效地将共时与历时研究方法，将结构主义与历史主义方法结合在了一起：一方面，他发现艺术作品个性问题的独特性与重要性，对接受者的重视以及符号学理念的引入，使他比俄罗斯形式论学派更深刻地阐述了其本质；另一方面，他也没有忽视作品个性与创作者个性之间的联系，从而有效地避免了法国结构主义对创作者个性的忽视。穆卡若夫斯基始终坚持将个性问题置于文学发展中进行考察，动态地论证了两者间的联系，从而提出了一种较为辩证的文学史观。

总体来看，穆卡若夫斯基对文学史问题的这一探索虽处于前结构主义时代，但他已然准确预见了未来结构主义隐藏的种种危机，并通过自己的努力来试图克服这些不足，应当看到这在当时的语境下是极其难能可贵的。以穆卡若夫斯基为例，我们不能简单地抹杀结构主义在文学史研究上的成就，至少在捷克结构主义那里，在他本人那里，我们看到了结构主义者自己对调和个人与结构、个性与文学发展之间对立所做出的大胆尝试。当然，我们也不可因此忽视这一尝试的局限性，它虽有超越传统结构主义之处，但终究基于结构主义理念的框架下，在不少马克思主义文论学者看来，其中仍存在不少自相矛盾之处。[1]

---

① 如萨维斯·卡朗德拉曾这样嘲讽过穆卡若夫斯基将个性纳入结构主义框架下的尝试："按照穆卡若夫斯基博士的方法，对生活在阶级社会中的人们之间的关系作出反应的个体，在文学批评的视野中被完全排除和取消了。的确，这个在分析极小的细节上力求做到像数学一样准确，每得出一个结论都十分斩钉截铁、说一不二的主张，这个志在超几何学的主张，在个体、创作个性——这个欲壑难填、满腹狐疑、千般斯文、百无聊赖的怪兽面前，不禁流露出一种恐惧，因为这个怪兽的那些特性绝对无法纳入文学自主发展的精确模式，只能在一定的社会及其经济结构和阶级斗争的具体范围内来研究。"转引自拉吉斯拉夫·斯托尔《从概括到美学的非人化》，载［俄］波利亚科夫编《结构—符号学文艺学——方法论体系和论争》，佟景韩译，文化艺术出版社 1994 年版，第 303 页。

　　在笔者看来，穆卡若夫斯基的文学史观对我国当下文学史教材的编撰也具有十分重要的指导意义。当前，国内单纯以作家个人为线索编著的文学史教材仍不在少数，这反映出我们的作品本位意识仍较为淡薄，文学研究科学化自觉度仍有待提高。为此，我们应当努力避免这种作家决定论的文学史编撰模式，而应多尝试以文学内在要素（如体裁、风格等）为线索来撰写文学史，当然，我们也不能走向形式主义、结构主义文学史的极端，应当努力探索那些能真正将个人与文学结构有机结合起来的文学史写作新模式。

下　篇

第 八 章

扬·穆卡若夫斯基与俄罗斯
形式论学派

俄罗斯形式论学派与布拉格学派是现代斯拉夫文论史上的两大重要流派，前者兴盛于 20 世纪 10—20 年代，后者活跃于 20 世纪 30—40 年代，两派均对 20 世纪结构主义文论的发育与发展做出了重要贡献。虽同为 20 世纪具有举足轻重影响力的文论流派，俄罗斯形式论学派与布拉格学派的文论思想在传播、译介与研究上却命运迥异。总体来看，当前，我们对俄罗斯形式论学派文论的译介与研究已较为成熟，相形之下，布拉格学派文论对我们则较为陌生，可以说，仍远未得到与其地位相称的重视：它长久以来被视为俄罗斯形式论学派与法国结构主义之间的过渡性流派，其自身理论的原创性和丰富性在很大程度上受到忽视。① 那么，在对待两派文论遗产问题上，为什么我们的态度会如此不同？俄罗斯形式论学派文论与布拉格学派文论在历史和学理上究竟有着怎样的联系？这一联系的厘清，对我们开拓布拉格学派文论研究又有怎样的意义呢？

第一节　历史渊源

其实，有关布拉格学派与俄罗斯形式论学派之间的关系问题，并不是什么新鲜话题。长久以来，学界对两派之间的关系流行这样一种看

---

① 有关国内外学界对布拉格学派文论的研究现状，请见拙文《结构主义文论家扬·穆卡若夫斯基研究综述》，《外国文学动态》2009 年第 5 期。

法，即认为布拉格学派文论是俄罗斯形式论学派文论在捷克语境下的翻版和延续。这一看法至少可追溯到维克多·厄里希（Victor Erlich）那里。厄里希在其专著《俄国形式主义：历史—学说》中除系统介绍了俄罗斯形式论学派的历史及理论成就之外，还以非常简短的篇幅（冠以"Formalism Redefined"的标题）介绍了捷克结构主义的活动。他用"斯拉夫形式主义"（Slavic Formalism）①这一称谓指称斯拉夫国家的形式主义文论倾向。被归结为这一名下的，除俄罗斯形式论学派外，还包括布拉格学派和以罗曼·英加登为首的波兰文艺现象学。此外，厄里希还进一步将捷克、波兰的形式主义与俄国形式主义区分开来，分别以"西斯拉夫形式主义"和"东斯拉夫形式主义"命名。虽注意到形式主义文论的多种分支，但厄里希在字里行间将俄国形式主义提升到一种优先地位，认为它为布拉格语言学小组提供了动力和方法论原则。那么，厄里希将俄国形式主义提升到布拉格学派乃至整个东欧形式文论优先影响源的做法是否公允呢？这需要我们从俄罗斯形式论学派对布拉格学派的影响谈起。

从历史角度看，俄罗斯形式论学派对布拉格学派的影响确是不争的事实。总体来看，这一影响主要体现在以下两个方面：一方面，前者为后者的建立、发展直接提供了人员上的支持。众所周知，布拉格学派的建立得益于罗曼·雅各布森的直接推动。他曾是俄罗斯形式论学派两大阵营之一的莫斯科语言学小组的领军人物，于1920年定居捷克首都布拉格，他对威廉·马泰休斯产生了很大影响，并与后者于1926年10月6日共同建立了布拉格语言学小组。

对于雅各布森对自己产生的深刻影响，马泰休斯曾不无感激地指出：

　　这位多才多艺、异常聪明的俄国年轻人把他生机勃勃的学术兴趣从莫斯科带给了我，而他感兴趣的那些语言学问题，也恰恰是最令我入迷的，这就为我提供了很大的帮助，为我提供了一个生动的

---

① Victor Erlich, *Russian formalism：History-Doctrine*（fourth edition），Mouton Publishers，1980，p. 158.

证据，即这些问题处处都处于学术论争的中心位置。①

随着俄国政治环境的不断恶化，除雅各布森外，不少俄罗斯形式论学派的成员都先后来到布拉格，为布拉格学派的发展做出了贡献。据学者巴利·P. 舍尔考证，这些学者包括：

> 一些俄罗斯学者——不论是属于形式论学派"彼得堡之脉"的蒂尼扬诺夫、托马舍夫斯基，还是属于"莫斯科支脉"的维诺库尔，在"布拉格语言学会"学术活动的早期，都曾到那里作过讲座。②

此外，一些俄裔学者，如尼古拉·特鲁别茨柯伊（Nikolay Trubetzkoy）、彼得·鲍加蒂廖夫（Peter Bogatyrev）、谢尔盖·卡尔采夫斯基（Sergei Karcevskij）则直接为布拉格学派的成员。

另一方面，俄罗斯形式论学派对布拉格学派的影响还体现在方法论上。布拉格学派文论的一些核心范畴、概念都可以在俄罗斯形式论学派那里找到直接原型：如穆卡若夫斯基的"前推"源于什克洛夫斯基的"奇特化"；穆卡若夫斯基的"审美功能"则由雅各布森的"诗性功能"演变而来。然而，值得注意的是，俄罗斯形式论学派内部并不是铁板一块，其在不同发展阶段呈现出不同特色，因此它对布拉格学派的影响并不是均匀的。著名斯拉夫文论学者彼得·斯坦纳曾系统梳理过俄罗斯形式论学派对布拉格学派观念上的影响，他将其概括为五点基本方法论原则，分别为：用语言学手段来研究文学、功能主义、"奇特化"理论、艺术形式研究中的辩证法以及文学系统观。③

将现代语言学与文学研究紧密结合是俄罗斯形式论学派矢志不渝的一个理念，在此之前，俄国文艺学心理学派的杰出代表——波捷布尼亚

---

① 据张冰提供［美］维克多·厄里希《俄国形式主义：历史与学说》，未刊翻译稿，第137 页。

② ［美］巴利·P. 舍尔：《布拉格学派的美学》，周启超译，载汝信主编《外国美学》第19 辑，江苏教育出版社 2009 年版，第 170 页。

③ Peter Steiner, "The Roots of Structuralist Esthetics", in Peter Steiner, ed. , *The Prague School*: *Selected Writings 1929 – 1946*, University of Texas Press, 1982, pp. 198 – 201.

将词的形象性等同于诗意性，俄罗斯形式论学派对这一看法提出批评，在他们看来，文学性并不等同于形象性，而在文学语言的独特性。循着这一思路，他们高度重视文学语言问题，从功能角度对诗歌语言与日常语言进行了研究：后者的目的在于交流，前者的目的在于表达自身；与此同时，"奇特化"理论为这种表达自身的诗歌语言提供了价值层面的保障，虽然诗歌语言不具备日常语言那样的实用价值，但它对恢复人们为日常生活自动化所遮蔽的审美感受力，起有至关重要的作用；此外，"奇特化"理论还进一步延伸至文学史理论，俄罗斯形式论学派学者们认为所谓文学史乃是新"手法"不断取代旧"手法"的辩证过程。

第二节　理念传承

以上我们系统梳理了俄罗斯形式论学派对布拉格学派的影响，不难发现，这一影响不可谓不巨大。那么，我们是否可以因这一影响的存在而将布拉格学派文论定性为形式主义文论呢？对这一问题的回答，我们至少还需要对布拉格学派的文论建树作一番检阅。

与俄罗斯形式论学派一样，布拉格学派也处于不断发展之中，它在每一阶段都显示出不同的研究重心和相异的理论旨趣。彼得·斯坦纳曾将布拉格学派文论的发展历程大致分为三阶段：

> 第一阶段大致从 1926 年到 1934 年，这是结构主义者的文学—理论观念与形式主义者最为相近的时期。布拉格学者主要对研究文学作品的内部构成感兴趣，尤其是它的音位结构……
>
> 第二阶段大致从 1934 年到 1938 年，这一阶段明确地打破了形式主义传统，由形式主义者提出的，但没有得到解决的文学发展问题成了结构主义者关注的焦点……
>
> 最后一阶段大致从 1938 年到 1948 年，布拉格结构主义第三阶段已经离俄国形式主义非常远了。甚至超越了第二阶段的对社会学的关注，它转向了普遍的问题以及艺术中主体的角色问题。如今，结构主义者寻求审美过程的人类学基础，并且朝向构建一种本体论构

思的审美价值论而努力。①

从彼氏的划分，我们不难看出，俄罗斯形式论学派对布拉格学派的影响集中体现在后者的初始阶段。与俄罗斯形式论学派非常相似，早期的布拉格学派文学研究者们同样将注意力聚焦于文学内部，试图从作品自身所提供的"事实"出发建立一门文学的科学——诗学。然而，在接下来的阶段，他们日益发现这一理念的局限性，开始有意识地将研究重心转向美学。对美学的浓厚兴趣可谓布拉格学派文论的一大特色，与缺乏系统、严格的美学理论基础的俄罗斯形式论学派相比（巴赫金称之为审美孤立主义），布拉格学派成功拟定出一套美学理论体系，该体系以"审美功能""审美规范"以及"审美价值"这三大概念为基础，综合运用了"结构""功能""符号"等理念，成功地将文学共时性与历时性研究相结合，将文学的自律性与他律性研究相结合，进而将形式主义文论推进到结构主义文论阶段。那么，应当怎样解释布拉格学派这一从诗学到美学的转向呢？笔者以为，如果将这一转向的驱动力归于俄罗斯形式论学派，显然是不合适的。

当前，学界在追溯布拉格学派美学思想的来源时，越来越关注捷克本土具有悠久历史的形式美学传统。一向高度重视布拉格学派文论资源的德国接受美学主将——汉斯·罗伯特·姚斯曾这样提醒我们："必须考虑到具有悠久的形式主义传统的捷克语境，该美学传统自赫尔巴特始，经由约瑟夫·杜尔迪克，奥托卡尔·霍斯汀斯基，奥托卡尔·齐切，最终由扬·穆卡若夫斯基完成。"② 据姚斯考证，捷克美学中的这种"旧"形式主义兴起于 19 世纪 70 年代，在时间上先于 20 世纪初才形成的俄国"新"形式主义。捷克本土的这种形式主义美学传统具有非思辨性特征，倾向于唯理主义和经验主义。姚斯称奥托卡尔·齐切为结构主义的直接先驱，认为他用一种与意义和内容完全无关的"关系之集合"的"形式"

① Peter Steiner, "The Roots of Structuralist Esthetics", in Peter Steiner, ed., *The Prague School: Selected Writings 1929 – 1946*, University of Texas Press, 1982, pp. 177 – 178.

② 参见 А. А. Грякалов, *Структурализм в эстетике (критический анализ)*, Ленинград: Издательство Ленинградского Университета, 1989, с. 21。

概念来阐述艺术，进而将其定义为一种"格式塔"（Gestalt）。齐切将形式分析与经验—心理分析相结合，创造了"富有意味的形象"概念。在姚斯看来，齐切对"音乐思维自主性"之强调，对"分析性和区分性"方法之强调，对"社会角度"的忽视，都对结构主义美学产生了很大影响。① 实际上，包括穆卡若夫斯基在内的大多数布拉格学派成员，都非常珍视捷克本土的这一形式美学传统。那么，这是否意味着，捷克本土的形式美学比俄罗斯形式论学派更有资格成为影响布拉格学派文论的优先来源呢？

学界在这一问题上也存在不小的争议。著名学者韦勒克曾这样解释穆卡若夫斯基之所以高度重视本土理论资源的动机："出于显而易见的理由，穆卡洛夫斯基十分重视本土的前辈学殖，因为他为之愤然的是这样一种观点，它会将他的学术工作降低为简单移植俄国形式主义方法，而将其沿用于捷克的文学材料。"② 然而，在韦勒克看来，穆卡若夫斯基这一寻找本土学殖的尝试并不成功，"在他们那里并没有任何先声预示着穆卡洛夫斯基的学说"③。

与韦勒克意见相反，奥列格·苏斯（Oleg Sus）认为捷克本土形式美学对布拉格学派美学产生了很大影响，较之俄罗斯形式论学派，它甚至更有资格成为布拉格学派美学的源头。在对捷克本土形式美学与布拉格学派美学进行了一番比较之后，苏斯认为在捷克美学史上存在两个阶段与结构主义思想直接有关：第一阶段为约瑟夫·杜尔迪克（Josef Durdik）和奥托卡尔·霍斯汀斯基（Otakar Hostinsky）的赫尔巴特形式主义美学（苏斯称其为捷克形式主义）；第二阶段为奥托卡尔·齐切对他们理念的心理学改造（苏斯称之为"前结构主义"），并认为它是布拉格结构主义的直接前身。苏斯甚至认为："只要剥去它（齐切的理论立场）的有关'形象'的心理主义，并且在语言学上加以重建，它就可以作为一种新形式—结构主义的变体而直接与穆卡若夫斯基的著作相比较，比如，同他

---

① 参见 А. А. Грякалов, *Структурализм в эстетике*（*критический анализ*），Ленинград：Издательство Ленинградского Университета, 1989, с. 21 – 22。

② ［美］雷纳·韦勒克：《近代文学批评史》第 7 卷，杨自伍译，上海译文出版社 2006 年版，第 678 页。

③ 同上。

对马哈的《五月》的研究相比较。"①

而在彼得·斯坦纳看来，苏斯的看法有些夸大，难以自圆其说：

事实上，齐切的"前结构主义"与其说是语言学的，不如说是心理学的。心理学是他的体系之内核。因此，若忽视了这一点而去证明他与结构主义者的相似性，只是一种修辞上的伎俩……此外，苏斯所认可的存在于早期结构主义中的两种观念——反心理主义与语言学，在齐切美学中其实是不存在的，而它们在俄罗斯形式论学派那里是存在的。这两种观念对于结构主义有着决定性影响，这在穆卡若夫斯基有关韵律学的研究中得到了充分体现：他所写的《捷克诗歌美学之贡献》（1923）与《音位学与诗学》（1931）之间的不同，正在于心理学诗学与结构主义诗学之间的不同。②

此外，彼氏还对苏斯在援引齐切作品时存在的以偏概全进行了批判：

关于齐切在文学方面的论述，苏斯只关注他写于1917—1918年间的论文《论诗歌类型》。虽然该文确实有几点进入了后来的结构主义诗学中，但它们之间思想上部分的重合并不能保证其总体上的相似性。齐切美学中的心理学基础及其体系与早期结构主义之间的深刻差别，还可见于齐切的文章《诗歌语言》。这篇文章尤其适合用来比较，不仅因为其主题对结构主义诗学而言是关键的，而且它也同样问世于1929年，与著名的《布拉格语言学小组论纲》同年问世，而在后者中结构主义者们第一次全面、系统地阐述了他们对诗歌语言的看法。即使粗浅地阅读这两份文献，我们都会发现齐切的理念与布拉格结构主义者理念之间的不兼容性：齐切将诗歌语言等同于情感语言，他坚称形象与词之间的关系为诗歌语言的核心问题，他依据诗歌形象的具体性和特殊

---

① Peter Steiner, "The Roots of Structuralist Esthetics", in Peter Steiner, ed., *The Prague School: Selected Writings 1929 - 1946*, University of Texas Press, 1982, p. 182.

② Ibid., pp. 182 - 183.

性来对诗歌称名进行描述。①

从彼得·斯坦纳对苏斯的批判，我们不难发现，将捷克形式美学传统视为布拉格学派美学的优先来源，无疑是武断和片面的。那么，我们究竟应当如何来评价捷克形式美学传统对布拉格学派的影响呢？笔者以为彼得·斯坦纳的观点较为中肯，在他看来："这种本土的形式传统使得穆卡若夫斯基一方面善于接受来自俄国的理论促动，另一方面也使得他能够在一个更宽的语境下评价俄国形式主义者的成就。"②

第三节　学术共生

上述两种看法——无论是将俄罗斯形式论学派对布拉格学派的影响放至最大，还是将捷克本土形式美学置于布拉格学派文论的优先来源，其实都不够全面。诚如彼得·斯坦纳所言：

> 这两种对立的意见都是俄国形式主义与布拉格结构主义之间关系的极端看法，其共同之处都在于将一种复杂的历史过程简化了……它们所描绘的这种历史图景就像一张黑白照片，形象但却单调。③

诚然，从俄罗斯形式论学派到布拉格学派的这段演进史并不是单线的，而是多线的。在此期间，20世纪世界文论的一些重要范式，如形式—结构文论、接受美学、现象学文论、符号学文论等都悉数孕生。无论是俄罗斯形式论学派，还是布拉格学派，其文论体系都不是一成不变

---

① Peter Steiner, "The Roots of Structuralist Esthetics", in Peter Steiner, ed., *The Prague School: Selected Writings 1929 – 1946*, University of Texas Press, 1982, p. 183.

② Peter Steiner, "Jan Mukarovsky's Structural Aesthetics", in John Burbank and Peter Steiner, eds. and trans., *Structure, Signand Function: Selected Essays by Jan Mukarovsky*, Yale University Press, 1978, p. 12.

③ Peter Steiner, "The Roots of Structuralist Esthetics", in Peter Steiner, ed., *The Prague School: Selected Writings 1929 – 1946*, University of Texas Press, 1982, p. 183.

的，都是在与当时哲学、美学思潮的对话、碰撞中不断成熟、发展起来的。因此，如果仅从"思潮"（主义）角度出发，简单地为俄罗斯形式论学派和布拉格学派文论贴上形式主义或结构主义的标签，乃是不科学的，这无疑极大地简化了两派文论成就的原创性与丰富性。为此，我们应该努力尝试变换研究的视角。著名学者 J. 施特里德（Jurij Striedter）在这方面曾做过大胆尝试，他认为文学研究范式从形式主义转向结构主义共历经三个阶段：

　　1. 艺术作品作为技巧的总和具有一种奇特化的功能，这种功能的目的在于增加感知的难度。
　　2. 艺术作品作为各自具有独特共时和历时功能技巧的一个系统。
　　3. 艺术作品作为具有审美功能的一个符号。①

　　施特里德认为俄罗斯形式论学派涵盖阶段 1 和 2，而布拉格学派则涵盖阶段 2 和 3，笔者以为这一三阶段说颇为新颖，它至少具有以下几个优点：首先，避免了将俄罗斯形式论学派视为一成不变的学派，而是认可其观念也在不断发展。众所周知，后期的俄罗斯形式论学派已经意识到自己早期方法上的局限性，并着手对它进行修正和发展，在阶段 2 中，我们可以清楚地看到他们的这一努力。可见，俄罗斯形式论学派在自身的发展历程中就包含着对自己的克服和修正，已经不自觉地向结构主义接近了。其次，这突出了布拉格学派思想自身的原创性：与前两个阶段相比，阶段 3 显然到达一个全新阶段，并不只是前两个阶段在量上的变化，而是一种质变，与俄罗斯形式论学派的理念已经相去甚远了。因此，这就在原则上排除了将布拉格学派等同为俄罗斯形式论学派翻版的可能性。最后，注意到这两个学派所共享的阶段 2，这一阶段可以被视为后形式主义阶段或前结构主义阶段，或者更确切地说，是从形式主义向结构主义转型的阶段。
　　以上施特里德为我们清晰勾勒出从形式主义向结构主义文论演进的

---

①　Jurij Striedter, *Literary Structure, Evolution and Value: Russian Formalism and Czech Structuralism Reconsidered*, Harvard University Press, 1989, p. 88.

学理过程。俄罗斯形式论学派之所以称为 20 世纪结构主义文论的始作俑者，绝非偶然，这与该派后期一些学者的努力是分不开的。事实上，在后期俄罗斯形式论学派那里，诸如"结构""功能""符号"等明显具有结构主义特色的方法论范畴已然孕生了。然而，我们不可忽视的是，俄罗斯形式论学派与布拉格学派在文学研究理念上存在一些质的差别，下面试从"结构""功能""符号"这三个维度对两派文论的基本旨趣进行简单比较。

首先，结构之维。俄罗斯形式论学派聚焦于艺术作品的内部，对其结构做了初步探索。他们提出将作品中的一切都视为"形式"的观念，提出用"形式"一元论来取代传统的形式与内容二元论的做法，实际上已经孕育出一种朴素的结构观，然而这种"形式"之结构与布拉格学派所理解的"结构"还有很大差别。布拉格学派的穆卡若夫斯基早期运用"前推"与"主导"这对范畴来对艺术作品的结构进行描述："前推"主要从一种动态的视角描述了艺术作品的结构，揭示了结构内部一切成分、要素原则上的平等性，而"主导"则从一种整体的视角来对艺术作品的结构进行描述，揭示了结构内部各成分、要素的等级。后来，随着文艺符号学思想的不断成熟，穆卡若夫斯基又将艺术作品之结构置于符号学的视野下进行研究。符号学理念促使穆卡若夫斯基对"艺术成品"与"审美客体"进行了区分（前者指艺术作品的能指方面，后者是前者在社会集体意识之中的存在），他进一步将艺术作品结构研究的重心从艺术成品转向审美客体，将在俄罗斯形式论学派那里不受重视的作者、接受者以及语境都纳入结构研究中来。总体来看，布拉格学派秉持一种动态、开放的"大结构观"，这与俄罗斯形式论学派以及法国结构主义那种静止、封闭的"小结构观"形成对照。

其次，功能之维。将"功能"作为一种方法论范畴引入文学理论，始于俄罗斯形式论学派，我们从雅各布森为"文学性"所做的定义，从该派学者对诗性功能的研究都不难发现这一理念的影响。然而，比起布拉格学派来，可以说，早期俄罗斯形式论学派的功能理念还较为幼稚，他们虽注意到诗歌语言与日常语言功能之差别，但将诗性功能视为诗歌、文学的专利。穆卡若夫斯基曾将俄罗斯形式论学派的功能理念归纳为一种面向客体的、单功能的功能观。为了避免重蹈俄罗斯形式论学派的覆辙，布拉格学派将功能的源头定位于主体，提出一种从主体出发的、多功能的功能观。这种新的功能观认为审美功能（诗性功能）并不是艺术的专有物，而是广泛存在于艺术外领域。因此，区分艺术与非艺术就不能简单地以审美功能的存在与否为标准，而要以它在一领域中是否实现主导为标准：审美功能在其中占据主导的领域就是艺术，反之，则是艺术外领域。除从主体角度考察功能外，穆卡若夫斯基还考察了社会规范对功能的影响。事实上，仅对一部艺术作品的结构进行考察，我们很难判定审美功能是否占据主导，它还取决于接受者的审美趣味，而接受者的审美趣味又在很大程度上受制于一时代的审美规范、社会规范。受社会规范制约的审美规范无疑在接受者对一部艺术作品的审美评价上有很大的影响。文学、艺术的审美价值不能只从其自身来判定，而必须综合考虑文学、艺术外的其他系列——政治、经济、宗教等对它的影响。

最后，符号之维。索绪尔所展望的符号学，通过其俄国弟子谢尔盖·卡尔采夫斯基已经开始在俄罗斯形式论学派进行传播，但没有得到系统发展，它真正上升到一种方法论高度，则始于布拉格学派。布拉格学派高度重视符号学观念，他们曾在小组杂志《词与语词艺术》（*Slovo a slovesnost*）第 1 期的宣言中明确指出："符号问题乃是我们时代文化重建的最为迫切的哲学问题之一。"联系到穆卡若夫斯基本人，他较为成功地将符号学研究与美学研究结合了起来。穆卡若夫斯基认为结构主义美学的本质在于阐释艺术的比较符号学体系，美学能够也应当被视为一般符号科学、符号学的一部分。值得指出的是，这种艺术符号学观念的提出在当时有力地挑战了以克罗齐为代表的心理学美学，后者将艺术简化为艺术家主观心理和精神的一种直接反映。取而代之，在符号学视界下，艺术被视为一种用来沟通创作者和接受者的符号。早在《作为符号事实的艺术》（1934）一文中，穆卡若夫斯基就拟定出艺术符号学研究的基本框架，提出了审美符号结构的三层次说，并对审美符号的能指、意义和指称作了严格区分。此后，他对艺术结构的研究重心逐渐从"艺术成品"转移到"审美客体"上，与审美客体有关的艺术接受及其意义问题也更加清楚地凸显了出来。穆卡若夫斯基艺术符号学思想的提出，一方面使得文学、艺术融入更高一级的文化、社会系统中成为可

能；另一方面在这种符号学框架下，文学、艺术系统的自主性也得到了
更为深入的研究。

综上所述，"结构""功能""符号"这三重方法论范畴在布拉格学
派文论中各具特色：一方面，它们为文学、艺术研究提供了不同的视角。
如果说，结构范畴提供了一种整体性研究模式的话（从单部文学文本到
文学、艺术系统，再拓展至整体的文化系统），那么，功能范畴则为我们
观察结构之中各组成部分之间的关系（不仅包括和谐、一致的关系，更
包括矛盾和不一致的关系）提供了可能；符号范畴则提供了一种全新的
理论框架，该框架将结构视为一个错综复杂的符号网络（代码与其物质
载体之间的相互渗透促进了文化中个体间的交流）。另一方面，这三种方
法论范畴又互相交织、互为补充。首先，单部作品可以被视为结构，具
有物质和非物质两方面，它从属于更高一级的结构——严格意义上的艺
术结构；其次，审美功能主导所有艺术样式并将它们融入一个更高等级
的结构——艺术之整体；再次，艺术与其他功能结构（科学、宗教等）
一道构成了最高级的结构——人类文化。使得艺术结构区别于其他结构
的审美功能是一种符号功能，当其占据主导时，它具有将任何艺术作品
变成符号的能力；最后，我们不仅可以将艺术作品视为一种结构和功能，
同样也可将其视为一种符号。

第四节　结语

纵观 20 世纪世界文论发展史，像俄罗斯形式论学派与布拉格学派
这两个学派联系之紧密，甚至达到一种"工作共存体"（work symbio-
sis）（马泰休斯语）的现象，恐怕是非常罕见的，这无疑是文论跨文化
旅行的一个典型且生动的案例，值得我们深入进行开采。然而，从另一
方面看，也正因这一联系之密切，我们在研究布拉格学派文论时遇到了
不少困扰。譬如，在对布拉格学派文论进行总体定性时，我们时常徘徊
于形式主义与结构主义之间，莫衷一是：称其为形式主义文论，显然难
以涵盖布拉格学派文论的整体成就；称其为结构主义文论，它又与传统
意义上的结构主义文论（法国结构主义）有着很大的差别。仔细反思
这一困境的成因，它在很大程度上是由我们自身的思维方式所造成。我

们仍习惯于"思潮"（主义）式思维，习惯于为某一流派贴标签。殊不知，这很容易让一些真正具有学术价值的流派离开我们的视线。在文论生产、传播、接受与过去相比已然产生了很大变化的今天，我们更应该尝试多从"范式"（范型）的角度深入文论的学理层，悉心考察其范式之流变与融合。

第 九 章

扬·穆卡若夫斯基与米哈伊尔·巴赫金

　　扬·穆卡若夫斯基与米·巴赫金同为 20 世纪现代斯拉夫文论界硕果仅存的两位大师，享有世界声誉的学者，前者为布拉格学派从事文学与美学研究的领军人，后者为俄罗斯巴赫金小组的首领。虽然两人成长于不同的学术语境，也没有任何直接证据表明二人熟悉彼此的思想，但这并不意味着他们的思想不具可比性。事实上，恰恰相反，穆卡若夫斯基与巴赫金的思想存在很多相似之处，如他们都考察了那一时代斯拉夫文论，乃至世界文论中的一些重要概念，如形式、结构、功能、符号等，对于当时流行的种种美学思潮，如形式主义、结构主义、符号学等进行过深入对话，都同样致力于文学研究的科学化，都高度重视人文研究的方法论等，这些方面无疑揭示了两人思想的相通性。本章拟对两人就形式主义、对话思想、符号学、人本主义等方面的论述进行一番比较，以期进一步加深对他们文论思想的认识。

第一节　超越形式主义

　　俄罗斯形式论学派是 20 世纪具有重要影响力的美学派别之一，它以鲜明的实证主义态度一反之前的传统印象式、主观式文学批评，为开启文学研究的科学化进程奠定了坚实基础。与俄国形式主义处于同一时代的穆卡若夫斯基和巴赫金，不可避免地深受这一思潮的影响，二人也正是在与其展开论辩的过程中得以建立起各自的理论体系。

　　穆卡若夫斯基对俄罗斯形式论学派研究理念的了解，得益于俄国语言学家罗曼·雅各布森，后者曾是俄罗斯形式论学派两大阵营之一莫斯科语言学小组的领军人。由于历史的原因，雅各布森于 1920 年从俄罗斯移居捷克首都布拉格。他随之带去的还有俄国形式主义研究理念的优秀成果，在其直接推动下，建立了布拉格语言学小组。俄罗斯形式论学派的研究成果对早期布拉格学派的孕育和发展产生了至关重要的影响。作为小组的一员，穆卡若夫斯基早期深受俄罗斯形式论学派的影响，尤其推崇维克多·什克洛夫斯基和尤里·蒂尼亚诺夫。

　　1930 年，捷克学者将什克洛夫斯基著名的《散文论》译成捷克文，穆卡若夫斯基亲自为该文选作序，并以此序为契机全面总结了自己对俄国形式主义的看法。与那些全然否定形式主义之功绩的批评家不同，穆氏首先肯定了俄国形式论学派之于文学科学发展的重要意义，他指出："形式主义的立场尽管有很大的片面性，但却是一个重大的成果，因为它发现了文学演变的特性，把文学史从对一般文化史乃至对意识形态史或社会史的寄生关系中解放出来。"① 当然，穆卡若夫斯基也没有回避俄国形式主义研究理念上的局限性。在他看来，形式主义那种"大破大立"的方式显然过于极端：如在研究诗歌语言时，将其与日常语言截然对立；在研究文学作品结构时，重形式而轻内容；在研究文学史时，强调文学的"自律"，而忽视文学的"他律"。在对这些不足进行批判的基础上，穆卡若夫斯基提出了自己对结构主义的构想：

　　　　总之，结构主义不主张文学史只分析"形式"，它同文学的社会学研究也毫无矛盾；它并不缩小材料的外延和问题的丰富性，但它坚持要求，科学研究不要把自己的材料视为静止的和一片稀松混乱的现象，而要把每一个现象理解为合力和活跃的脉冲源，把整体理解为各种力量的复杂交互作用。②

　　《捷译序》一文的发表，正式开启了穆卡若夫斯基超越俄罗斯形式论

---

　　① ［捷］扬·穆卡若夫斯基：《什克洛夫斯基〈散文论〉捷译本序言》，载［俄］波利亚科夫编《结构—符号学文艺学——方法论体系和论争》，佟景韩译，文化艺术出版社 1994 年版，第 28 页。

　　② 同上。

学派的进程，此后，他开始从形式主义转向结构主义，从狭隘的诗学研究转向广阔的美学领域。

　　大致与穆卡若夫斯基发表对俄国形式主义看法同期，巴赫金化名为 П. 梅德韦杰夫，发表了一系列论述俄国形式主义的文章，以《文艺学中的形式方法》一文最具代表性，他在该文中对形式主义的得失进行了全面评述。与穆卡若夫斯基一样，巴赫金也没有一味否定形式主义的历史功绩，他指出：“形式主义总的说来起过有益的作用。它把文学科学的极其重要的问题提上日程，而且提得十分尖锐，以至于现在无法回避和忽视它们。”① 不过，总体来看，巴赫金比起穆卡若夫斯基对俄国形式主义的研究更为全面，批判也更为彻底，他不仅追溯了形式主义产生的历史根源，也系统研究了其核心概念及方法论旨趣，批判主要围绕六个主题展开：（1）作为诗学对象的诗歌语言，诗歌语音学问题也属于它的范围。（2）诗歌中作为诗学结构两个组成部分的材料和手法。（3）作为材料和手法的结构功能的详细说明的体裁和结构、主题、本事和情节。（4）作品作为外在于意识的实体的概念。（5）文学史问题。（6）艺术接受和批评的问题。②

　　如巴赫金所归纳的那样，俄国形式主义先是将诗歌语言作为研究对象，在探索诗歌语言特点的过程中逐渐形成了一套研究方法，再将这种方法应用于封闭的诗学结构研究，最后拓展至文学史问题。巴赫金认为这套方法谬误的根本原因，在于将诗歌整体的结构简化为诗歌语言的结构，抽象为引起接受者可感觉性的一堆空洞的构成物。使巴赫金感到讽刺的是，尽管形式主义致力于克服以传记学为代表的心理主观主义，但“他们的理论的基础——使人脱离半自动化状态、对构成物的感觉等——所要求的正是有感觉能力的主观意识”③。在巴赫金看来，形式主义在文学史问题上所犯错误的根本原因在于，将“自动化——可感觉性”这一公式应用于对文学形式交替历史过程的基础，殊不知：“历史现象的质的

---

　　① ［苏］巴赫金：《巴赫金全集》第 2 卷，钱中文主编，李辉凡等译，河北教育出版社 1998 年版，第 343 页。

　　② 同上书，第 206—207 页。

　　③ 同上书，第 307 页。

独特性——即它根本不能为一个主体的活动所容纳——因此而遭到根本的忽视。历史被生物化和心理化了。"① 俄国形式主义还有一点根本的错误，在于将文学作品与现实的社会交际割裂：

> 形式主义者把作品与人们的相互影响（作品是其中的一个成分）割裂开来。从而他们也就破坏了所有的本质联系。他们只把作品与某个脱离历史的、不变的、只要求定期以可感觉的东西取代自动化的东西的人相互联系起来。接受的人不能在作品中感觉到另一个人、另一些人，包括敌人和朋友；他只感觉到物，更确切地说，只有一种由这个物引起的空洞的感觉。②

比较穆卡若夫斯基与巴赫金对俄国形式主义的研究，我们不难看出两人有一大共同点，即他们都从美学、哲学的高度来审视俄国形式主义，这一点在巴赫金身上体现得尤为突出，他将形式主义定性为一种"材料美学"，认为其根本错误在于对一般美学的否定态度，根本拒绝美学的指导作用。在巴赫金看来，要改变这一局面，必须将诗学置于人类文化统一整体的审美问题中得到研究，才能最终避免形式主义的覆辙。穆卡若夫斯基也指出，诗学应当融入范围更大的美学中去。总的来说，他们与其说将俄国形式主义作为论战的对象，不如说这场论辩极大地促进了两人自身思想的发展，穆卡若夫斯基以此为契机形成了自己的结构主义文学、美学研究体系，而巴赫金则以此为基础提出了复调小说理论、对话哲学。

第二节　从"独白"走向"对话"

"独白"与"对话"是 20 世纪斯拉夫语言学、诗学、文艺学中特有的核心命题之一，不同领域的学者纷纷从语言学、文艺学、美学等视角切入这一对范畴，巴赫金与穆卡若夫斯基也不例外。

---

① ［苏］巴赫金：《巴赫金全集》第 2 卷，钱中文主编，李辉凡等译，河北教育出版社 1998 年版，第 310 页。

② 同上书，第 313 页。

穆卡若夫斯基在这方面的研究从两位学者论独白与对话的篇章入手，一位是法国社会学家塔德，另一位则是俄罗斯语言学家雅库宾斯基。作为社会学家的塔德，主要从影响对话发展的非语言环境入手，而作为语言学家的雅库宾斯基，则从论述对话的内部结构入手，前者认为独白优先于对话，后者认为对话优先于独白。在穆卡若夫斯基看来，这两位学者的观点都有各自的自相矛盾之处，根源在于他们所理解的"对话"不同：塔德所理解的对话主要指"会话"，即"人为的"对话，雅库宾斯基所理解的对话主要指日常生活中的对话，得出的结论南辕北辙，自然也是在情理之中的。因此，有必要对"对话"进行严格限定。在穆卡若夫斯基看来，严格意义上的对话需满足三个条件：（1）必须有两个持不同立场的谈话参与者，二者的标记即"我"和"你"。（2）第二个基本条件是对话双方之间的环境因素，即包围着谈话双方的那种真实的、引起话题的情景。（3）第三个不可缺少的条件是它的语义生成的特征。① 穆氏认为对话的三个主要条件是缺一不可的。第一、二条是进行谈话的必要前提，第三条划分了对话与独白之间的语义差别。在对对话进行了一番限定后，穆卡若夫斯基接着深入剖析了对话中的心理主体问题。每一次语言表达至少有两个承载语言信号的主体——发出语言信号的主体（言者），接受语言信号的主体（听者）。在独白中，一个主体始终是施动的，另一个则是受动的，而对话中这两个主体所承担的角色则不停地互换，轮流成为施动者和受动者。需要注意的是，穆卡若夫斯基指出，不能将此处的主体等同于具体的心理物理学的个体，比如在最常见的一种语言实践"自言自语"中，心理物理个体通过思维作语言表达或出声自言自语，是可以同时承担语言表达的施动者和受动者两个主体角色的，此刻他分裂为两个主体。因此，"自言自语"看似是一种独白，实则也是一种对话。"自言自语"，在文学作品中表现为"内心独白"，是文学经常运用的一种表现手段，如陀思妥耶夫斯基就偏爱这种"内心独白"的运用，然而这种独白却潜藏着丰富的语义能量，更像是一种对话。

总体来看，穆卡若夫斯基的对话研究立足于功能主义，且坚持一种

---

① ［捷］扬·穆卡若夫斯基：《对话与独白》，载［阿根廷］博尔赫斯《波佩的面纱》，朱景东译，社会科学文献出版社1999年版，第278—279页。

从主体出发的、多功能的功能观，他将语言的内部结构及其外部环境紧密结合在一起，着重考察了主体在独白与对话中的表现。他在这一问题上的研究不仅对语言学有着重要的启示，同时也对文学研究有极大的启示。众所周知，文学创作其实与对话的过程颇为相似，艺术家总是要以某种方式考虑到公众和社会的需求，自那时起，艺术家与公众的对话实际上已经展开，在这层意义上，即便那些最具有唯我色彩和独白性的抒情诗或抽象派会话也不能摆脱"情景因素"对创作过程的介入，因此在艺术中不存在真正的独白，也不存在一个真正固定的主体，文艺作品的美学判断和美学效果始终发生在各个主体的张力场内。

如果说穆卡若夫斯基的对话研究侧重于语言学、诗学层面的话，那么巴赫金的对话研究范围则更广、更深入。"对话"在他那里早已超出了语言学的范围，达至其超语言学理论、文艺理论、美学思想中，更出现于其存在哲学理论中，因而具有多层面的内涵。诚然，在巴赫金那里，"对话"不仅指与独白相对的一种语言基本样式——对语，也指文艺创作中作者与其作品主人公之间一种崭新的"对话"关系——复调，更指"我"与他人之间的"对话"关系——交往。因篇幅所限，我们仅从语言学视角切入巴赫金的对话研究。

总的来说，在巴赫金看来，传统语言学重视研究作为言语两种形式之一的对话，较少从言语行为的角度进行研究。众所周知，作为言语的两种基本形式，对话与独白之间的区别是较为显著的：对话是两个或多个说者交替说话的成品，独白则是一个说话人表述出来的话语。但是，如果一旦从言语行为的角度来观察，考虑到话语总是由一个主体发出，并指向另一个主体的话，它们之间的界限似乎就不那么明显了。在巴赫金看来，独白与对话之间的区别乃是相对的："每个对语在一定程度上都具有独白性（因为是一个主体的表述），而每个独白在某种程度上都是一个对语，因为它处于讨论或者问题的语境中，要求先有听者，随后会引起争论等等。"① 在巴赫金看来，真正的对话应"至少包容两个主体的表述，但两人之间有对话的关系，互相了解、互相应答。这种联系（即相互关系）反映在对话的每

---

① ［苏］巴赫金：《巴赫金全集》第 4 卷，钱中文主编，白春仁等译，河北教育出版社 1998 年版，第 191 页。

一对语中，决定着对语。"① 总而言之，在巴赫金看来，判断对话的标准不能从话语的形式出发，而应从话语背后主体的立场出发。从排斥甚至压制他人意识的独白立场出发说出的任何话，哪怕是具有对话语的形式，都将是独白的；而从尊重他人意识的对话立场出发讲出的话，无论是否具有对话形式，都是对话的。与穆卡若夫斯基看法一致，巴赫金也认为真正的独白语是不存在的，对话性渗透进全部的话语，这是因为话语总是对人而发的，所以无论取对话语或独白语形式，本质上都具有对话性，都能从中听到作者的声音，反映对话的关系。

比较穆卡若夫斯基与巴赫金的对话研究，我们不难看出，两人都不满足于仅从形式角度研究对话，都高度重视对话背后主体性的考察，都强调对话胜过独白，都自觉地将对话研究与文学研究相结合。此外，提倡"对话"，反对"独白"在他们那里还有一层反对学术霸权和垄断的现实含义。

第三节　符号学思想

巴赫金作为现代符号学理论的先驱之一，已为学界公认。他的主要贡献在于创建了别具一格的意识形态符号学体系，从而有力地挑战了以索绪尔为代表的结构主义符号学体系。巴赫金主要是在其著作《马克思主义与语言哲学》（1929）中集中阐述了自己的符号学思想。总体来看，他对符号学的贡献主要体现在以下几方面。

首先，确立了符号与意识形态之间的联系。在《马克思主义与语言哲学》一书中，巴赫金开宗明义地指出符号问题与意识形态问题之间的相关性，指出两者实为一个问题的两个方面："一切意识形态的东西都有意义：它代表、表现、替代着在它之外存在着的某个东西，也就是说，它是一个符号。哪里没有符号，哪里就没有意识形态。"②

---

① ［苏］巴赫金：《巴赫金全集》第4卷，钱中文主编，白春仁等译，河北教育出版社1998年版，第191页。

② ［苏］巴赫金：《巴赫金全集》第2卷，钱中文主编，李辉凡等译，河北教育出版社1998年版，第349页。

其次，将话语确立为符号学的主要研究对象。在巴赫金看来：

> 话语的所有特点——就是它的纯符号性、意识形态的普遍适应性、生活交际的参与性、成为内部话语的功能性，以及最终作为任何一种意识形态行为的伴随现象的必然现存性——所有这一切使得话语成为意识形态科学的基本研究客体。①

巴赫金心目中的意识形态符号科学——"超语言学"（металингвистика）与传统语言学差别巨大，这种差别不仅体现在所研究对象的范围大小上：

> 传统语言学研究的是句子，超语言学则研究由许多句子组成的本文、篇章，更在于观察的视界不同：在超语言学中研究的是交际的交流方面，因而，在巴赫金看来，超语言学的对象可能就是在现实的交流语境中言说着的单个的符号——话语。②

最后，深刻阐释了话语的对话本质。巴赫金指出：

> 实际上话语是一个两面性的行为。它在同等程度上由两面所决定，即无论它是谁，还是它为了谁，它作为一个话语，正是说话者与听话者相互关系的产物。任何话语都是在对"他人"的关系中来表现一个意义的。在话语中，我是相对于他人形成自我的……话语是连接我和别人之间的桥梁。……话语是说话者与对话者之间共同的领地。③

不难看出，巴赫金此处对话语的对话本质的论述与结构主义的看

---

① ［苏］巴赫金：《巴赫金全集》第 2 卷，钱中文主编，李辉凡等译，河北教育出版社 1998 年版，第 357 页。

② Исупов К. Г. *Бахтин М. М.*: *Pro et contra*，Санкт-Петербург：Изд. Русского Христианского Гуманитарного Института，2001，с. 275.

③ ［苏］巴赫金：《巴赫金全集》第 2 卷，钱中文主编，李辉凡等译，河北教育出版社 1998 年版，第 436 页。

法截然不同。在以索绪尔为代表的结构主义看来，符号的意义乃是约定俗成的，这一看法显然提升了社会性集体意识对符号意义的决定作用，贬低了主体及其能动性，而巴赫金的贡献恰恰在于，他通过对话不仅看到了主体与符号意义之间的联系，更深刻把握了符号意义的创新机制，即意义永远是在生成的，它不是单方面地取决于我或你，而产生于主体之间的对话。洛特曼曾指出，索绪尔符号学的一大弱点在于忽视了信息交际的复杂性，他将日常语言交际的系统视为唯一理想的交际模型，具有一个发信人与一个收信人，一个对于两者都是共同的信码，以最大的准确性与真实可靠性将讯息由发信人传达给收信人。但在洛特曼看来：

> 符号的机制绝不仅仅是那种服务于文本之准确传达的交际工具，也是孕生创造性意识的机制。创造性意识要求的完全是另一种结构，它要求在我对文本进行编码与他人破译这个代码两者之间存在着的不是自动的等同，而是等值性关系。①

在这层意义上，洛特曼认为巴赫金的对话思想之于符号学的影响不可谓不重大。

穆卡若夫斯基对符号学的兴趣始于 20 世纪 30 年代初，其符号学思想从一开始就与其美学研究紧密结合在一起。斯拉夫文论专家彼得·斯坦纳认为，穆卡若夫斯基可谓史上尝试系统建立符号学美学的第一人。与巴赫金那种涵盖一切意识形态领域的、宏大的社会符号学体系相比，穆卡若夫斯基符号学研究的范围似乎要小很多，他更为集中地考察了与艺术相关的审美符号问题。早在《作为符号学事实的艺术》一文中，穆氏就已形成了符号学思想的雏形，他认为艺术作品作为审美符号由以下三部分构成：（1）作为可感的能指而产生功能的艺术成品。（2）寓于集体意识之中的"审美客体"，且作为"意义"而产生功能。（3）与被意指

---

① Лотман Ю. М., История и типология русской культуры, Санкт-Петербург: Искусство, 2002, с. 153.

物的关系。艺术作品严格意义上的结构位于组成项二之中。[①] 从穆氏对艺术符号的构成划分看，我们不难发现他深受索绪尔符号学思想的影响，后者将语言符号划分为"能指"和"所指"两方面，穆氏保留了索氏的"能指"概念；但与索绪尔不同的是，穆氏并未沿用其"所指"概念，而是进一步将其分为"意义"和"指称"，这足见穆氏对索氏符号学的发展。

在谈及艺术符号的功能时，穆氏指出艺术乃是一种双重功能的存在物：既是一种自主符号，同时也是一种交流符号。作为自主符号的艺术，充当着作家与读者之间的中介，意指的乃是社会现象（哲学、政治、宗教、经济等）的总体语境。与此同时，艺术作品还是一种交流符号，这在主题艺术中尤其明显。如果说作为自主符号的艺术意指社会现象的总体语境的话，那么作为交流符号的艺术则朝向一个明确的现实，比如某一特殊的实践，某一明确的人。当然，艺术的交流功能并不局限于主题艺术，即使在那些抽象的、并无明显主题的艺术中也同样存在。比如，穆氏经常列举的一个例子便是明证。如果一块蓝斑被置于一幅抽象画的顶端，那么它很容易被当作"天空"，如果被置于画面底端的话，它很容易被视为"水面"。但是，穆氏提醒我们注意，作为交流符号的艺术与纯交流符号有着本质的差别，即：

> 艺术作品与被意指物之间的交流关系并没有存在的价值，即便作品断言某些东西，只要我们把作品作为一种艺术作品来评价，那么就不可能假设一部艺术作品主题的文献真实性。[②]

总的来说，艺术符号学理念的形成极大地拓宽了穆卡若夫斯基探索的空间，它直接促成了其理论探索生涯的第二次转向——从美学转向符号学。

---

① Ян Мукаржовский, Искусство как семиологический факт, Ю. М. Лотман, О. М. Малевич, ред., *Ян Мукаржовски: Исследование по эстетике и теории искусства*, Москва: Искусство, 1994, с. 194.

② Там же, с. 195.

后期，穆氏逐渐意识到自己早期符号学理念的局限，开始进行自觉反思。这时他提出"艺术的非意向性"这一概念来补充和完善"艺术的意向性"概念。简而言之，艺术的意向性是指艺术作品所呈现出的语义上的统一性，而非意向性则是破坏语义统一性的因素，前者由艺术作为符号的属性所决定，后者是由艺术作为物的属性所决定。前期他由于过于重视艺术的符号属性（意向性要素），而在一定程度上忽视了其物的属性（非意向性要素），殊不知，艺术作品的非意向性要素才是真正感染和打动人的基础。所以，后期他认为艺术作品既是符号，也是物。

总的来说，穆卡若夫斯基与巴赫金都同样致力于修正和超越索绪尔的符号学体系，巴赫金在这方面的尝试无疑具有革命性意义，他开辟出一条完全不同于索氏的崭新的符号学研究之路，而穆卡若夫斯基则在很大程度上延续了索氏的基本框架，在其基础上做出了一定的改进。

第四节　人本主义的终极追求

近年来，在文化人类学转向思潮的影响下，巴赫金文论中的人本主义思想正得到越来越新的阐释。譬如有学者指出，对话哲学本质上乃是一种人与人之间交往的哲学，关乎人的存在及自我价值的实现，而狂欢化思想则是对人的躯体、非理性的颂扬等。诚然，以人为本，将人置于人文科学研究的中心乃是巴赫金的一贯追求，也是其文论思想区别于那些标榜科学流派的一大特色。

与穆卡若夫斯基不同——他是在自己理论探索的后期逐渐意识到主体性在人文研究中的重要性的，巴赫金在学术生涯伊始就意识到这一问题的重要性，我们从他早期关于道德哲学问题的一系列论述中就不难发现这一点。在《艺术与责任》（1919）一文中，巴赫金指出艺术与生活之间的不和谐情况之产生，在于两者在个人身上不能得到统一，他认为唯有个人负起责任才能最终弥合生活世界与艺术世界之间的鸿沟。

> 生活与艺术，不仅应该相互承担责任，还要相互承担过失。诗人必须明白，生活庸俗而平淡，是他的诗之过失；而生活之人则应知道，艺术徒劳无功，过失在于他对生活课题缺乏严格的要求和认

真的态度。①

　　"艺术和生活不是一回事，但应在我身上统一起来，统一于我的统一的责任中。"② 如果说在早期巴赫金对主体性的研究主要从道德哲学层面入手，对其重视停留在理论层面的话，那么后来他的一系列成果丰硕的探索，可以视为对这一主题的具体化。当然，由于巴赫金的人本主义思想较丰富，供我们发掘和阐释的角度也非常多，如从其存在哲学的角度、对话主义的角度、狂欢的角度、人文科学研究方法论的角度等。因本书篇幅所限，我们仅以人文科学研究方法论的角度试作分析。

　　在谈及人文科学研究方法论时，巴赫金指出人文科学与精密科学不同："精密科学是一种独白型的认识形态，即人以智力观察物体，并表达对它的看法。这里只有一个主体——认识（关照）和说话（表述）者。"③ 而人文科学则不同，它的研究对象是关于人的精神，亦即另外一个主体，在这层意义上，便不难理解巴赫金对结构主义的批评：

　　　　结构主义中只有一个主体，就是研究者本人这个主体。物化成概念（不同程度的抽象化）；主体永远不可能成为概念（他自己说话并回答）。涵义是人格化的，因为涵义中总是存在着问题、发问和对回答的预料，涵义中总是存在着两个人（对话的最低限）。这种人格主义不是心理上的，而是涵义上的。④

　　巴赫金认为自己的方法不同于结构主义："我则在一切中听到各种声音和它们之间的对话关系。我同样以对话方式来看待增补原则。"⑤

　　与巴赫金一样，穆卡若夫斯基文论中也同样蕴含着丰富的人本主义

---

　　① ［苏］巴赫金：《巴赫金全集》第 1 卷，钱中文主编，晓河等译，河北教育出版社 1998 年版，第 1 页。

　　② 同上书，第 2 页。

　　③ ［苏］巴赫金：《巴赫金全集》第 4 卷，钱中文主编，白春仁等译，河北教育出版社 1998 年版，第 379 页。

　　④ 同上书，第 391 页。

　　⑤ 同上。

思想，这是其结构主义理念区别于传统结构主义（以法国结构主义为代表）的一大特色。因篇幅所限，我们仅以其文学史理论为例。穆卡若夫斯基对如何认识文学发展问题见解独到，他的文学史观既不同于传统的传记学的文学史观，也不同于俄国形式主义的文学史观。不可否认，俄国形式主义在文学史问题上做出了重要贡献，他们克服了传统的传记学那种纯作家决定论的文学史观，开始认识到文学演变有其自身规律可循，但他们的不足也非常明显，比如他们极端地将作家以及社会环境对文学发展进程的真实影响排斥在外，曾提出即便没有普希金，《叶甫盖尼·奥涅金》也会被创作出来的激进观点。穆氏对形式主义的这一不足有深刻认识，他指出，对艺术作品的研究实际上无法脱离对其创作者个性的研究：

> 作者个性只是作品结构作用于接受者心灵的一个影子和映像，它自身并没有任何理论利害，因为它并不包含任何不能由对作品本身的一种客观描述和分析所准确表达的东西。作者个性只有在与艺术家实际的身心个性相会时，才会引起我们的兴趣。①

那么，怎样才能真正将创作者个性与文学结构统一起来呢？众所周知，所谓正统结构主义是极端蔑视主体的（如"主体移心""作者之死"），他们拒不承认作者个性对文本的控制力和主宰力，而穆卡若夫斯基则创造性地将作者个性也视为一种结构，认为它一方面具有一系列与生俱来的独特特质，另一方面在文学发展的过程中也与文学传统之结构产生密切的互动，时而与其一致，时而与其背离，后者在艺术中是更为常见的一种现象。但在传统的文学传记学看来，这种背离完全被归结为天才独特个性的强大，他们可以凭借一己之力来改变文学发展的进程，在这一观点看来，作家个性显然是位于文学发展之外的一种要素，而穆卡若夫斯基则提醒我们，这种背离并非是对文学自身发展规律的一种破

---

① Ян Мукаржовский, Индивидуум и литературное развитие, Ю. М. Лотман, О. М. Малевич, ред., *Ян Мукаржовски: Исследование по эстетике и теории искусства*, Москва: Искусство, 1994, с. 380.

坏，相反，这是以一种否定的方式肯定了它的存在。在穆氏心目中，理想的文学发展观应当是这样的："乃是两种相反趋势互相作用的结果：一方面，正在发展的系列保持自身，因为若没有了对自己同一性的保存，它就不能被理解为一种在时间中连续的系列；另一方面，它又不断破坏自身的同一性，否则就不会有变化。对同一性的破坏维持着发展的运动；它的保存则为这种运动添加了规律性。"①

从上述观点我们不难看出，穆氏尝试将主体这一看似与结构主义水火不容的要素重新纳入结构主义的框架之中，而他的这一努力也较为有效地克服了结构主义的局限，从而在前结构主义时期达成了与后结构主义的某种精神契合。

第五节　结语

以上，我们主要从四个方面对穆卡若夫斯基与巴赫金的文论思想进行了一番比较。通过比较，我们不难发现两人在诸多问题上看法一致，如都深入考察了 20 世纪斯拉夫文论乃至世界文论的一些重要概念，如"形式""结构""功能""符号""对话"等；都积极与当时流行的种种美学思潮，如形式主义、结构主义、符号学、现象学等进行对话。难能可贵的是，他们对这些概念和思潮所做出的回应和反思并不是浮于表面的，而是直达其方法论内核，正是在与它们深入对话的过程中，二人发展出各自别具一格的理论体系。穆卡若夫斯基与巴赫金的文论思想有一个显著的共同点，即都不能简单地用某种主义或方法来加以概括，相反，他们穿行于各派与各思潮之间，将其融会贯通，这也正是不同的流派都能够从他们那里汲取养分的深层原因。除却两人在诸多问题上存在着高度一致之外，我们也不可忽视他们理念上的一些本质差异。虽然穆卡若夫斯基早在结构主义远未成为一种普世方法论之前就准确预见了其内部隐含的种种危机，并在尝试克服这些局限上取得了不俗的成就，但遗憾

---

① Ян Мукаржовский, Индивидуум и литературное развитие, Ю. М. Лотман, О. М. Малевич, ред., Ян Мукаржовски: Исследование по эстетике и теории искусства, Москва: Искусство, 1994, с. 382.

的是，他终究未能摆脱结构主义框架的束缚，这使得他在不少问题的论述上呈现出一定的自相矛盾之处；而综观巴赫金的整个学术生涯，虽然他自始至终都在与包括形式主义和结构主义在内的各派对话的过程中得以展开，但他总体上不同于以上任何一派，而是集各派之所长，在既肯定又否定的过程中，发展出自己别具一格的对话思想，从而较为成功地挣脱了结构主义的牢笼。

第 十 章

扬·穆卡若夫斯基与尤里·洛特曼

扬·穆卡若夫斯基与尤里·洛特曼同为 20 世纪斯拉夫学界杰出的文艺理论家，两人在研究领域及研究方法上存在诸多的一致与交集，如都同样高度关注"结构""功能""符号"，都同样致力于文学研究的科学化，都提倡从整体性的文化出发进行研究。值得一提的是，洛特曼为穆卡若夫斯基在苏联学界最重要的推广者与研究者之一，正是在他的促动下，苏联学界开始高度重视布拉格学派的文论思想，而洛特曼本人也在译介和接受的过程中从穆卡若夫斯基那里汲取了很多有益的思想，将它们融入自己的理论体系中去，俄罗斯形式论学派也最终通过布拉格学派实现了与苏联塔尔图—莫斯科学派的对接。

第一节 洛特曼与俄文版穆卡
若夫斯基文选

在俄苏学界对布拉格学派文论的接受史中，俄文版穆卡若夫斯基文选的编译与出版堪称里程碑式的事件，而这一事件与塔尔图—莫斯科符号学派的领军人尤里·洛特曼密不可分。正是在他的倡议、编选下，两卷本的俄文版穆卡若夫斯基文选才最终得以问世。但是鲜为人知的是，当初这套文选从酝酿、翻译再到出版的过程并非一帆风顺，而是几经波折。据该文选的另一编译者 O. 马列维奇回忆：

1966 年，随着穆卡若夫斯基《美学研究》的问世，他与洛特曼萌生了将这位捷克学者的文章编译成俄文的想法。于是，他们一道向莫斯科进步出版社递交了编译一卷本穆卡若夫斯基文选的申请，但该出版社并没有及时采纳这一计划。后来，1969 年，洛特曼又向莫斯科艺术出版社谈妥了出版两卷本穆卡若夫斯基文选的事宜。1969—1970 年间，这两卷本已由 B. 卡缅斯基译出。在编辑选集时，马列维奇经常征求洛特曼的意见，穆卡若夫斯基本人也对该选集完全信任。1970 年夏，洛特曼阅读已完成的译文并进行校对，秋天，与马列维奇一起为译文加注。然而，后来事情又出现波折。1971 年，出版社据当时捷克斯洛伐克意识形态的准则撤销了已待出版的文稿……后来，两卷本穆卡若夫斯基文选的第一卷直到 1994 年才在这家出版社印刷（当时洛特曼已经去世），而第二卷则换为另一家出版社，直到 1996 年才出版。①

这套两卷本的穆卡若夫斯基文选为迄今为止俄苏学界第一部，也是最为系统的一部文选。纵观这套俄文版穆卡若夫斯基文选，其编选之精当，翻译之精准，注释之详尽，完全可以与英文版穆卡若夫斯基文选②相媲美，甚至在很多方面更胜后者一筹。总体来看，该文选具有以下几点特色。

第一，编译的文章精当且代表性强。笔者对俄文版与英文版的穆卡若夫斯基文选进行了比较，得出以下几组数据：首先，从篇幅来看，俄文文选共收录 53 篇文章，英文文选收录 25 篇文章，前者的篇幅比后者整整多出一倍，凡英文文选所收录的穆卡若夫斯基文章基本上都被俄文文选所收录。其次，从收录文章的体裁类型来看，俄文文选所选择的体裁较为多样，不仅收录了穆卡若夫斯基公开发表的文章、讲座（11 篇）和报告（3 篇），也收录了其他一些特别体裁的文

---

① 参见［俄］O. 马列维奇《文学进程及对其之理解——罗曼·雅各布森、扬·穆卡若夫斯基、尤里·洛特曼》，载《学术札记》第 4 辑，第 159 页。

② 英文版扬·穆卡若夫斯基文选由彼得·斯坦纳（P. Steiner）、约翰·布尔班克（J. Burbank）编译，韦勒克作序，第一卷：《词与语词艺术——扬·穆卡若夫斯基文选》（*The Word and Verbal Art: Selected Essays by Jan Mukarovsky*）（纽海文、伦敦），1977；第二卷：《结构、符号及功能——扬·穆卡若夫斯基文选》（*Structure, Sign, and Function: Selected Essays by Jan Mukarovsky*）（纽海文、伦敦），1978。

章，如他为他人著述撰写的序（2 篇）：《功能世界中的人》（1946）、《什克洛夫斯基〈散文论〉捷译序》（1934），媒体采访（1 篇）：《通往艺术与现实的辩证之路》（1971），公开发言（1 篇）：《先锋戏剧中的舞台语言》（1937）。英文文选在这方面明显不及俄文文选，其收录的体裁多以穆卡若夫斯基公开发表的文章为主，仅有为数不多的几篇讲座、报告。最后，从编译的经典文献方面看，俄文文选收录了更多的穆卡若夫斯基的经典名篇。

第二，编译的文章涵盖面广，展现出一个博学多才的穆卡若夫斯基。英文版穆卡若夫斯基文选主要围绕"美学与一般艺术理论""电影、戏剧及视觉艺术理论"和"诗歌语言理论"这三个主题进行编选。俄文文选的编选原则稍有不同，按照"一般性艺术问题""艺术理论"和"诗学理论"对文章进行分类。俄文文选突出了艺术理论类，即除文学外其他艺术类型相关的理论研究文章 19 篇。此外，俄文文选突出了诗歌语言理论类文章 19 篇。俄文文选除收录了穆卡若夫斯基的理论类文章外，还收录了一些文学批评类的文章，即穆卡若夫斯基对捷克诗歌的一些具体研究个案 4 篇：《对一位演员个性的结构分析——〈大城市的灯火〉中的卓别林》《扬·齐扎维画作中的诗》《对一首诗的语义分析——奈兹瓦尔的〈掘墓人〉》《卡雷尔·恰佩克史诗作品的意义构成及结构基础》，英文版则几乎为零。这类文章的收录，行之有效地避免了对穆卡若夫斯基接受那种纯理论的空洞感，有助于更直观地把握作为一个文学批评家的穆卡若夫斯基。

第三，注释精当且具有较高的学术价值。洛特曼对穆卡若夫斯基的许多具有代表性的文章都添加了注释，注释本身成为俄文版穆卡若夫斯基文选的一大亮点。这些注释或对文章的写作背景进行介绍，或对某些关键概念进行解释①，抑或对某些理论热点问题进行有深度的

---

① 以洛特曼对"主导功能"概念的注释为例，他指出："此概念出自 Ю. 蒂尼亚诺夫（参见《拟古者与创新者》，1929），指结构系列形成一种等级，其中一些要素主导其他要素。结构主导这一思想与将整体视为一种局部机械总和的思想对立，赋予结构概念一种动态的品质。"参见［俄］Ю. 洛特曼、O. 马列维奇编《扬·穆卡若夫斯基——美学与艺术理论研究》，B. 卡缅斯基译，艺术出版社 1994 年版，第 585 页。

阐发①，英文版穆卡若夫斯基文选在这方面明显逊色于俄文版。

第二节　洛特曼的穆卡若夫斯基研究

　　除了直接参与编译穆卡若夫斯基文选工作外，洛特曼还对穆氏的文论思想进行了研究，他的那篇激情洋溢的《艺术理论家——扬·穆卡若夫斯基》② 可谓首开先河，堪称典范。该序不仅是一篇翔实的导读文章，有助于读者管窥穆卡若夫斯基一生理论发展的全貌，更是一篇有深度的研究论文，有助于专业研究者深入把握穆卡若夫斯基文论中一些核心概念、范畴。在此序中，洛特曼详尽地介绍了穆卡若夫斯基的生平与创作，对其一生理论的发展轨迹进行了回顾。他不仅从时间顺序描述了穆卡若夫斯基理论探索的发展阶段，更从理论范式角度对每一阶段的旨趣进行了深度解析。除介绍了穆卡若夫斯基已为人熟悉的文学、美学、艺术理论研究外，洛特曼还介绍了其在电影及诗歌语言等领域的研究，这无疑为那些想深入了解穆卡若夫斯基文论的读者提供了十分有益的参考。

　　总体来看，洛特曼的穆卡若夫斯基研究最鲜明的特色在于，他并不是简单地为介绍而介绍，而是结合了当时世界文论发展的最新动向，对文论中的一些核心、前沿问题加入了很多自己的思考。在着手编译穆卡若夫斯基文选的 20 世纪 70—80 年代，也是洛特曼本人思想发展的重要阶

---

　　① 举一例："受索绪尔启发，穆卡若夫斯基也在语言中区分了系统要素、结构（langue）及其在具体语言行为中的变体（parole）。由于后者在此被视为一种破坏（与黑格尔的这一思想不无关系：系统通过一种非实现的方式，即通过大量偏离，来实现自己），审美功能被归于言语。虽然这类区分具有本质意义，但应当承认，认为审美能仅为言语所固有，在一定程度上是轻率的。试比较雅各布森论语法的诗性功能文章中对这一问题更为中肯的阐述"（参见《语法之诗与诗之语法》，华沙，1982），同样也可参见穆卡若夫斯基本人的这一论断："对规范的破坏本身也形成一种规范，在这一背景下旧规范的实现表现为对其破坏。'语言'和'言语'层产生艺术功能的过程可以被视为视点的不断转换：为某一系统所实现的艺术作品表现为'言语'。然而，将自己屈服于读者的品味，并产生未来的艺术期待，艺术作品提升至'语言'水平。然而，与此同时，为了进一步或僵死，或成为历史财富，或重新复苏，它们又降至言语水平。'语言'层和'言语'层以不同的方式实现着审美功能，因为在可能出现偏离处，这种偏离之缺席可能会产生艺术信息。"参见 [俄] Ю. 洛特曼、О. 马列维奇编选《扬·穆卡若夫斯基——结构诗学》，В. 卡缅斯基译，俄罗斯语言文化出版社 1996 年版，第 448—449 页。

　　② 此文为洛特曼为俄文版穆卡若夫斯基文选所作之序，后来被他收入《论艺术》，圣彼得堡，艺术出版社 2000 年版。

段。当时结构主义如日中天，符号学日益成为一门显学，身处其中的洛特曼不可能不受影响。与任何具有原创性的思想家一样，洛特曼对结构主义、符号学有着自己独到的认识。因此，穆卡若夫斯基文论中那些对结构主义的反思及超越的篇章引起了他的浓厚兴趣。使洛特曼感到惊异的是，穆卡若夫斯基的这些文章虽写于 20 世纪 30—40 年代，但其中的思想在当时仍显得分外新颖和迫切，他这样高度评价穆卡若夫斯基理论的敏锐性和前瞻性：

> 他的文章不属于那类，即现代理论家在研究"问题史"时随便翻翻，然后便可心安理得地将其丢至一旁，再不过问的文章。穆卡若夫斯基的著作不仅包含了科学的迫切性，被认为是现代的、引人注目的研究，它甚至也没有丧失那种引发争论、激起争鸣的特点，而正是这一特点最好地将如今的科学与过去的科学区别开来。①

与从大学时期就开始接触俄罗斯形式论学派文论思想不同的是，洛特曼对包括穆卡若夫斯基在内的布拉格学派文论思想的重视始于塔尔图时期，当时他正处于着手建立自己的结构主义符号学体系。虽然对于那时的洛特曼来说，最为迫切的是将结构主义、控制论和信息论引入文艺学，但对他而言，最为关键的概念乃是文本（内文本和外文本结构），文学（第二模拟系统）产生功能的机制，他也像雅各布森和穆卡若夫斯基一样，通过与自然语言（第一模拟系统）的功能进行对比来分析文学产生功能的机制。在此，洛特曼在穆卡若夫斯基的著作中找到了许多对于文学学科学的现状而言重要的、成果丰硕的东西。

第三节　穆卡若夫斯基与洛特曼文论思想之比较

深入比较穆卡若夫斯基与洛特曼二人的理论，我们不难发现他们在

---

① Ю. М. Лотман, Ян Мукаржовский—теоретик искусства, Ю. М. Лотман и О. М. Малевич, ред., *Ян Мукаржовский*：*Структуральная поэтика*, Москва：Школа 《Язык Русской Культуры》, 1996, с. 7.

诸多问题上呈现出惊人的一致，如都同样致力于超越形式主义，致力于将索绪尔结构主义语言学理念应用于文学研究，都关注符号问题，高度重视文本及其意义生产的机制，主张从文化的整体视角来研究文学；重视文化的多语性和类比性。以下我们主要围绕洛特曼对穆卡若夫斯基结构主义美学最核心的三个范畴"审美功能""审美规范"及"审美价值"的研究，来对两人的思想进行一番比较。

首先，穆卡若夫斯基将功能定位于主体，进而提出一种从主体出发的、多功能的功能观，这就有效地超越了俄罗斯形式论学派，特别是其早期那种狭隘的单功能主义理念，认为艺术中仅存在诗性功能且诗性功能也仅存在于艺术之中。而在穆氏的多功能主义看来，艺术中不仅包括诗性功能在内的审美功能，也包含非审美功能，只是前者在艺术中占据主导，并令人信服地分析了审美功能在艺术中是如何实现主导地位的。此外，功能视角不仅使比较不同的自然语言成为可能，而且也使比较不同类型的文化成为可能。洛特曼指出：

> 在文化系统中文本与功能一致的必要性（比如，当诗歌功能被服务于散文文本或相反）对于研究社会价值系统转型时期尤其重要。它在现代文化类型学中得到了承认，它把文化类型区分开来，定位于文本与功能的严格一致（明显的例子为古典主义），以及这些系统（巴洛克，20世纪艺术中的一系列潮流）之间进展与冲突之间的不同种类。①

总而言之，洛特曼对穆卡若夫斯基的功能观予以高度评价：

> 穆卡若夫斯基在20世纪30年代前半期所发展出的这种功能理论，至今听起来仍非常新颖。作者找到了那一支点，从这点出发现代符号学由一门解码文本的科学变成一门文化的科学——一种关于

---

① Ю. М. Лотман，Ян Мукаржовский—теоретик искусства，Ю. М. Лотман и О. М. Малевич，ред.，Ян Мукаржовский：*Структуральная поэтика*，Москва：Школа《Язык Русской Культуры》，1996，c. 18.

人类社会信息之产生、保存及运作的一般理论。①

穆卡若夫斯基的功能理念与洛特曼本人对功能的理解不谋而合：

> 洛特曼结构文艺学主张用功能研究代替名称形态研究。反对孤立地、从机械组合中研究个别要素，而主张探讨诸要素之间的相互关系及各要素同结构整体之间的关系，整体和各组成部分的功能本质以及艺术的认识功能、交际功能之间的系统联系等。洛特曼认为，艺术诸功能是有机地结合在一起并相互渗透，而不是机械的组合与共存；是功能系统的结构，而不是特征的总和。②

其次，洛特曼极为欣赏穆卡若夫斯基的审美规范说，他指出："规范概念的引入为'语言'系统及其'言语'（索绪尔之术语）提供了第三种要素，带来了重大的革新……这一美学范畴的引入使得对艺术运作机制的认识向前跨越了一大步。"③ 诚然，穆卡若夫斯基可谓系统阐述了审美规范问题之第一人，而该问题在他的前辈俄罗斯形式论学派那儿几乎完全被忽视。

在洛特曼看来，穆氏的审美规范概念有效地解释了艺术中一个悖论现象——艺术中对规范的遵守往往不会产生价值，反倒对它的破坏常常会产生价值。诚然，规范在艺术中的存在与在其他领域，如语言中的存在完全不同。众所周知，对普遍遵守的语言规范的破坏会把语言文本变得无意义，并因而会对其造成破坏。从另一角度看，从语言学的观点来看，我们是否是第一次听说一部文本没有什么差别。其实，文本的语言编织物对于掌握了语言的人来说没有带来什么新的东西，而艺术文本就

---

① Ю. М. Лотман, Ян Мукаржовский—теоретик искусства, Ю. М. Лотман и О. М. Малевич, ред., Ян Мукаржовский: *Структуральная поэтика*, Москва: Школа《Язык Русской Культуры》, 1996, с. 15.

② 孙静云：《洛特曼的结构文艺学》，《北京大学学报》（哲学社会科学版）1989 年第5 期。

③ Ю. М. Лотман, Ян Мукаржовский—теоретик искусства, Ю. М. Лотман и О. М. Малевич, ред., *Ян Мукаржовски: Исследование по эстетике и теории искусства*, Москва: Искусство, 1994, с. 19.

是另外一回事了。在这里，它自身的系统应该不断在听众的意识中更新。语言文本并不知道模仿这一概念，可是对于艺术而言，产生绝对"符合规范的"，但绝对僵死的作品，是个在实践中非常常见，同时在理论中又非常神秘的现象。在穆氏看来，

> 规范概念的引入使得这个复杂的和纷乱的问题变得非常明朗。它使得在艺术结构中发现必然的矛盾，对这种矛盾的克服需要创造性的并具有天才的力量。对结构张力概念的研究构成了捷克结构主义最大的成就之一，它对结构的理解添入了动力的要素。①

在洛特曼看来，穆卡若夫斯基对规范动态品质的发现意义重大，后者将规范视为一种"动力调节机制"②，用一种动态的模式来反对调节艺术文本的规律的静态理解："规范与其说是规则，不如说是能量。"③ 规范的动态特征体现在与文本的双向关系中：

> 由于自身动力的特性，规范承受着不断的变化；甚至能够那样假设，每一次对无论把何种规范运用到具体的情形中都不可避免地在同时也改变着规范：不仅规范对具体事实的形成施加影响（如对艺术作品），而且与此同时，具体的事实也影响规范。④

此外，在洛特曼看来，这种动态性还显示在艺术另一个更深刻的本质中：艺术文本同时生活于一些规范的投射中，因此对其中一些规范的

---

① Ю. М. Лотман, Ян Мукаржовский—теоретик искусства, Ю. М. Лотман и О. М. Малевич, ред., *Ян Мукаржовски: Исследование по эстетике и теории искусства*, Москва: Искусство, 1994, с. 19.

② Ян Мукаржовский, Эстетическая норма, Ю. М. Лотман, О. М. Малевич, ред., *Ян Мукаржовский: Исследование по эстетике и теории искусства*, Москва: Искусство, 1994, с. 163.

③ Tau me.

④ Ю. М. Лотман, Ян Мукаржовский—теоретик искусства, Ю. М. Лотман и О. М. Малевич, ред., *Ян Мукаржовски: Исследование по эстетике и теории искусства*, Москва: Искусство, 1994, с. 20.

遵守就是对其他规范的背离。对规范的破坏和履行的复杂的交织，以及不同的规范系统和在其中运动的文本语义场之间的结构张力赋予了艺术作品动力的、鲜活的特征。认为艺术作品在我们面前呈现为"规范复杂的交织"，穆卡若夫斯基指出："审美规范的特征在于，与被遵守相比，它更倾向于被破坏……更确切些说，它的定位点在于使艺术传统变形为新的趋势被感受到。"[①]

从关于审美功能不只局限于艺术，而是弥漫在人类所有的活动之中的论点出发，穆卡若夫斯基指出，在艺术的审美感受中以及非艺术之中对待规范的态度是有着差异的。如果艺术文本活在许多审美规范的交织中的话，那么在艺术外，审美功能具有稳定化的、从属于某种单一的标准的趋势。因此在艺术领域中，规范始终被破坏，而在艺术外则被确认。生活习惯形成了静止的艺术品位，艺术则是动态的。洛特曼认为穆卡若夫斯基观察到这一点是极为深刻的。

> 它揭示出艺术与非艺术之间审美功能之交换并非只是自动的与无冲突地流动过程，而是一种复杂的与戏剧的斗争。这既使艺术的革命作用得到了很好的解释，又使日常生活中衰老朽败的艺术形式之市侩化得到了很好的解释。在我们这时代，在"大众文化"问题获得愈来愈深的尖锐性之时，就需要有一种学说来解释：何以仿制——那种以流水作业而批量生产来取代艺术的仿制，并不简单地就是一些不成功的作品，反而是一种在与艺术较量的突击队。[②]

最后，在洛特曼看来，穆卡若夫斯基的审美价值研究乃是旨在将艺术作品的内在结构纳入社会现实之总体结构的尝试。穆卡若夫斯基一改探索审美价值问题的传统形而上、目的论视角，将其视为一个过程，认为它一方面由艺术结构内在的发展所决定，而另一方面由社会结构的运

---

① Ян Мукаржовский, Эстетическая норма, Ю. М. Лотман, О. М. Малевич, ред., *Ян Мукаржовский: Исследование по эстетике и теории искусства*, Москва: Искусство, 1994, с. 166.

② Tau же, с. 21.

动和变化所规定。

第四节　结语

除集中阐述了穆卡若夫斯基的结构主义美学思想外，洛特曼还对其文论中的其他一些核心问题，如文学的意向性与非意向性、文学发展的规律性与偶然性、可预见性与不可预见性等做出了独特的回应。洛特曼本人在自己学术生涯的最后阶段也致力于对这些问题的研究，并发展出自己的文化爆炸理论及其不可预见机制。

如同穆卡若夫斯基发现自己早期理论不足一样，当时他认为审美价值是一种过程，一方面由艺术结构本身的内在发展所规定，另一方面也由社会存在之结构中的运动和位移所规定，这种严密的规律性似乎没有为选择的自由、偶然性留下余地，后期他开始注重主体及其个性的作用。同样，洛特曼也在生活于运动的结构中的人——创造者身上发现了意外性和偶然性的源头。只有对于历史学家而言，历史的进程才是规律性的、绝对明确和必然的，而对于面临选择的人而言，未来则是不确定的和不可预知的，这在危机、中断了不断发展的爆炸性时刻体现得尤为明显。洛特曼认为，艺术中每部真正的作品都是"意义之爆炸"，像穆卡若夫斯基一样，洛特曼在人——创造者身上的全人类相同性，在人类学的常量上找到了这种"爆炸性"能量的源头，这种能量能够在流芳百世的杰作中绵延数个世纪。

第十一章

扬·穆卡若夫斯基文学
研究方法论

　　穆卡若夫斯基在结构、功能和符号这三重视界的交叉影响下，建构起自己独具特色的结构主义文学与美学理论。这一理论堪称是对早期俄罗斯形式论学派那些矫枉过正的理论学说的一种克服。俄罗斯形式论学派虽坚持以作品为中心，对作为艺术作品的形式、结构进行了考察，取得了一定的成就，但他们那种"大破大立"方式的局限性同样也是明显的：他们重视对作为物的艺术作品——艺术成品进行研究，在一定程度上忽视了作品的审美本质，忽视了对它在接受者意识中的对应物——审美客体的研究，进而把文学置于真空之中，把它与生活、社会、历史相割裂。穆卡若夫斯基对俄罗斯形式论学派的这些缺陷有着清醒的认识。他的结构主义理念，也正是在对这些缺陷进行自觉克服的基础上发展起来的。穆卡若夫斯基不再把自己的研究对象局限于文学内部，而是拓展到整体的艺术和文化。与此同时，他把接受者的维度纳入思考中来，重视对审美客体的结构进行研究，并综合考察了艺术成品、审美客体与审美价值之间的关系。可以说，在俄罗斯形式论学派那里受忽视的社会学的、历史的、辩证法的维度，被穆卡若夫斯基有效地纳入结构中来进行研究。那么，穆卡若夫斯基是否成功地把这些维度融合进结构主义之中了呢？加入了这些维度的结构主义还可以称之为"结构主义"吗？本章拟从社会学、历时性、辩证法等维度来对穆卡若夫斯基在方法论上的得与失进行考察。

第一节　社会学之维

　　注重从社会学的维度来考察文学和艺术，是以穆卡若夫斯基为首的
布拉格学派文论区别于形式主义和传统结构主义的特色之一。学者拉迪
斯拉夫曾准确地指出：

> 　　对于 30 年代的布拉格理论家而言，艺术和社会之间的复杂关系
> 成为首要的关切……形式主义者所珍视的非历史的，并且主要是对
> 那种非历史进行描述的兴趣，在布拉格语言学小组中退出了关注的
> 中心，而社会、文化背景的相关物，以及无法回避的历史性问题进
> 入了前景。[①]

　　穆卡若夫斯基坚持从社会学的视角考察文学，使得他的研究与之前
的俄罗斯形式论学派，特别是其早期的研究，形成鲜明对比。众所周知，
后者秉持的乃是一种将艺术与生活割裂开来的"审美孤立主义"（巴赫金
语）立场，他们把文学置于真空之中，把文学与其息息相关的社会语境
割裂开来，把作为文化整体系列之一的文学与社会其他系列隔绝开来。
用什克洛夫斯基的比喻来说，艺术研究关注的是棉纱的纺织技艺，而不
是世界棉纱的市场及托拉斯的政策。形式论派学者的这种"艺术自足论"
最终导致了他们激进的自律论文学史观，将文学发展的历史简化为一种
新的手法不断取代旧的手法的过程。形式论派学者的艺术自足论、自律
论的不足是明显的。这主要体现在，他们只承认艺术发展的动力源于自
身形式上的演变，源于自身新旧手法之间的张力，而拒不承认艺术之外
的社会诸系列对它的真实影响。形式论派学者的这种观念显然是不能恰
当地解释艺术的本质的。艺术究其本质，并不是创作者用来消遣和自娱
自乐的游戏，而是社会集体各成员之间用来进行沟通和交流的一种符号。
无论是创作者，还是接受者，都是社会集体中的一员；也无论是创作，

---

① Ladislav Matejka, "The Sociological Concerns of the Prague School", in Yishai Tobin, ed.,
The Prague School and Its Legacy, John Benjamins Publishing Company, 1988, p. 221.

还是理解、接受都是在一定的社会语境下展开的。因此，若不考虑社会对文学、艺术的影响，是解释不了艺术的审美本质的。只有系统研究社会与艺术之间的关系，我们才能更好地理解艺术的本质。

在《现代艺术中的辩证矛盾》一文中，穆卡若夫斯基曾这样论述过文学与社会之间的动态关系：

> 艺术与社会这两大领域在任何时代都保持着直接与肯定的联系，唯有如此，艺术作为一个整体才可能表现出某种"时代精神"。这是因为社会本身总是分为阶层的，并且从未超脱过它的各个组成部分直接的张力和互动。艺术也是此种张力和互动的一部分，因为艺术通常同一定的社会阶层有密切联系，于是该阶层成为艺术的载体。也可以这么说，各种种类的艺术甚至同一种类的艺术的不同样式的载体都隶属于特定的时代以及特定的多阶层社会。①

由于对俄罗斯形式论学派的不足有着深刻而清醒的认识，因此他有意识地将社会学的维度引入文学研究中来，纳入结构主义认识论框架之中，这使得他避免了许多偏激。在《作为社会事实的审美功能、规范和价值》一书的最后一章中，穆氏曾特别指出：

> 我们添加了"社会事实"这个概念，不仅仅是为了把它的关系限定到手边的问题上来，而且也为了尝试说明对审美功能、规范和价值进行理性分析的基础和范围，必须从这三个现象的社会本质开始。与美学有关的，无论是形而上学还是心理学、社会学都有权占据一定的位置。对作为美学正当任务的对整个美学现象问题的理性研究，必须基于这样一种假设：即审美功能、规范和价值只有在与人相关，并且只有与作为一种社会产物的人相关才有效。②

---

① ［捷］扬·穆卡若夫斯基：《现代艺术中的辩证矛盾》，载［阿］博尔赫斯《波佩的面纱》，朱景东译，社会科学文献出版社 1999 年版，第 256—257 页。

② Ян Мукаржовский, Эстетическая функция, норма и ценность как социальные факты, Ю. М. Лотман, О. М. Малевич, ред., Ян Мукаржовски: Исследование по эстетике и теории искусства, Москва: Искусство, 1994, с. 119.

通过上述引文，我们不难看出穆氏对社会学维度的重视，在他看来这是研究文学所不可或缺的维度之一，总之，穆氏认为不仅要研究艺术的自律性，也要研究艺术的他律性。在他看来，形式论派学者的那种艺术绝对的自足论已然过时，穆卡若夫斯基提出，"每一个文学事实都是两种力量——结构的内部运动和外部干涉的合力"①。

需要指出的是，虽将社会学的维度纳入文学研究，但穆氏并未回归俄罗斯形式论学派之前的那种传统的社会学或传记学的研究，这是因为那种研究艺术的社会学方式是不承认艺术的自律性的，而只承认社会对艺术单方面的决定作用。穆卡若夫斯基所关注的，乃是这样一个事实，即艺术及任何人类语言的自律并不是绝对的，并且任何符号传统的功能和价值根据定义都是社会的，因此它们必须在与社会价值的总系统的相关性中被研究。在《诗歌语言社会学》一文（《词和语词文化》，1935）中，穆卡若夫斯基曾这样写道："对演化的辩证观念之日益增长的兴趣使我们对这一点深信不疑，即为了被完全理解，每一演化之变化必须被视为外部与内部要素之间的一种辩证的交互。"② 此处并不意味着穆卡若夫斯基抛弃了艺术的内在发展观，而是他将所谓的内在发展理解为一种与一特定社会发展相互作用的社会要素，因而并非是独立和自我驱动的。

本质上，穆卡若夫斯基的社会学方法有别于一般的社会学，而是一种结构主义的社会学，即它以承认艺术的自律为基础和前提，在这一点上，他与俄罗斯形式论学派的追求乃是一致的，迎合了文学研究应当成为一门科学的时代需求。然而，研究文学的他律性与正统的"形式—结构"方法是否兼容，存在着不小的争议。的确，社会学维度是结构主义与马克思主义两大阵营争论的焦点之一。不少马克思主义学者对穆卡若夫斯基的社会学方法表示欢迎，认为这是结构主义走向马克思主义的一次大胆的尝试，如苏联美学家卡冈在《马克思主义美学史》（1980）中曾

---

① ［捷］扬·穆卡若夫斯基：《什克洛夫斯基〈散文论〉捷译本序言》，载［俄］波利亚科夫编《结构—符号学文艺学——方法论体系和论争》，佟景韩译，文化艺术出版社1994年版，第28页。

② 参见 Ladislav Matejka, "The Sociological Concerns of the Prague School", in Yishai Tobin, ed., *The Prague School and Its Legacy*, John Benjamins Publishing Company, 1988, p. 223.

指出：

　　在跟形式主义提出的、对艺术作品进行内在考察的各项原则进行论辩时，作出一个在理论上具有良好作用的结论——对于结构法研究来说，不仅作品的内在组织可以了解，而且就是作品的社会联系也是可以了解的。这样，这位理论家便得出文学作品与"非文学"结构的关系这个重要的问题。在 1936 年出版的《作为症候学事实的艺术》①和《作为社会事实的审美职能、标准和价值》两书中，对以前在分析的方法论方面的观点进行了重要的修正。这些观点，第一，关系到对艺术现象进行社会考察的深入，第二，关系到对艺术及其与社会生活的联系作动态理解的动态观的发展，第三，关系到对艺术及其与社会生活的联系作辩证理解的辩证观的发展。这位学者表述了对艺术作品进行症候学考察的基本思想。穆卡尔洛夫斯基在承认艺术是一种思想交流时，认为艺术作品是作者与读者的关系中起中介作用的符号。这位学者把艺术作品区分为两种因素：一种是以物质表现出来的有涵义的东西（象征），另一种是审美对象——作品符号，这时他引进了"集体意识"概念，在集体意识中进行着把符号固定下来的过程。这样就实现了向社会过程、向历史主义的"突破"。穆卡尔洛夫斯基从内在结构向着历史主义的演进，以及他关于结构与过程统一的主张具有基本理论的意义，并表明形式主义的方法论是站不住脚的，因为"与历史相脱离的结构法会产生结构主义的方法论这种形而上学的与进化主义相反的东西。"这位著名学者的思想向着马克思主义方面的演进实现了康拉德早已说过的那句话："在通往辩证唯物主义的道路上跨进了一步"。②

　　在这段颇为冗长的论述中，卡冈指出了穆卡若夫斯基在艺术与社会关系认识上的独特之处，并总体上对其持肯定态度。但也有不少马克思

---

　　①　此处为误译，应为《作为符号学事实的艺术》。
　　②　[苏] M. C. 卡冈：《马克思主义美学史》，汤侠生译，北京大学出版社 1987 年版，第 219—220 页。

主义学者似乎并不认可这种尝试，如康拉德指出：

> 结构主义社会学承认，各种现象系列虽然都有一定的自主性，但它们是相互影响的。可是这种主张的一个基本缺陷是，它使这些系列同它们的公分母——社会的人分离了……结构主义把社会整体的各个局部视为一个个孤立的研究科目，而不是把它们视为社会人的活动的各个领域。因此，一切现象都被想象为封闭的部分，没有决定其运动和生命的公分母。但是，正是各个不同系列的这一公分母的存在，决定着社会及其归根到底具有决定性的推动力——生命生产和再生产的经济必然性的优质（或不如说奠基性质）。①

诚然，穆卡若夫斯基虽对社会与艺术之间的关系进行了考察，但拒不承认前者对后者的决定作用，相反，他认为包括文学在内的社会诸系列之间是一种平等的关系，它们之间不存在谁决定谁的问题，他所关注的并不是起源和发生学方面的问题，而是考察这些系列之间的关系（功能）。这一点恰是正统马克思主义学者所不能接受的，被认为是唯心的。

同样褒贬不一的情况也出现在结构主义者内部，有人持赞成态度，也有人认为这不是正统的结构主义。众所周知，所谓正统的结构主义方法，是以承认艺术的自律性为前提的。然而，至于研究艺术的他律是否也可以纳入结构主义的框架，是没有定论的，在此之前，并没有相关的尝试。穆卡若夫斯基显然是在这方面做出了大胆的尝试。事实上，当时的布拉格学派的学者是非常欢迎这种尝试的。纵观穆卡若夫斯基在这方面的一些探索，我们可以发现，穆卡若夫斯基对艺术他律性所进行的探索是完全可以纳入结构主义方法之中的，理由在于他恪守了艺术的自律性这个本位。穆卡若夫斯基是从艺术的自律性这一基础出发，进而对艺术与社会之间的关系进行了考察，他对这两者之间关系的考察，最终是服务于更好地阐释艺术的本质这一目的的。因此，与其说穆卡若夫斯基

---

① ［捷］库尔特·康拉德：《内容与形式的辩证法——关于新形式主义的马克思主义札记》，载［俄］波利亚科夫编《结构—符号学文艺学——方法论体系和论争》，佟景韩译，文化艺术出版社1994年版，第291—292页。

考察了社会与艺术之间的关系，不如说他考察了文本系统中不同成分和要素之间的关系，他把文学系统外部要素转化到文学系统中来进行研究。

第二节　历时性之维

众所周知，将共时性与历时性进行区分乃是索绪尔的一大贡献。与在两者之间进行截然二分不同，布拉格学派远不像索绪尔那样极端，他们并不认为历时性与共时性两者是不可逾越的。比如，雅各布森曾在很多场合拒绝这一分类，他比较赞赏动态共时性（synchronie dynamique）这一概念，强调共时并不等于静态。早在俄罗斯形式论学派末期，雅各布森就曾与蒂尼亚诺夫在联合撰写的《文学与语言研究诸问题》（1928）一文中这样写道：

> 一方面，作为工作假说这种对立揭示了语言在其存在的每一时刻都具有系统性。另一方面，共时概念迫使我们重新考虑历有研究的原则。在共时研究中，系统和结构的概念已经取代了把语言材料机械汇聚到一起的思想。历时研究也经历了同一观念的转变。系统的历史反过来也是一个系统。纯粹的共时性已被证实为一种幻想。每一共时的系统都有其过去和未来，这两者是系统本身不可分割的结构成分。共时和历时的对立是系统观和演化观的对立。一旦我们承认每个系统必然是作为一个进化过程而存在，而进化又必然具有系统性，那么共时和历时之间的对立在原则上就失去了意义。①

后来，当雅各布森来到捷克期间，这一理念在布拉格学派得到进一步强化，这清楚地反映在《布拉格语言学小组论纲》（1929）中：

> 在共时和历时方法之间不能像日内瓦学派那样设置不可逾越的

---

① Тынянов Ю. Н.，*Литературная эволюция. избранные труды*，Москва：Аграф，2002，с. 206.

障碍。如果共时语言学要从功能角度评价语言系统的成分，那么不考虑语言系统经历的变化就不能理解这些变化。把语言变化视为没有目的的干扰、与系统无关，这不合乎逻辑。语言变化常常是出于系统的考虑，为了系统的稳定，系统的重建等等。因此，历时研究不能排除系统和功能的概念，不考虑这些概念，历时研究就不完整。另一方面，共时研究不能排除演化的概念。在共时的时间层面上，人们的确意识到有些东西正在消失，正在出现，或现是存在，感觉到有些东西已经陈旧，有些语言形式多产，有些不多产。这些都是历时现象的证据，不能从共时研究中抹去。①

具体联系到穆卡若夫斯基本人，他高度重视历时性这一研究视角，将其与共时性并置，在他看来，两者与其说是对立的，不如说是互补的。这方面最典型的一个例子为他对所谓"个性"问题的研究。总体来看，穆氏区分了两个层面的个性——作者个性及作家的心身个性，前者位于作品中，后者位于真实的生活中。与形式主义和正统的结构主义不同，他们往往否认作家心身个性的存在（巴特的"作者之死"），同时又将作者个性视为完全静态的、僵死的，穆氏从历时性角度有力地论证了个性的动态本质：

　　如果我们假定一种幼稚的接受者的态度（缺乏理论素养的接受者），那么，毫无疑问，作者个性是一种历史外的事实，因为完全的同一必须在时间中显得不变。正如由作品所引起的精神状态对接受者来说显得是必然的和不变的（由此产生出艺术中的永恒价值说）那样，在其基础上构建的接受者所想象的作者个性也必须显得是独立的——在它的不变性上——独立于任何东西，尤其是时间。然而，这种不变性只是一种幻象。众所周知，作品的结构随着时间的流动而改变（如果一部旧作品在它出现之后很久被接受，它被融入了一个新的动态语境），因而在接受者心灵中的它的等价物（同等）的精神状态也会改变，作者个性的形象也会改变。总而言之，作者个性

---

① 钱军：《共时与历时》，《外语学刊》1996 年第 2 期。

只是作品结构作用于接受者心灵的一个影子和映像，它自身并没有任何理论利害，因为它并不包含任何不能由对作品本身的一种客观描述和分析所准确表达的东西。它只在遭遇艺术家真实的心身个性时才有趣。①

在穆氏看来：

> 诗人的心身个性乍看来完全是历史外的，仔细观察则是融入诗歌发展之中的，虽然只是通过它与作者个性之间的关系。换句话说，即使如果对诗人的个性进行心理研究，如果不考虑文学发展，将是无法完成的。我们刚讨论的个性的这两个方面——显现在某一作品中的个性和真实的个性——两者具有一种共同的特征，它们至少在初看来都是静态的。但对于个性的问题，我们能够甚至是必须从发展的观念来看待，也就是说，从一开始就将个性视为一种历史的和动态的事实。②

通过引入这种历时性的维度，穆氏在很大程度上修正了所谓正统结构主义的不足，更加全面和辩证地阐发了对个性及文学发展问题的看法。

第三节　辩证法之维

辩证法也是包括穆卡若夫斯基在内的布拉格学派所备受推崇的一种方法论武器，他本人从中学起就开始仿效黑格尔的辩证法来揭示活生生的互相转变，尝试在对立中看到统一，在统一中看到不同趋势和倾向的斗争。后来，穆卡若夫斯基晚年在一次访谈中再次谈到辩证法的重要性：

---

① Ян Мукаржовский, Индивидуум и литературное развитие, Ю. М. Лотман, О. М. Малевич, ред. , *Ян Мукаржовски*: *Исследование по эстетике и теории искусства*, Москва: Искусство, 1994, с. 380.

② Tau me.

　　我认为，在当今混乱、失序的世界中，正是辩证法思想（它包含在结构主义的本质中，因为实际上结构主义对于今天的科学而言在某种程度上是代替"辩证法思想"的概念）应当不仅成为任何科学研究，也应当成为对艺术进行思考之无可厚非的基础。①

　　综观穆卡若夫斯基的整个学术生涯，不难发现辩证法在其中扮演着至关重要的角色，最明显的从他本人对"结构"所下的定义就可见一斑。他将结构界定为一种整体，在其中各种关系之间相互竞争和共存，并形成等级。这些关系不仅包括和谐的方面，更包括斗争和矛盾的方面，正是这种矛盾与斗争构成了结构持久的张力和不断变化的动力。此外，内容与形式之辩证，审美功能与非审美功能之辩证，审美规范与实用规范之辩证，审美价值与非审美价值之辩证，艺术的意向性与非意向性之辩证，个性与文学发展之辩证等，不一而足。可以说，辩证法思想的引入，乃是布拉格学派对之前的形式主义方法（包括俄罗斯形式论学派以及捷克本土的形式主义美学）的一种重要的超越。穆卡若夫斯基指出：

　　　　布拉格语言学小组所有的著作，无论是语言学研究还是文学研究方面的著作中一个典型的特征，就是努力追求系统的辩证法思想。在那之前，黑格尔的逻辑学在我国学术发展中几乎没有参与。众所周知，在奥地利，赫尔巴特主义主导着美学与艺术研究。正如霍斯汀斯基和杜尔迪克的作品所证明的那样，它在这个领域中的影响不完全是负面的。赫尔巴特主义为艺术研究引入了一个很重要的关于作品成分间的关系的观念。以这种方式，它开启了通向未来的道路……然而，赫尔巴特的关系概念所缺乏的是动力说、张力和运动的观念。结构的概念则包含了张力和运动两者。②

---

　　①　Ян Мукаржовский, О диалектическом подходе к искусству и действительности, Ю. М. Лотман, О. М. Малевич, ред., Ян Мукаржовски: Исследование по эстетике и теории искусства, Москва: Искусство, 1994, c. 308.

　　②　参见 Peter Steiner, "The Roots of Structuralist Esthetics", in Peter Steiner, ed., The Prague School: Selected Writings 1929 – 1946, University of Texas Press, 1982, p. 200。

从捷克美学传统的视角来看，布拉格学派的结构主义似乎是把两种相对的哲学思想——赫尔巴特主义和黑格尔主义加以创造性地综合。1934年，捷克文学资深批评家 F. X. 萨尔达在评论穆卡若夫斯基对波拉克的研究时，曾这样写道：

> 我发现穆卡若夫斯基成就的重点，在于他把赫尔巴特的关系美学的静态结构转变成一种新的、动态发展的原则……在这样做的时候，穆卡若夫斯基建起了赫尔巴特和黑格尔之间的桥梁。①

当然，这并不是说在形式主义那里就不存在辩证法的思想。事实上，在俄罗斯形式论学派那里也闪烁着辩证法思想的光芒，只是这种辩证法与结构主义的辩证法有着本质的差别。比如在文学史问题研究上，俄罗斯形式论学派认为，文学的发展是旧的手法由于自动化而不断被新的"奇特化"的手法取代的过程。这样一种发展观似乎与黑格尔所说的否定之否定辩证发展观颇为相似，然而却是存在着问题的。首先，从马克思主义的标准来看，这种辩证法的基础是唯心的，即颠倒了内容与形式之间的主次关系，文学的发展被归结为一种纯形式上的演变。其次，这种辩证观是非历史的，即没有考虑到作者个人、个性对文学发展的真实影响。同样就文学史问题来看，穆卡若夫斯基的辩证法比起俄罗斯形式论学派来要合理些：它不仅考虑了文学史自身演变的规律，也考虑到了作者个性对这种演变的影响。但这在正统的马克思主义学者看来仍不够辩证，与马克思主义的历史唯物主义辩证法还有很大差距：

> 新形式主义（这里指俄罗斯形式论学派与布拉格学派，笔者注）同旧形式主义（这里指康德的学说，笔者注）不同的是，它推翻了形式同内容的机械对立，按照黑格尔的办法，确立了两者的辩证统一。但它承认的不只是辩证统一，而还有形式的优先权，因此又远

---

① 参见 Peter Steiner, "The Roots of Structuralist Esthetics", in Peter Steiner, ed., *The Prague School: Selected Writings 1929–1946*, University of Texas Press, 1982, p. 201。

远落在黑格尔的后面。[①]

形式主义坚持绝对自主性，而结构主义则试图同历史材料达成假妥协：它把社会因素作为"外来干涉"接受。但是，这种社会学因素的纳入，仍像前此的各种形式主义观念一样，是非辩证的：艺术（作为形式）的内部发展同它（在社会中）的外部发展被严格隔离开来。这是把辩证统一机械地分化为两极，分化为互不相干的和只是表面结合的两个因素。[②]

第四节　结语

如果说"结构""功能""符号"是穆卡若夫斯基文论中三个最为核心的关键词，构成其理论体系的横坐标的话，那么"社会""历史""辩证法"则为其方法论的三个关键词，构成其理论体系的纵坐标，正是在它们的共同关照下，穆卡若夫斯基文论得以最终克服了传统形式主义及结构主义的局限，在一定程度上实现了与马克思主义文论的对接。

---

① 库尔特·康拉德：《内容与形式的辩证法——关于新形式主义的马克思主义札记》，载[俄]波利亚科夫编《结构—符号学文艺学——方法论体系和论争》，佟景韩译，文化艺术出版社1994年版，第294页。

② 同上书，第294—295页。

结　语

扬·穆卡若夫斯基研究之展望

到这里，我们对穆卡若夫斯基文学与美学理论的介绍就要告一段落了。在前面的章节中，我们主要围绕"结构""功能""符号"这三个范畴对穆卡若夫斯基文论的主要概念、基本思想、核心旨趣进行了一番梳理与评析。此外，穆卡若夫斯基文论、美学思想中值得我们研究和发掘的方面还有很多。如今，从世界范围对他的研究来看，整个布拉格学派的文学与美学思想的地位呈现不断上升的态势。① 在这一背景下，我国学者也应该积极参与到这一进程中来。在论文的最后，笔者拟结合当前穆卡若夫斯基文学与美学理论研究的一些特点，并参照我国目前对其接受的实际情况，提几点粗浅的思考，供将来的研究者参考。

第一节　穆卡若夫斯基与文学批评

穆卡若夫斯基不仅是位长于思辨的文艺理论家，还是一位不折不扣的文学批评家。在成为文艺理论家之前，穆氏是以文学评论家而成名的，而在成名后，他也始终未放弃文学批评，可以说，在他那里，理论与批评紧密结合在一起，两者相辅相成。综观穆氏的文学批评著作，其主要关注的对象为捷克本土的文学发展。韦勒克曾指出：

① 2011 年在布拉格举行了"纪念扬·穆卡若夫斯基诞辰 120 周年国际学术会议"。在该会上，穆卡若夫斯基在文学理论、美学、本体论哲学、民间文学、文体学、功能语言学、语义学、电影理论诸领域的兴趣及成就之罕见性，得到了强调。他的兴趣与分析美学、美学功能主义以及人类学较接近。作为人文学界不同领域关注的焦点，扬·穆卡若夫斯基的遗产正引起对话和越来越新的阐释。

这些内容几乎总是局限于他那些捷克语写成的著述，因此与捷克语的语言特色、它的诗歌词藻以及韵律密切联系在一起。论者应该承认，穆卡洛夫斯基执着于本土文学。他援引过一些法国诗文，但是极其难得，他肯定确信诗歌艺术不能脱离其语言环境。[①]

总的来说，穆氏主要对卡雷尔·马哈、卡雷尔·恰佩克、维杰斯拉夫·奈兹瓦尔、弗拉吉斯拉夫·万丘拉这几位捷克作家进行了较为系统的研究。遗憾的是，穆卡若夫斯基这方面的著述至今仍未引起足够的重视，从笔者所收集到的材料来看，唯有俄罗斯学者秋琳娜[②]在这方面进行过一些介绍。穆卡若夫斯基的文学批评家身份之所以被忽视，恐怕与以下几点原因不无关系：首先，由于穆卡若夫斯基文学批评的对象大都聚焦于捷克本土诗人、作家的作品，而这些对于不懂捷克语和不熟悉捷克文学背景的人不易把握。韦尔特鲁斯基曾不无遗憾地指出："穆卡若夫斯基对捷克文学的关注，使那些不熟悉捷克文学的学者很难把握其思想。"[③]其次，与穆卡若夫斯基本人独特的学术气质有关。阅读穆卡若夫斯基的著作，不难发现，他对诗人具体作品的解读与分析常常是细致入微的，有时甚至是烦琐的，而他对理论问题的思考则似乎又走向了另一个极端，非常宏大与抽象，而他本人似乎很难在这两者之间达成某种平衡。韦勒克曾敏锐地指出："穆卡若夫斯基始终摇摆于两个极端：十分笼统的概括与经验上的细节，前者我们能够阐扬，而后者我们则无法传神写照。两端之间的某种东西似乎付之阙如。"[④]

---

① ［美］雷纳·韦勒克等：《近代文学批评史》第 7 卷，杨自伍译，上海译文出版社 2006 年版，第 696 页。

② 秋琳娜在副博士学位论文《扬·穆卡若夫斯基与捷克结构主义之特征》（2008）中曾辟有专章"诗歌语言理论及结构分析实践"对穆卡若夫斯基的文学批评方法，以及他对卡雷尔·马哈、卡雷尔·恰佩克、维杰斯拉夫·奈兹瓦尔、弗拉吉斯拉夫·万丘拉这几位捷克作家的批评实践进行较为系统的介绍和述评。

③ ［捷］J. 韦尔特鲁斯基：《扬·穆卡若夫斯基的结构诗学与美学》，《今日诗学》1980—1981 年第 2 期，第 119 页。

④ ［美］雷纳·韦勒克等：《近代文学批评史》第 7 卷，杨自伍译，上海译文出版社 2006 年版，第 696 页。

　　上述两点原因在无形中限制了穆卡若夫斯基文论思想在世界范围影响力的传播，但是，在笔者看来，我们不可因此忽视作为文学批评家的穆卡若夫斯基。事实上，穆氏这方面的著述非常重要，"因为大部分他的关于普通美学和文学理论的研究与其完全经验式的分析密切相连"①。它不仅有助于我们更加直观地理解和把握穆卡若夫斯基的结构主义文本分析理论，也有助于我们对作为文学批评家的穆卡若夫斯基在捷克文学发展史上的地位做出比较公允的评价。

第二节　穆卡若夫斯基与电影符号学

　　洛特曼曾指出，学术兴趣的广泛、视野的渊博乃是穆卡若夫斯基的一大特色：

　　　　作为一位学者，穆卡若夫斯基创作的特点之一为广泛占有材料，艺术学研究的渊博：在他那里，美学领域和艺术认识论的理论著作与文学、绘画、戏剧及电影的具体研究相结合……使得穆卡若夫斯基的艺术学研究不仅成为欧洲美学文学中的少有现象，也赋予了其深刻的现代意义。②

　　诚然，穆卡若夫斯基不仅关注文学，也关注文学之外的其他艺术门类，如绘画、雕塑、音乐、电影等。值得一提的是，穆氏对电影这门"新生"艺术的研究非常有趣，具有高度的前瞻性，很大程度上为当代结构主义电影研究奠定了理论基础。总的来说，穆卡若夫斯基从俄罗斯形式论学派后期代表，特别是蒂尼亚诺夫，捷克电影理论家，爱森斯坦的蒙太奇理论那里汲取了很多养分，并将理论应用于对当时世界著名的一些电影艺术家，如吉加·维尔托夫、查理·卓别林等的电影进行了分析，

---

　　① ［捷］J. 韦尔特鲁斯基：《扬·穆卡若夫斯基的结构诗学与美学》，《今日诗学》1980—1981 年第 2 期，第 119 页。

　　② Ю. М. Лотман，Ян Мукаржовский—теоретик искусства，Ю. М. Лотман и О. М. Малевич，ред.，Ян Мукаржовски：Исследование по эстетике и теории искусства，Москва：Искусство，1994，с. 27.

穆卡若夫斯基为电影符号学奠定了理论基础，即便在现在也具有重要的现实价值。

在穆卡若夫斯基的电影符号学理论中，对电影空间和时间的阐述可谓最具现代性。虽然他将电影视为一种与戏剧、绘画及文学存在千丝万缕关联的艺术，但这并不意味电影缺乏自己独特的表达方式，缺少自己独特的"语言"。在电影"语言"的一系列区分性的特征中，穆卡若夫斯基认为时间与空间乃电影认识论最重要的一章。

在论述电影空间时，穆卡若夫斯基首先考察了电影与戏剧空间的差别，他指出："戏剧空间是三维的，在其中运动的是立体的人；电影则不然，虽然其中也存在运动，但该运动是向二维平面、虚幻空间的投影。"[①]此外，穆氏认为电影与戏剧空间的差别还不仅仅局限于三维与二维的差异，更在于对被描绘对象的变形上：戏剧中对象和图像尺寸吻合，而在电影中则存在从一个维度系统到另一个维度系统的"翻译"（立体转为平面），于是，便产生出一种令人好奇的悖论。电影被观众视为一种视像，它更直接地反映生活及其固有形式。电影中所运用的"戏剧性"听起来仿佛与"艺术性"一词同义，但电影空间实际上更具假定性，它是从三维空间到二维空间的一种翻译，在这种投射转换上，电影与绘画非常接近。穆氏还指出戏剧与电影近似的一点：戏剧的连续空间集中所涵纳的演员与无生命的舞台环境（装饰、道具）在功能上是完全不同的。如果将舞台剧视作文本，那么其中与该艺术语言的特征相吻合的大概只有演员。戏剧无生命的参与者只是作为道具。但是，在绘画和电影中则是另外一回事。

> 因此，电影空间的基础乃是绘画的虚构空间。然而，电影与绘画一道，或更准确些说，超越绘画之处，在于它还自己支配着另一种空间形式，而这种空间是其他艺术形式所无法掌握的，即这是一

① Ян Мукаржовский, К вопросу об эстетике кино, Ю. М. Лотман, О. М. Малевич, ред. , *Ян Мукаржовски: Исследование по эстетике и теории искусства*, Москва: Искусство, 1994, с. 399.

种由分镜头技术所提供的空间。[1]

再来谈电影的时间。穆氏指出，电影虽与众多艺术样式存在关联，但尤与史诗及戏剧关系最为密切，很多小说和剧本纷纷被搬上银幕便是明证。这三种艺术样式的共同之处在于：它们都同属事件的艺术，它们的主题在时间连续性和因果性上存在着关联。穆卡若夫斯基认为电影的时间"位于戏剧与史诗时间可能性之间"[2]。该如何理解穆氏的这一观点呢？原来，在研究这三种艺术样式的时间时，穆氏区分了两个层面的时间：一是由事件的连续性所提供的时间，二是接受主体（观众、读者）所体验的时间。在戏剧中"接受主体的时间与事件的时间是平行流动的，因此戏剧的事件对于观众而言乃是当下展开的"[3]。史诗与戏剧不同，虽然在史诗中事件也呈现为一条时间序列，但事件时间与接受主体（读者）所体验的时间完全不同，更准确地说，两者之间不存在关联。那么，电影时间又具有怎样的特点呢？穆氏认为，初看来，电影似乎拥有与戏剧完全相同的时间结构，但如若仔细观察的话，便不难发现，电影时间具有许多离戏剧较远，而离史诗较近的属性。首先，与史诗相似，电影具有很强的概括能力，能让时间倒流；其次，与史诗时间相近，电影时间能够从一个时间层面转移到另一个时间层面，即一方面能连续再现同时发生的事件，另一方面能回溯时间。那么，在电影中接受主体的时间与屏幕上描绘、展现的时间之间关系如何呢？毫无疑问，在电影中观众所体验的时间与戏剧中一样，跟电影描绘的时间是平行、同步的。电影与戏剧的这一近似性解释了为何最初的无声电影及后来引入声音之后的电影与戏剧如此相像。穆氏并未就此止步，他进一步提出了一个问题，我们在屏幕前所看到的，当真是事件本身吗？可以将电影叙事时间与电影

---

① Ян Мукаржовский, К вопросу об эстетике кино, Ю. М. Лотман, О. М. Малевич, ред. , *Ян Мукаржовски： Исследование по эстетике и теории искусства*, Москва： Искусство, 1994, с. 400.

② Ян Мукаржовский, Время в кино, Ю. М. Лотман, О. М. Малевич, ред. , *Ян Мукаржовски： Исследование по эстетике и теории искусства*, Москва： Искусство, 1994, с. 380.

③ Tau ме, с. 411 –412.

事件时间等同起来吗？如果在电影中可以在几分钟内，且无停顿和无时间跳跃地再现几个月内从圣彼得堡到西伯利亚的转移的话，那么显然被提供的事件是在另一种时间，而不是在叙事时间中流动，并且这是另一种性质的时间。在我们意识到屏幕前所看到的东西时，事件本身已经属于过去，我们将它解释为这一已逝事件的光学讯息。当我们在场时只有这一讯息在展开。因此，穆氏认为电影时间拥有比史诗和戏剧时间更复杂的结构：

> 在史诗时间中，我们与之打交道的只是一种时间的流动（事件的发展），在戏剧时间中则与双重的时间流动有关（事件及观众时间的流动，并且两者必然是平行的），而在电影中则存在三股时间流：过去流动的事件，当下流动的"叙事"时间，以及与前一种时间类型平行的接受者主体时间。①

以上我们对穆卡若夫斯基的电影时空理论进行了粗线条的勾勒与介绍，但即便是从这一简单的介绍中，我们也不难发现，他的研究已经触及日后法国结构主义电影符号学、叙事学的一些关键方面。

第三节　穆卡若夫斯基后期文论思想

首先，需要申明的是，这里的后期并不是指穆卡若夫斯基在布拉格语言学小组的后期，而是指小组解体后直至他去世的这段时间（1939—1975）。那么，在这段时间里穆卡若夫斯基在理论上又有哪些探索呢？他在该阶段的探索比起前期在价值上如何？遗憾的是，到目前为止，介绍这方面研究的相关资料少之又少。我们仅能从几位学者那里找到零星相关信息。韦尔特鲁斯基曾指出：

---

① Ян Мукаржовский, Время в кино, Ю. М. Лотман, О. М. Малевич, ред., *Ян Мукаржовски: Исследование по эстетике и теории искусства*, Москва: Искусство, 1994, с. 417.

穆卡若夫斯基一生中真正用来从事研究的时间很短，不足四分之一个世纪，其第一部主要作品于 1923 年问世，最后一篇学术论文则写于二战后的最初几年，那时他已经开始了自己的政治宣传写作。他的许多这一时期的文章呈现出严肃的学术跟共产党宣传相混合的特征。在他首次宣称科学和艺术必须依附于党性的时候（穆卡若夫斯基 1949 年向官方教条的逐步投降使得他步入了人生的最低谷）。之后，他所有过去的作品被遭到公开地批判和谴责。虽然在 20 世纪 60 年代中期禁令已经逐渐解除，但他再也没能恢复自己的理论研究工作。①

此外，厄里希在其专著《俄国形式主义：历史—学说》中也曾对穆氏后期的学术生涯进行过描述：

> 与 1929—1930 年间的俄国形式主义一样，布拉格结构主义同期所遭遇到的困境也超乎于个人之上。笼罩战后捷克斯洛伐克知识界的氛围也很难说就有利于一个虽说不是反马克思，但也与马克思主义方法论的官方分支相距甚远的派别。如上文所述，1946 年，"形式主义"成了苏联文学官僚主义的替罪羊。由于布拉格的衣钵是从莫斯科继承而来，所以，奥波亚兹的捷克副本也就处于一种日益开始动摇的地位。留在捷克斯洛伐克的唯一一位杰出的结构主义者扬·穆卡洛夫斯基声明放弃原初的立场，转而以其相当雄厚的思辨能力来为官方信条服务。②

对穆氏后期思想最为关注的当属韦勒克，他在《布拉格学派的文学理论与美学》（1970）中，比较全面地描述了穆卡若夫斯基后期的职业生涯：

---

① ［捷］J. 韦尔特鲁斯基：《扬·穆卡若夫斯基的结构诗学与美学》，《今日诗学》1980—1981 年第 2 期，第 118—119 页。

② 据张冰提供［美］维克多·厄里希《俄国形式主义：历史与学说》未刊翻译稿，第 143—144 页。

1948 年 2 月捷克共产党接管国家政权之后不久，他便放弃了看来在 1945 年以后他旨在调和结构主义与马克思主义的多次尝试。1948 年时他的希望寄托于结构主义为马克思主义所完全吸收。然而，到了 1951 年，共产党接管政权三年之后，他激烈地痛斥结构主义，并且公开收回了他过去的所有观点。自己的全部著述在他看来是脱离正道。唯一真正的科学是马克思主义，他宣告说，结构主义则是"一种戴着面具不见阳光的因此也是最为危险的唯心主义"。能够维护艺术自主性并且证明艺术上的各种现代主义倾向的美学穆卡洛夫斯基则没有留出任何余地。穆卡洛夫斯基几乎完全放弃在文学问题上著书立说，开始积极从事学院行政管理工作和所谓的和平运动。他成为布拉格大学校长，同时主要参与了校方支持共产主义思想的彻底的整顿改组（即"清洗异端"）。只有斯洛伐克语版本的一本篇幅不大的文集《论捷克文学》（1961），翻来覆去论述的是最严格意义上的共产主义正统学说的所有口号。文学研究只有一个目的，"帮助社会主义建设"（《论捷克文学》，56 页，234 页）；价值的唯一标准就是"通俗性"（lidovost），这一名词的含义是将迎合广大群众与民间风味和民族性结合起来。穆卡洛夫斯基此时居然说，"最通俗的作者就是最伟大的作者"，还称"一部与人民格格不入的作品就不再是一部艺术作品了"（同上，30 页，45 页）。西方学术界的一切趋向，他一概而论唯斥责为"无非是五花八门掩盖真理的方式上的角逐"（同上，48 页）。唯有马克思主义解决了文学史与文学批评之间的割裂问题。面目一新的穆卡洛夫斯基理所当然担任了大部头《捷克文学史》（3 卷本，1959—1961）的主编，此书由捷克科学院出版，这部单调乏味而严格体现正统思想的史料汇编，对于捷克文学发展提供了一个极度简化的、纯粹意识形态方面的综述大观，结果便是歌颂共产主义的荣耀。①

韦勒克对穆卡若夫斯基后期出版的两本文集评价也不高：一本为

① ［美］雷纳·韦勒克：《近代文学批评史》第 7 卷，杨自伍译，上海译文出版社 2006 年版，第 693—694 页。

《美学研究》（*Studie z estetiky*，Praha：Odeon，1966）："然而，论者不能说这是第二次放弃信仰的表现。除了一条简短的注释断定'辩证的思想方法打开了马克思主义美学的大门'（《美学研究》，337 页），此外并未增添任何新的创见。"① 另一本是《诗学和美学论集》（*Cestami poetiky a estetiky*，Praha：Ceskoslovensky spisovatel，1971），该文集在很大程度上得益于穆卡若夫斯基的门生："我在阅读此书的时候，为之愕然的是，其中绝大部分内容是在重复他原有的观点，往往作了新的系统阐述，不过实质而论毫无新意。"②

从以上几位学者的描述来看，我们不难发现，他们大都对穆氏后期的理论建树评价不高，认为他在后期背离了其早期的信仰——结构主义，一味附庸于官方，完全转向了马克思主义，甚至是庸俗马克思主义。穆氏甚至曾在一些场合公开承认自己前期思想的谬误，这不禁使我们联想起俄罗斯形式论学派后期的命运，特别是什克洛夫斯基也曾迫于官方压力公开宣称自己思想的错误。而至于穆卡若夫斯基为何要这样表态，究竟是本人主动，还是迫于官方的压力？我们不得而知。韦勒克本人曾尝试解开这个谜团，他在为彼得·斯坦纳和约翰·布尔班克编选和翻译的一套两卷本穆卡若夫斯基英文文选《词与语词的艺术：扬·穆卡若夫斯基文选》（1977）、《结构、符号与功能：扬·穆卡若夫斯基文选》（1978）所作的序中，原本曾试图全面介绍穆卡若夫斯基后期的理论作为，但由于种种原因，结果未能公开发表。该文选的出版者不无遗憾地介绍了这一情况：

　　　　在以上韦勒克教授所作的序中，他曾希望对扬·穆卡若夫斯基1948—1971 年间的职业生涯作全面的介绍。但碍于与捷克版权所有人之间的契约，虽然我们已经尽了全力与他达成一致，仍不得不删去这段信息。③

---

　　① ［美］雷纳·韦勒克：《近代文学批评史》第 7 卷，杨自伍译，上海译文出版社 2006 年版，第 694—695 页。

　　② 同上书，第 697 页。

　　③ 参见 John Burbank and Peter Steiner, eds. and trans. , *The Word and Verbal Art：Selected Essays by Jan Mukarovsky*，Yale University Press，1977 一书韦勒克所作之序。

无独有偶，穆卡若夫斯基俄文文选在苏联的出版也遭遇了类似的境况，据编选人之一的阿列克·马列维奇回忆：

> 1971 年，出版社据当时捷克斯洛伐克意识形态的准则撤销了已待出版的文稿，其理由为该选集"不仅没有谈到这位杰出的捷克学者从结构主义向马克思主义的演进，恰恰相反，给我们的整个印象是，穆卡若夫斯基是位文学学和艺术学中形式倾向的狂热分子"，而洛特曼的那篇导读则"包含了对符号学观念的公开辩护。"（出版社社长 B. 谢瓦斯季亚诺夫于 1971 年 11 月 1 日致洛特曼与马列维奇的信）①

当然，也有学者对韦勒克认为后期的穆卡若夫斯基完全转向马克思主义的看法提出质疑："第一，认为穆卡若夫斯基的哲学在 20 世纪 40 年代转向历史唯物主义的标准解释是完全没有根据的。第二，值得注意的是，破坏穆卡若夫斯基学术研究才能的'党性'至今仍继续强加于审查制度，甚至超出了共产主义国家的界限。"②

综上所述，穆卡若夫斯基后期的文论思想至今仍是一个谜。他是否全然放弃了早期所致力的信仰——结构主义，而转向了马克思主义？他这一时期的著述在价值上是否比早期低？我们该怎样来评价其后期的思想？这些问题都还有待未来的研究者不断发掘和考证。

第四节　穆卡若夫斯基的比较研究

穆卡若夫斯基文论的一个显著特点为具有很强的开放性、兼容性和对话性。事实上，包括穆卡若夫斯基在内的布拉格学派的文学与美学理

---

① ［俄］O. 马列维奇：《文学进程及其理解——罗曼·雅各布森、扬·穆卡若夫斯基、尤里·洛特曼》，《学术札记》第 4 辑，第 159 页。
② ［捷］J. 韦尔特鲁斯基：《扬·穆卡若夫斯基的结构诗学与美学》，《今日诗学》1980—1981 年第 2 期，第 119 页。

论，是与 20 世纪许多重要的哲学、美学思潮对话中的产物，这当中至少包括了形式主义、结构主义、符号学、接受美学、现象学等，这使得他的文论思想与 20 世纪许多重要的文论流派之间存在着或明或暗的对话与潜对话关系。因此，将穆卡若夫斯基文论与一些文论流派及理论家进行比较，不仅在原则上是可行的，同时也是非常必要的，它有助于我们更全面、客观地把握其思想。

首先，对穆卡若夫斯基产生最直接影响的当属俄罗斯形式论学派。众所周知，后者对穆卡若夫斯基的学术探索，特别在其早期曾产生过重要的影响。我们甚至可以在一定程度上认为，若要真正理解和准确把握穆卡若夫斯基的思想，离开了俄罗斯形式论学派是无法想象的。俄罗斯形式论学派的一些代表人物，如雅各布森、什克洛夫斯基、蒂尼亚诺夫都曾对他产生过确凿且深远的影响，其中特别值得一提的是雅各布森。雅各布森不仅是穆卡若夫斯基思想的启蒙者，也是整个布拉格学派的精神领袖之一，正是在他的倡导和直接推动下，布拉格学派继续了俄罗斯形式论学派未竟的事业。雅各布森对语言的结构、功能、符号等问题纲领性的论述，对索绪尔结构主义语言学思想的继承与发展都深刻启发了穆卡若夫斯基，后者在很大程度上正是沿着雅各布森的路线推行自己的研究，将它们具体化到文学、美学研究中去。

其次，提起俄罗斯形式论学派对穆卡若夫斯基的影响，就无法回避另一位重要的苏联理论家米哈伊尔·巴赫金，后者乃是俄罗斯形式论学派最深刻的批评者之一。将穆卡若夫斯基与巴赫金的思想进行比较非常有价值，他们理论上的追求在很多方面是一致的：如他们都对俄罗斯形式论学派进行批判，都注重社会、历史以及审美的维度，都强调"对话"胜过"独白"，都从美学、人类学，甚至哲学的高度尝试建立一种整体的文化观。然而，我们也不可因此忽视他们之间显而易见的差异：穆卡若夫斯基对俄罗斯形式论学派虽有了一定的超越，但他明显囿于索绪尔结构主义语言学方法的影响；巴赫金则明确反对结构主义语言学的那种分析模式，提出研究活生生的言语和话语的超语言学。

最后，将穆卡若夫斯基与苏联塔尔图—莫斯科符号学派的领军人物尤里·洛特曼的思想进行比较，也是非常有价值的一个方向。将二人的思想进行比较，有助于我们发掘和清理俄国形式主义文艺学思想传播的跨文化路径。鲜为人知的是，在现代斯拉夫文论史上，雅各布森—穆卡若夫斯基—洛特曼这三人的名字在很大程度上是紧密联系在一起的，他们是三座不朽的里程碑。由俄罗斯形式论学派所开创的文学研究科学化进程很大程度上正是经由雅各布森传到了穆卡若夫斯基，再由穆卡若夫斯基影响了洛特曼，从而实现了延续。穆卡若夫斯基对洛特曼的影响确是不争的事实，穆卡若夫斯基的审美符号三层次说、审美符号自主功能与交流功能的研究、审美符号意指方式的研究等，对洛特曼符号学的一些基本概念，如"文本""派生模拟系统""文化的多语性"等都有很大影响。虽然笔者在文中已对二人的思想进行过初步比较，但还远远不够。穆卡若夫斯基与洛特曼的相同之处在于，两人致力于建立一门包括文学在内的整体文化的科学，不同之处在于他们探索的高度：穆卡若夫斯基只提出了一种文艺符号学研究的总体框架。洛特曼则更进了一步，他成功地实现了从文艺符号学到文化符号学的转型。

此外，布拉格学派美学与德国接受美学之间也存在明显的联系，这也是一个颇有价值的研究方向。众所周知，德国接受美学的代表，特别是罗伯特·姚斯高度重视穆卡若夫斯基的美学思想，前者曾公开宣称从穆卡若夫斯基那里受到了重要启发。

总的来看，当前，我国对以穆卡若夫斯基为首的布拉格学派的文艺学思想的译介与研究还处于起步阶段。如何把该派的文论思想整理和发掘出来，并结合当代的视角加以阐释，是我们所面临的迫切问题。本书仅仅聚焦于扬·穆卡若夫斯基的文学理论与美学思想探索，通过对这位文论大家最主要的文学理论学说与美学思想的梳理，来展现布拉格学派文论的一些基本特征和核心理念。我们深知，本书对穆卡若夫斯基的文学理论与美学思想的清理、论述与分析、评价上还有不够清晰、不到位之处，在一些问题的辨析与考量上还不够深入而尚有很大空间。我们这里的研究只能称为对穆卡若夫斯基文学理论遗产的一份述评。但我们期望这份述评能起抛砖引玉之效，期待国内有更多的从事外国文论研究的学者加入布拉格学派文艺理论研究的行列中来，对之加以"多方位的观照"与"有深度的开采"。

扬·穆卡若夫斯基经典文论选译

论结构主义[①]

我打算对捷克斯洛伐克艺术理论之现状进行一番粗略描述，因而列出相关著作之清单，评述个别学者所做贡献之特点，特别是尝试全面介绍捷克斯洛伐克的艺术理论，不在我的任务之列。我以为，在这则简短的报告中最为有益的，莫过于能稍加细致地谈论那些我个人觉得对于捷克斯洛伐克艺术理论现状而言较为典型的概念，即结构概念。该概念赋予结构主义这一方法论潮流以称谓，该潮流自身的发展依靠我国的研究为前提，当然，同时也受到当代世界哲学、语言学及艺术理论的促动。在使用"结构主义"一词时，我们不能忘记类似潮流（虽然不尽相同）也存在于其他学科。诚如布拉格语言学小组所理解的那样，与艺术结构理论联系最密切的是语言学：语言学音位学的发展为文学理论开辟了一条研究语词艺术作品语音的途径，功能分析为诗歌语言的风格研究开辟了新的前景，最终，对语言的符号特征的强调，为将艺术作品视为符号提供了可能。

当然，首先需要指出的是，我们的艺术理论是结构的理论。结构通常被定义为一个整体，其局部一旦进入该整体便获得了一种特殊的品质，这就是通常所说的整体大于其组成部分之和。但是从结构的观念来看，这一定义过于宽泛，因为它不仅包括了结构一词的含义，也包括了如格式塔心理学研究的"完型"（gestalten）含义。因此，在艺术结构这一概

---

① 本文为穆卡若夫斯基 1946 年在巴黎所作讲座的发言稿。

念中，我们强调更为专有的特征，而不简单是整体与部分之间的相互关系。我们认为在艺术中结构专属的本质在于其成分间的相互关系，其本身存在的动态相互关系。照我们的理解，结构可以被认为是那样一组成分综合体，其内部平衡不断被打破，并重新形成，因此该整体对我们而言是辩证矛盾的综合体。在时间中保存下来的只是结构的同一性，而其内部组成，成分的相互联系不断地改变。成分在自身的相互关系中不断努力彼此从属，它们中的每一个都显示出为了其余成分而发展的趋势。异言之，成分的相互从属，其等级（它不是别的，正是作品内部统一的显现）处于不断的重组之中。那些在这种情况下暂时处于主导位置的成分对于艺术结构的总体意义具有决定性价值，艺术结构由于它们重组的结果而不断变化。

但是对于我们而言，什么才是艺术中的结构呢？结构首先是每部个别的作品本身。为了使个别的作品能够被理解为结构，它必须在由艺术家和接受者潜意识中存在的艺术传统所提供的一定的艺术规范（公式）的背景下来被理解和被创作，否则就不会被理解为艺术作品。正是在这种与过去的，已成为公认的财富，因而也是凝固、不变的艺术成就不由自主的对照中，与它相对的艺术作品能够在我们面前呈现出一种持续变化的力量的不稳定的平衡，也即结构。部分地与过去的艺术规范相符，部分地与其背离，作品的结构帮助艺术家避免与活生生的现实、社会的现状以及他自己的意识之间的分歧。作品与过去的艺术规范的联系预防了公众对它的不解。由于与传统的抵触，作品内部成分间的辩证相互关系及其相互间的平衡开始被感受到。

但结构不仅仅是个别、孤立的艺术作品。我们已经相信，结构实质上自身包含了一些先于艺术的规定，而且我们还要补充说，也包含了后于艺术的规定。一部作品的结构之特点明显将它与传统区分开，然而所有与传统相异的、独特的艺术作品，总是同时也是对未来创作的一种召唤。因此，每部艺术作品，甚至包括那些"最具原创性的"作品，都是不断流动的，渗透进时间之中的。没有哪部作品能位于这条时间流之外，虽然与之对照，其中的一些显得完全出乎意外（如捷克文学中马哈的《五月》）。

当我们的目光停留于单部作品时，艺术作品之结构呈现为一个过程，而如果我们注意它被卷入其中的那些相互联系的话，那么艺术作品之结构则在很大程度上呈现为一种运动。首先，具体的艺术作品除了在极端情形下是作家唯一的作品外，它几乎总仅是其整个创作之链中的一环。作家对待现实的态度及其创作方法会随着时间的推移而改变。此外，他的作品结构之改变当然离不开作为整体的民族文学的改变，它自身受到社会意识发展影响的变化。然而，作家创作的个别的结构的长期发展不是突如其来的，跳跃呈现的，其连续性即便在最激进的变化下都未被破坏：它总是在变与不变之间保存着张力。要知道，作家受自己独特的艺术个性所限，虽然他通过自己的创作能不断地重构它，但也正因此无法越出其界限。

我们所谈的有关个别艺术家作品的情况，也适用于作为整体的艺术的每一样式的发展。在此，成分也不断地被重组，它们的层级、在重要性上的极差不断变化。但在特定时期艺术作品中的这种重组既不平衡，也不沿着一条方向。生活于同一时代的每位作家都通过各自的作品呈现出自主的，常常是与所有其他人不同的结构，这些结构相互影响。比如，不光是前人对那些刚刚开始创作的人产生影响，并且相反也并不缺乏较为年青一代艺术家以自己的结构影响那些仍从事创作的前人的情形。某一艺术样式的内部辩证显示为一个整体，其自身不仅包括个性的、时代的、流派的，也包括个别艺术体裁的子艺术结构。并且相反，没有一种凸显为艺术现象自主系列的艺术样式，在该民族的文学中是处于隔绝状态中的：与文学为邻的有绘画和雕塑，与绘画和雕塑为邻的有音乐等。

每一种艺术样式都必然与其他样式相连，并且它们之间存在某种永恒的张力。比如，在一特定国家文化中，艺术的个别样式汇聚（以它们每种样式自身独有的方式力求解决那些对于其他样式而言典型的任务）或重新分离。更为常见的是，在这一过程中，个别艺术样式的等级随之改变：比如，在巴洛克时期，最重要的毫无疑问是音乐和绘画艺术；在文艺复兴时期则是文学和戏剧，在民族戏剧时期则是文学、造型艺术和音乐共同发展。

因此，如果我们从艺术本身及其内部结构视角来考察艺术发展之图景的话，那么它对我们呈现为一个非常复杂的过程。最后，我们不能忽视不同国家艺术间的相互关系，如个别国家间的文学关系。传统的比较文学原则上习惯于单向地思考这些关系：它几乎是盲目地相信一些文学具有施加影响的能力，而另一些文学被指责为被动地吸收外来影响。一些国家文学的文学史家就是这么认为的，其中包括捷克文学史家。但这类看法在原则上是不正确的，虽然在具体的历史中经常出现单向影响的情形。然而，在这些情形中，我们所说的原则上的单向性不是指接受影响（或许多影响）的文学就会变得被动。比如，可能会产生那样的文学同时会面临数种影响，那时它在它们中进行选择，建立等级，允许其中的一些主导另一些，在这样做的过程中，它赋予整个影响系列以意义。换句话说，影响在它们渗透至其中的环境中起作用不是没有前提的：它们与当地的文学传统相碰撞，并服从于其条件和需求。当地的艺术和思想传统也能够促进影响间产生辩证的张力。比如，在19世纪和20世纪的捷克文学中，在一些时期以及在一些作家中可以感受到俄国和其他斯拉夫文学（尤其是波兰文学）以及西方文学影响之间的相互辩证关系。一旦俄国和斯拉夫国家的影响一般地开始被更强烈地感受到，就总会强化捷克文学的民族特性及其独特性，与其余的影响不同，那些影响总是竭尽所能减弱这种独特性。斯拉夫的影响毫无疑问体现在特别是哈弗里切克、哈列克、姆尔什基克、施拉梅克等身上。因此，如果我们从文学间的辩证关系出发来研究这些影响，也就是从文学间的结构相互关系出发。总之，可以说，如果从每一国家文学自身的视角来考察它与其他国家文学之间关系的话，那么它呈现为个别关系（影响）的结构，其中单个的部分被等级化了，且在发展中改变自己在等级中的位置。如果那些接受了将单向性影响的原则作为前提的研究者，将这一前提发挥到极致，那么就不可避免地会形成那样一幅文学发展图景，它看上去完全排除了内部的积极性，并且从属于影响的偶然推动，其时而从一方面进行，时而从另一方面进行。类似的理解，如同已经提过的那样，在一些捷克文学史家中并不缺乏（尤其是那些接受了"小民族"综合体的人），与这种观点相近的还有一些捷克绘画艺术史家。马太齐克及其学生的伟大的功绩在于以自己对捷克哥特式绘画的解释为例来说明民族艺术毫无疑问所具有的独特性、整体性和积极性，即使同时受到数种影响。

我们希望通过前面的段落成功地说明，哪怕只是从总体轮廓上说明，不仅个别的艺术作品，也不仅每种艺术样式的发展是一个整体，而且艺术间的相互关系也具有结构的特征，并且将所有这些都视为结构（视为相互关系的易变之平衡），我们不是与现实相分离，也不是使研究的可能的多样性变得贫乏，反而是指出了它的丰富。

是时候关注艺术作品接下来的一个重要品质了，它具有符号品质。艺术作品——如同所有的符号一样——本质上仅作为两个方面的中介：符号的创造者，这里指的是艺术家，接受符号的方面是读者、观众或听众。但艺术作品乃是一种在更高程度上复杂的符号：其每个成分，每个部分都是局部意义的载体，这些局部意义构成了作品的总体意义。并且，唯有当作品的总体意义是完整的，艺术作品才会变成其作者对待现实态度的证据，以及感染接受者采纳艺术家的态度——认知的、情感的以及意志的态度来对待现实。但在接受者理解作品的总体意义之前，必须完成构建这个总体意义的过程。这一过程在艺术作品中尤其重要。众所周知，在艺术史中的一些时期，艺术作品具有一种意义不完结性的趋势，然而这并不损害其艺术影响力。在那些情形中，意义不完结性是作家意图的一部分。那种自身同时涵纳多重意义，且不会对作品的影响力造成损害的能力，对于作为符号的艺术作品而言是典型的。意义的多重性在一些时期得到强调（如在象征主义时期），有时与此相反，这种多重性只是被暗示地指出来，且变成了隐含的语义能量。然而，在本质上，它是无处不在的。

因此，艺术作品与其他符号类型，如语言符号不同，它强调的不是完结的、明确的和现实的关系，而是强调这种关系起源的过程。当然，也许有人会反对说，任何过程都不可避免地进行于时间中，因此所有上述的只适合那些其接受在时间连续性中完成的艺术样式，如文学、音乐、戏剧、电影。然而，即便空间艺术作品，如绘画、雕塑、建筑，在接受者面前也呈现为一个语义过程。因此，比如在绘画中，甚至对于在画面意义构成的总体定位中，都需要时间，更不用说仔细观察，努力深刻地洞察艺术创作最深层意义所需的时间了。因此，即使在绘画中单个、局部的意义通过发生在时间中的意义创作过程构成了总体意义。

因此，每件艺术作品在接受者面前都呈现为语义的互相联合，呈现为语境。接受者在接受过程中所感知的每个新的、局部的符号（参与语境生成的作品的每一要素和部分），不仅与那些先行渗入进接受者意识之中的那些局部符号相联合，也同样或多或少地改变所有之前的意义。并且，相反，所有之前的符号对每个刚被理解的符号施加影响。读者显然可以感受"时间艺术"作品中个别部分的连续性，但是按照作者预先规定的方式，这一点在"空间艺术"中也并无二致。比如，一位画家将接受者的注意力从画面的那一点（他希望将其确立为出发点的那一点）引向画面其余的部分及局部的意义。他之所以能达到这一目的，乃是通过控制光的品质和色点的强度，通过塑造和配置轮廓、大小等方式。在每件艺术作品中主要的注意力首先被落于形成语义语境编织的方法和过程上，其目的是帮助接受者建构其自己看待现实的态度。需要补充的是，我们所使用的"自己的"一词，绝不意味着无条件强调个性的独一无二，因为在此我们没有忽视个人与社会意识间的辩证关系。

现在，我们必须确定艺术作品的哪些要素有能力成为意义的载体，参与创造其总体意义。这并非无聊的问题，因为还不能完全克服这样一种观念，即认为传统的所谓与"形式"不同的"内容"成分才是艺术作品唯一的意义载体。但事实上，所有成分无一例外都是意义的载体（正如我们从一开始就假设的篇章语义研究），因而也是共同参与一部作品总体意义创造的要素。所有成分都参与那一被我们称为语境的语义生成的过程，比如，在诗歌作品中词汇、语音、语法形式、语义（句子结构）、成语以及主题在地位是平等的。在绘画作品中线条、色彩、轮廓、画面的构成以及题材对于语境形成而言也是平等的。

然而，在艺术作品（艺术程序）中，运用这些要素的方式，这些要素间的相互关系也具有构成意义的力量。比如一首诗中的语音（音韵）与词义之间的关系，音韵能够建立那些在文本中缺乏直接意义关联的词语间的意义关系，能够通过在文本中多次重复对于那类词典型的音组，而无须重复这些词本身的方式等，突出那些对诗歌整体意义重要的词。那些乍看来在意义上无甚紧要的要素能够有效地影响一部作品的语义。比如，在诗歌艺术中那一角色是由诗律来扮演，它通过自身的停顿，当然还有其他一些手段，来分割文本，时而与其句法分节相一致，时而与其矛盾。再比如在绘画中，色彩是一种光学现象，其内在品质不具备符号性（如果不考虑色彩的象征性）。然而，作为绘画作品的成分，甚至是一种无主题作品的成分，它变成了一个符号。因此，如果一块天蓝色的斑被置于抽象画的顶端，那么它非常容易成为"天空"意义的载体；如果被置于画面底端的话，它能够获得"水面"的意义；当然，在这两种情形中，它们不具备具体性，而是作为一定事实的暗示。当色彩越界，甚至缺乏某种物质性，在抽象画中这会形成深度空间的印象，这一空间为某个物体所填充，即使无法纳入一种具体的标记。

因此，艺术作品中所有传统地被称为形式的成分都是意义和局部符号的载体，并且相反，通常被称为内容的（主题的）成分，本质上也只是符号，其只有在艺术作品的语境中才获得全部的意义。让我们以史诗或戏剧中的人物为例。在现实主义作品中艺术家致力于唤起读者（或观众）的假象，仿佛指的是关于某个具体的人，他在某处和某时存在着，但与此同时他不可避免地要努力使得人物看起来更具有普遍意义，使读者（观众）形成这样一种印象，仿佛这个人物的某些东西存在于每个人以及在他自身。具体性与普遍性不可分割的联系是所有艺术的特性，然而，这种联系有可能只是由于艺术作品仅仅在所有自身的成分和部分的（个别的人物也属于整个行列）综合体中表明现实，并且作为一个整体指向它。这样一来，一部史诗作品中的每个个别人物唯有在与作品中的其他人物、故事情节、艺术手法等的关系中才能够完全被理解。唯有世界文学中的伟大形象才能被允许走出艺术作品的语境之外，并与现实产生直接接触。但他们也没有丧失艺术符号的双重性：一般和个别现象的同时呈现。

正因自身独特的符号属性，艺术与现实的关系不是单义和不变的，而是辩证的，因而也是历史易变的。艺术具有大量最不同的可能性意指作为一个整体现实。我们能够在艺术史中发现这些可能性的交替。这里的范围非常广：从努力达到绝对忠实地再现整个多样性的现实（以及所有包含在这种多样性中的偶然），到艺术与现实之间似乎完全的脱节。但即使是在最远离现实处，它都不失为作品结构不可分割的要素，在其基础之上建立内在的多面性和不断更新艺术作品不仅对作为个体的接受者，而且对于整体的社会而言的重要性。

最后，还想谈一谈当代捷克斯洛伐克艺术科学现状的特点之一，即功能的概念。功能的概念（艺术理论与语言学、民俗学、建筑学共享这一概念）触及艺术作品与接受者及社会的关系。唯有当功能意味着艺术服务于社会目的的多样性时，这一概念才会获得完全的客观性。一些艺术作品自诞生之时起就被明确指定为了一种特殊的社会活动，这种预先规定通过如去适应艺术体裁所服务的那一需求标准的方式，以及其他方式显现在其结构中。但一部作品能够同时实现数种功能，随着时间的流动，它也能更换功能。最常见的是，功能的那种变化具有变更可能的功能系统的主导的特点，主导功能的改变必然引发作品总体意义的变化。

　　艺术的功能数量众多且形态各异，它们无穷的组合能力不允许我们完全列举并进行分类。但其中的一种功能对于艺术而言是特殊的，没有了它，艺术作品就无法存在，这就是审美功能。一方面，显然，审美功能远不仅局限在艺术领域，而是渗透进人类所有的劳动活动及所有生命显现中。它是构成人类对于现实态度的最重要的因素之一。问题在于，正如将要更详细地探讨的那样，它具有阻碍一种功能单方面地优于所有其他功能的能力。在艺术外它的影响涵盖数量更多、更广的个体，但在艺术中它更为强烈。

　　审美功能是如何在艺术中显现的呢？首先，我们必须意识到，与其他功能不同（如认知的、政治的、教育的功能等），审美功能不具有任何具体的目的，不解决任何实际任务。审美功能与其说参与其中，不如说取消事物或行为的实用的相互联系，这对艺术而言尤其正确。从有关审美功能的这一特性的论点出发——时而从正面，时而从反面——会得出这样的结论：将审美功能离析必然会导致艺术与生活的分离。然而，这类观点是错误的。如果审美功能并不觊觎任何实用的目的的话，这并不意味着它会阻碍艺术与人的至关重要的生活利益之间的接触。正是由于缺乏明确的"内容"，审美功能变得"透明"，并且也不仇视其他功能，而是帮助它们。如果当其他"实用"功能被并置的时候，它们会彼此竞争并努力彼此主导，显示出功能的专门化趋势（单功能趋势——最纯粹的体现为机器），那么正是由于审美功能，艺术具有最丰富、最多面的多功能性，同时并不阻碍艺术作品的社会影响力。通过在艺术中作为一种特殊功能显示自身，审美功能帮助人们克服专门化的单向性，这种专门化不仅使人对于现实的态度，而且也使他的行为的可能性变得贫乏。审美功能并不阻碍人的首创性，而是帮助其发展。有时在伟大科学家、发明家、探险家的传记中发现他们对艺术的高雅兴趣的这种典型特征并不是偶然的。

到目前为止，我们是从整体的社会视角来看待艺术功能的，现在，让我们从个体（创作个体或接受个体）的视角来观察它们。即使艺术家已经将作品结构隶属于某一功能，他也无法预先排除任何一种其他的功能，否则他甚至无法通过自己的作品与现实产生生动的接触。如果他强行地简化作品功能的丰富性，那么他会使自己处理现实的方法及自身的首创性变得贫乏。因此，唯有当我们从个体的视角来看待艺术功能时，作品的功能才会在我们面前显示为一组活的能量，它们处于持续的相互张力和冲突中。唯有那时我们才能完全理解，一部作品的功能不是彼此隔绝的，而是一种运动，在不同的接受者、民族、时代的眼中改变作品的面貌。如果不是通过作者的眼睛，而是通过接受者的眼睛来观察作品的话，这对我们会尤其清楚。

从艺术作品的功能视角来看，个性化因素当然不仅是个别的接受者，也是一整个社会组成，如不同的社会环境、社会阶层，正是它们首先决定着总体功能结构中的位移特点。

但是我们还要关注，哪怕只是匆匆一瞥，主体在决定这一或那一现象的艺术价值上所扮演的角色。暂时我们指的只是艺术家主体，情况非常简单：艺术家以预先将其结构与一定的功能相适应的方式将自己的主体性注入作品。问题在于，特定的物体是否应该像艺术作品那样产生功能（首先在美学上），这在一定程度上也取决于接受者。这一可能性有意识地为超现实主义者在选择和创造那些显得远离任何功能性，甚至审美功能"客体"时所使用。此处，对接受者主体所提出的要求比在有意识创作的艺术作品中更高。然而，即使在超现实主义客体中，审美功能也已经在接受者的意识中被客观化了，因为他评价该客体是基于与特殊的艺术习惯的对抗，部分地被遵守，部分地被违反。然而，将一个超现实主义客体理解为一部艺术作品，只是一个非常普通的现象极端的夸大：在解决艺术作品功能问题上的选择自由感，这一感受乃是作品效力的一个必要的要素。

我们已经检阅了艺术结构理论的一些基本概念。一旦我们开始将艺术看成是易变的，处于持续张力和不断重组中的力量的平衡，那么一些传统问题就会以新的面貌呈现在我们面前，并且还会涌现一些迄今仍未被提出的问题。这样一来，许多展开的前景迫切需要我们快速浏览。毋庸赘言，我仅举一个例子——艺术的比较理论。这不是个新问题，莱辛曾在自己的《拉奥孔》中第一次以天才的洞察力提起过它，在他之后出现了许多研究者。但结构主义——将个别艺术样式视为一些由历史易变的辩证张力连接起来的结构——不仅看到它们在材料属性及其他方面上的界限（如莱辛所发现的那样），而且也看到它们接近的可能性，由于在一定情况中及特定发展阶段所显现出的相互接触、融合甚至替代的倾向。对艺术不同分支间相互关系的那一见解，对于艺术史而言是相当富有成效的。即使匆匆一瞥某一民族文化的命运，便能使我们相信它在方法论上的重要性。比如，我们能够发现在19世纪捷克文化中艺术等级上的一些改变：在19世纪初的民族文艺复兴时期，文学和戏剧显然占据首要的位置；在70年代（当音乐中的斯美唐纳与文学中的聂鲁达并肩创作时）主要的艺术样式为音乐和文学；在80—90年代民族戏剧建设时期，文学、音乐、造型艺术及戏剧共同协作（在文学中五月小组一代和吕米西安一代同时活跃着；在音乐中斯美唐纳和德沃夏克；在视觉艺术中阿列斯、胡奈斯、麦斯贝克等；在戏剧中 J. J. 科拉尔领衔一个大的表演流派）。当然，这些只是研究计划的雏形，它还需要在广泛研究材料及深刻理解我国艺术个别样式历史的基础上展开。但问题的范围已经足够明显，并且在今天尤为迫切——当我们比以往任何时候都更明确地意识到世上的一切都是相互关联着的。

　　至于艺术个别样式的历史，我们还必须补充指出，结构方法也为所谓的影响问题及其之于不同种类艺术的发展的意义问题带来了新的曙光。这仍旧是个非常复杂的问题，目前只能以最粗的线条描述解决的可能性。在传统的理解中，影响被视为单向的，施加影响的一方常常与接受影响的一方处于矛盾之中，再者这没有考虑到影响为了能够被接受，必须找到由地方条件准备好的适宜的土壤，必须确定它具有什么样的特征，以及将沿着哪个方向施加影响。在任何情况下，影响都不能抹杀地方的状况，这一状况不仅以先前的发展为条件，也以社会意识的现状为条件。因此，在研究影响时，必须考虑到个别民族的艺术之间的接触是建立在相互平等的基础上，而绝不是建立在受到影响的艺术对于施加影响的艺术原则上的从属。为此，还要补充的是，仅在一些极端的情形中，这种或那种艺术样式，如某个民族的文学只受到一个外来民族艺术的影响。通常存在一整个系列的外来影响，它们处于一定的关系之中，不仅与正在受到外来影响的该艺术有联系，而且彼此之间也有着联系。比如，19世纪和20世纪的捷克文学与一系列外来文学有着联系——与德国的、俄国的、法国的、波兰的，当然，也有与斯洛伐克的文学。这些联系对捷克文学施加影响不仅是相继的，也是同时的。虽然从文学的视角来看，其中的大部分所施加的影响是单向的，并且捷克文学并没有积极参与世界文学的进程（因为在进入反革命时期的衰落之后，它才被迫缓慢达到现代欧洲文学的程度），然而，这些影响一点也没有阻碍捷克文学的独特发展。这些影响有很多，它们相互均衡，它们相对的价值随着时间而改变，捷克文学时而倾向于这种影响，时而倾向于那种影响，同时在自身与这些影响以及这些影响之间形成富有成效的辩证张力。总之，让我们再次提醒，影响不是原则上的主导及个别民族文化从属的显现；它们基本的形式乃是相互性，这种相互性源于民族平等以及它们文化价值的平等。从每一民族文化（因而也是每一民族艺术）的视角来看，其他民族对待文化（因而也是对待艺术）的态度形成了一个结构，该结构由内部辩证联系所维系，这些联系在引发社会发展的促动之影响下不断重组。

我们已经接近对艺术学结构主义思考的尾声，但我们还远没有列举结构主义为艺术的理论和历史研究所开辟的前景。我们也不打算全面阐释，只是希望更具体地举例解决结构主义的一些典型问题，而不是进行总体的议论。结构主义是在与艺术创作，而且是与当代创作的直接接触中产生和发展起来的。这种接触在那一情况下也没有被破坏，当结构主义——从当代艺术感受角度看——试图抛弃过去的艺术观，尝试展现这种艺术如何解决了自己的理论问题。艺术学结构主义与当代艺术之间的联系是相互的。要知道，艺术家和理论家一致相信，当今的时代有义务使那些人在激烈转变中的世界的位置关系中，连贯和大胆地探索艺术创作的规律。

审美功能在其他功能中的地位[①]

审美功能在其他功能中的位置，它在功能总体结构中的地位，实际上，乃是关于美在艺术外的角色问题。如果我们从艺术的视角（当然，按照我们今天对它的理解）来看待美的话，那么审美功能的地位不成其为问题：在此，审美功能总是倾向于主导其他功能（当然，至于这种主导具有怎样的特征，仍是一个问题，我们姑且存而不论）。然而，一旦我们越过艺术领域的界限，就会变得困难重重：一方面，我们时常会感到这样一种诱惑，即将审美功能当作某种次要的、可能存在的但不是必然的东西；另一方面，艺术外的审美功能又恰恰因此频繁地吸引我们的注意力，它存在于如此丰富多彩的生活现象之中，是我们如居住、服饰以及社会举止等的必需的要素，因此必须思考它在世界总体构成中的角色。匆匆浏览一下美学史，我们便会发现，哲学对作为一种形而上学原则以及作为一种宇宙秩序要素的美（因此也是审美）的思考要比对艺术中美的思考早得多。柏拉图如此鲜明地将艺术外的美与艺术中的美彼此区分，以至于认为艺术外的美是世界秩序的三个最高原则之一，尽管他几乎将艺术逐出自己的理想国，或至少将其置于暴力机关的严格监管之下。在当美已然被接纳为艺术的本质要素之一的现代时期，艺术外的美的问题仍多多少少保存了自己形而上的重要性，如赫尔德的关于自然美的观念。罗斯金甚至以一种激进的方式将自然美置于艺术美之上。随着形而上思想的衰落，自然美的问题也退居次席，对这个问题的回答经常是将自然美依附于艺术美（作为现代艺术习惯在对自然现象感知中的投射）。当然，在这里这一问题走进了死胡同。然而，艺术外的美的问题并未消失，在如今它反倒获得了一种新的现实性。这首先乃是受新近艺术的发展及其结果的影响。在最近，我们已经目击了对艺术中审美功能的高度重视，并且我们看到在理论中美和艺术几乎成了等同概念。因此，被解放出来的美变成了一种自主的、自为目的的游戏，它只有通过隐秘的，几乎是地下的渠道与日常生活相连。然而，与此同时，艺术外的生活已经在很

[①] 本文为穆卡若夫斯基 1942 年 2 月末在布拉格语言学小组宣读的论文。

大程度上被审美化了。我们只需列举各种类型的商业广告为例，尤其是照明广告、居住文化以及身体文化的审美化（节奏的训练及类似物）。艺术很快就觉察到审美功能至高无上的地位成了其自己被孤立的原因，并且在不放弃以前成就的同时，在许多年间通过各种不同方法努力克服这种孤立。于是，艺术外的美已经意识到自身，并且要求正常化和规范化。因此，审美功能在其他功能中的地位问题，以及随之而来的艺术外的美的问题随着新的急迫性再次出现。今天的讲座打算为解决这两个问题，或确切些说，为它们的解决提供粗略的建议（因为只是一种框架）。让我们先从艺术外的美这一问题开始。

今天，我们失去了对这个问题的形而上方面的兴趣。我们并不关注美是否存在，或者是否在世界中并不存在作为一个整体的独立于人（因而是超历史）的美，而关注美在人的活动及其创造中是如何实现自身的。让我们记住这种已经产生的转变之结果。今天，我们感兴趣的不是研究美是否依附于事物自身，而是查明它在何种程度上与人的本质相关。我们关注的不是作为事物的一种静态属性的美，而是作为人类行为动力要素的美。由此，我们感兴趣的不是美与其他形而上原则——如真与善之间的关系，而是它与人类活动及其创造的其他动机与目的间的关系。

当然，所有这些伴随着方法和在思考材料上的重大转变。功能的观念取代了美的观念成为方法论前提的基础，构成人类行为的活动以及这些活动的后果——人的创造取代了作为材料的自然现象。在自然与人的创造之间，尤其在自然与艺术之间存在着尖锐的、几乎是不可逾越的界限（除一些极个别的情形外）。因此，只要艺术外的美的问题依然被视为自然美的一个分支的话，那么它们就似乎分属两个不同的世界。如果要把这两个世界按照某种方式联系起来的话，那么必然要把其中的一个隶属于另一个：要么，如柏拉图的做法，将艺术从属于自然；要么，将自然从属于艺术，我们已经在新柏拉图主义中发现了端倪。艺术从属于自然乃是艺术模仿自然的最终结果，且原型要比复制品更完美。相反，如果自然从属于艺术，则是基于这样一个前提，即艺术赋予自然以最终形式，使之变得完善。此外，还可能存在第三条途径：将自然与艺术两者视为互不从属、互不相关的领域。这一尝试在现代已经开始着手进行了，在文学中始于象征主义及其理论，在绘画中始于印象主义（对它而言，自然的主题只是一种托词）。卡拉塞克·泽·利沃维茨曾言简意赅地表达了这一信念："不能忘记艺术与生活的真实是完全不同的两码事，几乎可以断言，在艺术真实的地方，生活几乎并不总是真实的，并且不是真实的世界，而只是我们的梦，告诉了我们事物的意义。"比较一下利伯曼关于绘画的论述："一捆天冬草、一束玫瑰、一个或丑或美的女孩、阿波罗或一个畸形的侏儒，对于一幅杰作已经足够了：可以用任何东西来完成一幅杰作，当然需要具有足够丰富的想象力……一幅绘画的价值绝对独立于它的主题。"因此，我们说"美"并不在于被描绘的现实之中，而是作品本身的一种自主之物。如果我们从把"美"作为事物属性的观点出发来思索艺术外的美的话，那么已经提到的三种方案——艺术从属于自然或自然从属于艺术，或最终它们彼此独立和隔绝——是可能的。

但是，如果我们从功能的视角来观察艺术外的美的话，一切将会显得完全不同。如果说，在上述情形中的两个领域（艺术外的美和艺术中的美）显得是截然分离的，唯有通过某座桥梁才能连接在一起的话，那么现在艺术外的美与艺术中的美显得如此密切地联系着，以至于天衣无缝，困难与其说在于找出它们之间的联系，不如说将它们区分开来。要知道，如今，摆在我们面前的不是自然与艺术之间的关系，而是不同变种之间的关系，有时只是行为的这一方面和另一方面。

这正是传统美学研究艺术外的美的方法与我们今天想解决这个问题所基于的功能方法之间的区别。当然，这种视角的转变有自己的理论前提。让我们先来回顾一下 Ж. M. 居友，他认为在行为的实用方向与审美方向之间没有不可逾越的界限，进而促进了美学的发展。在《现代性审美问题》中，居友曾指出："有用的东西具有自己的可爱之处，它一方面在于与事物被创造出的目的相吻合而产生的精神愉悦，另一方面在于有用的东西具有自己的意义"（p. 13）。接下来，值得提及的是德索瓦及其学派。众所周知，德索瓦在自己总结性的著作中将美学哲学划分为两个平等的部分——美学与普通艺术理论。说起美学，经常会援引他的话，但能写进美学中去的，一次也没有使用"艺术"一词。这就是我们把注意力投向艺术外的美——作为人类行为及其结果要素的美——的历史前提。至于"功能"概念本身，它的前提非常明显，源于功能建筑学和功能语言学。然而，我们很快就会看到，在我们心安理得地使用"功能"

这一概念前，它必须被修正。最后，如果容许我开列一些自己的著作的话，那么我首先要提及《作为社会事实的审美功能、规范和价值》一书，论文《建筑学中的功能》，以及一卷本的《捷克诗学纲要》中的《论语言美学》的研究。

　　现在，让我们转到艺术外的审美功能问题本身。我们该从哪里入手呢？我们是否首先必须尝试列举审美功能出现于艺术外的所有情形呢？一旦我们做出这样的尝试，我们会立即意识到困难。比如，让我们举语言为例，在这里美的界限何在？是否在一些语言样式中存在美，而在另一些语言样式中缺席呢？唯有对这个问题做出肯定回答，才允许划界和列举。但只需匆匆一瞥，我们便能发现，除诗歌语言外没有一种言语形式必然具有审美功能；相反，并且也是更重要的一点，即没有一种日常交际言语在原则上排除审美功能的存在。人类的所有其他行为皆是如此。比如，让我们举手艺为例。审美功能在金匠的手艺中比在面包师和肉商的手艺中要更为明显；金匠的手艺甚至在艺术史中被提及，但我们是否能说上面提及的另两项手艺在本质上就完全不具备审美功能呢？这忘记了面包师烤出来的面包的形状，甚至它们的颜色和气味也都包含着美学效果的因素。对于肉商来说也是如此，虽然程度上有所不同。简而言之，我们不可能找到那些本质上缺乏审美功能的领域；它总是潜在地存在于任何时候和任何地方，能够在任何时候被唤醒。因此，它没有界限，并且我们也不能说人类的一些行为在原则上缺乏它，而另外一些则在原则上具有它。此外，存在以下的文化形式（我们是在"文化"最广的意义上使用该词，不仅指物质文化，也指文明以及精神文化），在其中功能，当然也包括审美功能，几乎不能被彼此区别，并且在每个行为中，它们都呈现为一个密集的束，只在自己的方面变化。比如，在民间文化领域，我们甚至不能把艺术本身———一种审美功能占据主导的活动———与其他活动相区分和划界。但是，如果我们无法将艺术外领域中本质上具有审美功能的活动与那些本质上不具有它的活动区分开的话，那么相反的论点是可信的：我们不能否认审美功能原则上在其中占据主导的艺术中有审美外功能的存在和参与。这曾被不止一次地思考过。德索瓦的整个艺术科学（Kunstwissenschaft）都是基于这一认识。我只想引用居友的一段话，与其说作为一种证据，不如说是出于对历史的尊重："对美感受最敏锐的，是那些在他们身上这种感受直接转化为行动，并因此在自身找到满足感的人。斯巴达人只有当这些诗歌呼唤他们去战斗的时候，才能感受提尔泰奥斯歌曲全部的美。革命时期的志愿者从来没有对《马赛曲》如此的迷恋，唯有当那一天这首曲子鼓舞着他们攻占热玛卑斯山头时。一起阅读爱情诗的恋人们也是如此，如但丁的主人公，他们将同时品味他们所读的内容，并且从审美的视角上经历更深刻的感受。"（*Esteticke problemy pritomnosti*）虽然居友所举的例子非常简单，我们大可以举出更多复杂的例子，但它们很好地解释了审美外功能和审美功能在艺术中的相互联系与渗透。

总之，如果我们说审美功能是无处不在的，那么这不是泛美主义的论调，因为其他功能同样也是无处不在的，它们不仅作为一个整体与审美功能相对立，而且彼此也互相对立。在人类行为中没有哪些部分不可变更地和固有地只保存着这种或那种功能。任何功能都能被唤醒，不只是行为主体赋予它的行为或创造的那种功能。一般来说，在一种行为或创造中不仅潜在地，而且事实上存在着数种功能，这当中有那些行为发出者或创作者没有想到或甚至渴望的功能。人类活动或创作中没有哪个领域局限于一种单一的功能：它们总是有许多，并且它们之间存在着张力、冲突和平衡。一件永恒的作品的功能能够随着时间的推移而改变。这样一来，我们从讨论艺术外的审美功能开始就会很快得出关于所有功能的一般结论，这一结论能够表述为人类行为原则上的多功能性以及功能原则上的无处不在性。

在此，我们发现处于似乎与起初的功能主义产生分歧的点上，这种起初的功能主义的原则清楚地体现在功能主义建筑学，尤其是其理论之中。众所周知，建筑学功能主义源于这一个前提，即建筑具有唯一严格限制的功能，确定一个之所以建筑它的目标。这正是柯布西耶把建筑与机器——典型的功能上单义的制造品相比较的原因。作为建筑学的一个发展阶段，类似的理解功能主义的方式是非常富有成效的，而作为与之前功能的折中主义时期相比则是论战的，其倾向于模仿建筑物的一个完全不同的目的，而不是建筑它的那个目的，这在理论上得到了证明。但很快它的薄弱处就出现了：建筑尤其是住房，不可能限于唯一的功能，因为它是人类生活开展的地方，而人类生活是多面的。住房及其每个房间同时具有一些功能，不是因为建筑能够服务于许多不同的目的（虽然那种情形是有可能的），而是因为即使服务于一个目的，建筑和房间应该被建成来满足人类的那些需求，它们虽然没有直接包含在建筑或房间的用途中，但对于使用者是必需的，这是因为他们是有血有肉的、多面的人类个体。于是，建筑学家开始意识到，对建筑的功能的理解与从其用途简单的逻辑演绎不是同义的，而是复杂的思维体系，其中相应地要考虑这个建筑的居民的具体的和不同的需求。

我们所有已阐述的关于建筑功能的论述也同样适用于总体的功能：功能不应单方面地投射进客体，首先需要的是将主体视为其鲜活的源头。由于客体即人造物总是带有更明显地去适应那种它之所以被创造的唯一目的的痕迹，那么只要我们将功能投射进客体之中，我们就总会受到那样一种诱惑——仅能看到唯一的功能。但是，一旦从主体的视角来看待功能，我们很快就会发现，人类将自己定向于现实，并为了以这种或那种方式去影响它的行为，总是同时地并且共同地符合一些目的，有时即便产生该行为的个体想要把它们彼此区分开都是不可能的。于是，从这里产生出对于行为动机的怀疑。当然，社会存在不停地迫使人们限制他功能的多面性，但永远不可能成功地使人成为像蜜蜂和蚂蚁那样的生物学上的单功能生物。只要人还是人，各种不同的功能就会必然地产生相互的张力，形成等级，相互交叉和相互交织。

这种看待功能的方式对理解审美功能会产生怎样的影响呢？对我们而言，审美功能已经不是某种偶然的从外部附加的东西，如它对于那些从客体的视角来研究功能的人那样（如果这个客体刚好不是艺术作品的话）。从主体的视角及他对待外部世界的多样视角看，毫无疑问，审美功能像其他功能一样是主体对外部世界总的反应的必要组成部分。从主体的视角来看，审美功能的必要性并不取决于其朝向某一大于该行为或其结果的目标的方向性或无方向性，而是取决于它以怎样的方式（晚些时候，我们还会尝试更加细致地进行描述）补充行为个体的功能的多面性。

一旦我们将功能与主体联系起来并看到两者之间的联系，那么我们所努力解决的问题，即审美功能在其他功能中的地位问题，审美功能与其他功能的关系问题，在我们面前就不仅仅是关于审美功能的问题，同时也是关于一般功能的问题，关于它们原则上的相互关系的问题。毫无疑问，我们不能将这些关系视为等级，也就是说，不能使一定的功能在原则上主导其他功能，而其他的功能则从属于它们。功能的从属和主导只有在具体的情形中、个别的行为中、个别的创作中才有位置。当然，也存在一些在一定时期保存效力的较为稳定的功能等级，但它们也容易改变，因而不是原则上的现象。正是那一事实——所有功能都潜在地无所不在的，每一行为都伴随着一整组的功能——可以使我们得出结论认为，功能的原则上的相互关系问题不是其等级问题，而是其类型的问题，它在与功能一定的相关性中为每一功能指定不高和不低于其他功能的位置。

现在，问题自然而然地变成了，如何得出那一类型？借助归纳法还是演绎法？当然，采用归纳法可以最大限度地列出具体功能的清单，而在它的指引下，我们可以研究现实并对其产生作用。然而，一个不争的事实是：在当今功能研究的现状下，这类工作也许是徒劳无益的。此外，这类清单是否有可能免遭实际情况连续不断地破坏，也仍不明朗。也许，为达到目标运用演绎法更有效？但从哪里开始演绎呢？我们说过，功能的源头——人是它们的主体，我们不得不从人的结构，而且是从一般的人，而不是个体的人出发来演绎功能的类型；要知道，唯有一般的人才会出现在超历史的层面，在此，他对我们才是重要的。但为了从中能得出确凿的结论，一般的人之结构概念是否足够呢？剩下唯一的途径就是现象学的直观，它究其本质也是一种演绎，只是从事物本身，而不是从事物外部的演绎，即这里指从功能的本质进行演绎。

总之，我们可以按以下方式来阐述作为出发点的问题，即什么是主体视域中的功能？"主体视域"一词乃是基于我们先前的论断所做的对本质特征的一种补充，我们觉得唯有从这一视角出发，功能在我们面前才不会失真，才会呈现出全部的广度。让我们暂且从客体的视角出发来界定功能，在我们的理解中，它与一定的依靠行动或创作才能达到的目标相关，这里流露出一种对功能的单功能理解倾向。唯有将功能理解为主体对待外部世界自我实现的方式，我们才会不失真地看到它们，并且多功能地与事物意料中的真实状况相吻合。那么，究竟什么是从主体视角出发下的功能呢？我已经说过"主体的自我实现"一词，我们还要补充一个词"方式"（或许，也可以说"途径"或者"方法"）。于是，我们就会得出下面的定义："功能乃是主体对于外部世界自我实现的方式。"我很小心地讲"主体的自我实现"，而不是"对现实的影响"，是因为并非所有的功能都朝向直接改变现实——参见理论功能。

从这一定义出发，我们继续追问（当然，在现象学的分析中会非常自然地考虑到个人的，所谓的"主体间"的经验），能否严格地将对于现实的态度的所有"主体自我实现的方式"彼此区分开来呢？答案是可能的：人类或直接或借助于另一个现实来实现自己对于现实的态度。我们举个例子来阐释这一点。人类直接显示自己对现实的态度包括这样一种情形：为了能够直接利用现实，用自己的双手来重新改造它（如为摩擦生火而折断树枝）；即便他在这种改造中使用某种工具，但他对于现实的自我实现无须是间接的（在这个例子里，人用来摩擦生火折断的树枝已经成为劳动的工具）。但如果人们刺敌人的画像，期望如此一来能给画中被描摹的人带来损伤，或者在打猎之前向动物的画像射箭，相信这样一来在还没有见到这些动物并射击之前，就能打中这些动物，那么他影响现实的方式是借助于另一个现实，即间接的。服务于间接目的的现实（绘画）在这里不是工具，而是符号，事实上，不是工具—符号，而是他用来代替的现实的等价自主符号。关于这种自主性我们还将继续探讨。这里指出人能对于现实的自我实现可以按照两种基本方式进行，不存在第三条途径。换句话说，功能在原则上能够被分为直接的和符号的功能。那么，是否有必要对这两组进行进一步的划分呢？答案是肯定的，因为它被迫存在一对概念"主体"—"客体"：自我实现从主体出发并朝向一个客体。如果我们在直接功能的小组中采取这双重的差异，则会出现实用的和理论的自我实现的亚组。在实用功能中占据首要位置的是客体，因为主体在此的自我实现朝向使客体即现实改观。在理论功能中则相反，占据首要位置的乃是主体，因为其一般的和最终的目的是以一种根据主体的构成（指的是超个人的、普遍的主体）以及根据人类的注意力有能力只集中于一点上的基本属性的有组织的形象把现实投射进主体意识之中。理论功能是不触及功能的客体——现实本身的；事实上，越是始终一贯地坚持纯理论的立场，我们就越是会一丝不苟地努力从认知过程中排除在被认知现实中的干涉的最小的可能性——参见一则保证了纯粹性的实验。

现在，让我们转向符号功能。如果我们从双重视角——主体和客体的视角来看待这类功能，那么它自身会被划为两个亚组。客体在其中占据首要位置的功能是象征功能。在这里，注意力被聚焦于被象征物与象征符号之间关系的有效性。要么现实被符号影响，要么现实借助符号而运作；于是，它所代表的符号和现实两者都作为客体而出现。因此，符号与被其意指的事物之间关系的有效性，乃是象征符号基本的和不可分割的特征；哪里若没有了它，象征就会变成一个寓言。让我们举一个符号（国徽等）为例。在这一符号与事物之间存在着因果关系。比如，对符号的侮辱就是对国家的侮辱，该符号就是一个象征；如果这种属性消失了，符号就变成寓言，类似于所谓的老生常谈的象征（心—爱情，锚—希望）。总之，象征功能将客体放在首要位置。将主体置于首要位置的符号功能是审美功能。关于审美功能将它所涉及的所有事物都变成符号，这一点我不打算细述，只想提一下我在第八届哲学大会的报告主题（《作为符号事实的艺术》），以及我在哥本哈根语言学大会上的报告主题（已经刊印在捷克文的《捷克诗学》中《诗歌种类和语言的审美功能》）。但为什么我们认为主体在审美功能中占据着首要位置呢？此外，难道我们不会陷入自己直接多次反对的审美情感表达理论的危险之中吗？首先，不能忘记，我们这里所说的主体不是单个的个体，而是一般的人，情感反应据定义可以说属于个人领域；其次，审美功能掌握的现实是一个符号，即一种超个人的交流。当然，这一事实不一定是表达性的阻碍，正如我们从语言学所得知的那样，甚至一种情感为了表达自己而使用符号。但在那样的情形中，符号是一种服务于表达情感的工具，因此情感功能属于实用功能的领域。审美符号不服务，不是工具，它也像象征符号一样从属于客体，更有甚者，究其本质，它是唯一明显可见的客体，以自身为最终目标，无论审美功能已经掌握了它作为某些完成了的东西，或是它自己创造了这个符号。因此，只要它被感受为审美符号，且按照这样的方式被理解，它就不能成为表达情感的手段。与象征符号的"客体性"不同，审美符号的"主体性"必须换种方式看。问题在于，审美符号不像象征符号那样，它并不作用于任何特定的现实，而是作为一个整体在自身中反映现实（由此产生了艺术作品中所谓的典型性，这一概念讲的不是别的，而是艺术作品——最纯粹的审美符号——在个别的现象中展示出其他个别现象及其综合体——现实）。现实作为一个整体在审美符号中得到反映，在其中联合了基于对主体统一的反映。审美功能以这种对现实的组织使我们想起了理论功能，当然，它与理论功能的不同之处在于，当理论功能努力构建现实的总的统一形象时，审美功能则构建对现实的统一态度。对于理论功能，正如对于实用功能一样，直接的客体是被认识的现实本身，而符号只是它的工具（对于实用功能更为有益的工具，将是在功能的可能性上是单义的工具，实用功能也努力使用单义的符号）。对于审美功能而言，现实不是直接的，而是间接的客体；它的直接客体（因此，也绝不是工具）是审美符号，它在构成符号的过程中将主体的态度投射进现实作为它的一般法则，在这个过程中没有丧失自身的自主性。审美功能显示自身的自主性，总是指向作为整体的现实，而不是其个别的部分。因此，它的运作不会被其他符号所限制；它只能够作为一个整体被采用或被排斥。相反，实现理论功能的符号（概念）总是意指着现实的某个确定部分或部分的方面；与它为邻，总存在着其他符号（概念），它们限制着它的运作。我们总结一下：审美符号类似于象征符号——符号—客体，但与象征符号不同，它并不影响现实，而是投射在其中。

我们所提供的功能，存在两组类型——直接功能和符号功能，其中每种功能又可以被分为两组：直接功能被分为实用功能和理论功能，符号功能被分为象征功能和审美功能。这种定义会给我们产生这样一种印象，即我们谈论了大量的"实用功能"，而关于理论功能、象征功能和审美功能则非常少。然而，这符合事物的真实状况：存在数量众多的、差别巨大的实用功能。其中的一些具有严格规定的名称，而其他的则必须时不时地寻找合适的名称，还存在第三类，虽然能够确定它们的存在，但它们也许无法被准确定义。还没有其他的功能具有如此明显的差别：恐怕不能把理论或审美功能划为不同的类型。我们很清楚为什么恰好是实用功能内部如此之丰富。要知道，它是所有功能中与现实最接近的一种。与符号功能不同，它直接地指向现实；与理论功能不同，它努力影响、改变现实；因此，在实用功能中反映了行为的丰富性和多样性，实用功能的差别适应了不同的阶层和它与之接触的实际事物的样式。此外，还有一种情况对其内部的多样性产生了影响，即实用功能保证了人类存在的最基本条件；因此，实用功能在某种程度上是那样的功能——无标记的功能：其他功能聚集在它的周围，虽然远不是总从属于它，但与它有直接的联系，并且一些实用功能产生于它与其他功能的混合。比如，魔法功能明显就是实用功能与象征功能的混合；值得同样思考的另一个问题是，实用功能与象征功能以何种程度和方式一起进入色情功能的构成（参见色情象征）。

对功能类型还有一则说明。我们尝试构建的功能类型是按纯现象学方式构建起来的，因而与起源问题没有任何联系。但可以确信的是，在功能的初始状态中是不存在差别的，差别的产生只是文化发展的高级阶段的事，这不仅不与现实矛盾且完全符合现实。事实是，在我们现代意识中，功能被如此鲜明地区分开来，毫无疑问，它是与机器科技的发展相平行的，因为只有机器，而且是复杂的机器，提供了纯单功能性的模型。因此，唯有从我们现代人的视角出发，我们的分类才有意义。比如，对原始人而言，将实用功能与象征功能相区分是毫无意义的。对他们来说，每一个实践行为及其创造都同时具有同等的象征意义。

从我们的功能分类出发研究起源，只会出现这样的结果：没有一种功能够被简化为另一种功能。比如，我们不能假设——正如有时会这样去做一样——认为理论功能源于实用功能。要知道，它与象征功能的联系至少同样强烈（所有初始知识的象征性，作为科学的起初形式的神话学的天体演化），但也不能因此推断出它源于象征功能。在所有其他情形中也是如此。

接下来还有一则说明。在谈到"符号"功能时，我们指的是象征功能和审美功能，而将实用和理论功能为了达到自己目标而作为工具使用的符号从符号功能中排除出去。使得符号领域被虚拟地分割的基础是这样一个事实：象征和审美符号具有客体的特征，而服务于实用和理论功能的符号具有工具的特征。符号领域的那种分裂或多或少只是虚拟的：为了使真正的分裂成为可能，把所有没有功能差异的符号联合起来的特性是极为重要的。值得假设在功能没有差别或弱差别的阶段，符号明显是多功能的，在那种情形中，一个实用符号同时也是象征符号。在我们的时代，孩子的言语还带有那种状态的痕迹（词作为一个客体：乌云之所以被称为乌云，是因为它是灰色的；伞之所以被称为伞，是因为有人能用它扎我们。——皮亚杰），甚至在现代成人的语言中，辅助的符号和符号—客体之间的联系也没有消失。特别参见诗歌语言，即以美学为定向的语言和非诗歌语言之间的紧密联系；此外，一个语言符号能够获得自然的（绝不是习惯的）象征，如果它接近一个固定了的想法，或如果它的控制滑出使用该词的个人的控制的话。符号—客体和符号—工具之间的联系对于维持符号，尤其是语言符号的生命，具有重大意义。如果符号—工具被自我提供的话，那么它必然会接近绝对的单义或在另一方面，接近语义的淡漠、无意义，因此这两者都会接近自动化。它将一个符号变成一个指示物，其虽然是严格单义的，但并不是死板的和被剥夺了语义灵活性的（参见数学符号、逻辑符号等），或者它会退化成一种纯空洞的言语现象。只有象征的和审美的功能长期潜在地在场，一方面维持着指称关系力量的意识（称名作为在一个符号中起作用的能量），另一方面维持着符号独立于一个特定的现实（参见审美符号的自主性和自为目的性）。换句话说，为了使词能够作为工具而存在，词甚至必须在现代功能分类的情况下，作为一个象征和一个审美符号而存在。至于语言的来源，我们顺便提一提，我们觉得从我们的类型出发可以看出单方面地把语言的产生归于某种单一的功能的理论有着明显错误，比如，从实用功能出发（交际的需要）或者相反，从象征功能出发。在这两种情况中都不可避免地得出这一结论，即所有的功能都同样重要和同样原初。

看来，在此，还需要稍微提及我与同事科尔日涅克关于理论语言自为目的性的争论。希望在这次讲座后，我对该问题的以下看法可以得到明确：符号在理论功能中是工具，而在审美功能中则是客体的一部分。换句话说，在理论功能中注意力被集中于符号之外的现实上（因此，符号在理论功能中容易受到是否与该现实一致的控制），在审美功能中注意力被导向符号本身，它作为一个整体在自身中反映现实，在这里检验符号与现实的一致性没有意义，因为符号和现实是客体，并且作为独立的整体彼此对立。在理论上产生功能的符号只有在它充当实用功能，并渴望对现实施加影响的符号相并置时，才具有"自为目的性"的外观。但这只是一种非常相对的，表面上的自为目的性：不干涉现实，并且不剥夺在理论上产生功能的符号的工具性。然而，我们还看到另一种使得科尔日涅克同时把审美的和理论的"自为目的性"等同起来的情况，并且它自己在事情的实际情况中找到了支点：我想起了理论功能在直接功能及审美功能在符号功能中位置的类似：两者都把主体推向前景的位置，与实用和象征功能不同，它们是把客体推向前景的位置。当然，即使在这里也或多或少存在上面所提及的差异：理论功能努力通过符号及其意义来构建现实的统一形象，在这一过程中，符号扮演着工具的角色；审美功能作为一种主体所采取的对待现实的态度的统一原则投射进现实。然而，这种态度唯有以在审美符号中被客体化的方式，才能够被投射进现实。我想我已经澄清了自己对于理论语言表面上的自为目的性的立场；至于科尔日涅克把审美功能和情感功能等同起来的观点，我已经在前面的某一段中给予了回应。

现在，我们必须关注从我们所拟定的类型中个别功能之间的相互关系。我们似乎已经不止一次地强调过，在一种基本的、具有超越时间有效性的类型中不能包含其个别成员之间的主导和从属。这毕竟是源于结构主义的前提本身，它总是将等级视为一个动态过程，视为一种持续不断的重组。但没有什么能够阻止我们提出这样一个问题：在功能类型中是否包括联系，即它的成员间的相互联系？当然，这些相互关系不是等级上的，但它们能够变成在发展中产生的等级变化所遵循的踪迹。那么，类似的相互关系已经部分地由我们的类型图所给出；我们已经展示了哪些性质把成对的直接功能（实用和理论功能）以及成对的符号功能（象征功能和审美功能）连接在一起。我们也不顾这两组的界限，展示了使得越过这些组相互类似的功能的界限亲近起来的一定的特征：实用功能与象征功能亲近，理论功能与审美功能亲近。我们仍需问，是否具有某些基础使得剩下来的两种功能——实用功能与审美功能，理论功能和象征功能产生可能的联系？在这些成对的功能之间实际联系是非常多的：实用功能常常与审美功能相连，甚至是与它混合起来（参见如建筑或者戏剧），理论功能与象征功能之间也是如此（参见如象征和知识早在巴洛克的神秘哲学中就长期地共存）。然而，这些成对的功能在现象学上彼此离得最远：实用功能产生对现实的直接影响，审美功能产生它所支配的行为或事物的自为目的性；理论功能剥夺了它所使用的符号的首创性，把它们变成最大固定化了的术语或甚至是指示物；相反，象征符号自身就是首创，它不仅仅是客体，甚至是起着作用的客体。那么，这些成对功能之间真实的联系源自何处呢？它们源于这样一个事实，即正在讨论的功能——实用功能与审美功能，象征功能和理论功能，正是由于它们对立的品质而互相联系着。审美功能和实用功能之间的关系可以证明这一点。它们如此对立，以至于从审美功能的观点来看，如果我们想把它与其他外在于它的所有其他功能，包括理论功能在内的功能并置起来，似乎是"切合实际的"。这种"敌对"会带来哪些后果呢？在任何实用功能哪怕是退后一步的地方，紧随其后就会被它的否定面——审美功能所占据，这些功能常常会产生争执，甚至同时争夺同一个事物或行为。总之，在所有基本功能之间存在着相互联系，它们的类型完全渗透着这些关系。这种观察总结了我们的讨论：我们应该在功能结构具体发展的过程中系统地探究这些功能的关联潜力如何在演化中彼此遭遇，或者在一些情形中探究在功能结构不断的产生和消亡中如何让彼此竞争。现在，我们必须更为详尽地研究个别的功能，尤其是回到审美功能，它是我们讨论的出发点。如果不这么做的话，我们就会对我们总体计划的不均衡感到内疚。如果您认为所听到的只是一些粗略的轮廓，且时间不允许进一步展开的话，那么我希望您能够原谅这种不均衡。因此，我在中间的某个地方停下来，希望我对功能类型进行分类的尝试，能为您提供哪怕是最粗略的观察，提供一些对于我而言最为重要的东西来聊以自慰。

审美规范①

在开始分析审美规范前，有必要对规范的一般特征进行一番简要说明。规范概念与功能概念密不可分，规范使功能得以实现。由于这种实现要求朝向一个特殊目标的活动，因而值得假定这一活动的界限本身也具有能量特征。现代语言学最大的功绩之一在于区分开规范与其法典编纂的规则。语言学家不会忽视那样一些语言系统的存在，如大多数的方言，它们从来不会落入语法法典编纂的窠臼之中，且都自发地具有被语言集体遵守的规范。此外，这些规范的强制力量丝毫不逊色于被法典编纂化了的语言系统中规范的力量。另一个迫使语言学家将规范与表达其的法典编纂公式细致区分的理由为：在任何时候都有抵抗它的法典编纂的规范的存在。在每一语言系统中都可以找到那些不能以语言表达的规范，如一些风格规范，其威信一点也没有被这种不可表达性所削减。因此，法典编纂并不等于规范，甚至能够产生法典编纂不正确的情况，即它不符合目前的规范。

总之，对我们来说，未被法典编纂化的规范乃是规范最主要的方面，因而成为我们谈论的出发点。然而，在这一点上又产生了新问题——法典编纂问题。如果规范不具备规则的特点的话，那么什么是规范？鉴于上述说明，我们更宁愿把它定义为一种动力调节机制。对于一行动中的个体而言，一则规范通过限制其活动自由而使自身的存在被感受到。对于评价个体而言，指导性力量是他自己的判断；然而，个人有权选择是否将自己的判断屈从于压力的约束。因此，无论规范有意识地还是无意识地被运用，它在本质上与其说是一种规则，不如说是一种能量。由于自身动态的品质，规范容易不断地改变；我们甚至能够认为，对规范的每一次具体运用，同时也必然地改变规范本身：不仅规范对具体的情形（比如一部艺术作品）的形成施加影响，与此同时，具体的情形也影响着规范。即使是法律规范——所有规范里最稳定的一种——也因自身的被使用而改变。上诉法庭被承认的有限立法权即是明证。

---

① 本文于 1937 年首次刊载于《第九届世界哲学大会论文集》。

在这些初步的论述后，我们尝试界定审美规范区别于其他规范的特征。首先，我们需要回想起审美功能与其他功能的不同之处在于，它并不追求一种实用的目的，而是朝向自主的客体，这种客体是审美功能的载体，因而也成为这种活动的唯一直接的目的。结果，便产生了审美价值的个性化。一旦我们开始将一客体视为纯审美的，即将其视为艺术作品那样来评价时，我们就开始把其理解为一种唯一的事实。这种唯一性导致了价值内部结构的转变。首先，重要的不是评价的结果，而是评价行为本身。与评价行为在很大程度上相一致的对一部艺术作品的感知，具有无限重复的可能性，且在很大程度上是作品在我们身上所唤起的兴趣的基础。首要的是对作品的感知，而不是确定其艺术价值，当我们考虑实用价值时，它才反倒来到前景之中。

审美价值的个性化对于规范有着怎样的意义呢？乍看来，艺术价值的唯一性使得规范的存在变得不可能。然而，存在那些保存着这种可能性的情形。首先，一部艺术作品的唯一性不是绝对的。与所有其他价值一样，艺术价值有其内在发展，并且个别的作品实质上只是这种发展渐进阶段的实现。

但对我们而言，更重要的是这样一个事实：如果规范与被评价的作品的一致不被理解为绝对等同的话，换句话说，如果完全地遵守规范不被认为是唯一要求的话，那么对一般规范的运用并不在同时阻碍价值基本的唯一性。诚然，艺术史使我们相信在艺术中正面的评价绝不意味着艺术作品与规范的完全一致，相反，经常存在一些艺术作品因对传统规范的激烈破坏获得正面评价。完全可能存在那样一种情形：我们从对一部我们给予很高评价的作品的感知中所获得的满足，是基于一种非常强烈伴随着的不满。从所有种类的艺术史中，我们知道有许多艺术作品在刚出版时引起了激烈反对，但随着时间的推移，它们却获得了不容争辩的价值。因此，对于审美评价而言，典型的不仅是与规范的一致，与它的不一致也能获得正面评价。

我们还要记住的是，在评价同一事实时存在数个审美规范系统的共存和相互渗透。在一定时期，为一定社会阶层而创作的艺术中，我们总能同时区分出数个不同规范系统同时的活动，这些规范系统是在连续的时间中逐渐产生的。如果我们检阅一下多样的现代绘画中所有的丰富性的话，那么它对我们呈现为连续地被运用的规范系统之大杂烩，至少从印象主义开始到超现实主义结束。在今天的艺术中，这些系统中的每一个都有自己的活动领域，这是由观众的不同社会差异或特定艺术自身内部的差异所决定的。然而，个别领域之间的隔离并不是封闭的。艺术作品能够在与其从属的那个规范系统所不同的另一个规范系统中被感知，并且在这样一种情况中，它能够被评价为对这种系统的变形。这时常发生在新近创作的艺术作品身上，它们部分地遵守艺术的传统规则，部分地与其矛盾。艺术家常常为了恢复一种传统的规范系统在作品本身的结构中加入取自周边艺术、古代艺术、外来艺术等的一种不同的系统。当然，这样一种异质规范的对峙会被感受为一种冲突，但是作为一种可取的冲突，作品所产生的意向的一部分。

审美评价并不排除任何一种可能的规范与被评价作品之间的不符关系，其中包括纯否定的关系。其他种类的规范则完全是另一个样。比如，法律规范总是要求正面的和直接的运用。原则上避免同时将数种互不调和的规范运用到同一案例中去，即使会对该案例所涉及的人带来损害。当然，有时对语言规范的运用会在保存和破坏这种规范之间摇摆。比如，情感语言具有破坏规范的倾向，因而与诗歌语言相近。但情感语言不是语言的基础和规范形式；这种角色属于交际语言，情感语言只不过是它的变形，且交际语言倾向于维护规范。

总而言之，我们能够断言审美规范的特征在于：它与其说倾向于被遵守，不如说更倾向于被违反。与其他任何一种规范相比，审美规范在最小的限度上具有不被违反的特征，更确切些说，审美规范定位于使艺术传统被新的趋势所变形的程度被感受。否定性的运用在其他种类的规范中仅作为肯定性运用的一种伴随物，且时常是不受欢迎的现象，但在审美规范中却是常有的情形。如果我们从这一视角出发来看待一部艺术作品的话，它将会在我们面前呈现为规范的复杂交织，充斥着内部的和谐与分歧，它是部分被肯定地运用，部分被否定地运用的异质规范的动态的平衡，这种平衡在其唯一性上无法模仿，虽然从另一方面看，它正因自身的灵活性参与了一特定艺术的持续的、内在的发展。

艺术作品的结构可能包含哪些规范？仅存在审美规范，还是也能包含其他类型的规范？我们将尝试梳理在艺术作品中被得到应用的那些规范来解答这个问题。

在最表层，我们遇到特定的艺术材料带给作品的规范。这些规范在文学中尤其显著，文学的材料是语言，并且语言究其本质是一种规范系统。语言规范本身与审美规范并没有任何共同之处，但在艺术中应用语言规范的方式赋予其审美规范的额外价值。然而，在那些其材料是实在的，因而完全缺乏规范性的艺术样式，如建筑和雕塑中，这些材料的自然属性根据其被使用的模式也同样获得审美规范的价值。因此，在建筑发展史上有一段时期曾强调材料的属性，而在另一些时期则最大地压制这些属性。在任何情况下，我们都必须承认材料的自然属性有能力履行审美规范的功能。

接下来，我们在艺术作品遇到的一种可以被称为"技术规范"的规范类型。这一术语，我们指的是艺术经长期演化所固化了的、残留下来的习惯，它们已经丧失了活的审美规范的直接效用。形象地说，它们位于通向艺术作品内部的入口旁。这些习惯（如诗歌中的诗律，传统的音乐形式等）被认为是艺术教育的必需物。遵守它们的必要性似乎是显然的。然而，这些规则也在演变，因为它们在每次不同地被使用时也容易变形，因此它们总是一次次地获得活的审美规范特征。我们也要把体裁（文学、建筑等）和风格列入这些习惯中。

艺术所具有的第三种规范为实用规范（我们选择这一表述作为与"审美规范"相对立的术语）：如伦理规范、政治规范、宗教规范、社会规范等。它们通过主题进入作品。虽然在本质上与美学领域相异，但由于在艺术作品结构中所扮演的角色，它们仍或多或少获得了审美规范的效果。比如，一出悲剧的结构可以建立在两种伦理规范的冲突上，或建立在一种道德法则与对其破坏者之间的斗争上。

第四种也即最后一种规范类型为审美传统，即那样一些规范，或者确切些说，审美规范系统，它们的起源先于艺术作品，但被艺术家作为结构的成分所采用。它们也变成"艺术手法"的工具，因为对其遵守和破坏都能够成为艺术作品所实现了的意图的一部分。这类规范与前面那些规范的不同之处只在于，它在本质上属于审美领域。可能会出现这样的情况，一些源于不同时期、艺术阶层或社会环境的审美传统在一部特定的艺术作品中相遇，并且作品被设计的效果正是基于它们彼此的矛盾。

因此，一部艺术作品所包含的数量众多的规范为形成艺术作品结构不稳定的平衡暗示了广阔的可能性。同样，我们也可以认为，为了使作品的正面评价显现为完全遵守其中显示的所有规范，所有作为艺术手法工具而产生功能的规范之间的相互关系是非常复杂、不同和易变的。准确地说，艺术史具有不断反抗规范的特征。当然，一方面，其中存在那样一些趋向于最大限度和谐、稳定的时期，它们被称为古典主义时期；另一方面，也存在那些倾向于追求艺术作品结构中最大的不稳定时期，我们现在正在经历那样一个时期。

在陈述了上述论断后，会产生一种危险，即我们会将自己的武器掉转过来对准自己。如果审美规范的存在多多少少是为了不断地被违反，那么断然否认它的存在是否更合适些？因此，我们能够这样回应这种异议，即任何规范，甚至法律规范，正是当它被违反的时候，其自身的活动，因而也是存在可以被感受到；此外，我们必须提及那些更广阔的领域，审美功能在其中只扮演着一种伴随性的角色，且其位于艺术界限之外。这个领域与人类行为的总和及整个事物世界有关：由于任何行为和客体都受社会习惯或个人意志的影响，它们都能成为审美功能永久或暂时的载体。虽然审美功能与主导的实用功能相比是次要的，但它或多或少是有积极作用的，并且正是在这里，审美规范获得了法则的有效性。在此，审美规范系统，所谓的品位，具有如此巨大的权威性，以至于对这些规范的违反能够导致个人或社会对那些破坏这种品位规则的人的蔑视，但品位与艺术规范密切相连：实践生活不断地为艺术创作提供审美原则，艺术创作把这些原则再生搬硬套地回馈给它。因此，审美规范在实践生活中获得了其在艺术中总是被剥夺的权威。此外，我们还要补充的是，存在一个整个巨大的艺术领域，在其中审美规范的权威在很大程度上得到了认可。比如，民间艺术就是这样一个领域，在其中由于缺乏对功能明确的区分，审美功能对其他功能的主导远不是绝对的。最终，在我们当今的理解中，一种权威的规范对于自主的艺术而言是否完全丧失自身的意义了呢？只需回想一下权威的规范对于艺术训练的意义就足够了。然而，活的艺术自身需要明确的和清晰的规范：规则的法典编纂越是准确，它与活的艺术就越接近，它就会越有效地促使艺术获得新的成就，因为艺术不能长期地停留于已经被发现的范围，并且轻易地为任何试图进行艺术创作的人所接近。

然而，撇开所有已说过的不论，还有一个问题需要解释。正如我们所理解的那样，审美规范乃是无休止变化着的，虽然我们已经尝试保留它在这些情形中的权威，但我们无法完全避免相对主义的危险，它威胁到对一种规范存在的认识，内在发展这一事实只是部分地减轻了这种威胁。因此，我们必须寻找一个恒量，能够将审美规范的权威树立于其上，并且该恒量由于自身的稳定能够成为所有其历史变体的不变的核心。我们认为，这一恒量乃是无视时间、空间及社会地位差别的，应当在对所有人而言都是共同的人的人类学结构中寻找。在这种结构中存在某些美学假设的直接来源，如时间连续性的假设、空间的对称和垂直假设、三维体物重心稳定的假设等。难道这些假设不能被称为基本的审美规范吗？当然能，只要我们不把基本的规范概念和理想的规范概念混为一谈的话，我们不认为这些假设的绝对实现是理想的艺术完善的话。所有我们作为例子而列举的这些"人类学的"假设，不仅在艺术中常常被违反，并且它们的完全实现，甚至会导致审美愉悦的产生变得不可能：机器绝对符合规律的节奏会使人昏昏欲睡，等腰三角形的完全对称不能触发我们的美感。因此，这些人类学假设并不是些理想的规范，但这一点也不阻碍其扮演一种重要的和必要的充当具体审美规范基本理由的角色。因此，如果我们完全放弃绝对审美规范的假设的话，那么没有任何必要为了艺术而整个地拒绝规范概念本身，因此陷入不可避免的相对主义。

让我们来进行一番总结。我们必须把规范与其法典编纂区分开来：未被法典编纂化的规范是一种控制相关功能得以实现的力量。这对所有类型的规范都是放之四海皆准的，因为许多有效的和产生功能的规范从来不被法典编纂化，甚至存在那些完全不能被法典编纂化的规范。那些适用于所有规范的东西对审美规范更加有效，原因在于它比其他规范更为动态。一般说来，如果规范显现出一种实现它所提出的要求之趋势的话，那么规范在艺术中（最主要的审美领域）的运用为相反的趋势所控制——违反规范。艺术作品的结构具有一种不同类型规范（审美的和非审美的规范）之间不稳定的平衡特点，这些规范在作品中部分地被正面运用，部分地被反面运用。

艺术中能否存在普遍审美价值[①]

一

最近召开的哲学大会已经相当清楚地表明，如今对价值的哲学研究正处于原则上的改造期。人类已经经历了价值相对论时期，当然，它至今仍未结束，如今则渴求建立一种稳固的价值观，能够在个人多样性的态度前站得住脚，同时也经得起在不同时空中集体思维方式变化的考验。一些哲学家尝试回到本体论解决方案。在此，我们无意批评那些尝试，我们甚至认为，从一种完整的和原创的形而上学体系出发的思想家，也许能够揭示这个问题那些不为人知的方面，当然，前提是他将这种思考贯彻到底。毕竟，我们自己的意图和任务是不同的，因为我们的出发点将是那些由艺术和文学史所提供的材料，因而我们的目标是对这些学科的方法论做出贡献。我们将尝试从一种批判的眼光来看待普遍价值之于艺术发展和研究的意义。同样，我们也将从艺术史的视角来思考审美价值普遍性之来源这样一个哲学问题。由于所有学科都渴求尽可能地独立于本体论，我们将不得不尝试对这个问题进行纯认识论上的解答。

于是，问题可以按如下方式加以表述：艺术史能否或甚至必须承认普遍审美价值的存在作为自身的工作假设？如果从艺术史的特点出发，那么这个问题非常重要，因为历史必须将其材料视为一个连续不断的过程之结果和客体。这正是艺术史从价值相对主义思想中汲取了颇多益处的原因。唯有借助这种相对主义，才能将艺术作品中结构变化的连续性理解为一条连续不断的序列，其过程由一种内在的、内部的规律所决定。普遍价值的问题，这一曾几何时已经完全从议事日程上被除名的问题，终究还是再度出现，并要求艺术史家做出解答。虽然对于史学家而言，已探明的审美价值的变化，也许是这一价值基本相对性的证据，并且他也能找出某一合适的作品来证明。即便如此，艺术史家的研究任务是对艺术连续的发展线索进行描绘，并以此作为研究的基础，而且他还不断遇到那样一些作品，它们从作者之手脱稿后很久仍产生影响力。在这些

---

①　本文首次以法文刊载于 1939 年的《科学与工业新闻》,《巴黎》1939 年第 851 期。

作品中，普遍审美价值作为一种重要的因素，参与决定艺术的命运。因此，艺术史家对审美价值的普遍性问题产生了浓厚兴趣。虽然大部分已创作出的作品并不具备这种长时间的或历久弥新的共鸣，但艺术创作行为总伴随着艺术家达到无条件被认可的渴望。虽然这一奢望初看起来完全是主观的，但它对艺术客观的发展却意义重大，因为只有在这一渴望的影响下，体现在作品中的艺术家的主观意图才会超越作家主观心理状态那种非常个人的表达。但为什么仅有少数作品在离开艺术家之后能够超越其时代呢？那些超越自身时代的作品是以何种方式并按何种法则对艺术的发展施加影响的呢？这些问题同样也有待回答。进一步的证据表明，艺术和文学史方法论无法绕过审美价值普遍性的问题。有鉴于此，我们将尝试从方法论角度来解决这一问题。

初看来，价值在艺术中缺乏普遍性和稳定性。作品，即便那些成功的作品，在产生之初往往只为集体中的一部分人所正面接受。存在那样一些作品，它们的意义在很长时间中（如果不是永久的话）局限于某一狭窄的社会环境，或甚至局限于某一成员为数不多的专家组。随着时间的推移，作品的社会价值会拓展或相反地萎缩。如果这一影响得到拓展的话，那么它能超出产生其民族集体的界限，并且作品在新的国度中的反响会比在其本土更为强烈，如拜伦诗歌在欧洲大陆的命运。概而言之，艺术作品就其传播空间而言的价值普遍性非常易变，即便对那些已经取得了不可否认的成功的作品来说也是如此。在时间层面上，情况也是如此，因为某一作品的价值在其整个存在期间不会永远不变，它会变大和变小，也会消失和重现。甚至那些自身价值似乎是不言而喻的作品也会经历那样一些时期，那时候它只作为一种幻象而存在，其名声仅靠传统来维持。同样也存在那样一种情形，即某一作品的官方价值仅仅依靠教学大纲来维持——规定学生阅读一定的诗歌，分析一定的绘画等。存在那些在很短时间内就会获得并失去很高荣誉的作品，相反，也存在那些在出现之时未被发现，在经过相当长的时间后能够被"发掘"，并获得了迟来的，然而却是持久荣誉的作品。此外，不仅普遍价值本身，甚至这一概念也是摇摆的。有时它被极端重视（特别是古典主义时期）；有时则对它漠不关心，至少一些流派的信徒如此；有时干脆对普遍审美价值的那种有助其抵制时间的稳定性毫无兴趣（如意大利的立体主义起初提出消灭艺术博物馆）；有时那些最大限度地促进其在空间平面的反响，并适应社会环境中不同变体的方面遭到否决，因此出现了那些为专家而指定的作品（象征主义）。因此，艺术作品对时间的实际抵抗力也取决于不同的艺术样式。比如，如果我们不考虑某些伟大作品，如莎士比亚戏剧、莫里哀喜剧的那种持续更新的影响力的话，那么我们就无法理解戏剧的发展。在直接与戏剧为邻的电影中，价值的普遍性相反局限于某一单一和当下时刻，而不考虑未来。那些致力于保存"永恒"价值的大博物馆通过无数次地变更其展品和重新安排一些作品在显眼位置，这虽然证实了这些价值的不稳定性，但这一事实对于解决普遍价值的问题也是不可忽视的。

在阐述了所有这些不利于普遍审美价值真实性的假设之后，它还依旧是合理的吗？只承认仅存在或多或少等级的相对价值是否会更可取呢？如果我们采纳了这第二种可能性，那么我们将有悖于艺术发展的本意。因为虽然审美价值不断摇摆，但艺术创作总是坚定地寻求完善。如果不具备这一特点的话，艺术发展就失去了一定的方向和意义。我们已经说过，任何一部艺术作品的创作都必然带有获得普遍成功的意图，可资为证的是，一些艺术家，其中包括那些蔑视不朽的艺术家，常常对其艺术同行的成就持否定态度，即使他们与自己旗鼓相当。

因此，普遍价值是存在的，并施加了非常明显的影响，但它既不与在空间、时间中最大的反响联系在一起，也不坚定不移地与某些特定的作品相连。相反，普遍价值具有活能量的特征，为了保存自己的生命力，它就无法避免自我更新。通过一种灵活的和移动的光束，它烛照着艺术的过去，并因此总是重新发现其以前未被发现的方面。于是，在艺术的过去与未来之间产生了一种富有成效的张力，且这种张力影响着现代的艺术活动。艺术同等需要遵守传统和推动现状的发展。普遍价值以自身的活能量特征使得这两种对立的必要性之综合成为可能：由于自身的易变性，普遍价值将艺术家的注意力引向那些作品与现代趋势相一致的前辈身上，普遍审美价值对于艺术发展的意义和重要性正体现在这之上。为了使这一点能够信服，我们只需抛弃对普遍审美价值的静态理解，意识到其具有永久的活能量特征。

二

到目前为止，我们谈论的是普遍审美价值的方法论意义，而将评判这种价值标准问题搁置一旁。现在，必须来解决这个问题，因为如若没有了这种标准，普遍性的观念本身对我们而言仍将是模糊和不明确的。首先，我们需要指出，存在几个同等效力的标准：（1）在空间中得到最大延伸——包括穿越不同社会环境的最大延伸——的价值；（2）成功抵制住时间的价值；（3）自明的价值。这些价值是普遍的。也许有人会提出不同意见，认为这三个标准其实只是一个标准的三个相关方面。我们说，如果审美价值的理想普遍性确有可能的话，那么情况的确如此。在这种情形下，每种具体的普遍价值会在任何地方并总是对任何个人都同样明显。但是，我们已经说过普遍价值是摇摆的，其范围或对象不断变化。由于这种稳定性的缺乏，这些标准时常产生分歧。比如，一种在空间中获得最大延伸的价值，完全不必具有时间上的持久性，也完全不必是自明的，等等。因此，我们必须分别检验普遍审美价值的每种标准。在空间和不同社会环境中延伸的标准似乎最不能令人信服。在一部业已获得了广泛反响，而后又很快失去了它的作品中，我们倾向于信任时间而不是空间，并且说这部作品的普遍价值很小或几乎为零。但是，这绝不意味着在真实的或社会空间中的延伸对艺术史就毫无益处。相反，该学科的本质任务之一，不仅研究每一单部艺术作品的共时延伸，同时也研究每一时期的总体立场，这些立场显现在某些艺术作品相对的普遍性之中。在艺术发展中存在一些时期，那时一般相信一部作品被普遍认可只需得到一定社会阶层的承认即可（可以举法国文学17—18世纪的大文学沙龙时期为例）；在另一时期，作品的成功要得到为数不多的，国际精英的认可（战后"先锋派"的参与者既是艺术家，同时又是自己的读者）。此外，还有一些时期，价值的普遍性需要得到所有社会阶层和社会环境的总体认可（如我们时代的某些趋势要求艺术最大的通俗性）。所有这些或那些立场也同样有可能在艺术的整个发展中互相交替，并充分地突出发展的每一个阶段。

正如已提及的那样，比起在空间中的单纯延伸，抵制时间的能力似乎是审美价值普遍性更为重要的一种标准。那么，我们对时间标准这种本能的偏爱，是否可以经得起批判呢？我们认为答案是肯定的，因为唯有借助这一标准，我们才能阐述一部作品的真正价值。在评判一部艺术作品时，我们评价的不是物质产品本身，而是"审美客体"，后者乃是艺术作品在我们意识之中的非物质等价物，并且是由作品自身产生的那些推动力与活的审美传统（作为集体财富）相互作用的结果。当然，这一审美客体容易变化，虽然它不断地与同一物质作品相关。当作品渗透进与其起初所属社会阶层不同的新社会环境中，审美客体就会变形。然而，审美客体的这些共时变化与其在时间中所承受的历时变化相比，几乎总是微不足道的。原因在于，随着时间的推移，一部在物质上同一的作品能够变成数个彼此迥然不同的审美客体，每一个都对应于特定艺术结构发展的不同阶段。因此，一部作品保存自己的审美影响力越长，就越能肯定地断言价值的持久与易逝的审美客体无关，而与作品在其物质面貌上被创造的方式有关。然而，时间因素对于审美价值普遍性的重要性并不能阻止对这种标准的评价本身会在发展过程中摇摆：我们可以在艺术史中找到对它几乎不予以重视的时刻。我们已经举过未来主义的例子，他们提议消灭那些致力于保存具有经久不衰意义作品的艺术博物馆。

　　审美价值普遍性的第三种标准是自明性。这种自明性表现为：个人在对一部艺术作品进行评价时，会径直相信自己的判断具有比个人更为普遍和广泛的意义，并且努力将这种信念作为一个公设加给其他人。对审美自明性的这一感受使得康德赋予审美判断一种先验特征。我们倾向于避免使用这一术语，因为撇开审美判断有其主观自明性不谈，我们觉得它并不符合先验判断的必要条件。先验判断必须是独立于所有经验的，而审美判断常常显得是基于先前的经验——自己的经验或从他人处借来的经验。那样一些有意将自己的判断依附于权威的人并不在少数，文学和艺术批评的存在就是明证，其任务之一就是指导那些不具有自主评价能力的人进行判断。审美判断的确常常是通过专门的教育而获得的，这种教育是基于得到承认的价值。为了具有先验判断的特征，审美判断必须始终是独立的，并且独立于做出判断的个人性情。但很容易相信，同一个人的所有判断，无论多么与众不同，都构成了正是由他的性情所决定的一条非常连贯的线索。因此，审美判断的自明性只是主观的，它对无条件有效性的渴望只是个人希望融入集体之中的一种假设。

因此，审美判断自明性的历史角色容易变化。比如，有那样一些时期，艺术问题中判断的自明性与其被归为艺术家本人，不如被归为艺术作品的订货人。比如，乔叟请某位贵族修改他的诗歌，为了使它们符合主流的品位。相反，米开朗琪罗激烈反抗教皇强加于他的审美观。在我们的时代，在某些国家，公众权威（比如教会的权威）试图垄断审美判断动机不明的自明性权力。有时审美判断的自明性被归为一些专家，有时被归为广大的社会阶层：莫里哀把自己的剧本读给女佣听，让她来评价。因此，自明性的标准与前两种标准一样，也是一种历史要素，它处在持续的艺术活动的影响之下，且自身对这一过程施加持续影响。然而，自明性标准比起其他两种标准具有特权的地位。

时间的标准与空间的标准一样，与艺术发展之间仅存在一种间接关系，它们只是提供了一些需要被遵循的样品，与此同时，自明性标准反倒是创作行为的一组成部分，并在这一行为中规定着艺术家的审美立场。在艺术创作中以这种方式被得到应用，这一标准使得艺术家主观相信他已经找到了唯一客观、合适的解决方案。这正是该标准能扮演艺术家主观意图与艺术客观发展趋势之间中介角色的原因，它自身通过作品得到显现，同时在影响作品进一步发展时也受到作品的影响。

总之，审美价值普遍性的所有这三种标准根植于发展中，因此容易变化，它们之中没有一个显示出独立于品位的历史变化之外。然而，我们还没有抛弃一种普遍审美价值的传统观念，其本质上不同于相对价值，尽管保留了它所有的真实易变性，在时间中理想的同一性。但一种能够不断保持与自身同一的价值，能否不被视为一种本体论价值呢？不能忘记，我们所理解的同一性具有一种非常动态的品质，它存在于一种对普遍性的不断更新的渴望之中。为了解释这一点，我们无须退回到存在一种不变的价值的假设中去，反倒必须询问这种普遍性渴望的源头。这是本论文第三章所要讨论的主题。

三

作为暂时的出发点，我们选择普遍审美价值与物质客体（作为物质艺术作品一种特性的审美价值）之间的相关性。事实上，该假定已多次被推翻了。当人们意识到审美评价所关注的并不是物质作品，而是"审美客体"，后者源于物质作品与艺术某种活的审美传统的推动力的相互渗透，而这种相互渗透是在评价个体的意识中进行，这一假定似乎已经是一劳永逸地死亡了。因此，不能把审美价值直接地归于物质作品，仿佛是它的一种属性；但这绝不意味着物质作品被制成的方式在评价中并不扮演着非常重要的角色。撇开与同一部作品相对应的审美客体在特定艺术发展中的所有变化不谈，否则，我们便无法理解为什么某些物质作品能够获得一种不断更新的美学功效。因此，审美价值必定与物质作品相关，但这种关系不是其载体的一种属性。

那么，这是怎样的一种关系呢？让我们首先回想一下，所有的物质作品皆出自人的双手，且为人而写就。因此，唯有人能够确立物质作品与非物质的审美客体价值之间的关系。那么，这种关系是由人类单独的个体所确立的吗？这个单独的个体可以是任何一个感知艺术作品或创作它的人吗？数十年前最流行的一种观念认为，一部作品的价值在于作品与创作者完全的一致，或者甚至是作者特殊的、个人的心理状态与作品的一致。他们忘了物质作品一旦离开作者之手后就成了社会事实，每个人都能以自己的方式对它进行理解和阐释；个体不仅是作者，同样也是读者和观众，而这意味着渗透进作品之中的个性不仅是作者的，同样也是读者和观众的。存在那样一些作品，个性可以轻易地进入其内部结构之中，也存在那些个性很难介入其中的作品。艺术理论家和艺术史家对测量一部艺术作品所允许的那种直接表达性程度饶有兴趣，但这种研究除了对作品的特征而言具有重要性外，对其价值没有意义，更因为艺术作品究其本质具有某种比其作者个性之纯粹表达要多的东西。它首先是一个注定被用来充当个体（既包括创作个体，也包括观众个体）之间的中介。即使创作个体被感受为符号源起的一方，而其他的则只是作为感知符号的另一方，双方的相互理解之所以可能乃是源于这一事实：即涉及的所有个体是同一个真实的或理想的，稳固的或偶然产生的社团中平等的成员。作品作为符号能够同时兼有数种不同的意义，且甚至许多"意义"能够被同时或连续地归为同一作品。每种这样的意义都与一个特殊的审美客体相一致，而该审美客体与物质作品相关。作品显示出越大的语义能力，它就越能够抵制空间、社会环境及时间的变化，它的价值也就越具有普遍意义。

那么，在何种条件下这种能力能够达到最大值呢？人作为社会中的一员，处于社会与世界关系的影响之中。因此，极有可能作者和作品的读者同属一个真实的社会，作品无须展示其所有的语义潜能，因为那些所有与它接触的人都大致持相同的态度。然而，让我们假定，接受作品的社会随着时间的推移而完全改变。比如，以文学作品为例，在它产生之后到在完全陌生的国度中被阅读可能相隔数千年。如果作品在这些条件下保存了自己的语义和美学效力的话，那么我们将有权认为它并不是只为了由社会的暂时状态决定的个人而创作的，而是为了全人类而进行的创作，这样的作品证明了与人的人类学本质有关，并且正是在这里我们发现了艺术作品的普遍价值，作品的形式能力构成的在最不同的社会环境中作为美学上有价值的客体，虽然价值本身在这些不同的环境中有着质的差别。然而，普遍审美价值毕竟并不只限于作品的美学效力：作为其载体的作品也具有到达与之产生接触的个人精神生活最深层和最不同方面的能力。我们甚至可以提出这样的问题：普遍审美价值是不是在其本质上不只是包含在作品中的不同价值之间的某种平衡的简单指标？

现在，还剩下最后一个问题：如果作品具有影响那些一般人所特有的东西的话，那么能否明确地指出必须被遵守的条件呢？毫无疑问，在人类所有行为的深处都存在着某种属于人所共有的东西。比如，现代语言学发现了言语的某些规律，即人类借助于语言符号互相交流的能力。当然，语言在本质上显著有别于艺术，因为语言注定为每个人所积极地支配，而艺术，至少就今天我们对它的理解，只能被那些我们称之为艺术家的专业人士所积极运用。比起语言在日常的应用，在艺术中具有更多的自由和更少的单调。我们多多少少已经不止一次地断言，不同国家的原始艺术创作、民族艺术产品及儿童艺术之间存在某些重要的相似性。这些相似性似乎见证了一种共同的人类学基础，这些创作的人没有成熟的现代人那么复杂。在这方面非常典型的是，比起成人文学作品来，某些儿童文学作品更有可能获得一种独立于时间和空间变化的价值。令人吃惊的是，有如此之多的儿童文学作品历经了不同的时代，并且同时在许多国家和社会中受到欢迎（参见笛福的《鲁滨孙漂流记》或亚米契斯的《心》）。

那么，我们能否因此希望有一天能够获得创作具有普遍审美价值作品的处方呢？我们都知道，费希纳发展了实验美学，希望能够发现这些绝对的准则。今天，我们已经认识到——部分地通过实验美学的进一步发展——在人的一般人类学构成与具体的审美评价之间屹立着个体的人——作为他生活于其中且自身也处在发展中的社团中的一员和部分产品的个人。我们同样也知道，撇开自身的人类学背景不论，普遍审美价值是如此的易变，以至于在艺术创作过程中已取得的结果由于重复而失去了价值。我们并不希望通过这一点来暗示，对原始、民间和儿童艺术详细的研究，以及对更多不同艺术形式的比较研究，无法得出一种关于严肃的文化输入的普遍原则的广泛认识。但这些原则不具有处方的特征。如前所述，语言的一般规则和标准语法没有任何共同之处，因为它们不能被违反，艺术的普遍规则并不是处方。

艺术将沿着还没有走过的路，每一次都重新抵达自己的人类学根基，这并不意味着具体的作品和一般的人类学基础无法达成紧密的联系，相反，这样一种无条件的胜利在艺术中时有发生，每一次当它被达到了，我们就多了一件杰作。当然，正如已经暗示出的那样，从艺术通往"一般的人"的路径的数量是无限的，并且其中的每一条都对应某一社会结构，或者更准确地说，对应该结构所特有的生活立场。这取决于艺术作品本身是否有能力与一些或甚至许多不同的、个人的立场建立一种积极的联系。因此，我们再一次，已经是第三次回到了我们的出发点。

前两章使我们得出普遍价值处于不断产生的状态中这一结论，第三章也是如此。但这一章也为我们展示了这种价值的易变性在于永久地回到一种特定的常量、一般的结构中。我们是否没能达到一种与对我们问题的本体论的解答相接近的结论呢？这种本体论预先假定了一种普遍价值的存在，艺术的发展不断趋向它，但又永远达不到？既是又不是。这两种观点之间的相似性是非常明显的，但也有着本质差别。

首先，本体论审美价值并未被限定，因此，在许多思想家那里所有类型的普遍价值趋向融合，但也正因此缺乏任何具体的内容，而我们用来取代本体论审美价值的人类学结构具有一种质的内容，它明显地限定了一点：美只为人存在。因此，缺乏具体内容的本体论审美价值永远无法获得适当的实现。相反，人类学结构能够具有与构成人的不同质的方面无限多的、适当的审美实现。与之不同，在本体论上被构思的普遍审美价值的一次个别实现只在完美的量上多少有些不同。

人类学结构自身并不包含任何审美的东西。因此，在人类学结构与其在审美上的实现之间存在一种质的张力，这每一次的实现都揭示出人的基本构成的一个新方面。由于这个原因，基于人的一般人类构成的普遍审美价值能够激励艺术发展中的转向和变化，除却它的基础稳定性。

我们并未达到如费希纳所希望的普遍必然价值的法典编撰，但是我们希望已经达到了将普遍价值的理念与艺术的持续发展理念理相互联系起来这一基本目标。在我们的构思中加入了概述艺术和文学史一般方法的尝试。这门学科，更准确些说这组学科，需要的不是静态的规则，而是一种哲学的指引，允许我们甚至在作为活的能量的历史方面理解普遍审美价值。如果不希望歪曲事情的真实状况的话，普遍审美价值的概念就不能被取消；但如果艺术史家被强行灌输了普遍审美价值的静态观念的话，他就会被束住手脚。

在结束我们的讨论前，我们还要斗胆提一个问题：难道不能把解决普遍审美价值问题的这一动态方案——当然，在进行必要的修改后——应用到其他类型的普遍价值上？该方案将价值视作一种永恒的活能量，它与人不变的、普遍的结构处于持久的，但在历史上易变的关系中。

作为符号学事实的艺术①

有一个事实正变得越来越明显，即个体意识，甚至其最深层的内容，乃是源于集体意识。因此，符号及其意义问题正变得日益关键，任何超越个体意识范围的精神内容均可通过可交流性这一事实获得符号特性。符号的科学（索绪尔称为"семиология"，比勒称为"сематология"）需要得到最充分的阐释。由于现代语言学（参见布拉格学派，即布拉格语言学小组的研究）通过对包括声音在内的语言系统的所有成分的研究拓展了语义学的领域，从符号学的观点来看，语言学的成果需要被应用到其他使用符号的领域中去，并且根据它们的专有特征区别对待。有许多专门关注符号问题的科学（同时也关注结构和价值问题，这些问题附带地与符号紧密相关。比如，一部艺术作品同时是符号、结构和价值）。事实上，所有关于人的科学（道德科学、艺术科学）都研究那些因其在知觉可感的世界和集体意识的世界中双重存在，因而或多或少具有显著符号特征的现象。

一部艺术作品不能像心理学美学理所当然地认为的那样，等同于其创作者的心理状态，或等同于其在接受者中所引发的任何可能的心理状态。显然，尽管艺术作品被指定用来充当其创作者与接受者的中介，但主观意识的每种状态都包括某些个人的、暂时性的东西，致使它无法在其整体中被掌握和交流。然而，代表着艺术作品在感觉世界的"物"保留了下来，并且不受限地为每个人所感知。但艺术作品终究不能被简化为"物的作品"，因为它在时间或空间中会完全改变自身的外部和内部结构，这些改变很容易察觉，比如，我们比较同一首诗接二连三的译本。因此，物的作品仅仅作为一个外部能指（索绪尔的术语为"significant"）而产生作用，它在集体意识中有一个对应的所指（我们经常称之为"审美客体"）——由物的作品在某个集体成员中引起的意识主观状态的共同物所组成。当然，除属于集体意识的中央内核之外，在对一部作品的感知活动中还存在其他一些心理要素，它们与费希纳发明的术语"联想要

---

① 本文于 1934 年首次以法文发表。

素"非常相似。这些主观要素也能够被客观化，但仅能达到那样一种程度，即它们的一般品质和数量被集体意识中的中央内核所规定的程度。比如，任何一位观众在欣赏印象主义绘画时所产生的心理主观状态完全不同于欣赏立体主义绘画。至于数量上的差异，超现实主义诗歌所引发的主观观感显然要比古典主义诗歌大得多；超现实主义诗歌为读者本人提供了建立主题的几乎所有的联系的权力，而古典主义诗歌则因其精确的表达几乎将自由的主观联想完全排除在外。只有以这种方式，至少间接地经由属于集体意识核心的中介，接受者的心理状态的主观要素才会获得一种客观的符号特征，类似于单词拥有的"附加意义"。

在结束这些总体的观察前，我们还要补充的是，在拒绝将一部艺术作品等同于任何一种主观心理状态时，我们也要拒斥任何享乐主义的美学理论。因为由艺术作品所引发的快感最多只能获得一种间接的客观化，作为一种"次要的意义"且是潜在的：断言快感是对每部艺术作品感知的一个必要部分是错误的。在艺术中有些时期倾向于唤醒它，有些时期则对它漠不关心，或者走向它的反面。

根据通常的定义，符号乃是一个知觉可感的现实，与由它期望引发的另一个现实有关。因此，我们应当提出，艺术作品所指涉的另一个现实究竟是什么的问题。诚然，我们只能断言艺术作品是一个自主符号，其特征在于充当任何一个团体中成员的中介。然而，这样做意味着将悬而未决的一部艺术作品与其所涉及的现实之间的关系问题搁置一旁。如果符号不涉及任何清楚的现实是可能的话，那么从这样一个事实——符号必须被发出者和接受者按照同样的方式所理解——来做一个简单推论的话，符号总是指涉某种东西。只是，对于自主符号而言，这"某种东西"还未能被清楚地确定。那么，什么又是艺术作品所意指的那个模糊的现实呢？它是所有那些可以被称为社会现象，如哲学、政治、宗教、经济等的总体语境。这正是艺术比其他社会现象更具描绘和再现"时代"力量的原因，由于这一点，艺术史长期以来被等同于广义的历史，并且相反，普通历史会主动借用艺术史中的转折来确立自己的分期。诚然，某些艺术作品与社会现象总体语境之间的联系可能是自由的。比如，"受诅咒的诗人"的作品远离我们今天的价值体系。然而，它们也正因此处在文学圈子外，不为团体所接受，直到随着社会语境的演化，才变得有能力表达它。在此，必须加进另一个解释性备注来消除所有误解：在言说艺术作品所涉及的社会现象语境时，我们绝不是按照这样一种方式，即无条件地把它当作直接的证据或一种消极的反映，断言作品必然地与这种语境相一致。像任何符号一样，艺术作品能与其意指的事物存在间接的联系，这是一种隐喻的或另一种非直接的，无须瞄准该事物的关系。从艺术的符号本质出发可以引申出：如果没有对一部作品的文献价值，即对其与社会现象的特定语境之间关系的品质进行预先阐释的话，那么它永远不能作为历史或社会学文献而被使用。为了对上述内容的关键方面进行总结，我们可以说，在艺术那一事实进行客观研究时，必须将艺术作品视作由以下几方面构成的一个符号：（1）一个由艺术家创造的可感的能指；（2）一个寄居在集体意识之中的"意义"/=审美客体/；（3）一种与被意指物的关系，涉及社会现象总体语境的关系。作品严格意义上的结构位于第二组成项中。

　　然而，艺术符号的问题还未被我们穷竭。除具有作为自主符号的功能外，艺术作品还具有作为交流符号的另一种功能。比如，一首诗不仅作为艺术作品，同时也作为反映心理状态、思想、感觉等的"词语"而产生功能。在艺术的主要样式中这种交流功能非常明显（诗歌、绘画、雕塑），然而在其他样式（舞蹈）中它是隐蔽的或者甚至是不可见的（音乐、建筑）。在此，我们要把音乐和建筑中交流成分的隐性存在或完全缺席这种难以处理的问题搁置一旁（然而，我们倾向于认可，即便在这些领域中也存在交流成分的传播，比如音乐中的旋律和语言的语调之间的相关性，其中的交流力量非常明显）；我们将只专注于那些确实地作为交流符号而产生功能的艺术作品。这是些具有"情节"的艺术（情节＝主题、内容），其中主题乍看来是作为作品的交流意义而起功能。事实上，一部艺术作品的每个组成部分，不排除甚至最"形式的"那些部分，都拥有它自己独立于"主题"的指示价值。因此，即使在不存在任何主题的绘画中（参见康定斯基的"绝对"画或超现实主义代表画家的作品），绘画的线条和色彩也意指"某个东西"。正是"形式"要素的这种虚拟的符号特征构成了无主题艺术的交流能力（我们也称为传达）。准确地说，我们应当承认是整个结构作为意义而产生功能，甚至是艺术作品的交流意义。一部作品的主题简单地扮演了与意义有关的一个结晶轴的角色，若没有了它，意义仍是模糊的。因此，艺术作品具有自主功能与交流功能的双重符号功能，后者尤其明显地体现在主题艺术中。因此，在这些艺术的演化中，我们能够看到在自主符号与交流符号功能之间或多或少存在着明显辩证的二律背反。散文（小说、短篇故事）的历史尤为典型。

　　然而，一旦我们从交流的角度来质询艺术和被意指物之间的关系时，就开始出现一些最细微的难题。这种关系不同于自主符号以其自身的能力关联艺术与社会现象总体语境的关系，对于一个交流符号而言，艺术指向一个明确的现实，如一个特殊的事件、一个确定的人等。在这方面，艺术类似于那些纯交流符号，除却一种质的差别，即艺术作品与被意指物之间的交流关系并没有存在的价值。即便作品断言某些东西，只要我们把作品当作一种艺术产品来评价，那么就不可能假设一部艺术作品主题的文献真实性。这并不意味着对意指物关系的变形对作品来说就不重要：它们作为作品结构的因素而产生功能。对理解一部作品的结构来说非常重要的是，它将自身的主题视为"真实的"（也许甚至是文献式的）还是"虚构的"，或在这两极之间摇摆。我们甚至能够发现一些作品是基于对一个明确的现实的一种双重关系的对应和平衡：一种没有存在的价值，另一种是纯交流的。举个例子，比如肖像画或肖像雕塑既是关于被描摹人的一种讯息，又是缺乏存在价值的一部艺术作品。在文学中，历史小说和传记小说具有同样的二重性特征。因此，对现实关系的变形确实在任一具有主题的艺术作品结构中扮演着相当重要的角色，但是对这些作品理论上的研究应当绝不能忽视主题的真正本质，它是意义的统一，甚至在"现实主义"或"自然主义"作品中也不是对现实的消极复制。最后，我们必须注意，唯有充分地阐明艺术的符号特征，否则对其结构的研究仍将是不完整的。缺少了符号的定位，艺术理论家将总会倾向于将艺术作品视为一种纯形式的建构，或将其视为它的创作者的心理或生理气质的一种直接反映，或是由作品所表达的清楚的现实的直接反映，或正被讨论的周围环境的意识形态的、经济的、社会的，或文化状况的直接反映。这些看法的后果将会使理论家将艺术的演变视为一系列形式的变化，或者完全地否认演变（像在美学心理学中的主流的情形），或者最终把它视为一个艺术外部演变的消极注释。唯有符号的理念才会使理论家承认艺术结构自主的存在和无法剥夺的动态性，使他们将艺术的发展理解为一个内在的过程，然而，该发展与文化其他领域的发展处于不断辩证的关系中。

我们对艺术简短的符号学研究具有以下几个目的：（1）部分地对在本次大会中占据一个重要议题的自然科学与人文科学之间二分提供一个说明；（2）展示符号方法之于美学和对艺术史研究的重要性。在结束陈述前，也许，可以允许我们归纳以下几点主要思想：

A. 符号问题与结构和价值问题一样，同属人文科学最重要的问题之列，它们都与那些或多或少明显具有符号特征的现象打交道。因此，语言语义学研究所获得的成果必须被应用到一些学科中去，特别是那些符号特征最为显著的学科，这些学科本身需要根据自己材料的特殊性被区分。

B. 艺术作品是符号。它既不能等同于其作者或任何一位接受主体的个体意识状态，也不能等同于我们称为"作品—物"的东西。艺术作品作为一个寓于社会整体的意识中的"审美客体"而存在。这个可感知的艺术成品根据其与非物质的审美客体的联系只是它的外在能指。由艺术成品引起的个人状态的意识只在它们共同的方面表现审美客体。

C. 每部艺术作品都是由以下几方面组成的自主符号：（1）作为可感的能指而产生功能的艺术成品；（2）寓于集体意识之中的"审美客体"，作为"意义"而产生功能；（3）与被意指物的关系（该关系不涉及任何明确的存在——因为我们正在谈论的是一个自主符号——但涉及任何特定环境的社会现象——科学、哲学、宗教、政治、经济等的总体语境）。

D. "情节"（主题、内容）艺术还拥有另一种符号功能——交流功能。在这种情形中，感觉符号自然地与前面的情形保持相同。在这里，意义也是由审美客体的整体所给予，但在这个客体的成分中有一个具有特权的载体，作为一个传播其他成分的交流能力的结晶轴而产生功能，这便是作品的主题。与在每个交流符号中一样，与被意指物之间的关系朝向于一个清晰的存在（一件事、一个人、一个事物等）。在这方面，艺术作品类似纯交流符号，但艺术作品与意指物之间的关系并没有存在性价值，这使其本质上区别于交流符号。只要我们将作品作为一种艺术产品来评价，那么就不可能假设一部艺术作品主题的文献真实性。这并不意味着与意指物之间关系的变形（"现实—虚构"之间的不成比例）对一部艺术作品就不重要，它们作为作品的结构要素而产生功能。

E. 符号的双重功能——自主功能和交流功能——共存于主题艺术中，共同构成这些艺术发展中一种本质的、辩证的二律背反，它们的二重性在发展期间通过与现实之间关系持续的波动来显示自身。

个人与文学发展①

个性问题在文化科学及日常生活中正变得日益迫切。无论理论还是实践都促使我们恢复对个人问题的兴趣。在实践中个人的职责是颇受争议的，尤其当它直接影响事件进程时体现得尤为明显，而如果理论想要把握发展进程真实的复杂性的话，也无法心安理得地忽视个人。由于个人在日常生活中的问题太过复杂，此处我们不拟展开。就理论研究而言，将个人纳入进来会明显地遇到那样一种危险，即个人将会变成避免麻烦的一个方便借口，并且将会给我们的研究带来一种无理性的因素（无法证实的主张等），而这是有悖于学术思考之本质的。

因此，必须从头来建构个性的认识论。每一关注该问题的个别学科都必须建构自己的认识论，并对自身的材料负责。该问题的不同方面将很可能出现在每个实例中。然而，若不考虑材料的特殊性，那么就不可能获得有益的一般性结论。在理论思考中，唯有将从一材料中获得的结论应用于另一材料并对其进行调整，才能从过于个别化的材料中得出相对独立的一般性结论。

本研究尝试基于艺术史材料，主要是文学史材料，来对个性的认识论进行检阅。在此，个性问题是非常明显的，因为语言——文学的材料——甚至在进入艺术之前就存在个体差异，此外，它还是人所支配的最为普通的一种交际符号（符号系统）。我们希望对作为文学史发展中一种要素的个性进行检阅，个性通常被视为一种自我封闭和自足的整体，针对这一静态的观念，我们提出一种动态的观念，即将个性视为一种持续推动文学发展的力量。

当然，不能忽视艺术家个性的静态方面。像往常一样，在此，当质询一种由传统术语所指定的已经存在的观念时，我们必须谨慎，不能将与同一事件有关的一些概念，甚至同一个词所指的概念混为一谈。因此，我们将尝试区分艺术家的个性能够对我们显现自身的一些不同方面，尤其是要清楚地区分其静态和动态的方面。

---

① 本文为穆卡若夫斯基 1943—1945 年在布拉格语言学小组所作讲座的发言稿。

让我们先从艺术作品给我们的具体印象开始入手。在这些印象中，最为本质的印象之一就是统一感，即便当我们感受到对这种统一的抵触时，它也会产生。的确，正是由于这一点，我们能够更强烈地感受到这种统一作为对不一致的克服。因此，旧的定义将这种审美印象界定为"多样统一"。只要我们仍只考虑"物质的"艺术作品，这种统一来自何处的问题就无法被解答，唯有考虑作品在观察者身上所引发的精神状态，其个别的组成——成分的统一才会对我们显现。这种精神状态，或更准确地说，我们把握艺术作品的这种行为，就是这种统一。统一就是这种心理状态，或准确地说，就是我们把握艺术作品的这种行为。虽然这一行为与任何一种统觉并没有任何本质上的不同，但由于在理解艺术作品时缺乏实用倾向的影响，统觉行为就因其整体性被清楚地凸显出来。由于艺术作品被感受为这一行为及其整体性的刺激物，也由于艺术作品位于观察者之外，相应的心理状态也被投射在观察者的内部之外，因而提供这一心理状态的载体就成为创造作品的人，即艺术家。将一部戏剧视为一部艺术作品就是证据。在我们感到是某人在戏剧作品的背后引发了角色的行动时（也就是说，当我们不把角色的行动和语言归为他们自身的时候），我们会把在我们面前所呈现的演出视为一部戏剧。只需记住每一角色都呈现自己的主动性并对自己负责，那么我们就开始把戏剧理解为一个真实的事件，而不是一部艺术作品。因此，创作者的个性总是被感受为隐藏于作品背后，即便我们对具体的创作者及其真实的精神生活一无所知——这只是接受者精神活动的一种投射。这一点也可以换种方式来表达。艺术作品是调节同一集体中两个个体的一种符号，并且跟每种符号一样，它需要两个主体来履行其符号功能：一个提供符号的主体与一个接受它的主体。但与其他类型的符号不同，在那些符号中符号与其所代表的事物（物质关系）之间的关系最显著，而在艺术作品这一物质关系弱化的自主符号中，符号与主体之间的关系最为显著。因此，接受主体在每部作品背后强烈地感觉到提供符号的主体（艺术家）对作品在他身上所唤起的精神状态负有责任。从这一点出发，仅是迈开了接近具体的创作主体（主要由作品所提供的前提建构的）的不自觉本质的一步。变得清楚的是，这种我们称之为作者个性的假定个性与艺术家实际的心身个性完全不是一回事。

　　但我们感兴趣的是，作者个性究竟是动态的还是静态的？它是一个历史的还是静止的事实？如果我们假定从一种幼稚的接受者的态度出发（缺乏理论素养的接受者），那么毫无疑问，作者个性是一种历史外的事实，因为完全的统一必须在时间中显得不变。正如作品所引发的精神状态对接受者来说显得是必然的和不变的那样（由此产生出艺术中的永恒价值说），在其基础上构建的接受者所想象的作者个性也必须显得是独立的——在其不变性上——独立于任何东西，特别是时间。然而，这种不变性只是一种幻象。众所周知，作品的结构随着时间的流动而改变（如果一部旧作品在其出现之后很久被接受，被融入了一个新的动态语境），因而在接受者心目中它的等价物（同等）的精神状态也会改变，作者个性的形象也会改变。总而言之，作者个性只是作品结构作用于接受者心灵的一个影子和映象，它自身并没有任何理论利害，因为它并不包含任何不能由对作品本身的一种客观描述和分析所准确表达的东西，它只在遭遇艺术家真实的心身个性时才有趣。

　　让我们转向另一方面。艺术家的心身个性乃是一系列与生俱来的或后天（受教育、环境、社会地位等影响）习得的性情。由于每一种性情可能既是与生俱来的，同时又是受外部影响改变的，因此截然分清这两个层次绝非易事。然而，对艺术家个性的心理分析必须定位于那些与生俱来的性情，也就是说，应当接近将艺术家的个性理解为那样一种整体——其最终的根据在自身中，在其得以产生的行为中，因而是一种历史外的整体。当然，在此，材料绝不可能局限于作品，还必须包括作者所有的表达：书面语和口头语、行为。如果这种分析被足够精确地运用的话，那么艺术家的个性往往要比作者的个性广，作者的某些性情留在了作品之外，或者至少它们以一种不同于在作品中的力量和方式显现在艺术家的生活中。仅举卡雷尔·海内克·马哈的例子就足够了。马哈的传记作者带有几分惊讶地查明这位诗人喜欢使用那些音响价值突出的词汇，并且在使用时有意模糊地将它们加入语义明确的整体中，而他真实的个性是一位优秀的数学家和出色的律师，也就是说，他在生活中和在作品中展示的性情不同。至于同一些倾向的变体，只需回忆起他在《五月》和《日记》中色情描写的极大的分歧就够了（类似的例子还可参见魏尔兰的《智慧集》及其私生活的记录）。最近，在一次私下的谈话中，某位捷克最有名的作家以自己为例，指出他的实际回忆与自己提供给作品之中作为材料的回忆的差别，虽然这两者的来源相同，都源于艺术家的生活和经验。作者的个性和艺术家的个性之间的矛盾可能会反差很大，但在另一些情形中，它们也能近乎完全吻合（参见雅各布森有关现代诗歌艺术的文章《何谓诗》）。因此，这两种个性之间的关系在诗人作品中都是典型的，但它并不像看上去的那样取决于艺术家的意志。正如我们已经看到的那样，作者的个性只是作品结构在心理领域的投射，并且结构也不只取决于艺术家的意志，而主要由其自己的发展所规定，在时间演进中形成了一个连续的系列（比如捷克诗歌的结构）。因此，诗人的性情和作者的个性之间的关系乃是同时从两方面被决定的：一方面是该诗歌艺术中结构的发展；另一方面是由从前辈手里获得这种结构的诗人的性情。因此，我们能够在个别发展阶段追踪这两种个性之间那些非常典型的关系，就不足为奇了。正如雅各布森在前述的研究中将一位浪漫主义诗人与现代诗人并置（马哈和奈兹瓦尔），就他们的色情倾向进行比较的那样。诗人的心身个性乍看来完全处于历史外的，仔细观察，则是融入诗歌发展之中的，虽然只是通过它与作者个性之间的关系。换句话说，即使如果对诗人的个性进行心理研究，不考虑文学发展，将是无法完成的。我们刚讨论的个性的这两个方面——显现在某一作品中的个性和真实的个性——两者具有一种共同的特征，至少在初看来，它们都是静态的。但对于个性的问题，我们能够甚至必须从发展的观念来看待，也就是说，从一开始就将个性视为一种历史的和动态的事实。

由此产生了发展与个人（个性）之间的关系问题。如果我们认为个性的基本特征为独特性、非因果性和恒定性的话，那么个性必然对我们呈现为它干预其中的每一文化系列（此处，我们关注的是文学）内在发展的一种对立物。从一个正在发展的系列的视角来看，个性的干预一方面显示为对这一系列时间连续性的破坏，但在另一方面，并且也是在同时，通过同一个行为显示为促使该系列运动的一种力量。个性通过其真正独有的特征（与生俱来的性情，尤其它们的等级）越是强烈地显示自身，对于观察者来说，它的干预就越明显。因此，将个性严格地视为一种独立于发展的要素，这一观念先是产生了卡莱尔那一著名观念，认为世界史就是伟大个性的历史，并最终导致了对发展的完全否定（个性外在于时间）。这一结论显然是荒谬的，但卡莱尔的观点也是不可靠的，就更不用说，按这种方式所理解的发展在历史学家手里碎为缺乏连续性的一系列碎片了，两个问题导致了这一困境：一种假定的个性是可以想象的吗？相反，如果我们假设即使在最强的个性中存在部分的因果性的话，那么界线又在哪里呢？如何来阻止最强的个性在历史学家手下消融成一系列因果性呢？

我们必须在一方面是发展，并且是某一系列的内在发展；另一方面是个性之间寻找这样一种关系，它将使我们既不会忽略这两者之间的对立，也不会威胁发展的基本前提，也就是正在发展系列的连续性。发展作为一事物在时间中规则的变化，乃是两种相反趋势相互作用的结果。一方面，正在发展的系列保持自身，因为若没有了对自己同一性的保存，它就不能被理解为一种在时间中连续的系列；另一方面，它又不断破坏自身的同一性，否则就不会有变化。对同一性的破坏维持着发展的运动；它的保存则为这种运动添加了规律性。正在发展的事物本身是这种保存同一性趋势的来源。因此，破坏同一性的推动力所来源的那个领域必须处在正在发展的事物的外部。这些外部的干涉从发展规律性的立场看来是一些意外。能够以这种方式干涉正在发展的文学的这些意外是数不胜数的，它们能够来自其他文化发展系列（其他艺术门类、科学、宗教、政治）。所有这些意外都是社会有机体中变化的反映，但它们直接通过创作者的个性来干涉文学。当然，这些"意外"，如果仅从它们源自其中的那些系列来看，是些绝对的意外，它们似乎是每个这些系列内在发展的合乎规律的结果，并且能够被客观地描述和界定。然而，从我们所追踪的连续发展的这一系列的视角出发，这些干预的"偶然性"也被这样一个事实所限，即它们的连续性、强度以及动态的应用，在很大程度上取决于这一发展系列的需求。此外，需要着重指出的是，所有以上列出的这些外部干预并不是处于同一个平面。社会结构与所有文化现象之间的关系是一种不同于文化现象自身之间的关系，因为社会是文化的载体，并且它的结构是文化发展的河床。这对外部影响的相对重要性和布局产生影响。社会结构中的每次改变都以某种方式在文化的整体结构，以及在其个别系列，诸如个别的艺术和科学的相互关系中显示自身，与此同时，文化现象的个别系列间的相互影响意义更有限。

　　现在，产生了这样一个问题，即作为文学发展一种外部要素的个性
地位如何？它之于这种发展的偶然性程度如何？它与其他外部要素，如
其他艺术门类、科学、社会结构的关系又是怎样的呢？至于偶然性的程
度，我们必须承认个性隐藏的，但非常有效的基础是其与生俱来的性情，
正因这一基础，个性比起文化现象和社会组织来，更少地由历史前提所
预先决定。因此，如果个性作为一种外部影响干预了文学发展，它会产
生更多不可预测的东西，并且会更强烈地破坏先前文学发展的同一性。
正如我们上面所说的，并且在后面还要展开的那样，个性的偶然性和非
因果性强烈地为这一事实所限，即个人乃是社会整体中的一员，他分享
着它的发展，并且正如任何其他文化系列一样，文学对个人来说只是共
同文化财产的一部分，其发展和效果要远远超过个别个性的影响和决定。
因此，在与文学的联系中，个人被大量联系所束缚住，并且绝不是一种
绝对和自足的、起作用的偶然性。不过，如果我们说他之于文学发展的
偶然性更大的话，那么我们指的只是个性的干预比起其他外部干预的非
因果性要相对更大。个性与文学发展的其他外部要素的关系也很特别。
如果我们因为社会是文化的源泉和载体，而不得不把社会结构从文学发
展的其他外部要素排除的话，那么我们也必须为个性的干预保留一个单
独的位置，因为个性组成了一个焦点，影响文学的所有外部影响能够汇
聚其上，与此同时，这也是它们渗透进文学发展的起点。所有发生在文
学身上的一切都通过个性的中介得以完成。个性是进入文学并与之直接
接触的唯一外部发展要素，其他要素与文学接触唯有间接地通过个性这
一中介。所有其他外部要素能够被纳入个性的范围之中（但是绝不能将
它们的问题简化为个性问题）。

　　因此，文学发展的二律背反——我们在上面已经抽象地将其描述为
文学同一性的肯定与否定——能被具体地阐释为文学与个性之间的一种
矛盾。内在文学发展的个别阶段构成了这一二律背反的正题，那些对文
学发展每一阶段产生影响的个性则构成了反题，之所以是反题，是因为
从它们那里产生了对文学同一性的否定，产生了将文学变为某种不同于
其之前所是的东西的趋势。因此，文学—个性的二律背反乃是文学发展
的所有可能的二律背反中最基本的一个，当然，也是最复杂的一个，因
为它暗示着所有其他的二律背反。

一旦我们以这种方式来思考个性与发展的关系，那么变得更为清楚的是：作为一种发展要素的个性问题不能仅局限于那些强大的个性，虽然它们对发展有着非常明显的影响，并引起了文学结构的根本重组。即便当其他非个人的影响明显胜过个性的影响时，我们也应该记住，进入作品中的所有外部影响都是通过个性这一中介，并且在对那些时期进行研究时，个性作为一种发展要素的问题也没有失去紧迫性。在一特定发展阶段中的强大个性之存在和缺失两者都必须被查明和科学地加以解释。如果我们希望研究个性之于文学发展的影响富有成效的话，那么个性必须被视为一股恒久的力量，它不断地与文学发展的内在同一性进行斗争。

当然，被视为发展的一种恒久要素，个性不再显示为渗透进动态关系的网络中，将其扯开的一种外来体，而是显示为对内在发展的一种辩证否定，个性实际上是源于发展的。作为一种辩证的否定，个性并不总是并且是自动地破坏发展。当然，存在那样一些发展阶段，个性与先前的发展方向相矛盾或至少倾向于如此。但也存在另一些发展阶段，个性是先前发展阶段的顶点，或是将先前不同的趋势综合成一种单一发展潮流的要素。因此，个性不是外在于发展的，而毋宁说是作为发展的否定面内在于其中的。为了阐明和直观地证实这一论断，我们将尝试列举把个性作为一种发展要素与发展相结合，并将它们绑在一起的那些纽带：

1. 看似暗示个性独立于发展的最显著的特征为，所谓强大的个性在文学发展中维护自身所具有的强度。强大的个性看似绝对独立于发展及其规律之外，然而，有事实证明一种强大个性出现的那些条件，不仅已经在某些时期的社会和文化氛围中准备好，而且甚至就在文学自身的内在发展中准备好。因此，个性显示自己的强度绝不是独立于内在发展的。比如，在现代捷克诗歌发展初期，马哈的个性似乎是明显超过所有其他个性的一座顶峰。将他与本土先前发展的密切联系是非常明显的，比如，在诗律方面，这种联系体现在由发展所提出的创造一种新捷克抑扬格的需求上，马哈创造的捷克抑扬格与他《五月》的其他结构成分，如词汇、句法以及语义等密切相连。但所有这些都并没有削弱马哈出现时的出乎意料和惊讶程度，以及他与同时代人的尖锐差别。然而，让我们注意到，马哈登上文坛是在当一切都已准备好转向的发展阶段：改造捷克诗歌的理论论证和实际努力经过一系列试验之后，已经为最终的结晶预备好了土壤。创作一部不朽作品的努力已经催生了无数作品（沃依特赫、内耶德里、赫列夫果夫斯基、波拉克、科拉尔），最终不得不得出这样一个结论，即不朽性并不在于作品的篇幅，而在于提供材料的方式上（俄罗斯文学中类似的过程参见蒂尼亚诺夫的《拟古者与创新者》）。此外，我们不能忘记的是，马哈创作中那种夺人眼球的独特性为这样一种情形所强化：捷克诗歌在经历巴洛克时期的衰落之后（诗歌局限于唯一的体裁宗教诗，以及在 19 世纪前数十年中试图恢复主题的范围和类型多样性的一段摸索期之后）迎来了新的发展阶段，马哈被置于这一新的发展阶段之初。如果除却内部情形外，我们还关注总体文化和社会情况的话，那么，毫无疑问，我们还会发现其他一些有助于客观解释马哈诗歌创作的突出、显著因素。当然，我们并不打算在穷竭所有这些因素之后，装模作样宣称马哈诗歌创作的强度可以完全被解释为符合规律发展的一个事实。不能忘记的是，所有这些有利的因素在一特定时刻汇聚于一个心身的个人周围，这个人具有这些或那些性情，并且具有这些或那些实现它们的能量。我们只希望通过这个例子阐明这样一种论断：即使一种从发展的立场来看非常偶然的情况，如个性的力量，也是在一定程度上取决于先前发展的。我们也能够解释这样一个众所周知的和普通的事实，即强大的个性往往在一特定艺术的发展中成串出现，并且也有那些整个儿缺失它们的时期。即使乍看来，这一事实会引发这样一个问题，即在一特定艺术的某个发展时期与在这一时期中坚持自身的强大个性的数量之间是否有任何联系？我们不打算涉猎这一主题，但同时存在几个并行不悖的强大的个性，允许我们探索下一点。

2. 在一特定艺术中源于同一先前发展状态的同代人之间的个体差异，也似乎是个性之不确定性及其独立于发展的一种直接表现。然而，如果我们更仔细地观察那些区分相似个性的差别，我们就会发现，作为发展要素的个性间的相互联系正是在这些差别中显示自身。比如，在马哈与艾尔本之间那些相互联系体现在很多方面，它们有时会导致直接的对立。然而，这种对立不只是两位诗人个人性情的问题，而且也能够被客观地阐释为两种发展趋势的对立，它们正是由于对立而彼此补充，因此一位诗人的个性如果不与另一位诗人进行比较的话就很难被正确理解。雅各布森把马哈和艾尔本之间的对立客观地阐释成，一方面是一种革命的浪漫主义与一种顺从的浪漫主义之间的对立，另一方面是恐怖经验之个体发生的（онтогенетический）与种族发生的（филогенетический）倾向之间的对立。这种对立甚至能够被阐释为两种诗歌结构之间的对立：马哈的诗歌倾向于极端的无情节性，而艾尔本的诗则倾向于极端的情节性（мотивированность）。马哈的个性还能跟其他参照物相比较，尤其是和 J. K. 狄尔相比较。即便在此，他们彼此关系的本质还是一种对立的关系，但唯有在与他们在文学中所代表的发展趋势相比较才有可能显示。狄尔的中篇小说《混沌》说明了这一点，它批评了马哈，并强调了这两位朋友在文学上的相互嫉妒。亨德尔在给斯沃博达的信中曾这样写道，狄尔和马哈"认为彼此是对手（此处我仅指诗歌），并且他们走得越远，他们就越会成为对手"。比先前两个例子更明显地揭示个性间差异的先决性为五月一代的三人：聂鲁达、海内克及海杜克身上。根据他们的个人关系来分类，聂鲁达和海杜克彼此之间比海内克与他们两人之间的关系更密切。然而，在诗歌上海杜克显然紧挨在海内克旁，特别在抒情诗上，海杜克和聂鲁达体现着抒情诗的一种情感解放的发展趋势，而聂鲁达的抒情诗则带有一种强烈的情感抑制。因此，在这个特定例子中特性的分布是根植于文学发展中的，虽然缺少了情感的抑制和情感的自发性，也仍然不失为一种重要的传记特点，尤其在海杜克身上。因此，同时代个性之间的关系往往并且主要不是由诗人的个人特点所提供，而是由他们作为发展要素和作为不同发展趋势代表的相互关系所提供。

3. 个性除了作为发展系列中的一个环节显现自身的强度之外，除了它与同时代的人不同的独特性之外，当诗人心身性情的形象出现在其作品中时，它也作为未被发展所决定的个性的一种直接表达而起作用。虽然在上面我们已经表明，一部作品中个性的形象与诗人真实的个性并不必然在视界中吻合，甚至会完全对立，但是，不可否认，在它们规模不一致的情形中，甚至在诗人个性毫无阻碍地和完全地出现在一部作品中的情形中，它们之间也存在某种一致。那么，至少在这些情况中，我们是否还能够毫无保留地谈论个性的未确定性呢？谈论个性独立于发展而对文学进程的干预呢？上面我们已经说过那些艺术家的整个个性公开显现的诗歌发展阶段，这些情形是由诗歌发展自身所决定。此外，在每一发展阶段，着手文学创作的个人都能在自己的道路上发现一定的前提，这些前提由先前发展所提供，并且这些前提与自己的创作具有相关的假定特征。诚然，希望影响未来创作的个人正是通过尽可能地破坏这种状态来强有力地展示其个性的力量，但以这种方式破坏艺术结构先前的状态是为了它能够动态地转变成另一种状态——因此，不是不着一丝痕迹地移动——而是暗示着与这一状态相当多的一致，一种相当大的吸收它的能力。因此，个人的性情，甚至是一个强有力地重构了结构先前状态的个人的性情，在很大程度上乃是由文学结构的先前状态所决定：作为一种强大的发展要素显现自身的，唯有那些将自己的性情及其等级来与将对其产生影响的结构相一致的人。与此同时，在一个强大个性身上也会不可避免地出现那些与结构先前状态不一致，并因而能对其进行改造的性情。但从文学内在发展的视角来看，个性和先前文学结构间的这些不一致，它的趋势和特点也不总是并且必然是完全偶然的，因为未来发展的方向已经暗含于——至少在轮廓上——某一特定发展阶段中了。发展——如果我们视其为一种真正平稳的过程——即使对于在其最小片段中的一瞬间，都不会保持同一状态：在发展中的某个时刻看似稳定的一部完整的作品，唯有在起初才是一种发展趋势的载体，而自那以后，结构的发展立即充溢进新的作品中。当然，这样一种连续的运动有其自己的方向：过去与未来总是隐含于当下，因此，由创作者的（诗人的）性情与结构的先前状态之间部分的不一致所产生的破坏一点也不缺乏预先规定。选择合适的个人来实现一定的发展趋势当然必须与对先前状态的一种否定关系所预示。因此，一种个性的内容，它的一套性情（品质和等级）一点也不是与文学的内在发展无关，对这种演进来说是偶然的。

我们已经尝试查明个性和文学结构发展之间的纽带，已经变得明朗的是：个性是融入发展之中的，即使是它的那些乍看来似乎从外部最少被决定的方面——个性效果的强度、个性与同时代其他个性的不同，以及个性的一套性情（品质和等级）。然而，我们必须着重指出，这一论断一点也不会将我们引向决定主义的危险。刚才提到的个性的这些方面，无论它们在个别情形中与发展之间的联系多么强，也永远无法与其载体，与个性的结构相分离，它是其中的一部分。如果文学结构构成一个整体，从这一整体视角出发，个性的干预似乎是破坏内在规律性之意外的话，那么个性自身也同样构成一个封闭的整体，从它的视角出发，文学发展的规律性则显得是一种意外，这种规律性迫使个性依附于它，同时破坏个性的内在系列。文学作品的每一成分能够在其与作品结构的关系中被观察，也就是说它的规律性程度也能在其与诗人个性的关系中被确定，它的偶然性程度能够从文学先前发展的视角被确定。相反，诗人个性的每一要素能够在其与个性结构有规律的关系中（它是这种结构的一部分）被观察，也能在与作品的关系中被观察，在其中它必须服从于另一种规律的外部压力。文学史即为文学结构之惯性与个性之强迫性干预之间的斗争；文学个性史是诗人传记所描绘的他与文学结构惯性的斗争。克罗齐将诗歌作品视为个性之直接表达的理论需要加以限定。

　　然而，只要我们每次都还心存一种独一无二的个性观，那么文学个性的不可预知性及其作为一种发展要素的意义就无法得到完整评估。我们必须意识到，从文学总体发展的视角来看，个性的偶然性和不可预知性一方面是由个性在时间中的改变所规定，另一方面是由同时代个性的改变所规定。个性连续地进入历史的图景在任何艺术史中都不像弗尔赫利茨基的诗句试图表达的那样简单："我们薪火相传，从一个人到另一人，从一位同志到另一位同志。"前赴后继进入文学中的个性可以来自最不同的环境和社会，代表最不同类型的与生俱来的性情，可以或强或弱；争夺主导的同时代的个性们同样也是如此。一个曾经干预过发展的个性，在其进一步干预发展时已经多多少少是一个可预知的要素，有时是一种绝对的恒量。然而，前后相继或同时起作用的个性是异质的和无法比较的要素。个性正因此在发展过程中扮演着恒久躁动之来源和发展转折之策源地的角色。因此，从一种不同的观念出发，我们再次明确了我们在上面已经得出的结论：唯有我们不把个性视为在时间和空间中的一个孤立的、不可重复的点，而是视为一股对发展施加持续压力的恒久力量，当然，其方向和强度是不断变化的，我们才能够感受作为发展要素的个性的全部意义。

　　允许我们探知与发展有关个性之不确定性的另一种情况如下。我们曾说过，如果我们将每个发展阶段都视为当下的，那么它就部分地暗示了过去某个阶段，也部分地暗示了未来某个阶段，换句话说，未来的发展方向总是在一定程度上由源于先前阶段的需要所规定，但这种规定只适用于总体方向，不适用于具体的实现。让我们假定具体的运动 a、b、 c、d 经由个性 A、B、C、D 得以实现，在一定的发展阶段已经既显现为对以前发展状态的一种直接反应，也显现为它的结果。我们很难得出这样的结论，认为这些运动在逻辑上必然如此，以至于如果手头没有合适的个性，或如果在一特定时刻手头有更多的个性，那些运动 e、f、g 等不能被添加，其中的一个可以缺失。无论如何，总是那些已经实现了的运动，而不是那些我们预见或只是猜测但并没有实现的运动，将会成为进一步发展的基础。在此，个性的决定性发展影响——及其与发展有关的所有偶然性——是完全明显的。当然，我们已描述的这种情形是抽象的。实际上，至少在大多数情况下，完全有可能的是：朝向一定方向的实现与未实现将不仅受创作者个性，并且也受有规律的发展前提的影响，该个性将比其他某种同样先验可能的个性更符合这些前提。在此，对我们而言重要的是，展示个性如何通过自身的偶然性决定着内在发展路径的，这种内在发展看似完全由超个人的力量所决定。

　　一种个性在发展中显示为某一环境或社会阶层需求的代表，这一事实一点也不暗示个性只是一种被动的角色，相反，虽然很难具体证明不同环境（或甚至不同的内在趋势）代表的相对力量能够决定这种等级。

　　如果我们按照这一方式来检验一首诗的所有要素，那么变得清楚的是，其中的每一要素都与诗人的个性直接相关。但如若因此得出结论认为一首诗绝对依赖诗人个性的话，那么这种观点与另一种极端的观点——否认其对诗人个性的依赖——同样是不正确的。一般说来，一首诗的每一要素及其结构能够先验地被诗人的个性决定多少，也就能被结构的发展所决定多少。学术研究必须考虑这种二元性，必须从这一点出发，将其作为工作假设和创新原则。这意味着，与一部作品的每一成分及其整体有关，我们必须追问它在何种程度上源于个人的促动，以及在何种程度上源于发展的促动。在这层意思上，个人促动的范围当然包括所有其他发展的文化系列以及社会结构的发展之影响，因为正如我们以上所阐述的那样，个人是所有这些的载体，并且绝不是一种被动的载体。一旦这样一种影响施加于文学结构的发展，个人就会立即融入这一结构的过去和未来之中：发展如何需要个人并如何使用他，将会变得非常明显。然而，发展的需要是不同于逻辑的需要的。我们总能假定，如果源于一种不同环境的另一个性已经产生干预的话，那么影响所承载的由某种个性所履行的发展功能能够被另一种影响所代替。源于这种其他影响的进一步发展将可能显得不同于实际所发生的。无论一条内在的发展线索的有机统一看似多么严格，它总是给偶然性——个人——留有完全的自由，不是在个人能打破发展趋势的意义上（这样一种干预不仅超过个人意志所及的范围，而且在他的意图之外，因为个人想要改变以前的状态，但这也意味着保存被改变物的同一性），而是在这种发展趋势比它的具体实现更宽的意义上。一种发展趋势的每一次实现只是许多或至少数种可能性之一。

唯有将个人作为一种发展要素纳入文学理论研究中去，才在事实上意味着对发展的因果观的彻底清算。只要我们只看到内在发展，以及干预这种发展的其他系列正处在当这种发展需要它们的干预的方式时，那么即使学者本人在目的论上来理解规律性，规律性一词也总是含有危险，将包含某些潜在的机械的因果论，倾向于因果的方案，必然地和明确地遵循它们。然而，一旦我们考虑到由个人（作为种属的个人）所代表的偶然在这种规律性后作为其潜在方面持续和连续运作的话，规律性的观念就被剥去偶然性最后的痕迹。偶然和规律不再彼此排斥，而是结合成一个真正时刻动态的和充满活力的辩证对立。

然而，如果我们不再从发展的内部看待个性，而是选择从外部的话；如果我们将个性视为促动的一种来源和干预文学的外部影响交汇的点的话，那么个人意志的不确定性甚至会显得更加清楚。于是，个性将对我们显示为（正如上面所提到过的）一系列或先天或后天获得的性情（通过教育、自然和社会环境的影响、职业等）。我们也说过区分先天和后天的性情是很难的，因为同一种性情往往既是先天的，又能被外部影响所额外改变的。甚至个性中所固有的，以及由生活的宿命所带来的东西，自身中已经包含了大量的偶然性。但同样更不可预知的是这些个别的成分卷入其中的结果，以及作为一种把相似的和对立的力量连成一个固定整体的结构的个性更是如此。个性作为一个整体的唯一是明显的，并且因此泰纳主义以及源于其的运动假定，通过对生物学的（遗传）和社会的（环境、宗族）起源的个别成分的分析，个性能够整个地被确定，这样的假定在根本上是错误的。事实上，这样一个众所周知的公理，即一个整体是一个大于或与组成其部分的总和不同的东西，就足够揭示这种谬论。

当然，这并不意味着学术研究必须放弃对个性的分析和客观分类。我们在上面已经提到，尝试对创作个性进行一种心理学描述和类型学分类，不仅是可能，也是必要的。此外，它对解决创作心理的一般问题同样也是必要的，比如，诗歌创造和想象的问题、私生活和艺术创作之间关系的问题。当然，所有这些乃是基于这样一个前提，即学术研究总是考虑据材料得出的，看似超时间的规律的历史易变性之可能性。但诗人个性的特殊问题也必须被提出，换句话说，传记的认识论必须被系统地考虑。传记作家的职责是去回答哪些外部影响已经塑造了诗人，并且是怎样塑造的。诗人所有的行为必须从他的个性结构来解释。如果诗人的个性在其唯一性上被把握，那么它就必须被视为一种活动，而不是视为一种永久僵化的属性。因此，如果传记作者把自己局限于对诗人行为的一种非历史的肯定或否定，局限于对诗人个性的一种正面或反面的理想化（诗人作为正面的或反面的英雄），乃是不正确的。

但如果我们希望将诗人的个性视为一种活动的话，那么将其机械地拆成逐步塑造它的部分是不够的。这些已经进入个性之中的部分——个别的影响——的系列已经成为其结构的一个事实。无论影响 X 在影响 Y 之前影响了个性的结构，还是唯有在它之后由这种影响重塑为一个整体不是无关紧要的。此外，传记作者必须始终考虑，作为一个结构的个性和某种影响之间的接触不是机械必然或明确的。一位诗人是来自某一社会阶层的事实，能够是并且最可能将是他的精神结构的一种要素，但即使最极端的情形，这个事实仍然是——尤其如果它被另外一种更强的影响所破坏的话——没有任何效果是可以想象的。如果社会起源已经变成一种要素，它的影响不必然是直接的；诗人能够是另外一个阶层，而不是他所来自的那个阶层或接连几个阶层的代表。的确，他甚至会变成他所来自的那个阶层的敌人。

论艺术与现实的辩证之路[①]

（扬·穆卡若夫斯基院士访谈录）

　　尊敬的教授，我们与您一道，在那样一个时刻迎来了自己的八十岁生日，当全世界，从苏联到美国，对结构主义以及对您的科研成果流露出日益增长的兴趣。您的研究早在 20 世纪 30—40 年代就与这一潮流有关。在法国，结构主义不仅成为所有人文科学领域，甚至在文化时尚中也被认为是公认的方法论，并迅速向其他国家传播。作为一名学者，您通常被认为是美学和艺术科学中结构主义的奠基人或至少是创始人之一。那么，依个人经验，您认为有什么需要特别强调的吗？

　　如今，当"结构主义"在许多国家语境中得到传播的时候，形成了许多科学分支。由于不同的人出于各自的便利，经常给这个词加入自己的理解——有时甚至与其本意完全不同——这个概念变得多义，因此我不是很情愿，也很少使用它。但当这一概念在布拉格语言学小组产生的时候，它不仅以一种明确的方式被限定在其赖以发展的材料基础上，而且也是一种"战斗召唤"。

　　那时，我们生活得并不轻松，由于第一共和国的政治反动势力嗅觉异常灵敏，因此鼓励独立思考是相当危险的。记得当时有位大学同事曾对我说："难道您真以为我们捷克人有足够能力思考点什么吗？这是大民族的特权，我们只有吸收和模仿的份儿。"那位同事比我年长，我当时回答他不要怀疑自己、我以及其他人的大脑构造都是一样的。还有一次齐切教授——我仍很好地记得他的形象——找我谈话，他像对待自己的副教授那样说："现在您还有相对的安宁，因为您被认为是位有趣的年轻人，但一旦他们知道您准备至死不渝地捍卫真理的时候，就是您要受苦的时候了！"这曾是个多么准确的预言啊！

　　我之所以说这些，是为了解释"结构主义"这一称谓为什么对我们

---

①　本文为访谈，由穆卡若夫斯基的学生米罗斯拉夫·卡塞尔记录，布拉格，1971 年。

而言是种战斗召唤。针对科学中的折中主义，不愿思考，甚至不愿意合乎情理地纠正自己思想中的错误，它是一种真正的召唤。虽然结构主义已为我们所熟悉，但是今天我更想强调的是构成结构主义基础的东西。我认为，在当今混乱、失序的世界中，正是辩证法思想（它包含在结构主义的本质中，因为实际上对于今天的科学而言，结构主义在某种程度上是"辩证法思想"的替代品）应当不仅成为任何科学研究，也应当成为对艺术进行思考的无可厚非的基础。

我认为，实际上，当今世界许多那些有时会把人推向绝望和无法克服的障碍的矛盾，能够借助辩证法思想加以解决。当然，我不是说这是绝对的。

这就是我想说的与"结构主义"概念本身有关的东西，它需要在历史的易变性中来理解。

然而，如今的结构主义之所以饱受诟病——当然，并不总是公正的——正在于其非辩证性。因此，现在您从一开始就谈到要辩证地理解结构主义美学、文学学和艺术比较理论，实际上是非常迫切和重要的。那么，依您看来，哪些前提对于在结构主义研究中合乎情理地采用辩证法是必要的呢？

首先，让我们关注"结构"的概念，它不仅仅涉及文艺学。结构最广义的定义是一个整体，然而存在许多"整体"概念，其中有些是明显错误的（比如整体论）。对我们而言，结构是那样一个整体，它内在地且动态地被建构而成，也就是说，是个不断变化的整体，它绝不是通过部分和谐连接的，而首先是通过它们之间的张力，即通过矛盾，也可以说，是通过对立连接的，这取决于我们在哪层意义上使用这个词。

这就是关于现实的辩证法思想的基础，但这还并未排除黑格尔关于辩证法的唯心主义观念。问题在于，对黑格尔而言，矛盾源根植于思维过程本身中，最终通过某个完成的同时已是僵死的整体表现出来。诚然，辩证法思想在寻找矛盾和张力的根源时绝不是在思维过程中，而是在现实本身的运动中，因为正是现实自身不可避免地包含着矛盾。如果其中不再含有内部矛盾，它就已经成为仅仅是没有了内容的形式，与其说是揭开了现实，不如说是遮蔽了现实。

辩证法思想的存在乃是为了查明现实之中的矛盾，指明现实（在其动态复杂性中）本身运动的方向。同样，辩证法思想还通过现实之中包含的矛盾关系指明这一现实，它既联结又破坏这种现实（如在文化领域），一旦该现实失了内在矛盾，就会瓦解。

因此，需要直接在现存的观念中看到黑格尔唯心论的印记，似乎运动可能只能是跳跃式的。辩证的对立是永远不会单独存在的，任何东西、现象、现实的形式，任何系列的物体都处在无穷无尽的联系之中，马克思主义曾教导我们，所有的一切都是相互联系的。因此，辩证运动的产生仅借助于革命性的变革已经变得不可能。由于事物、现象的相互关系不断重组，构成其组成的等级及彼此的结构也不断变化，因此辩证运动是不断地、不停地产生的。正是这种永不停歇的运动构成了现实运动的整体。这并不是什么奇谈怪论，而是合乎规律的必然。我现在所说的，丝毫没有取消激烈的变革以及从量变到质变的转换规律，但是辩证发展的连续性必须被强调。

一个整体，如果其内部矛盾停止斗争，那么它就开始解体。举个不久前发生的例子：一旦某种垂死的文化机制或艺术流派被剥夺了自身的内部矛盾，并且它们的组分是完全一致的，整体立刻就会瓦解。因此，在活的辩证整体的结构中不变的相互关系是不可能的。甚至那种基本的和原始的相互关系，比如内容和形式之间的关系（在艺术以及在一切中），也是辩证的矛盾。因此，有时是形式的东西能够在别的时候变成内容，最终一切都能既是内容又是形式。比如，在马哈的《五月》中有"五月"这个词吗？它意味着内容还是形式？这是诗歌主题直接的、原始的成分，还是这个词，其发音构成它的声响的一个基本组成成分，即那种纯形式的构成。它既是前者，同时也是后者。

总之，结构处于永恒的运动中。在此，我们首先会遇到黑格尔所谓自发运动的内在性观念。

当内在运动理论进入我们这一代人的视野时（特别受到来自俄国的影响，因为捷克的，更准确些说，奥地利的官方哲学——赫尔巴特主义，在具有很多优点的同时乃是绝对静止的），我们建立了布拉格语言学小组。我们认识论上的前提（基本上是抽象的）是那样的：首先，必须假设存在某种表达手段系统，如此一来，该系统内部组分的平衡以某种方式被破坏了，被破坏的系统依靠组分的置换得以维持，但与此同时又形成了新的破坏，要求新的修正，就这样直至无穷——始于起初系统内部平衡的、破坏的运动永远不会停止。

我们很快就明白了，这种以自身抽象形式表现出来的思想在某种意义上是原始的。但对于在捷克斯洛伐克的我们而言，它在那时恰好是有益的，因为它强调了随着时间的推移，在文化领域中过程的联系。比如，早在维切克的《捷克文学史》中，事物之间的相互联系只是产生于在非常不确切地被理解的、总体的历史过程中的某处，它与真正的现实相比毋宁说是背景；在这里，方法论上的折中主义获得了完全自由，它晚些时候在维切克的继承者身上继续发展。

因此，内在运动思想给我们留下了深刻印象，真理很快就变得明晰。比起在语言学中，在文学理论中结构运动的最终原因更多地不能包含在结构本身，"结构"概念已经包含了与时间的内在联系思想。原因在于事物是在变化的，在该情形下，文学，撇开所有它的以及在它之中发生的变化不谈，保留了自身的恒等。

但是，运动的动力从何而来呢？

它除了来自外部，没有其他来源。在此，必须回忆起蒂尼亚诺夫和雅各布森的纲领《文学和语言研究问题》（《新列夫》，1928），他俩在那份纲领中指出"不阐明这些规律，就无法科学地建立文学系列与其他历史系列的一致性"，并且"这种一致性（系统的系统）有自己不容置疑的结构规律"。

此处，实际上第一次指明了文学是运动的，即历史变化着的，而不是位于真空之中，它伴随着文化的其他现象，这些现象同样也不是静止不动的。这种历史的运动必然导致运动中的结构时而相互靠近，时而疏远。占据主导位置的，时而是它们中的这个结构，时而是那个结构。或者在它们的等级中产生置换。这些结构相互协作，并且甚至有时直接显示出一个变成另一个的趋势，比如诗变成音乐、音乐变成诗、绘画变成诗，等等。每一个结构变化的动力起源于这种个别结构之间的相互关系。

总之，从这里距离那一观念仅有一步之遥，即每一结构的运动不仅来自自身，也来自外部。老实说，艺术科学至今还远没有对这一步得出最终定论。现在所知的是，浪漫主义发展的比较文艺学的观念在其自身的基础上就已经被克服了。但直到现在，比如关于主导的和从属的民族文学的思想还没有最终消失，这种思想认为只有大民族的文学才有充当动力源泉的特权，它们规定着其他民族文学的运动。与此类似的还有那一仍未消失的观念，认为一种民族艺术给其他民族的艺术带来了光明。如果从蒂尼亚诺夫和雅各布森提供的思路进行思考的话，那么得出的最终结论就完全会是另外一回事。正是关于结构的相互关系，无论它们种类多么繁多，哪怕因为使用了不同的材料，而具有与观众不同的相互关系，以及类似地应该通过不同的方式和不同的手段达到一个或另一个目的。换句话说，现在关于从一种艺术样式到另一种艺术样式的转移的学说已经变得普通和绝对明朗，但比如电影与文学的接触还没有最终进入比较的实践中。

正是那样，蒂尼亚诺夫和雅各布森的纲领能产生一系列后果，比如民间文学与文学之间的相互关系问题。文字的民间文学在科学中有着不同的命运。早在浪漫主义时期，对民间文学就有了关注，按照当时的术语，它直接被理解为人类心灵的母语，但很快就被抛入关于从属和主导的一系列观念之中，被抛入关于影响的观念之中，并且似乎成为某种派生、从属的东西；在我们的世纪之初形成了一种有名的理论，根据这一理论，民间故事是退化最为严重的文化遗产。然而，艺术实践很快就以另一种完全不同的立场来对待民间文学：文字民间故事对文学创作或对造型创作的真实影响，比如，不同民族的童话民间故事对于叙事艺术的意义，可以足够明确地被查明。这也证明了正在发展的结构应该从不同结构中获得动力，并且所有这些结构是相互等值的。

然而，在蒂尼亚诺夫和雅各布森的纲领中并没有谈到最后一个词。

的确如此，此外，也没有谈及某处还存在另一个源头，在它的影响下所有文化现象开始按不同方式彼此相互转移和相对改变。但这是为什么呢？理由何在？于是，整体文化与形成该文化的社会之间关系问题之重要性便开始凸显。

这里，我们首次遇到了一个著名命题，即关于文化发展直接地取决于社会运动的命题。该命题至今仍在一些地方被固守着，虽然它已经在相当大程度上证明了自己的无力。原因在于，如果我们开始将正在变化的社会现实和正在发展的文化之间的关系理解为镜中之影，将文学和所有文化的发展理解为社会发展的复制品的话，那么在我们面前就出现了一些无法解决的问题，更不用说艺术实践。比如，该如何解释社会变革中的一些现象，哪怕只是些非常泛泛的现象。比如，从多神教到基督教的转型是否是为了表达一些全新的思想和需求？它们长久以来作为由旧的体系所形成的艺术手段的表达方式，那样的情形重复得非常频繁，或者为何迫在眉睫的社会转折常常以震撼艺术基础的方式在艺术中显现，并且要早于那些发生在现实之中的转折？我们在第二次世界大战之前曾经亲身见证了这点，当艺术作为敏感的地震仪已经表明了——虽然以一些完全不同的方式——接近了即将发展的东西。这也以同样的方式在恰佩克的超现实主义创作中得到了确认。

但即便在此也必须辩证地思考，因为指的绝不是现实与其精确的复制品之间的关系，而是关于辩证的相互联系。虽然我们知道艺术是一种社会现象，知道艺术创作若无视社会的需求就没有意义，撇开我们了解并完全清楚不论，艺术作为一种社会力量如何并以怎样的方式显示自身，这一问题仍没有失去意义。艺术的这一属性是否总应该显现为艺术在某种程度上与当下存在的现实保持一致呢？或者显现为艺术对现实的描绘呢？或者正是因为拒绝直接描绘现实，艺术作为一种社会力量能够为自己寻找到应用并且完全是真实的应用呢？

当毕加索及其立体主义的出现，这是对现实非常大的偏离，但现在已经清楚的是，艺术对于毕加索而言乃是对分裂世界的一种抗议。这种抗议是非常革命性的，并且艺术家本人对于现实的那种感觉也是非常强烈的。我想，我们所有人都知道文森克·克罗默尔选编的毕加索有名的静物画。克罗默尔从未忘记从立在静物画上的五斗橱上取出变得干枯的苹果，这只苹果是毕加索赠给他用来证明真实的水果是自己创作的原形。

虽然这个细节有些好笑，但它表明了艺术和现实的相互关系不在于艺术是否复制了现实。在艺术整个的转变中，社会现实的转变与之最为密切，但是这一事实本身丝毫也不能说明它们之间的关系直接到何种程度，因为在此参与游戏的还有这样一种因素，出于辩证法必须考虑的因素——偶然性。

关于这一点，也许已经说得够多了。对于现代哲学而言，偶然性的问题乃是思考因果序列问题不可分割的组成部分。

没有了偶然性，严格有序的辩证矛盾根本就不会存在秩序，取而代之，只有僵死的单调。被剥夺了偶然性的艺术已然走在通往坟墓的路上了。当然，对艺术与现实之间关系产生影响的偶然性帮助艺术描绘那一如其所是的现实，它并不是唯一的因素。如果声称偶然性乃是所有变化之起因的话，那么我们并不是辩证地在讨论。

在艺术中可以直观地发现，任何创作方法上的改变对于现代人来说都是"偶然的"，并且对于艺术本身也是如此。很难想象艺术家希望精确地做出跟在他之前其他人所做过的东西，当然，模仿者除外。如果我们说真正的艺术家，那么他们中的每一位都必然怀有这样的信念着手创作，即将做些完全不同的东西，他以一种不同于在他之前的其他人的方式表达自己对待世界及其现实的态度。然而，如果他不希望被剥夺与同代人之间的相互理解性，那么他的艺术应该保留自己的恒等。艺术传统，即已经成为普遍采用的规范，并且作为属于所有人构建材料的主题和形式成分，是由个人在艺术发展中的干预所引发的偶然性之不可避免的对立。如果没有了它们，艺术简直就是不可能的。

此处，我们指的是一种辩证的相互依存，并且可能是对艺术而言最重要的相互依存——外来的偶然性与艺术的内部规律之间的相互依存。艺术家的个性，实际上正是艺术获得所有动力的来源，但与此同时，如果指的是大艺术家，那么偶然性地体现干预发展的过程。此外，辩证思维不应该害怕悖论，正是大艺术家成为自己时代的代言人，成为世界制度、现实及其构成观念的载体，并且也正因为他用自己的创作给予了最有分量的证明，艺术是一种社会现象和要素。

在谈论艺术创作集体性的时候，我们不太可能涉及复杂的问题，即什么时候集体能够以个人的形式发挥职能的问题。这个问题确实非常复杂，虽然它限制了先前的将艺术家个性的意义视为艺术发展中最主要的偶然性那种论断，但是并不与这种论断相矛盾。更为明显的一个例子是民间文学。浪漫主义者将民间文学视为匿名的民间创作，但晚些时候开始解释创作的集体性并没有排除个性在其中的参与。我们能够成功地找到那样的例子，当我们说民间歌曲由某个作者创作出，但随后随着表演而改变——当然，也还是没有一定的人参与——产生出它的变体。正是个人和集体的影响的那些混合在民间文学中具有了完全多样的形式。比如，联系到塞尔维亚南部歌曲，人们会普遍相信，古斯里琴弹唱者应该具有非凡的记忆力，因为他们演奏的剧目是从 7 万—9 万首诗歌中确定的。但事实是，他们根本不需要记住所有歌曲，而只需记住一定数量上传统的、集体的旋律和语言运作的模板，在这一范围内他每次重新创造歌曲。这就是创作个人和集体之间辩证关系的版本之一。

艺术家与观众之间的关系也是艺术中个人与集体之间相互关系的一种特殊形式。

说实在的，在最高阶段上，艺术作品的创作者不仅是艺术家本身，同时也是观众，观众在自己对艺术的要求中，即在自己关于作品应该是什么，应该如何和现实产生相互关系的观念中，成了艺术家——共同作者。有时，为了理解艺术家和观众之间的关系，我们会想当然地将他们比作专业人士、专家与一知半解的人，但这种观念受到时间的限制，并且在其整个范围内与事物如今真实的状况不一致，所谓幼稚艺术的存在便是最好的证明。

因此，艺术家和观众之间的关系同样也是辩证的。这种关系过去时常，并且现在仍发生从一个组到另一个组的转变，能够出现（在某一时代与战前先锋派有关）艺术家本人更接近观众的情况。此外，那种规律继续发挥着主导作用，根据这一规律，文学的发展以及无论哪一种文化的其他支流（包括科学），都是基于偶然性和内部必然性之间的辩证关系。曾有一种观点误以为马克思哲学仿佛否定艺术的内在联系。恩格斯曾说过这样一段名言：一旦某个现象成为历史，那么它的发展在那一刻就具有了内部联系。从另一方面，毫无疑问，偶然性对于增添结构的动力是必需的，如果辩证地看待这种相互关系，那么内在规律的二律背反就不是不可解决的，这种二律背反在某种程度上不是辩证的矛盾，而是其组成部分。

如果谈及艺术与观众之间的关系的话，那么有必要提及一种过去引起我反感的现象。原因在于产生了那样一种理论，仿佛艺术如果想真正在社会上有益的话，那么它首先应当得到相同的理解，否则的话便是坏的艺术。现在，幸运的是，我们已经清楚，如果艺术想履行自己的社会功用，它就应该是多样的、多层次的，甚至可以直接说，是多级的，否则它就不能存在。

所有这些能够直观地以捷克文学史中具体的材料予以说明。

重生的捷克文学在自身的可能性及创作个性上是非常贫乏的，同时也非常缺乏读者。在这样一种非常不正常的情况下，应当要求每位受过教育的爱国者写点诗，甚至要求广大不同职业和教育水平的代表订阅《捷克博物馆杂志》，也是情理之中的事，实际上，该杂志具有科普的特点。但是，一旦捷克社会开始发展起来，那么很快就会出现这一情况：如果那时的文学创建者希望人们阅读文学的话，那么就必须在其中引入等级。

这种情况颇为经典的一个例子为聂鲁达的批评事业。当研究他的作品时，我惊奇地发现，作为诗人，聂鲁达站在那一时代诗歌的最高峰；作为批评家，他坚持文学应该尽可能多样，满足最不同的兴趣。聂鲁达成为捷克第一个坚定的儒勒·凡尔纳的宣传者绝非偶然，这是因为他懂得被流传至今的那一需求——为对抒情诗或历史小说不持任何倾向的人提供相应的读物。聂鲁达往下走得更远，甚至如果有需要，就会发表支持那类轰动一时的书籍的言论，因为他不仅是位伟大的诗人，同时也是捷克文学热心的主人。

然而，当后来萨尔达那一代人登上舞台，社会状况已完全是另一番景象，那时所强调的也已经是另一种东西：文学将为人们揭示现实及其不断变化的面貌视为目标，即开发人对待现实理性和感性的态度，并激发他了解鲜活的真实的渴望。聂鲁达本人并不是没有那样的渴望，相反，他很好地意识到，捷克的语词艺术应该（如同他所讲的那样）沿着世界文学的方向发展。他坚决强调（有时甚至带着明显的夸大）个别作者，如海内克和斯韦特娜雅身上总的欧洲特征，但同时也不能忘记整个读者兴趣空间。相反，对于萨尔达和他这一代人来说，重要的首先是与捷克小资产阶级性和折中主义对抗，从而构建那样一种文学观——它自己是进步的价值载体和源泉，并从中汲取自己的力量及文学创作的所有其他力量。

如今，我们清楚了文学应当是有差异的，也明白了毫无疑问应当存在那样一种为艺术承担认识论责任的文学。我不想说，所谓"低级"文学被剥夺了类似的责任，但它们往往无益于发展所必需的首创精神。

虽然，如今与具有认识论责任的文学的那一部分及艺术有关的一组问题，在美学中已经能被足够清晰地描述，但与它的其他部分的关系仍是一个问题。比如，在创建文学史时，我们撰写的往往只是那样一种文学史，它对我们来说是一种语词的作品，但在以前没有做过全面创建文字作品图景之类的必要尝试，即在不同时期树状的文学结构图景。卡雷尔·恰佩克在一篇随笔里曾谈到，希望写那样的一部小说，在出版时作品的扉页上没有作者的印记，它可以从女缝纫工被针扎伤的手转到泥瓦匠皲裂的手。也就是那样一种小说，它实际上履行了艺术的使命，不仅在所谓的高级文学所履行的使命这层意思上，而且在更广的意思上。简而言之，只有站在社会学的界面上来绘制文学进程的图景，但这还不是社会学，而是作为社会现象的文学史。

教授，您已经谈了不少关于文学与社会的相互关系问题，若是还能再谈些关于艺术功能的问题就更好了，它也是一个非常宏大的问题。

"功能"一词不大可能是时髦的，甚至比"结构"一词更时髦。然而，恰恰对这个词，不同的人有着不同的理解，这不仅包括那些对文化持消极态度的人，也包括积极投身于其中的人，要想参悟这个词是非常难的。比如，经常得到应用的社会功能概念，实际上是另一种功能，而不是社会的，或者经过多次不同的尝试后得到应用的"功能分类"，这一术语也是如此。

我并不确信，基本的功能分类——如将功能分为实用的、审美的、象征的等功能——似乎是不可能的或是不妥的。然而，如果我使用"功能"一词，那么我应该想象艺术作品具体的影响，而绝不是表达一种要求，为了使艺术沿着既定方向并按既定方式——应当是唯一的且对所有人都有益的方式——产生作用。如今，已经变得清楚和得到证明的是，任何确有生命力的作品都具有一系列功能，并且在一些情况中是些实在的功能，在另一些情况中则是些潜在的功能，但总是具有很多的功能。

功能主义最先出现在建筑学中。比如，众所周知，勒·科布西埃曾将房子比作居住的机器的论点，这反映出单功能主义的原则。现在，我们可能已经能够非常直观地想象这种单功能性会导致什么结果，这不仅适用于建筑个人居住的别墅，也适用于建筑标志性建筑或居民楼。这种功能观在当时确实是不可思议的进步观念，卡雷尔·贡齐克在自己的书中十分令人信服地给我们指明了其错误，与这一观念针锋相对的论点是，人是所有事物的尺度，当然，是在全部完整性上的，在自身行为的所有丰富性和需求等上的人。这适用于文学及所有其他领域。不足够断定所有被制成的事物都是为了人，同样也没必要允许人出于自己的看法，自己的需求来做。在相反的情形中，那样的功能性，更确切地说，单功能性是一条公然给整个存在蒙羞的道路。

在评论聂姆佐娃的《祖母》时，兹德涅克·内耶德利曾指出，对每个人——无论孩子、成年人、年轻人、老人，还是最不同职业的人来说——这本书都是不同的。这是非常准确的，尽管他只是稍微提及自己所觉察的那一事实，即书不仅是带有一定的预先意图来被写作的，而且也是带有一定的预先意图来被阅读的。此外，这种预先意图能够完全与作者的预先意图不一致，并且甚至能够与他想达到的东西矛盾。让我们举贝兹鲁克的诗《诗的读者》为例，作者表示不希望自己的诗被解释为艺术事实，也不希望被理解对别尔斯科人奴役所发出的抗议。但最后正确的是读者，而不是诗人，因为撇开贝兹鲁克的抵抗不论，《西里西亚之歌》经受了别尔斯科人的社会压迫。

关于功能的学说，这是一个巨大的整体，它才刚刚开始被辩证地加以研究。应该作为那样一种事实来考虑例子，即艺术作品之所以被创作，是为了以这样或那样的方式作用和影响读者的精神生活，并且它唯有以影响整个人的方式，即多方向的方式，才能实现这一目标。因而，对于生活于不同情形下的同一个人来说，也许具有完全不同的意义。

您认为什么问题适合作为我们访谈的结尾呢？

最后，我还想就当今比较时髦的一个话题说上几句，即关于诗歌创作的符号学问题。当然，想要用几句话来解释由艺术作品符号特性所引发的所有问题是不可能的。但是，我认为必须说的是，在研究艺术作品的社会影响及其个别影响时，我们不应该局限于作品与一定现实的相关性来看待作品，该现实乃是作品与之直接相连的，或读者能够揣测的作品背后的现实。对现实主义庸俗化的理解就正好存在那样的局限性。在此，我完全不打算怀疑那种在整个欧洲文学中得到繁盛的，达到了真正伟大美的现实主义光荣传统，我说的是那种现实主义，其目光短浅地要求艺术作品只表达那种它直接讲述的现实。

艺术作品是一种特殊类型的符号，因为从言语开始的符号王国是无边无际的。它的特性是基于具体的事实表达对世界、一般现实的态度。它希望与人们、与读者，就以何种方式能够接近现实，指导自己看待现实的态度等达成一致。唯有弄清艺术作品的符号本质，才能认识它与现实真正的辩证关系，因为这种与现实的辩证关系意味着看到现实自身之中所包含的矛盾的能力，而这些矛盾没有人想到过，并且没有人自发地投身于其中。

我认为，在一定程度上远离了可视、可听、可感的现实的作品，破坏了自身与现实的联系，是不正确的。相反，只是复制现实的那一仅为几个人，一定环境的某一部分的那些作品，恰恰未能履行自己的社会任务。因此，我们从第一眼起就可以明确地相信，被剥夺了与现实直接关系的艺术作品没有意义，它们只会模糊作品的真正意义。

教授，感谢您的参访！如果允许那样概括的话，实际上，您在座谈中以文学为例所探讨的那些文体，正是对于思考艺术和一般文化的现状，尤其是文化该沿着什么方向继续前进，非常重要的，需要认真考虑的问题。

具体地指明某个方向不仅没有可能，也没有意义。但我认为，科学，主要是人文科学，其任务与艺术一样，必须意识到一些基本概念，并且首先要意识到那一真理，即缺乏了真正的辩证思维，缺乏了唯物主义辩证法，进一步思考真实的发展就是完全无法想象的。

附 录 二

扬·穆卡若夫斯基重要论著
发表年鉴

1923 《捷克诗歌中美学》

1925 《论捷克自由体诗》

1926 《罗曼·雅各布森：捷克诗歌之基础》

1928 《马哈的〈五月〉：美学研究一则》

1929 《诗学与文体学及其与文学史的关系》
      《论当代诗学》

1932 《作为价值综合体的诗歌作品》
      《标准语和诗歌语》

1933 《作为诗歌节奏要素的重音》
      《论电影美学问题》

1934 《现代捷克诗歌的基本原则和发展》
      《奥托卡尔·齐切》
      《现代捷克诗之基本原则及发展》
      《作为符号学事实的艺术》
      《什克洛夫斯基〈散文论〉捷译序》

1935 《现代艺术中的辩证矛盾》

1935—1936 《审美价值问题》

1936 《作为社会事实的审美功能、规范及价值》
      《诗歌称名和语言美学的功能》

1937 《审美规范》

《论建筑中的功能问题》

《先锋派戏剧中的舞台语言》

《艺术中的个人》

1935—1939　《审美规范问题》

1938　《马哈诗歌中的意义起源》

《绘画中的超现实主义认识论与诗学问题》

1939　《电影中的时间》

《作为抒情旋律和对话的卡雷尔·恰佩克散文》

《审美价值在艺术中能否具有普遍意义？》

1939—1940　《美学和文学研究中的结构主义》

1940　《语言美学》

《对话和独白》

《论诗歌语言》

1940—1941　《普通美学的任务》

1941　《诗人》

1942　《美学的意义》

《审美功能在其他功能中的地位》

1943　《艺术中的意向性与非意向性》

《论艺术》

1943—1945　《个人与文学发展》

1944　《视觉艺术的本质》

《艺术中的个性》

《造型艺术之本质》

1944—1945　《万丘拉绪论》

1945　《艺术理论中的整体性概念》

1946　《一则诗歌形象语义学注释》

《论结构主义》

《功能世界中的人》

1947　《捷克斯洛伐克艺术理论之术语》

1947—1948　《艺术与世界观》

1948　《捷克诗学》

1949　《科学及艺术中的党性原则》
1951　《我们文学研究中对结构主义的批评》
1966　《美学研究》
1971　《沿着诗学和美学的道路》
1977　《词和语词艺术》
1978　《结构、记号和功能》

参 考 文 献

一　穆卡若夫斯基文论文本

（一）俄文

Ю. М. Лотман и О. М. Малевич ред. *Ян Мукаржовский： Исследования по эстетике и теории искусства*. Москва：《Искусство》, 1994.

Ю. М. Лотман и О. М. Малевич ред. *Ян Мукаржовский： Структуральная поэтика*. Москва： Школа《Язык русской культуры》, 1996.

（二）英文

John Burbank and Peter Steiner. eds. and trans. *The Word and Verbal Art： Selected Essays by Jan Mukarovsky*. New Haven, Conn. , and London, 1977.

John Burbank and Peter Steiner. eds. and trans. *Structure, Sign, and Function： Selected Essays by Jan Mukarovsky*. New Haven, Conn. , and London, 1978.

Ladislav Matejka and Irwin R. Titunik. eds. *Semiotics of Art： Prague School Contributions*. Cambridge, Mass. , 1976.

Mark E. Suino. trans. *Mukarovsky Jan： Aesthetic Function, Norm and Value as Social Facts*. Ann Arbor, 1979.

Peter Steiner. ed. *The Prague School： Selected Writings（1929 – 1946）*. University of Texas Press, Austin, 1982.

Paul Gavin. ed. *A Prague School Reader on Esthetics, Literary Structure, and Style*. Washington D. C. , 1964.

（三）中文

《标准语言与诗的语言》，载程正民、曹卫东主编《20世纪外国文论经典》，邓鹏译，北京师范大学出版社2004年版。

《标准语言与诗歌语言》，载赵毅衡编《符号学文学论文集》，竺稼译，百花文艺出版社2004年版。

《标准语言与诗歌语言》，载朱刚编《二十世纪西方文论》，丁兆国译，北京大学出版社2006年版。

《对话与独白》，载《世界文论》第7期《布拉格学派及其他》，庄继禹译，社会科学文献出版社1995年版。

《论结构主义》，载周启超主编《外国文论与比较诗学》第1辑，杜常婧译，知识产权出版社2014年版。

《美学与文学学科中的结构主义》，载汝信主编《外国美学》第21辑，杜常婧译，江苏教育出版社2013年版。

《什克洛夫斯基〈散文论〉捷译本序言》，载《马克思主义文艺理论研究》编辑部编《美学文艺学方法论》（下），佟景韩译，文化艺术出版社1985年版。

《现代艺术中的辩证矛盾》，载《世界文论》第7期《布拉格学派及其他》，庄继禹译，社会科学文献出版社1995年版。

《艺术的意向性和非意向性》，载［俄］波利亚科夫编《结构—符号学文艺学——方法论体系和论争》，佟景韩译，文化艺术出版社1994年版。

二　国内外学者对穆卡若夫斯基的研究

（一）俄罗斯

А. А. Грякалов *Структурализм в эстетике（критический анализ）*. Ленинград: Издательство ленинградского университета, 1989.

А. А. Тюрина *Ян Мукаржовский и специфика чешского структурализма*（диссертация на соискание ученой степени кандидата филологических наук）, 2008.

А. А. 格利亚卡洛夫：《扬·穆卡若夫斯基美学：结构—符号—人》，朱涛译，载《外国美学》第21辑，江苏教育出版社2013年版。

А. А. 格利亚卡洛夫：《米哈伊尔·巴赫金与扬·穆卡若夫斯基》，朱涛译，载《俄罗斯学者论巴赫金》，南京大学出版社 2014 年版。

（二）英美

Erich Victor. *Russian Formalism*：*History-Doctrine*. The Hague，1955.

F. W. Galan *Historic Structures*：*The Prague School Project*（*1928 – 1946*）. London and Sydney，1985.

Jackson Leonard. *The Poverty of Structuralism*：*Literature and Structuralist theory*. Longman，1991.

J. G. Merquior. *From Prague to Paris*：*A Critique of Structuralist and Post-structuralist Thought* . Verso，1986.

Jurij Striedter. *Literary Structure*，*Evolution*，*and Value*：*Russian Formalism and Czech Structuralism Reconsidered*. Harvard University Press，1989.

Ladislav Matejka and Krystyna Pomorska. eds. *Readings in Russian Poetics*：*Formalist and Structuralist Views*. The University of Michigan，1978.

Ladislav Matejka. ed. *Sound*，*Sign*，*and Meaning*：*Quinquagenary of the Prague Linguistic Circle*. Ann Arbor，Mich. ，1976.

Raman Selden. ed. *The Cambridge History of Literary Criticism*，volume 8：*From Formalism to Poststructuralism*. Cambridge University Press，2005.

Wellek René. *The Literary Theory and Aesthetics of the Prague School*. Ann Arbor，Mich. ，1969.

Yishai Tobin. ed. *The Prague School And Its Legacy*. John Benjamins Publishing Company，1988.

（三）中国

方珊：《穆卡洛夫斯基美学思想的历史地位》，《外国美学》第 12 辑，商务印书馆 1995 年版。

李航：《布拉格学派与结构主义符号学》，《外国文学评论》1989 年第 2 期。

汪正龙：《穆卡洛夫斯基的美学思想——兼论布拉格学派的美学贡献》，《广州大学学报》（社会科学版）2006 年第 6 期。

周启超：《跨文化视界中的现代斯拉夫文论》，载周启超主编《跨文化的文学理论研究》第 2 辑，黑龙江人民出版社 2008 年版。

周启超：《理念上的"对接"与视界上的"超越"——什克洛夫斯基与

穆卡若夫斯基文论之比较》，《外国文学评论》2005 年第 4 期。

周启超：《"形式化"·"语义化"·"意向化"——现代斯拉夫文论中"文学性"追问的不同路径之比较》，《新疆大学学报》（哲学·人文·社会科学版）2006 年第 3 期。

三　20 世纪外国文论

［俄］瓦·叶·哈利泽夫：《文学学导论》，周启超等译，北京大学出版社 2006 年版。

［法］让·贝西埃编：《诗学史》下册，史忠义译，百花文艺出版社 2002 年版。

［法］托多罗夫：《巴赫金、对话理论及其他》，蒋子华译，百花文艺出版社 2001 年版。

［荷］佛克马、易布思：《二十世纪文学理论》，林书武等译，三联书店 1988 年版。

［联邦德国］H. R. 姚斯、［美］R. C. 霍拉勃：《接受美学与接受理论》，周宁、金元浦译，辽宁人民出版社 1987 年版。

［美］雷纳·韦勒克、奥斯汀·沃伦：《文学理论（修订版）》，刘象愚等译，江苏教育出版社 2005 年版。

［美］雷纳·韦勒克：《近代文学批评史》第 7 卷，杨自伍译，上海译文出版社 2006 年版。

［英］拉曼·塞尔登编：《文学批评理论——从柏拉图到现在》，刘象愚等译，北京大学出版社 2000 年版。

［英］特雷·伊格尔顿：《二十世纪西方文学理论》，伍晓明译，北京大学出版社 2007 年版。

蒋孔阳编：《二十世纪西方美学名著选》（下），复旦大学出版社 1988 年版。

蒋孔阳、朱立元编，朱立元、张德兴著：《西方美学通史》第 6 卷，上海文艺出版社 1999 年版。

刘晓枫编：《接受美学译文集》，三联书店 1989 年版。

张隆溪：《二十世纪西方文论述评》，三联书店 1986 年版。

朱刚编：《二十世纪西方文论》，北京大学出版社 2006 年版。

朱立元：《接受美学》，上海人民出版社 1989 年版。

四　形式主义

［爱沙尼亚］扎娜·明茨、伊·切尔诺夫编：《俄国形式主义文论选》，王薇生编译，郑州大学出版社 2005 年版。

［俄］维克多·什克洛夫斯基：《俄国形式主义文论选》，方珊译，三联书店 1989 年版。

［法］茨维坦·托多罗夫编：《俄苏形式主义文论选》，蔡鸿滨译，中国社会科学出版社 1989 年版。

［美］维克多·厄里希：《俄国形式主义：历史与学说》，张冰译，商务印书馆 2017 年版。

［苏］维克多·什克洛夫斯基：《散文理论》，刘宗次译，百花洲文艺出版社 1994 年版。

方珊：《形式主义文论》，山东教育出版社 1999 年版。

赵宪章编：《西方形式美学——关于形式的美学研究》，上海人民出版社 1996 年版。

周启超：《对话与建构》，安徽文艺出版社 2004 年版。

五　结构主义与符号学

［比］J. M. 布洛克曼：《结构主义》，李幼蒸译，中国人民大学 2003 年版。

［比］特伦斯·霍克斯：《结构主义和符号学》，瞿铁鹏译，上海译文出版社 1987 年版。

［俄］波利亚科夫编：《结构—符号学文艺学——方法论体系和论争》，佟景韩译，文化艺术出版社 1994 年版。

［美］弗雷德里克·詹姆逊：《语言的牢笼》，钱佼汝译，百花洲文艺出版社 2010 年版。

［美］罗伯特·休斯：《文学结构主义》，刘豫译，三联书店 1988 年版。

［美］伊迪丝·库兹韦尔：《结构主义时代——从莱维·斯特劳斯到福科》，尹大贻译，上海译文出版社 1988 年版。

［英］约翰·斯特罗克编：《结构主义以来——从列维－斯特劳斯到德里

达》，渠东等译，辽宁教育出版社1998年版。

康澄：《文化及其生存与发展的空间》，河海大学出版社2006年版。

李幼蒸：《结构与意义》，中国社会科学出版社1996年版。

李幼蒸：《理论符号学导论》（第3版），中国人民大学出版社2007年版。

钱军：《结构功能语言学——布拉格学派》，吉林教育出版社1998年版。

张杰、康澄：《结构文艺符号学》，外语教学与研究出版社2004年版。

赵毅衡编：《符号学文学论文集》，百花文艺出版社2004年版。

后　记

从事文论研究是件吃力不讨好的事情，尤其在如今这样一个"理论终结"说甚嚣尘上的时代。在文化研究日益泛滥的今天，如何恪守文论研究的本位，如何避免解构主义的过度消解，恐怕是任何一个有责任感的文论研究者亟待思考的问题。在这方面，回归20世纪文论的精髓——结构主义，追溯结构主义的最初形态，发掘结构主义的另一重要分支——捷克结构主义，聆听它带给我们的启示，或许不失为一种有益的尝试。然而，因时间所限，加之本人学识浅薄，这一探索才刚刚起步。因此，本书的不足与疏漏之处也在所难免，恳请各位专家、学者多提宝贵意见，可以让我更好地把这一课题的研究继续下去。

本书的写作以博士论文为基础，书稿在写作过程中得到了很多老师和朋友的关心与帮助，在此特别表示感谢！首先，感谢我的导师——浙江大学人文学院周启超教授。周老师治学严谨、视野开阔、才思敏捷、富于激情，给我留下了深刻的印象，更加难以忘却的是他学术上的责任感和使命感，这些都是我今后模仿和学习的榜样。十年来，我的书稿从最初的资料搜集到开题，再到写作、修改都倾注了老师大量的心血，老师以自己的言传身教教导我独立从事学术研究的本领，这份厚重的恩情难以回报，唯有今后更加踏实地研究和工作。

感谢中国社科院外文所的吴元迈老师、史忠义老师、吴晓都老师、董小英老师，北京师范大学的夏忠宪老师，北京大学的凌建侯老师，北京外国语大学的黄玫老师。史忠义老师、董小英老师把自己的著作赠给我，并耐心地为我答疑、解惑，使我受益颇多。吴元迈老师、吴晓都老师、夏忠宪老师、凌建侯老师以及黄玫老师，对我的开题报告提出了不少建设性的意见，这些意见对此书的写作有很大的帮助。

感谢我的硕导，华南师范大学外国语学院的康澄老师和南京师范大学外国语学院张杰老师。康老师的细致与耐心培养了我的学术规范意识和学术论文写作的能力，张老师富有激情的讲解启发了我的思路，培养了我独立思考的能力。

感谢莫斯科大学语文系理论室主任奥列格·克林格教授和娜塔莉亚·伊万诺娃教授在我赴莫斯科大学访学期间给予的无私的指导与帮助！

感谢华南师范大学外国语言文化学院对书稿给予的资助，感谢中国社会科学出版社编校人员出色的编校工作！

感谢我的父母及妻子，他们在我撰写书稿的过程中承担了抚养孩子、从事家务的重担，让我可以心无旁骛地从事科研工作，他们对我的支持与肯定是我不断前进的源源动力！

朱　涛

2018 年 2 月

广州半山雍景苑